L'Argent

CONCOURS D'ENTRÉE AUX GRANDES ÉCOLES SCIENTIFIQUES
2009-2010

L'Argent

Molière, *L'Avare*

Zola, *L'Argent*

Simmel, *Philosophie de l'argent*
(Partie analytique, chapitre III, sections 1-2)

Ouvrage coordonné par

Alain Brunn
Docteur et agrégé de lettres modernes
Ancien élève de l'École normale supérieure

avec

Bertrand Darbeau
Agrégé de lettres modernes

Étienne Kern
Agrégé de lettres classiques
Ancien élève de l'École normale supérieure

Jeanne Lazarus
Agrégée de sciences économiques et sociales

GF Flammarion

Les éditions auxquelles nous renvoyons dans ce volume sont les suivantes :

— MOLIÈRE, *L'Avare*, édition avec dossier de Jean de Guardia, GF-Flammarion, 2009.
— ZOLA, *L'Argent*, édition avec dossier de Christophe Reffait, GF-Flammarion, 2009.
— SIMMEL, *Philosophie de l'argent*, traduction de Sabine Cornille et Philippe Ivernel, PUF, « Quadrige », 2007.

Signalons aussi, pour la clarté de la traduction et la pertinence de l'appareil critique, la nouvelle édition de SIMMEL, *Philosophie de l'argent (chapitre III, sections 1-2)*, traduction de Serge Katz, édition de Serge Katz et Olivier Aïm, GF-Flammarion, 2009.

ISBN : 978-2-0812-2024-9

SOMMAIRE

DEUXIÈME PARTIE
ZOLA, *L'ARGENT*
par Bertrand Darbeau

TROISIÈME PARTIE
SIMMEL, *PHILOSOPHIE DE L'ARGENT*
(Partie analytique, chapitre III, sections 1-2)
par Jeanne Lazarus

QUATRIÈME PARTIE
L'ARGENT DANS LES ŒUVRES AU PROGRAMME
par Alain Brunn

DISSERTATIONS CORRIGÉES
par Alain Brunn

INTRODUCTION AU THÈME

L'argent

par Étienne Kern

« ARGENT. Cause de tout le mal [1]. »

Telle est, selon Gustave Flaubert, l'une de nos « idées reçues » les plus répandues. On ne saurait le contredire. La sagesse populaire et, avec elle, le discours politique, le discours religieux, le discours philosophique et les grands mythes qui structurent notre représentation du monde véhiculent le plus souvent une image éminemment négative de l'argent : trompeur (il « ne fait pas le bonheur »), sinon mortifère (c'est le « nerf de la guerre »), il serait coupable de toutes les injustices et de tous les crimes. Et l'on n'a pas attendu nos *traders* et autres spéculateurs pour dénoncer « l'argent roi » et l'accuser de supplanter toute valeur, toute noblesse, toute grandeur. Chaque époque a formulé la même antienne, de Virgile, qui blâmait la « funeste soif de l'or » (*auri sacra fames*), à François Mitterrand, qui, dans un discours célèbre, évoquait « l'argent qui corrompt, l'argent qui achète, l'argent qui écrase, l'argent qui tue, l'argent qui ruine et l'argent qui pourrit jusqu'à la conscience des hommes » (congrès d'Épinay, 1971).

Face à ces accusations aussi récurrentes qu'unanimes, on est en droit de se poser la question : pourquoi une telle condamnation de l'argent ? Est-il si « sale » qu'il faille toujours le « blanchir » ? Est-il condamné pour lui-même ou pour ce qu'il permet et les dérives qui l'accompagnent ? Serait-ce le signe d'une certaine mauvaise conscience face à l'importance que nous accordons, bon gré mal gré, à la sphère dite « *bassement* matérielle » ?

En réalité, la question de la condamnation en appelle une deuxième, plus profonde : pourquoi l'argent, qui n'est au fond qu'un outil, un instrument de communication entre les hommes, suscite-t-il l'interrogation *morale* ? Ce primat de la morale mérite d'être interrogé, car c'est lui qui peut nous permettre de comprendre pourquoi l'argent, qui est aussi une force créatrice, peine à trouver des défenseurs.

Objet de tous les dérèglements et de toutes les suspicions, dénué en lui-même de valeur mais chargé de fixer la valeur des choses, l'argent excède de beaucoup le seul domaine économique. Il est le médiateur par excellence, servant d'intermédiaire entre moi et les choses et entre moi et autrui. Au confluent de la philosophie, de la politique et de la psychologie, il invite à poser des questions aussi cruciales que celles de l'échange, de la société (l'argent n'est pas un phénomène naturel, mais bien conventionnel), du désir, des valeurs – à tous les sens du terme. Notre imaginaire, peuplé de figures aussi diverses que le pauvre Job, le richissime Picsou ou l'avare Harpagon, est informé par l'argent.

1. Flaubert, *Dictionnaire des idées reçues*, dans *Œuvres*, éd. A. Thibaudet et R. Dumesnil, Gallimard, « Bibliothèque de la Pléiade », t. II, 1952, p. 1000.

Bref, il est impossible d'échapper à l'argent ; il est partout, et même, semble-t-il, de plus en plus visible, de plus en plus affiché comme signe de réussite : « longtemps tabou, il devient totem [1] ». En un mot, il est, ainsi que l'écrit Derrida, « la chose du monde la mieux partagée (alors même que sa quantité est la chose du monde la moins bien partagée) [2] ».

Aborder les questions que pose l'argent implique de commencer par décrire sa réalité, pour voir comment celle-ci nous entraîne très vite dans le domaine de l'imaginaire et du fantasme, en un glissement qui n'est pas sans recouper celui qui s'opère entre la notion de « monnaie » et celle d'« argent ». C'est ce poids de l'imaginaire, de la virtualité inhérente à l'argent, qui explique, en grande partie, les nombreuses condamnations morales qui ont pu être formulées à son encontre. Peut-on, en définitive, faire l'économie du jugement moral sur l'argent ? Il apparaîtra que sa réhabilitation, en tant qu'instrument social, s'inscrit dans un débat dont l'époque contemporaine n'est pas sortie.

I. L'ARGENT, DE LA RÉALITÉ AU FANTASME

A. L'argent, une réalité sociale

1. Qu'est-ce que l'argent ?

Le seizième album des Schtroumpfs nous raconte l'histoire – édifiante – du « Schtroumpf financier ». Après avoir découvert l'usage de l'argent chez les hommes, ce personnage tente de convaincre ses congénères de recourir, eux aussi, aux pièces d'or. L'incompréhension est totale :

> « Si je vous ai réunis ici, ce soir, c'est pour vous schtroumpfer de quelque chose de très important… l'argent !
> — Mais ton argent, c'est de l'or !
> — Oui, bien sûr, c'est de l'or, mais je ne vous schtroumpfe pas de l'argent sous forme de MÉTAL, mais sous forme de MONNAIE ! Vous schtroumpfez [3] ? »

Ce bref dialogue éclaire plaisamment les divers sens du mot « argent ». En premier lieu, le terme désigne évidemment le métal précieux noté *Ag*

1. Roger-Pol Droit, « La parole est d'argent… », in *Comment penser l'argent ?*, textes réunis et présentés par R.-P. Droit, Le Monde Éditions, 1992, p. 6.
2. Jacques Derrida, « Du "sans prix", ou le "juste prix" de la transaction », in *Comment penser l'argent ?*, *op. cit.*, p. 392.
3. Peyo, *Le Schtroumpf financier*, Lombard, 1992, p. 17-18.

Quentin Metsys, *Le Changeur et sa femme* (1514)

Paris, musée du Louvre, © Roger Viollet

Au XVIe siècle, la richesse des Flandres est considérable, grâce à une activité commerciale en pleine expansion. Les peintres de la Renaissance du Nord traduisent dans leurs œuvres profanes cette nouvelle prospérité ; dans ce célèbre tableau, Quentin Metsys (vers 1465-1530) observe avec un regard presque naturaliste les gestes d'un changeur et de sa femme en train de traiter avec un client. Au premier plan, le changeur et son épouse, vêtus de costumes simples mais traduisant l'aisance (le col de l'homme et les manches de la femme sont garnis de fourrure), sont assis à leur comptoir. À l'arrière-plan, des étagères en bois supportent divers objets rendus avec un soin digne d'une nature morte. Sur le comptoir, le miroir convexe permet d'apercevoir le client du changeur qui attend assis près d'une fenêtre tandis qu'on pèse son argent et qu'on évalue ses biens (bagues, perles). Le rôle d'un changeur consistait en effet à échanger des biens précieux ou des lettres de change contre de l'argent, mais aussi des monnaies défectueuses ou abîmées contre de la monnaie « sonnante et trébuchante ».

Selon un observateur du XVIIe siècle, le cadre d'origine, aujourd'hui perdu, aurait porté cette inscription : « Que la balance soit juste et les poids égaux » (Lévitique, 19, 36). Le changeur serait ainsi indirectement exhorté à respecter la morale ; c'est peut-être aussi le sens du geste de la femme, qui s'interrompt dans ses dévotions et détourne le regard de son livre de prières, ouvert sur une image de la Vierge Marie, pour constater l'honnêteté des opérations de son mari – à moins, au contraire, qu'elle ne soit attirée par l'appât du gain et détournée de sa lecture pieuse…

Le tableau illustre ainsi la confrontation entre les idéaux mercantiles du capitalisme naissant et les principes du christianisme : parmi les objets représentés, dans le coin supérieur gauche, le vase, le chapelet en cristal et le fruit possèdent des connotations religieuses, mais ils sont mêlés à des feuilles de papier, à des livres de comptes et à des rouleaux, caractéristiques de l'activité commerciale.

par les chimistes (d'où l'objection faite au Schtroumpf financier). Du métal argent, on est passé, au Moyen Âge, aux pièces de monnaie en argent, puis à toute monnaie métallique (comme ici, en or). Par extension, l'acception de ce terme en est venue à englober n'importe quelle monnaie, qu'elle soit métallique ou non : un billet de banque est de l'argent. Ainsi, s'interroger sur l'argent, c'est, avant tout, poser la question de la monnaie (voir l'encadré « Histoire et formes de la monnaie », ci-contre).

Par métonymie, l'« argent » peut aussi désigner une quantité de monnaie, quelle qu'elle soit : on peut y voir un synonyme de « richesse », de « fortune », de « capital ». Quand on dit « l'argent ne fait pas le bonheur », on ne pense pas à la monnaie mais bien à la richesse. De même, on peut jeter l'opprobre sur les « puissances d'argent », « l'argent roi » ou encore « l'Argent » (avec une majuscule très significative) sans remettre en question l'existence de la monnaie. D'emblée, on note ainsi, entre « monnaie », terme privilégié par les économistes, et « argent », terme plus populaire et plus général, une certaine tension sur laquelle il conviendra de s'interroger. En définitive, on peut considérer la « monnaie » comme la représentation effective – bien que de plus en plus virtuelle aujourd'hui – de « l'argent », « cette chose obscure, déroutante et peut-être immatérielle qu'on appelle "argent", par opposition à "monnaie" [1] ».

L'étymologie de « monnaie » et les traductions d'« argent » dans d'autres langues ne nous apprennent pas grand-chose, sinon la complexité d'une réalité qui excède le strict domaine de l'économie. On se perd en conjectures sur l'origine du mot « monnaie », qui dérive assez mystérieusement du latin *moneta* : à Rome, c'est dans les dépendances du temple de la déesse *Iuno moneta* (« Junon l'Avertisseuse ») qu'on frappait monnaie. En anglais, *money* recoupe aussi bien « argent » que « monnaie ». Le français « argent » ou l'allemand *Geld* (issu de *Gold*, « or ») font référence aux métaux historiquement privilégiés pour frapper monnaie. Le latin *pecunia* (d'où vient « pécuniaire »), issu de *pecus* (« la tête de bétail », « le bétail »), renvoie aux temps reculés où la tête de bétail était utilisée comme unité de compte. Nous aurons à revenir sur le grec *nomisma*, qui tire son origine de *nomos* (« la loi », « la règle »), car il illustre la dimension sociale et contractuelle de l'argent.

2. Fonctions de l'argent

Philosophes et économistes s'accordent à reconnaître trois fonctions principales à l'argent. Elles ont toutes trois été mises en évidence par le philosophe grec Aristote, qui, au IVe siècle av. J.-C. a mené la première réflexion globale sur l'argent et la monnaie : outre sa fonction de réserve

1. Jacques Derrida, « Du "sans prix", ou le "juste prix" de la transaction », art. cité, p. 387.

Histoire et formes de la monnaie

L'histoire de la monnaie est celle d'une dématérialisation croissante.

La **monnaie métallique** est apparue en Asie Mineure : c'est en Lydie, terre légendaire du roi Crésus, qu'on trouve la trace, vers le VIIe siècle avant notre ère, de pastilles irrégulières en *electrum* (alliage naturel d'or et d'argent). Vers 550, Crésus fait frapper des pièces en or et des pièces en argent. L'Empire perse et les cités grecques ne tardent pas à faire de même. Dès l'origine, la **fonction politique** de la monnaie est très nette : par l'image qu'elle porte (par exemple l'effigie du souverain), elle symbolise le pouvoir de l'État qui l'émet, et permet d'unifier un peuple. L'Empire romain impose ainsi sa monnaie aux territoires qu'il conquiert (l'espagnol *dinero* ou l'arabe *dinar* viennent du *denarius* latin). Après l'effondrement de l'Empire (Ve siècle apr. J.-C.), et durant quasiment tout le Moyen Âge, on assiste à un éclatement de cette unité monétaire : en raison du morcellement politique de l'Occident, chaque ville, chaque évêque peut émettre sa propre monnaie. Les États unifiés, comme l'Angleterre ou la France, garantissent une monnaie plus stable que les États morcelés, comme l'Italie ou le Saint Empire. En France, notons que c'est pour payer la rançon du roi Jean II le Bon, prisonnier des Anglais, que l'on frappe en 1360 une nouvelle pièce d'or, le « franc ».

D'importants bouleversements sont introduits par l'invention, par les banquiers italiens du XIVe siècle, d'une monnaie de papier, la lettre de change. Cette forme de **monnaie fiduciaire** (c'est-à-dire fondée sur la confiance, *fides*), garantie non plus par un pouvoir politique mais par une banque privée, est beaucoup plus mobile que la monnaie métallique : c'est l'un des fondements du capitalisme marchand de la Renaissance. En 1609 apparaissent à Amsterdam les certificats de dépôt, qui garantissent au porteur un avoir en florins d'argent. Le billet de banque, forme de monnaie fiduciaire, apparaît ainsi au XVIIe siècle – du moins en Occident, puisque la Chine le connaissait depuis le Moyen Âge. Après la faillite de Law (1720) et l'échec retentissant des assignats pendant la Révolution, le billet s'impose peu à peu en France, grâce à la création de la Banque de France par Napoléon.

Avec la révolution industrielle, la fin du XVIIIe siècle et le XIXe siècle marquent une vraie rupture : accélération des échanges grâce à l'urbanisation et aux nouveaux moyens de transport, bancarisation de l'économie, élaboration d'une pensée de type libéral, etc. Au cours du XIXe siècle, l'**étalon-or** s'impose dans le monde. Après les bouleversements du début du XXe siècle (Première Guerre mondiale, crise de 1929), la conférence de Bretton Woods (1944) organise un système destiné à retrouver une certaine stabilité monétaire : les monnaies seront convertibles en dollars, et seul le dollar sera convertible en or. Mais avec les chocs pétroliers, les États-Unis suppriment la convertibilité du dollar en or ; en 1976, les États membres du FMI font de même (accords de la Jamaïque), entérinant le passage à un taux de change flottant. En 1999, l'Union européenne adopte une monnaie unique, l'euro, mis en circulation depuis 2002.

De nos jours, l'essentiel des transactions se fait en **monnaie scripturale**. Par « scripturale » (de *scriptura*, « écriture »), on entend la monnaie matérialisée par une écriture en compte : compte en banque, chèque, virement ou carte de crédit.

Aujourd'hui, la monnaie n'a plus la moindre valeur intrinsèque (comme l'or). Mais elle n'est ni plus ni moins *naturelle* qu'autrefois : qu'on utilise des pièces d'or ou un virement électronique, la monnaie est toujours **convention**.

de valeur, qui ne présente pas beaucoup d'intérêt [1], l'argent exprime la valeur des choses et sert d'intermédiaire des échanges.

L'argent est tout d'abord l'instrument qui permet d'exprimer la valeur des biens et des services. Il sert d'étalon. Aristote considère ainsi la monnaie comme « une sorte de moyen terme » qui permet d'« établir combien de chaussures équivalent à une maison [2] ». Et d'ajouter : « La monnaie donc constitue une sorte d'étalon qui rend les choses commensurables et les met à égalité [3]. » En cela, instrument extraordinairement souple, l'argent est l'*équivalent universel*.

À partir de là se dessine une deuxième fonction de la monnaie : l'argent est l'intermédiaire des échanges commerciaux. Sans l'argent, l'échange n'est possible que sous la forme du troc, pratique qui suppose que les deux agents qui échangent des biens s'accordent sur les termes et les conditions du troc (à combien de moutons équivaut un taureau ?). Pour autant, il importe de nuancer l'idée courante selon laquelle, à une époque plus ou moins reculée, l'usage de la monnaie aurait remplacé le simple troc. L'expression même de « simple troc » n'est pas sans poser problème, vu la complexité des rituels qui, dans les sociétés primitives, accompagnent le transfert de propriété. Du reste, le troc n'a jamais disparu ; bien plus, et au moins jusqu'aux XVIIIe et XIXe siècles, il est resté un moyen d'échange très prisé pour les transactions privées et de petite échelle (par exemple au sein des villages). Quoi qu'il en soit, face au problème du troc, explique Aristote, « on se mit [...] mutuellement d'accord, en vue des échanges, pour donner et recevoir une matière de nature telle [qu']elle offrît l'avantage de se transmettre aisément de la main à la main pour assurer les besoins vitaux [4] », puis on en détermina la valeur par les dimensions et le poids avant d'y apposer une empreinte. *Médiateur universel*, la monnaie pose ainsi la question du lien social.

3. Argent et société

On accuse souvent l'argent, responsable d'inégalités sociales et moteur de l'individualisme, de participer à la détérioration du lien social. Ce qui est certain, c'est que l'argent structure la société. La sphère de l'échange économique est beaucoup plus large que celle de l'échange gratuit, comme le don. Incontournable, l'argent régit l'essentiel de notre quotidien (on en a besoin pour acheter sa nourriture, on travaille pour toucher un salaire, on paye des impôts pour contribuer à la redistribution des richesses) et intervient dans la grande majorité des relations humaines,

1. Par « réserve de valeur », on entend la possibilité de dépenser son argent dans le temps. Voir Aristote, *Éthique à Nicomaque*, éd. R. Bodéüs, GF-Flammarion, 2004, p. 251 : « Dans l'hypothèse où maintenant l'on n'a besoin de rien, l'assurance d'avoir ce dont on aura besoin le cas échéant se trouve dans la monnaie qui est une sorte de garantie à notre disposition. »
2. Aristote, *Éthique à Nicomaque*, *op. cit.*, p. 248-249.
3. *Ibid.*, p. 251.
4. Aristote, *La Politique*, éd. J. Tricot, Vrin, 1995 [1962], p. 58.

au niveau microscopique comme au niveau macroscopique (commerce international, diplomatie). Cette structuration de la société se traduit par des *habitus* sociaux très divers, si bien qu'on pourrait établir une typologie fort longue : le riche *versus* le pauvre, le travailleur *versus* l'employeur, l'acheteur *versus* le vendeur, le prodigue *versus* l'avare (pour ne pas dire la cigale *versus* la fourmi !), l'argent comme totem *versus* l'argent comme tabou, ou encore le couple bourgeois *versus* aristocrate, qui illustre deux rapports à l'argent totalement opposés – valorisation du travail et du profit d'un côté, souci de la magnificence et de la dépense de l'autre [1]. Ces divers antagonismes nous entraînent assez vite vers l'idée que l'argent, en structurant la société, ne fait que la diviser. Le discours marxiste voit dans la société le reflet d'une « lutte de classes » entre ceux qui possèdent les moyens de production et ceux qui se font exploiter pour vivre (voir aussi l'encadré « L'argent dans l'œuvre de Marx », p. 200).

Pourtant, on peut considérer que l'argent, en tant qu'instrument privilégié de l'échange, participe au contraire à la constitution et à la garantie du lien social. En effet, on peut définir l'échange comme étant l'état de société lui-même – selon Adam Smith dans *La Richesse des nations* (1776), on n'a jamais vu deux chiens échanger un os. Le mot « commerce », en français classique, désigne aussi bien l'échange commercial que la relation réciproque (comme dans l'expression « commerce charnel »). Dans l'*Éthique à Nicomaque*, Aristote met ainsi en évidence l'enjeu éminemment social et politique qui se joue avec l'argent. Le philosophe cherche à établir que le ciment de la cité réside dans la réciprocité proportionnelle, laquelle est fondée sur les besoins réciproques : chacun, dans la cité, a besoin d'autrui, de sorte que « le besoin [...] assure la cohésion de tout dans la communauté [2] ». Dès lors, la monnaie apparaît à Aristote comme « une sorte de substitut du besoin ». En effet, compte tenu de la diversité des métiers et des compétences, la réciprocité proportionnelle entre citoyens n'est possible que grâce à l'argent, c'est-à-dire grâce à l'équivalent universel qui permet, par exemple, « que le bâtisseur reçoive du cordonnier son travail à lui et qu'il donne en retour le sien [3] » de manière équilibrée. Aristote associe ainsi la cause de l'échange, à savoir le besoin, et l'instrument de cet échange, l'argent.

Cette « substitution » de l'argent au besoin est le corollaire d'un glissement du naturel (le besoin) vers le culturel, le politique, le conventionnel. En effet, poursuit Aristote, c'est « par convention » que l'argent est devenu « substitut du besoin ». On retrouve ici l'étymologie de *nomisma*, qui dérive de *nomos*, « la loi », « la règle ». Or l'idée même de convention renvoie à l'état de société, car elle suppose un accord, une entente. Et de fait, la monnaie ne se comprend pas en dehors d'un réseau de relations

---

1. On sait que le maréchal de Richelieu, au XVIIIe siècle, a littéralement jeté par la fenêtre une bourse qu'il avait donnée à son petit-fils pour qu'il apprenne à dépenser, et que ce dernier avait rapportée pleine. Voir Hippolyte Taine, *Les Origines de la France contemporaine*, t. I, *L'Ancien Régime*, éd. F. Léger, Robert Laffont, « Bouquins », p. 101.
2. Aristote, *Éthique à Nicomaque*, *op. cit.*, p. 249.
3. *Ibid.*, p. 247-248.

entre les hommes, au sein de la cité (l'idée de cercle, de circulation, est ici très forte : l'argent circule, comme le suggère le terme anglais *currency*, « monnaie », « devise »). Sa valeur dépend d'abord d'un acte de la puissance publique qui impose son usage. Littéralement, l'argent repose sur le *crédit*, c'est-à-dire sur la confiance en la puissance publique qui fait circuler cette monnaie et en garantit la validité, mais aussi sur la confiance en autrui, qui me vend ou m'achète des biens.

Convention fondée sur la confiance mutuelle, l'argent n'a donc, en lui-même, aucune valeur. Et c'est encore plus vrai depuis que la monnaie n'est plus faite en métal précieux (or ou argent) et depuis que se sont imposées la monnaie fiduciaire et *a fortiori* la monnaie scripturale – des données électroniques n'ont en soi aucune valeur, sinon celle qu'on leur accorde par convention. Et même dans les systèmes monétaires fondés sur l'or, l'économiste David Ricardo a montré, dans *Des principes de l'économie politique et de l'impôt* (1817), que ce n'est pas le métal précieux qui fait la valeur de la monnaie, mais bien l'inverse, puisque l'étalon monétaire se déprécie dans la même proportion que les autres marchandises. En somme, comme le disait déjà Aristote, « la monnaie est une pure niaiserie, une chose entièrement conventionnelle et sans rien de naturel [1] », car on peut abandonner une monnaie pour une autre, faisant perdre toute valeur à celle qu'on utilisait auparavant. L'argent n'a donc de valeur que sociale.

Instrument d'échange, équivalent universel dépourvu en lui-même de valeur, l'argent est, selon la formule de Michel Serres, un « joker ». Sa neutralité, son universalité en font un objet « blanc et polysémique [2] ». C'est ce qui explique qu'on puisse tout projeter sur lui et qu'il se prête à tous les investissements affectifs ou moraux. Au-delà de sa seule matérialité et du rôle concret qu'il joue dans l'établissement et la structuration des relations humaines, l'argent fascine : il est au centre d'un imaginaire très développé, extrêmement puissant et ramifié. Objet de bien des passions humaines, il investit non seulement le réel, mais régente aussi certains des fantasmes les plus universellement répandus.

B. Imaginaires de l'argent

En art, en littérature, les représentations de l'argent nous donnent à voir un reflet de son rôle dans la société – qu'on songe à l'importance de la dot ou du mariage chez Jane Austen ou Balzac –, mais aussi et surtout un imaginaire foisonnant qui nous conduit des livres de comptes aux livres de contes. Ce qui est en jeu dans l'imaginaire de l'argent, qu'il soit

1. Aristote, *La Politique*, *op. cit.*, p. 59.
2. Michel Serres, *Genèse*, Grasset, 1982, p. 71.

sacralisé ou diabolisé, c'est bien la nature même des besoins et, plus encore, des désirs que l'homme cherche à combler (voir l'encadré « L'argent dans la mythologie grecque », p. 18).

1. L'argent et l'infini

L'argent fascine car il représente d'abord la promesse immédiate de l'abondance matérielle. Lorsque l'argent vient à manquer, ce sont les besoins les plus élémentaires de l'homme qui ne trouvent plus à se satisfaire : se nourrir, se loger, vivre tout simplement ; d'où le désir fantasmé de disposer d'une somme inépuisable, qui permette de ne plus souffrir du manque, mais aussi de ne plus souffrir de l'angoisse de ce manque.

C'est dans cette optique que l'on peut inscrire l'image du trésor, si répandue et si diverse. Il y a bien sûr le coffre rempli de pièces d'or et de bijoux dérobé par des pirates ou enfoui au fond d'un trou : c'est l'image qui nous vient le plus immédiatement à l'esprit parce qu'elle constitue une sorte de passage obligé des romans populaires ou des récits pour enfants – que l'on songe à *L'Île au trésor* (1883) de Stevenson ou aux innombrables contes dans lesquels la bonté ou la grandeur d'âme du héros est récompensée par la découverte d'une forte somme d'argent, comme dans *Le Petit Poucet* ou *Hansel et Gretel.*

Le trésor peut s'incarner sous la forme d'un objet miraculeux capable de produire de l'argent à volonté : la corne d'abondance qui, dans la mythologie grecque, regorge de joyaux et de pièces d'or ; l'âne fabuleux du conte *Peau d'âne* qui produit des pièces d'or à la place du crottin ; la fameuse poule aux œufs d'or de La Fontaine ; ou encore la pierre philosophale, dont la formule, longtemps recherchée par les alchimistes, aurait permis de transmuer le plomb en or.

Mieux encore, le trésor peut s'élargir aux dimensions d'un concept général sans rien perdre de sa fascinante matérialité. C'est ainsi que naissent les fantasmes du pays de Cocagne où il suffit de tendre la main pour voir ses désirs immédiatement satisfaits – ce qui correspond d'ailleurs à la représentation du paradis dans la Genèse. L'argent – le plus souvent sous la forme de l'or – se met alors à caractériser un espace rêvé où l'abondance serait de tous les instants ; c'est pour avoir rêvé de l'Eldorado, le pays de l'or, que les conquistadors espagnols se sont lancés à l'assaut des régions mystérieuses de l'Amérique du Sud, croyant trouver entre l'Amazone et le fleuve Orénoque la trace du pays merveilleux. De passage au Paraguay, le Candide de Voltaire visite l'Eldorado où diamants et rubis regorgent, à tel point que les indigènes ne leur accordent aucune valeur, leur préférant une autre monnaie, la livre sterling ! Au XIXe siècle, c'est encore des rêves de richesse infinie qui ont poussé d'innombrables chercheurs d'or en Californie, en Australie, ou au Klondike (c'est là que Balthazar Picsou, le fameux personnage de Carl

Honoré Daumier, *L'Imagination* : « Alors, je serai riche... j'aurai des laquais... des manteaux... de belles robes... un manchon... je serai belle, belle ! »

1833, Paris, Maison de Balzac. © Roger Viollet / Maison de Balzac

Honoré Daumier (1808-1879) fut l'un des peintres et caricaturistes les plus célèbres du XIXe siècle, en particulier pour ses portraits-charges contre Louis-Philippe, publiés dans des journaux satiriques comme *La Silhouette* ou *Le Charivari*, ainsi que pour ses illustrations de *La Comédie humaine* de Balzac. Il se spécialisa également dans les études de mœurs, à l'instar du célèbre écrivain, et représenta de nombreux aspects de la vie quotidienne de son temps, notamment dans deux séries de dessins célèbres, *Les Bons Bourgeois* et *Les Gens de justice*.

Une atmosphère balzacienne plane sur cette gravure qui donne à voir l'imagination à l'œuvre ; une jeune fille du peuple, que l'on reconnaît à ses vêtements (jupe rayée, tablier, maigre châle sur une patère, petit chapeau suspendu à la chaise), contemple rêveusement le miroir intérieur d'une boîte à ouvrage d'où dépasse un morceau de tissu blanc. La chambre dans laquelle elle se trouve reflète, sinon la misère, du moins un grand dénuement : l'ameublement, très simple, se compose d'une table, d'une chaise de paille et d'un lit pliant. Seul un miroir carré tranche avec la nudité des lieux, peut-être pour suggérer la propension de la jeune fille à s'examiner et à laisser libre cours à ses songes. Aux pieds de celle-ci, de petits personnages richement vêtus, mais affublés de queues de souris, défilent à la queue leu leu, incarnant sous une forme concrète la direction prise par son imagination, à savoir la richesse : il s'agit surtout de femmes pourvues de ces chapeaux, de ces manteaux, de ces manchons et même de ces laquais qui la font tant rêver.

Grisette ou servante réfugiée dans sa chambre de bonne, le personnage fait songer à ces héroïnes pauvres de la littérature populaire, telle la touchante Francine des *Scènes de la vie de bohème* (1848) d'Henri Murger – son plus cher désir est de posséder un manchon –, ou l'espiègle Rigolette des *Mystères de Paris* d'Eugène Sue (1842-1843). Le dessin de Daumier reflète une des réalités des débuts de la monarchie de Juillet, celle de la pauvreté des couches populaires, en particulier des jeunes filles condamnées à devenir domestiques ou employées pour survivre. Mais il traduit aussi une vérité intemporelle : dès que l'imagination s'emballe, elle prend pour objet ce dont nous manquons et ce que nous désirons le plus. C'est pourquoi l'argent et le bien-être matériel qu'il procure font figure d'objets de fantasme privilégiés ; tout comme dans « La Laitière et le pot au lait » de La Fontaine, cette nouvelle Perrette prend ses désirs pour des réalités.

Barks, commence à faire fortune...) : l'imaginaire du gisement d'or, de la pépite, est au fondement de quantité d'œuvres artistiques. Charlie Chaplin en a fait l'un de ses films les plus célèbres, *La Ruée vers l'or* (1925).

Le fantasme du trésor ou de la mine d'or nous montre que l'argent ouvre la perspective de l'infini. Infinie, l'incroyable fortune du comte de Monte-Cristo, dans le roman du même nom, semble bien l'être : ni le lecteur ni les personnages ne parviennent à la chiffrer. Ouvert sur l'innombrable, l'argent apparaît vite comme une figure de démesure. Dans « Le Veston ensorcelé », Dino Buzzati imagine un homme qui perd temporairement le sens moral après avoir acquis un veston dont il peut tirer un billet de 10 000 lires à chaque fois qu'il met la main dans sa poche : il amasse ainsi une fortune colossale, alors même qu'il apprend dans les journaux qu'à chaque fois qu'il prélève de l'argent dans son veston, un crime est commis dans le monde. Cette nouvelle, dans laquelle s'esquisse une condamnation du désir insatiable de l'argent, met en lumière le mécanisme de ce désir, fondamental dans notre rapport à l'argent.

Ainsi, l'argent, sous des formes multiples, représente la source de vie, celle à laquelle il faut puiser pour contenter ses besoins. Mais au-delà des besoins matériels de la survie et du confort, l'argent symbolise aussi la possibilité de satisfaire le fantasme de la toute-puissance.

2. L'argent et la toute-puissance

Étant l'équivalent universel, « ce bienheureux métal, l'argent, maître du monde [1] », peut potentiellement tout acheter, malgré les protections d'ordre juridique : un empire (certains empereurs romains ont payé pour monter sur le trône), le corps d'une prostituée, un esclave, un organe humain, voire, depuis peu, la vie même d'un internaute sur eBay. Dès lors, on a tôt fait de projeter sur lui le fantasme de la toute-puissance. Tout-puissant en lui-même, l'argent rendrait tout-puissant celui qui le possède et en use par l'acte d'achat. Voilà le lieu commun qui structure un second niveau de l'imaginaire de l'argent.

Se rendre maître du monde et des autres, ce rêve suprême permis par l'argent, livres et films l'incarnent à plaisir. Pour reprendre l'exemple du *Comte de Monte-Cristo* (1844) de Dumas, c'est parce que l'évadé du château d'If, Edmond Dantès, découvre un fabuleux trésor qu'il peut changer d'identité et se venger de ceux qui l'ont injustement fait condamner. L'argent transforme le jeune marin insouciant en justicier tout-puissant ; son pouvoir sur les hommes et leur passé semble illimité, à tel point que Monte-Cristo fait figure de surhomme. Plus près de nous, les films d'espionnage mettent très souvent en scène des sociétés secrètes

1. La Fontaine, « La Coupe enchantée », dans *Œuvres complètes*, éd. J.-P. Collinet, Gallimard, « Bibliothèque de la Pléiade », t. I, 1991, p. 727.

dirigées par de très riches hommes d'affaires pour qui l'argent constitue le premier des moyens d'action : qu'on songe aux adversaires de James Bond, à commencer par Goldfinger, dont le nom indique assez ce que ce personnage doit à l'argent.

Ce dernier exemple le montre, la puissance de l'argent lui confère souvent une aura maléfique. Historiquement, ce sont surtout les discours antisémites qui se sont nourris de ce fantasme de l'argent tout-puissant et diabolique : dès le Moyen Âge, les Juifs, que l'interdiction de posséder la terre poussait vers le commerce et la banque (le prêt à intérêt étant interdit aux catholiques par l'Église), sont accusés de tous les maux. Dans *Le Marchand de Venise* (vers 1596), Shakespeare fait du personnage principal de sa pièce, Shylock, un usurier juif qui propose à Antonio un marché révoltant : s'il ne lui rend pas la somme prêtée au jour dit, Shylock exigera, pour paiement, une livre de sa chair. Antonio, en signant cet accord, accepte le pouvoir de vie et de mort que Shylock entend exercer sur lui. Plus tard, au XIXe siècle, les liens supposés entre la haute finance, les milieux du pouvoir et le judaïsme font le lit d'un antisémitisme virulent : se développe tout un imaginaire des « Juifs rois de l'époque » (c'est le titre d'un pamphlet d'Alphonse Troussenel), du « complot juif », de l'« internationale juive » qu'on se représente comme une pieuvre, ou des « deux cents familles » qui sont censées tirer les ficelles de la Bourse de Paris.

3. L'argent et les possibles

Si l'argent apparaît comme le moyen le plus propre à combler l'infini du désir, c'est qu'il possède un « pouvoir illimité de traduction », selon Marcel Hénaff : « Ce n'est pas tant le désir d'accumuler qui attire dans l'argent que l'idée qu'il pourra être converti en toute sorte de choses selon les désirs ou les besoins, les occasions et les urgences [1]. » Ainsi, avoir de l'argent, c'est bien plus que bénéficier d'une certaine somme ; c'est, comme l'explique Paul Ricœur, « posséder le médiateur universel, c'est détenir la clef du franc arbitre de toutes les transactions marchandes [2] ». En un mot, l'argent fascine car il offre le sentiment de tous les possibles, de l'absolue virtualité. Pour un prisonnier, écrit Dostoïevski, « l'argent, c'est la liberté sonnante et trébuchante : c'est pourquoi, à l'homme privé totalement de liberté, il est dix fois plus cher. S'il l'entend tinter dans sa poche, le voilà déjà à moitié consolé, fût-il même dans l'impossibilité de le dépenser [3] ». Peu importe la somme dont on dispose et peu importe que très peu de possibles seront réellement

1. Marcel Hénaff, *Le Prix de la vérité : le don, l'argent, la philosophie*, Seuil, « La Couleur des idées », 2002, p. 24.
2. Paul Ricœur, « D'un soupçon à l'autre », in *L'Argent, pour une réhabilitation morale*, dir. A. Spire, Autrement, série « Mutations », n° 132, octobre 1992, p. 57.
3. Dostoïevski, *Récits de la maison des morts*, éd. Pierre Pascal, GF-Flammarion, 1980, p. 58-59.

actualisés, « l'essentiel est cette ouverture inscrite dans le numéraire [1] », écrit encore Marcel Hénaff. Dans *Le Père Goriot* (1834), Balzac explique ainsi qu'« à l'instant où l'argent se glisse dans la poche d'un étudiant, il se dresse en lui-même une colonne fantastique sur laquelle il s'appuie. [...] Paris lui appartient tout entier [2] ». Dans un célèbre poème en prose, « La Fausse Monnaie », Baudelaire décrit quant à lui le geste d'un homme qui fait l'aumône d'une fausse pièce à un mendiant ; il réfléchit au sens de cet acte et lui trouve la justification suivante :

> Une pareille conduite, de la part de mon ami, n'était excusable que par le désir de créer un événement dans la vie de ce pauvre diable, peut-être même de connaître les conséquences diverses, funestes ou autres, que peut engendrer une pièce dans la main d'un mendiant. Ne pouvait-elle pas se multiplier en pièces vraies ? Ne pouvait-elle pas aussi le conduire en prison [3] ?

Il n'est guère surprenant que des écrivains aient perçu si finement les virtualités de l'argent, car ils avaient hautement conscience de son potentiel dramatique et romanesque : intrigues savantes – comme dans *La Maison Nucingen* (1837), où Balzac donne à voir le génie financier d'un homme d'affaires –, enrichissements scandaleux ou ruines retentissantes – à l'image de l'extraordinaire et authentique disgrâce de Fouquet, surintendant des Finances de Louis XIV. Ainsi, Lesage, dans *Turcaret ou le Financier* (1709), montre la chute d'un parvenu, ancien laquais devenu richissime collecteur d'impôts, dupé et conduit à sa perte par une intrigante et un valet. La thématique du jeu, du hasard, de l'argent qu'on gagne sans travailler est elle aussi très importante dans l'imaginaire de l'argent : étymologiquement, la « fortune » au sens de « richesse » n'est que la conséquence, toujours hasardeuse et transitoire, du bon vouloir de cette déesse de la « chance » que les Romains vénéraient sous le nom de *Fortuna* (voir l'illustration *Une allégorie de la fortune : l'institution de la loterie royale par Louis XVI*, p. 35). Plus encore, l'idée qu'on peut tout perdre en « jouant *pour de l'argent* » est un fantasme qui « nous saisit avec toute la puissance d'une pulsion de vie tirant sa force de la pulsion de mort qui lui est associée [4] ». Dostoïevski consacre un roman, *Le Joueur* (1866), à la figure du joueur invétéré qui se ruine aussi vite qu'il s'est enrichi. René Clair, dans le film *Le Million* (1931), construit une comédie à partir d'un personnage qui gagne le gros lot mais a perdu son billet de loterie...

L'investissement de l'argent par le fantasme, qui révèle sa dimension insaisissable et mystérieuse, explique en grande partie la condamnation morale dont l'argent fait universellement l'objet ; l'argent permet à l'homme de contenter les désirs qui relèvent des penchants traditionnel-

1. Marcel Hénaff, *Le Prix de la vérité...*, *op. cit.*, p. 436.
2. Balzac, *Le Père Goriot*, éd. P.-G. Castex, in *La Comédie humaine*, t. III, Gallimard, « Bibliothèque de la Pléiade », 1976, p. 131.
3. Baudelaire, *Œuvres complètes*, t. I, éd. Cl. Pichois, Gallimard, « Bibliothèque de la Pléiade », 1975, p. 324.
4. Maurice Ménard, « Le roman et l'argent », in *Comment penser l'argent ?*, *op. cit.*, p. 25.

L'ARGENT DANS LA MYTHOLOGIE GRECQUE

Plusieurs mythes très connus mettent en garde contre la fascination que l'argent exerce et contre son pouvoir supposé.

Roi mythique de Phrygie, **Midas** est dévoré par la soif de l'or. Une occasion de devenir lui-même la source de sa propre richesse se présente à lui : Silène, fils d'Hermès ou de Pan selon les versions, précepteur paillard de Dionysos, s'égare dans le royaume de Midas. Ivre, il s'endort avant d'être découvert par des Phrygiens qui le font prisonnier et l'amènent devant le roi. Midas libère l'opulent vieillard, par égard pour sa propre sagesse et pour le dieu qu'il sert. Dionysos, reconnaissant, lui accorde une faveur, et lui promet d'exaucer n'importe lequel de ses vœux. Aveuglé par sa propre cupidité, Midas souhaite que tout ce qu'il touche se transforme aussitôt en or. Mais le roi s'aperçoit bientôt que ce don fabuleux ne peut le conduire qu'à la mort, puisque tous les aliments dont il cherche à se nourrir, boisson comme nourriture, se changent aussitôt en or. Terrifié, il supplie Dionysos de reprendre son présent ; celui-ci, satisfait d'avoir donné une leçon à cet homme cupide, accepte de le sauver, à condition qu'il aille se purifier en se baignant dans le fleuve Pactole, qui, depuis, est réputé pour charrier des pépites (d'où l'expression « toucher le pactole »). Au-delà de l'aspect étiologique du récit, le mythe met en évidence les **conséquences néfastes de la soif de l'or** ; inutile en lui-même, l'argent est incapable d'offrir ce qui est nécessaire à la survie de l'homme.

L'argent incarne aussi l'image de la corruption. **Danaé**, fille d'Acrisios, roi d'Argos, fut enfermée par son père dans une tour d'airain sur la foi d'un oracle qui avait prédit que le fils qu'elle aurait tuerait son grand-père. Amoureux de la jeune fille, Jupiter déjoua les plans d'Acrisios. Il se métamorphosa en pluie d'or et traversa ainsi les barreaux de la prison. Séduisant la jeune fille, il s'unit à elle. Danaé donna naissance à un fils, Persée. Ce mythe montre comment l'or peut tout acheter, depuis la probité des geôliers d'une prison jusqu'à la vertu d'une jeune fille, et met en évidence le **pouvoir corrupteur de l'argent**, qui permet de tout obtenir.

L'histoire de **Crésus**, roi de Lydie, est devenue mythique (avec l'expression « riche comme Crésus »), bien qu'il s'agisse à l'origine d'un personnage historique (VIe siècle av. J.-C.). Célèbre pour ses richesses, il attirait à sa cour des visiteurs prestigieux, parmi lesquels le philosophe Solon. Crésus, flatté de recevoir un tel hôte, lui montra sa fortune et se présenta comme l'homme le plus heureux de la terre. Solon, dubitatif, répondit : « N'appelons personne heureux avant sa mort. » Crésus ne devait pas tarder à vérifier la vérité de ces paroles ; il perdit son fils unique Atys dans un accident de chasse, puis fut détrôné et privé de ses richesses par Cyrus, fondateur de l'Empire perse. Conduit devant son vainqueur, condamné à mourir brûlé sur un bûcher, Crésus, se souvenant des propos de Solon, s'écria, plein de douleur : « Ô Solon, Solon ! » Cyrus lui demanda de s'expliquer et, frappé par le discours de Crésus, il lui accorda la vie sauve et fit de lui son conseiller. L'homme trop heureux irrite les dieux qui s'empressent de mettre fin à sa félicité ; l'argent, s'il apparaît comme un des éléments du bonheur, ne prémunit pas contre la loi commune. De manière significative, les Grecs croyaient que le **dieu Plutus, personnification de la richesse**, avait été privé de la vue par Zeus, de sorte qu'il distribuait les biens à l'aveugle, sans considération des mérites de chacun.

lement assimilés aux vices. Il serait donc un des médiateurs essentiels entre l'homme et le mal, un des obstacles principaux entre lui et la vertu.

II. ÊTRE ET AVOIR : L'ARGENT EN ACCUSATION

L'argent fait l'objet d'une condamnation ou plutôt de condamnations si fréquentes et si généralisées qu'elles sont passées à l'état de lieu commun, comme en témoignent les nombreux proverbes s'y rapportant. Cependant, ces mises en accusation n'ont pas toujours le même objet ; du reste, plus que la monnaie elle-même, dont on reconnaît généralement la nécessité et la légitimité (voir l'encadré « Argent et utopie : peut-on vivre sans argent ? », p. 39), ce sont soit certaines pratiques liées à son usage, soit les rapports qu'on entretient avec elle qu'on a coutume de dénoncer.

A. Du bon usage de l'argent

Les pratiques liées à l'argent sont blâmées dès lors qu'elles traduisent, de la part de celui qui s'y livre, un amour excessif de l'argent ; dépasser la mesure, c'est s'exposer à confondre la fin et les moyens, à prendre l'argent, qui n'est somme toute qu'un instrument, pour un but en soi, et finalement à agir de manière contre-nature.

1. La chrématistique, ou le gain contre-nature

Aristote ne condamne pas l'argent pour lui-même – car il a bien conscience, comme nous l'avons vu, du rôle joué par l'argent dans la vie de la cité –, mais prend soin, dans un célèbre passage de *La Politique*, de distinguer un usage de l'argent qu'il juge « naturel » de certaines pratiques « contre-nature ». Il y a une bonne et une mauvaise richesse. La bonne est celle qui relève de l'*oikonomia*, qui n'est pas ce que nous entendons par « économie », mais plutôt la « gestion du foyer » : ce mot grec est formé à partir de *nomos*, « la loi », « la règle », et d'*oikos*, qui désigne la maison, la propriété, en mettant l'accent sur tous ceux qui y vivent (domestiques et animaux compris). Comme l'explique Marcel Hénaff, pour Aristote, « comme pour toute la tradition antique grecque et romaine, l'activité de production et d'échange relève du domaine privé (*oikos*), ce qui alors veut dire essentiellement du domaine de la subsistance, laquelle est à la charge de [...] l'*oikonomos*, le chef de la maisonnée [1] ». Dans le cadre strict de l'*oikos*, où les besoins sont limités, finis, et, surtout, orientés vers une fin (la subsistance), recourir à l'argent est utile et même honorable : cela permet d'assurer la survie, l'autarcie et la liberté de la petite communauté qui vit sous le même toit. Dans ce cas-là, l'argent est un instrument, un outil (*organon*) : il ne sert qu'à l'échange.

Or, selon Aristote, par déviance, les hommes en viennent à considérer l'argent non plus comme un instrument, mais comme un bien comme un autre (*chrèma*). C'est le fondement de la mauvaise richesse, celle qui est acquise par la « chrématistique ». En toute rigueur, ce terme désigne simplement l'art d'acquérir des biens (*chrèmata*), mais Aristote l'emploie souvent en un sens négatif, qu'on pourrait restituer par « quête du profit spéculatif ». La chrématistique, c'est en quelque sorte la confusion des fins et des moyens. Elle ne s'inscrit pas dans le cadre de l'*oikonomia* : elle crée des richesses « non pas de toute façon, mais seulement par le moyen d'échange de biens », de sorte que « la monnaie est dans ce cas principe et fin de l'échange [2] ». Aristote vise ici le commerce, qu'il accuse de dénaturer l'argent en en faisant une « *technè* qui s'émancipe et s'affirme pour elle-même [3] ».

En effet, dans le commerce qui repose sur la revente – et non le commerce local où le producteur vend directement le fruit de son travail –, l'argent n'est plus un moyen, mais une fin : le marchand, qui ne produit rien mais se contente de faire l'intermédiaire entre le producteur et l'acheteur, vend des biens dans l'idée de produire de l'argent, en dégageant des marges de bénéfices. Dès lors, on n'est plus dans le cadre fini de l'*oikos* et des besoins de la maisonnée, mais on entre dans l'illimité du désir. En définitive, comme le dit très justement Marcel Hénaff, « la chrématistique est la fusion perverse de cette illimitation du désir et d'une technique d'acquisition sans finalité. [...] La monnaie détachée de la propriété ne mesure pas autre chose que le désir de richesse même [4] ». On retrouve ici une constante de la pensée antique : les marchands sont méprisés. Platon, dans la cité idéale qu'il décrit dans *Les Lois*, tient les marchands à l'écart, au prétexte qu'une cité n'a pas besoin d'un commerce trop florissant, car les exportations « emplirai[ent] ses coffres de monnaie d'argent et d'or ; et [...] c'est là ce qui engendre, pour ainsi dire, la pire des calamités pour une cité [5] ».

Au-delà de la question du commerce, Aristote estime – et c'est là une opinion qui sera reprise par le christianisme – que la chrématistique n'est jamais si éloignée de la nature que dans le cas du prêt à intérêt.

> Ce qu'on déteste avec le plus de raison, c'est la pratique du prêt à intérêt, parce que le gain qu'on en retire provient de la monnaie elle-même et ne

1. Marcel Hénaff, *Le Prix de la vérité...*, *op. cit.*, p. 112.
2. Aristote, *La Politique*, *op. cit.*, p. 60.
3. Marcel Hénaff, *Le Prix de la vérité...*, *op. cit.*, p. 117.
4. *Ibid.*, p. 123.
5. Platon, *Les Lois*, éd. L. Brisson et J.-F. Pradeau, GF-Flammarion, t. I, 2006, p. 217.

répond plus à la fin qui a présidé à sa création. [...] L'intérêt est une monnaie née d'une monnaie. Par conséquent, cette dernière façon de gagner de l'argent est de toutes la plus contraire à la nature [1].

On retrouve ici l'idée que le moyen est considéré, à tort, comme une fin. Mais le prêt à intérêt est autrement plus condamnable que le commerce de revente : en permettant à l'argent de se reproduire lui-même, il le rend comme vivant. En effet, en grec, « intérêt » se dit *tokos*, c'est-à-dire « enfant », « ce qui est engendré ». Ainsi, le prêt à intérêt marque l'apogée de l'autonomisation de l'argent, plus contre-nature que jamais.

2. L'Église et l'usure

Les prescriptions chrétiennes en matière de comportement face à l'argent et aux transactions financières ont hérité très largement de la réflexion aristotélicienne. Mais c'est aussi, évidemment, sur la base des textes bibliques que l'Église a très fermement condamné l'usure (voir l'encadré « L'argent dans la Bible et le Coran », p. 24). Par ce terme, les Pères de l'Église et les théologiens médiévaux n'entendaient pas, comme aujourd'hui, le prêt à taux d'intérêt abusivement élevé, mais le prêt à intérêt lui-même. « *Fenus pecuniae, funus est animae* » (« le profit usuraire de l'argent, c'est la mort de l'âme »), disait, au IVe siècle, le pape Léon Ier [2]. Comme Aristote, l'Église condamne le prêt à intérêt parce qu'elle le juge contre-nature : il permet aux usuriers de gagner de l'argent « en dormant » ; il est par essence monstrueux parce qu'il fait naître de l'argent à partir de l'argent ; mais surtout, il repose sur un rapport pervers au *temps*. Cette dernière accusation est très importante : en exigeant, à telle ou telle échéance, une somme supérieure à celle qu'il a prêtée, l'usurier fait fructifier le temps. Or le temps est un don de Dieu, et chercher à le vendre revient à le voler. Pire, l'usure menace l'ordre du monde, car « nul ne saurait tenter de s'approprier le temps sans ruiner l'ordre des choses voulu par Dieu [3] ».

À l'inverse, il existe aussi un bon usage de l'argent. La doctrine catholique accorde une importance capitale à la notion de « charité » – terme qui, en théologie, désigne l'amour fondé en Dieu, mais qui, dans son sens concret et, en l'occurrence, économique, caractérise une certaine forme de don, l'aumône (voir l'illustration *La Comtesse de Béthune-Pologne distribuant des aumônes aux pauvres*, p. 22). L'aumône est ainsi considérée comme « antidote de l'amour de l'argent [4] » ; vers 400, Prudence, poète latin et chrétien, met en scène la lutte entre les vices et

---

1. Aristote, *La Politique*, *op. cit.*, p. 65-66.
2. Cité par Jacques Le Goff, *La Bourse et la vie. Économie et religion au Moyen Âge*, Hachette, « Pluriel », 1997 [1986], p. 39.
3. Marcel Hénaff, *Le Prix de la vérité...*, *op. cit.*, p. 132.
4. Nicole Bériou, « L'esprit de lucre entre vice et vertu. Variations sur l'amour de l'argent dans la prédication du XIIIe siècle », in *L'Argent au Moyen Âge*, Publications de la Sorbonne, 1998, p. 269.

La Comtesse de Béthune-Pologne distribuant des aumônes aux pauvres dans les jardins de son château de Glatigny, près de Versailles, en 1788

Château de Versailles. © RMN / D.R.

Cette estampe, de style naïf et populaire, a un but édifiant : elle illustre la charité en acte des grands de ce monde sous l'Ancien Régime. La comtesse Adélaïde Françoise de Béthune-Pologne (1761-1823) appartient à l'une des plus anciennes familles de la noblesse française ; elle est ici représentée sur la gauche de l'image, assise sur un banc rustique, vêtue d'un costume qui traduit l'aisance dans laquelle elle vit : longue robe à franges, aux manches garnies de dentelle, châle, coiffe ornée, bracelet au poignet. Elle est en train de faire l'aumône, et regarde le spectateur comme pour le prendre à témoin de sa bonté : on voit qu'elle dépose quelques pièces de monnaie dans la main d'une pauvre femme, en haillons et pieds nus, qui tient groupés autour d'elle ses enfants. D'autres malheureux, également vêtus de lambeaux, et dont le visage est marqué par la tristesse, attendent les largesses de la comtesse : on distingue parmi eux hommes, femmes, enfants et vieillards – signe que la misère touche l'ensemble du peuple. Cette scène se déroule dans le cadre idyllique d'une propriété bien tenue : les champs alentours sont cultivés et plantés de fleurs, tandis que les bâtiments à l'arrière-plan sont d'aspect cossu, ce qui est une autre manière de traduire la richesse de la comtesse, mais aussi de signaler que toute prodigalité trouve son origine dans la nature, elle-même œuvre de Dieu apprivoisée par les hommes.

La charité faite aux pauvres est l'une des obligations morales et spirituelles du chrétien ; cette obligation est plus impérieuse encore pour ceux que la fortune a favorisés. Ainsi des grands du royaume, qui par leur prodigalité justifient leur position de supériorité dans la société, tout en faisant leur propre bonheur. En effet, le siècle des Lumières considère qu'« il existe une façon d'utiliser les richesses qui, bien loin de rendre l'homme malheureux, lui procure un état voisin de la béatitude. Le riche qui prodigue tous ses biens pour le bonheur des hommes savoure comme une apothéose [...]. Le riche bienfaisant se nourrit de tout le bonheur qu'il donne. Il partage l'ivresse de Dieu qui se délecte de sa propre création » (Robert Mauzi, *L'Idée du bonheur dans la littérature et la pensée françaises du XVIIIe siècle*, Albin Michel, 1994, p. 162). En somme, c'est l'exercice de la vertu qui procure le bonheur, d'où la valorisation de l'aumône – faire l'aumône acquiert même un pouvoir de séduction : c'est en donnant de l'argent à des miséreux que Valmont, dans *Les Liaisons dangereuses* de Laclos, séduit la vertueuse Présidente de Tourvel.

les vertus dans sa *Psychomachie* : l'Avarice y est égorgée par la Charité. Du reste, les prédicateurs ne se privent pas de faire appel au vocabulaire de l'argent dans leurs sermons, car ils y voient le meilleur moyen de faire comprendre à leurs ouailles le fonctionnement du royaume de Dieu. La rédemption est ainsi présentée comme le paiement, par Jésus-Christ, de la dette contractée par les hommes pécheurs. De même, l'aumône est présentée comme une sorte de droit de péage vers le paradis. Selon l'historienne Nicole Bériou, « par le truchement des images de l'argent et du profit, la gratuité de l'amour de Dieu, elle aussi, est paradoxalement enseignée [1] ».

Bien sûr, de telles pratiques comportent aussi leurs dérives, à commencer par celle des indulgences, célèbres pour avoir joué un grand rôle dans le schisme entre protestants et catholiques au XVIe siècle. L'indulgence désigne la rémission accordée par l'Église de la peine temporelle (une certaine durée passée au purgatoire) encourue pour un péché déjà pardonné ; autrement dit, si le sacrement du pardon absout le pécheur, il ne le dispense pas d'effectuer sa peine. Cette peine peut être soit réduite, soit totalement effacée, si le pécheur se rachète par des actes de charité, de piété ou de dévotion durant sa vie terrestre. Au fil du temps, cette pratique qui remonte à l'Antiquité tardive a fini par prendre une forme essentiellement financière. Cette marchandisation du pardon fut dénoncée par Luther et des chrétiens indignés de voir que cette manne financière servait à construire des édifices religieux et à entretenir les prélats.

3. La finance suspecte

Sans entrer dans les détails, on ne peut que constater la persistance, dans l'histoire, de cette condamnation de l'argent pour certains de ses usages. L'enrichissement spectaculaire des fermiers généraux au XVIIIe siècle et de sombres histoires de trafic de grains ont scandalisé le peuple au point de préparer le terrain à la Révolution française. Les scandales financiers, qui ont ponctué l'histoire économique depuis la fin du XIXe siècle – krach de l'Union Générale en 1882 (voir l'encadré « Le krach de l'Union Générale », p. 120), scandale de Panamá dans les années 1890, corruption généralisée révélée par l'affaire Stavisky en 1934… –, n'ont cessé de défrayer la chronique et d'exciter le ressentiment populaire à l'encontre des financiers, des spéculateurs ou tout simplement des hommes d'affaires, accusés de s'enrichir aux dépens d'autrui et d'être dépourvus de toute conscience morale (que l'on songe aux débats suscités de nos jours par l'usage des « parachutes dorés »). Tout récemment, de quels maux n'accuse-t-on pas celui que les médias se sont empressés d'appeler « l'escroc du siècle », Bernard Madoff ? De la même manière, les pratiques des *traders* suscitent beaucoup d'émotion. Le cinéma s'en fait l'écho : dans *American Psycho* (2000), par exemple,

1. *Ibid.*, p. 287.

L'ARGENT DANS LA BIBLE ET LE CORAN

Dans la Bible hébraïque et le Coran, si l'amour excessif de l'argent est condamné, la richesse est en général signe de bénédiction. Le Nouveau Testament, quant à lui, est beaucoup plus sévère avec l'argent, assimilé à un dieu syrien, Mammon (Mt 6, 24 ; Luc 16, 13).

Abraham possède des troupeaux et de l'or, il est capable d'acheter un terrain à sa pleine valeur pour ensevelir sa femme Sara selon les rites (Gn 23, 15-16). Ainsi, dans le **judaïsme, la richesse n'est pas condamnée** : elle permet de faire des offrandes au Temple, d'accomplir ses devoirs envers les pauvres, et libère du temps pour l'étude des textes sacrés. Le prêt à intérêt n'est interdit qu'entre coreligionnaires. Le profit commercial est autorisé s'il reste limité. Mais nul ne doit le convoiter trop ardemment, car **l'argent ne procure pas le bonheur** : « Qui aime l'argent ne se rassasiera pas d'argent, ni du revenu celui qui aime le luxe. Cela aussi est vanité. [...] Doux est le sommeil de l'ouvrier, qu'il ait mangé peu ou beaucoup ; mais la satiété du riche, elle, ne le laisse pas dormir » (Ecclésiaste 5, 9-11). L'argent ne peut acheter une nouvelle vie (Ps 49, 9), ni la sagesse (« elle ne s'achète pas au poids de l'argent », Job 28, 15), et il détourne de Dieu : le Veau d'or, adoré par les Hébreux en l'absence de Moïse, dans l'Exode, peut être compris comme une représentation de l'argent.

Le **Nouveau Testament** se distingue par une **condamnation systématique de l'argent et du riche**. L'enseignement du Christ comporte un certain nombre de prescriptions qui touchent à l'argent : « Ne vous amassez pas des trésors sur la terre, où les mites et les vers font tout disparaître, où les voleurs percent les murs et dérobent. Mais amassez-vous des trésors dans le ciel, où ni les mites ni les vers ne font de ravages, où les voleurs ne percent ni ne dérobent. Car où est ton trésor, là aussi sera ton cœur » (Mt 6, 19-21 ; Luc 12, 33-34). Les **paraboles** font souvent référence à l'argent : dans la parabole du semeur, l'homme séduit par les richesses est comparable à la graine semée au milieu des épines (Mt 13, 22). Mais dans la parabole des talents (une monnaie grecque), le serviteur incapable de faire fructifier le bien de son maître est chassé de la maison (Mt 25, 14-31) ; cette histoire est à l'origine de la signification moderne du mot « talent ».

À l'inverse, **la figure du pauvre est valorisée** ; l'offrande d'une pauvre veuve qui donne tout ce qu'elle a représente plus que celle d'un riche qui ne donne que ce qui lui est superflu (Luc 21, 1-6). À un riche qui lui demande ce qu'il doit faire pour gagner le royaume de Dieu, Jésus répond qu'il doit se débarrasser de ses biens et le suivre ; « à ces mots, le jeune homme s'en alla tout triste, car il avait de grands biens. Et Jésus dit à ses disciples : "En vérité je vous le déclare, un riche entrera difficilement dans le Royaume des cieux" » (Mt 19, 22-24 ; Marc 10, 22). Alors que les pauvres sont assurés de trouver leur récompense dans l'au-delà, les riches seront renvoyés « les mains vides » (Luc 1, 53) et condamnés, comme dans la parabole du mauvais riche, voué aux tourments dans l'au-delà pour son manque de générosité envers Lazare (Luc 16, 19-31). L'appétit des richesses conduit enfin au pire des péchés : la trahison de Judas qui livre Jésus pour trente deniers.

Chez les musulmans, **ni le Coran ni la Sunna n'ont d'hostilité de principe à l'argent**. Le marchand est même une figure valorisée : Mahomet était lui-même marchand. Le profit obtenu dans des conditions licites a la même valeur qu'un haut fait militaire ou qu'une œuvre pieuse. Un hadith dit : « Un dirham qui vient du commerce vaut mieux que dix dirhams gagnés autrement. »

un riche *golden boy* de Wall Street se rend manifestement coupable des crimes les plus atroces par haine de l'humanité. De plus en plus, la puissance de l'économie est vécue comme une sorte de fatalité qui s'imposerait aux hommes de l'extérieur, tel un outil qui serait devenu maître (voir l'illustration *Allégorie de l'argent*, p. 26). La Bourse, notamment, est perçue comme un endroit mystérieux, où la richesse se crée et se perd par pure spéculation, sans la moindre relation avec la production de marchandise réelle ; cette autonomisation de la finance par rapport au réel semble s'accompagner d'un refus total du questionnement moral.

Ainsi, on condamne habituellement l'argent pour les pratiques immorales et déréglées qu'il encourage ; mais ces pratiques elles-mêmes trouvent leur origine dans un rapport dévoyé à l'argent, qui apparaît alors comme un véritable agent de corruption.

B. L'argent corrupteur : dénaturation morale

Lorsqu'on éprouve un amour excessif des richesses, on s'expose, si l'on en croit les moralistes, à commettre une confusion encore plus grave que celle de la fin et des moyens ; on confond non plus un instrument avec un but, mais un bien matériel, ou une apparence, avec une essence (voir l'encadré « L'argent comme imposture », p. 31). En désirant l'argent plus que toute autre chose, on lui donne une valeur essentielle, on substitue l'être à l'avoir. De ce fait, l'argent se trouve condamné pour sa puissance corruptrice : il corrompt l'âme de l'individu, il corrompt la collectivité en dénaturant le lien social.

1. Corruption de l'individu

L'individu qui entretient un rapport dévoyé à l'argent et qu'obnubile l'accumulation des richesses s'expose à deux risques d'inégale importance, mais tous deux condamnables sur le plan moral. D'une part, l'amour de l'argent détourne de la spéculation abstraite et spirituelle en accaparant l'âme ; d'autre part, et c'est plus grave, cette préoccupation permanente de l'âme ne se contente pas de la détourner du bien, elle l'entraîne aussi sur la pente du vice, en l'exposant à l'intempérance et à la démesure (voir l'illustration de Federico Zuccaro, *Le Cercle des avares et des prodigues*, p. 29).

Si la condamnation aristotélicienne de la chrématistique est l'expression la plus aboutie de la réflexion menée sur l'argent dans l'Antiquité, la méfiance envers la recherche du profit ou envers la richesse est l'une des constantes de la pensée antique. Les considérations philosophiques et politiques sont très souvent assorties d'un versant moral, qui trouve à s'exprimer chez l'immense majorité des penseurs ou poètes gréco-romains et qui est l'origine d'une *doxa* toujours vivace aujourd'hui. Un

Allégorie de l'argent
Lithographie de Torrez, d'après Achigot (milieu du XIXᵉ siècle)

Au cours du XIXᵉ siècle, l'accélération et l'accroissement considérables des échanges financiers par le biais de systèmes bancaires de plus en plus ramifiés et étendus donnent une importance inédite à la Bourse, nouveau temple de l'argent et de l'agitation moderne, décrit par Zola dès le premier chapitre de *L'Argent*.

On aperçoit, à l'arrière-plan de cette gravure satirique, le siège historique de la Bourse de Paris, le palais Brongniart, entouré de ses grilles, au cœur de la ville que l'on devine à ses immeubles. Au centre de l'image, on distingue tout d'abord l'allégorie de l'argent, représenté comme un gigantesque insecte au faciès diabolique, hérissé de poils, pourvu d'ailes dentelées, mais aussi de pattes nombreuses qui évoquent une araignée, ainsi que d'une effrayante mâchoire emplie de grandes dents et doublée d'un bec de rapace. Sur son corps se promènent, à la manière de Jérôme Bosch, toute une sarabande de petits diablotins occupés à guetter la foule, armés de longues-vues et lançant des cannes à pêche au bout desquelles pendent, en guise d'appâts, des sacs d'argent.

Figure à la fois terrifiante et grotesque, l'argent plane sur les hommes, massés sur le parvis et sous la colonnade de la Bourse, cherchant à attraper ceux qui passent à sa portée. C'est un spectacle chaotique que nous offre ici l'humanité en proie à la folie des richesses : assemblée compacte tentant de saisir les sacs au risque de créer une émeute, voitures renversées, corbillard attendant les malheureux piétinés au cours de la bousculade… La mort et la folie rôdent, image éloquente de ce qui attend les victimes de la toute-puissance de l'argent, qui se trouve ici farouchement dénoncée.

exemple ? Dans son *Dictionnaire des idées reçues*, déjà cité, Flaubert écrit encore : « Dire : *Auri sacra fames.* » Cette formule latine (« exécrable soif de l'or »), extraite de l'*Énéide* de Virgile (70-19 av. J.-C.), est en effet l'une des plus célèbres condamnations des conséquences morales et psychologiques de la convoitise. Virgile raconte la mort de Polydore, l'un des fils de Priam, que Polymestor assassine lâchement pour s'approprier ses richesses ; et le poète de s'écrier : « À quoi ne pousses-tu pas le cœur des mortels, exécrable soif de l'or [1] ! » L'amour de l'argent, par définition insatiable, dispose en effet à tous les excès ; nous avons vu qu'il ouvrait la porte à l'illimité du désir et qu'il figurait pour l'individu l'image de tous les possibles. Or, pour les Anciens comme pour les chrétiens, l'intempérance est un vice qui dénature l'âme et incite au mal, voire au crime.

Plus généralement, dans la *doxa* antique, l'argent apparaît surtout comme une figure du matériel – aux antipodes du « monde des Idées » de Platon ou du « souverain bien » des stoïciens. Il n'est pas condamnable en lui-même, mais il ne mérite pas qu'on y attache de l'importance. Il est vil ; il n'est que de penser à l'impôt créé par l'empereur Vespasien sur les toilettes publiques, au prétexte que « l'argent n'a pas d'odeur » ! « Rien en effet, dit Cicéron (106-43 av. J.-C.), n'est aussi caractéristique d'un cœur étroit et petit que d'aimer les richesses, tandis que rien n'est plus beau et plus magnifique que de mépriser l'argent si on ne le possède pas, et si on le possède, de l'employer pour la bienfaisance et la générosité [2]. » On notera que Cicéron ne blâme pas l'argent, ni même la richesse, mais bien un certain rapport à l'argent. Au Iᵉʳ siècle de notre ère, le stoïcien Sénèque explique quant à lui qu'on peut être richissime – c'était son cas – sans être corrompu par l'argent, pour peu qu'on fasse preuve de détachement à son égard. En somme, il n'est pas digne d'un homme libre, d'un authentique citoyen, de se soucier d'argent – les aristocrates de l'Ancien Régime renoueront avec cette conception. Les Romains opposent en effet l'*otium* (« le loisir », perçu comme une réalité éminemment positive, car il permet de s'adonner à la recherche de la sagesse) et le *negotium* (le négoce, le travail), qui est conçu, comme son préfixe le montre, comme une réalité négative, une absence d'*otium* (de la même manière, en anglais, le *business* est étymologiquement le fait d'être *busy*, « occupé », « affairé », c'est-à-dire le contraire du loisir). Il faut s'extraire du *negotium* pour se consacrer à l'*otium*, qui est la seule voie d'accès vers la sagesse et donc, dans la pensée antique, vers le bonheur. En d'autres termes, il faut se tenir à distance de l'argent, qui nous éloigne du savoir et de la pensée : à cause de lui, dit Sénèque dans les *Lettres à Lucilius*, « devenus tour à tour marchands et marchandises, nous ne nous demandons plus ce que sont les choses, mais combien elles coûtent [3] ».

1. Virgile, *Énéide*, éd. M. Rat, GF-Flammarion, 1965, p. 74.
2. Cicéron, *Les Devoirs [De Officiis]*, éd. M. Testard, Les Belles Lettres, 1974 [1965], p. 138.
3. Sénèque, *Lettres à Lucilius*, 115, 10, in *Entretiens. Lettres à Lucilius*, éd. P. Veyne, Robert Laffont, « Bouquins », 1993, p. 1047.

En règle générale, l'argent est perçu comme le signe déraisonnable de l'attachement exagéré des hommes aux biens de ce monde : par là, il conduit à la démesure et au dérèglement. Le mépris de l'argent est, en quelque sorte, une propédeutique à la sagesse. Ces conceptions se retrouvent chez les moralistes de la Renaissance et de l'âge classique. Pour ne prendre qu'un exemple, Montaigne explique, dans le premier livre de ses *Essais* (1580), ce que sa vie a gagné de sérénité du jour où il s'est retiré des affaires ; auparavant, le souci de sa fortune était pour lui une source infinie de maux :

> Allois-je en voyage, il ne me sembloit estre jamais suffisamment prouveu [pourvu]. Et plus je m'estois chargé de monnoye, plus aussi je m'estois chargé de crainte [...]. Laissoy-je ma boyte [caisse] chez moy, combien de soubçons et pensements espineux, et, qui pis est, incommunicables ! J'avois tousjours l'esprit de ce costé [1].

Bien avant Karl Marx, Montaigne décrit ici l'aliénation du sujet devant l'argent.

Préoccupation abstraite, préoccupation spirituelle : de même que les penseurs antiques affirment que l'argent détourne de la sagesse et de la vertu, l'Église, en s'appuyant sur l'enseignement du Christ, condamne l'attachement aux richesses de ce monde car il détourne de la recherche de Dieu et de la vertu. À ce titre, l'avarice (*avaritia*) et la convoitise (*invidia*, « envie ») sont dénoncées comme des vices, puis, à partir du XIIIe siècle, comme deux des sept péchés capitaux. Souvent, l'avarice est même considérée comme le pire des péchés (voir l'encadré « La condamnation religieuse et morale de l'avarice », p. 79). L'importance économique, morale, psychologique et religieuse de cet anathème porté sur un certain rapport à l'argent ne saurait être assez soulignée : au Moyen Âge, l'amour de l'argent n'est pas un crime, mais bien un péché, c'est-à-dire un crime contre Dieu entraînant les pires châtiments après la mort. Ces châtiments, évoqués dans la parabole du mauvais riche (Luc 16, 19-31), sont d'ailleurs longuement décrits par Dante dans *L'Enfer* (voir l'illustration de Federico Zuccaro, *Le Cercle des avares et des prodigues*, page ci-contre). À l'inverse, le détachement vis-à-vis des richesses se trouve valorisé ; on magnifie la vie des humbles, de ceux qui se dépouillent de leurs biens terrestres pour se rapprocher du royaume de Dieu, et on présente en exemple la vie des moines qui, tels les Dominicains et les Franciscains – les « ordres mendiants » –, ont fait vœu de pauvreté (voir la fresque de Giotto di Bondone, *Saint François d'Assise donnant son manteau à pauvre*, p. 208).

L'ambivalence du rapport entre biens matériels et sagesse ou connaissance est loin d'avoir disparu ; même dans un contexte sécularisé, la question de savoir quelle doit être la rémunération de ceux qui professent un savoir, des idées, ou élaborent une œuvre d'art au lieu de produire un bien ou de rendre un service, est toujours d'actualité ; comment évaluer et payer ce qui, par définition, n'a pas de prix ? Là encore,

1. Montaigne, *Essais*, livre I, GF-Flammarion, 1969, p. 105.

Federico Zuccaro, *Le Cercle des avares et des prodigues*, dessin inspiré de *La Divine Comédie* de Dante

Paris, musée du Louvre. © RMN / Michel Bellot

Les rapports déréglés à l'argent occupent une place de choix dans *La Divine Comédie* (1307-1321) de Dante. L'œuvre décrit le voyage initiatique du poète, guidé par Virgile puis par Béatrice, à travers le dédale de l'Enfer, du Purgatoire et du Paradis. Très vite, *La Divine Comédie* est devenue un véritable réservoir d'images pour les dessinateurs et les peintres ; parmi eux, l'un des maîtres du maniérisme italien, Federico Zuccaro (vers 1540-1609), a représenté, sur ce dessin, l'arrivée de Virgile et de Dante devant l'entrée du cercle des avares et des prodigues (*Enfer*, chant VII).

Chez Dante, l'Enfer est organisé en neuf cercles concentriques répartis en trois zones successives où les péchés sont classés par ordre de gravité. L'amour des richesses condamne ceux qui y ont cédé pendant leur vie à croupir au fond du quatrième cercle (dernier cercle de la première zone, situé le long du Styx) ; leur punition est donc plus grave que celle des athées, des luxurieux et des gourmands, mais moins que celle des colériques, des hérétiques, et de ceux qui s'adonnent à la violence, à la ruse, à la tromperie et à la trahison.

Parvenus au quatrième cercle, Dante et Virgile sont accueillis par son gardien, Plutus, dieu de la richesse dans la mythologie. En haut à gauche de la gravure, on aperçoit Virgile, ceint de lauriers, qui ordonne à Plutus (muni d'un trident) de les laisser descendre en invoquant la volonté divine : d'une main, il désigne le ciel, de l'autre, la fosse où s'entassent les damnés. Le châtiment de ces derniers évoque celui de Sisyphe, condamné à rouler sans fin une pierre, avec cette particularité qu'ils poussent les pierres avec leur poitrine, et, surtout, en s'invectivant les uns les autres : « Mais tu gardes ? », « Mais tu jettes ? »… Les avares se heurtent sans cesse aux prodigues, car tous sont coupables d'avoir usé de l'argent sans mesure. Ce dérèglement est le fruit de l'amour des richesses ; or, comme l'explique Virgile à Dante, « tout l'or qu'on voit sous la lune et qu'on y vit ne pourrait apaiser un seul de ces esprits pleins de fatigue » (chant VII, 64-66). On notera, parmi les condamnés, la présence de clercs tonsurés : l'avarice, en effet, passe alors pour être très répandue chez les ecclésiastiques.

l'argent est suspect, comme si le simple fait de l'employer à payer un bien ou un service qui n'a pas immédiatement en soi de valeur commerciale entachait ce bien ou ce service en lui donnant une dimension matérielle.

2. Corruption du lien social

Si l'argent est corrupteur pour l'individu, il l'est aussi, par voie de conséquence, pour la société tout entière. Si l'on en croit La Bruyère (1645-1696), ceux qui ont des « âmes sales, pétries de boue et d'ordure, éprises du gain et de l'intérêt [...], ne sont ni parents, ni amis, ni citoyens, ni chrétiens, ni peut-être des hommes : ils ont de l'argent [1] ». Mon avarice, par exemple, n'est pas seulement un problème entre moi et les biens matériels, mais aussi entre moi et autrui : elle menace ma relation avec les groupes sociaux dans lesquels je suis inclus (la famille, la communauté), et plus largement la manière dont je coexiste avec autrui.

Le développement du commerce à l'ère moderne entraîne une marchandisation des rapports humains ; tout échange s'effectuant sous forme monétaire, les notions d'hospitalité et de don, mais aussi d'appartenance et de soumission (des serfs au seigneur, notamment), privilégiées par le système féodal, en viennent progressivement à disparaître. L'absence de gratuité dans les rapports humains, condamnée par la morale et par la philosophie – Aristote, dans l'*Éthique à Nicomaque*, fait valoir qu'il n'y a de véritables amis que lorsque les relations n'ont pas pour but le profit ; l'Église fait du don gratuit de soi la plus haute forme d'amour ; Kant, dans ses *Fondements de la métaphysique des mœurs*, invite à toujours considérer autrui comme une fin et non comme un moyen –, devient partie intégrante du système économique. Qu'on songe à Shylock qui, dans *Le Marchand de Venise*, propose à Antonio un marché contraire à toutes les lois. Balzac, dans *La Cousine Bette* (1846), suggère la sécheresse affective d'un homme d'argent, Crevel, en lui faisant dire à Mme Marneffe : « Je ne t'aime pas, Valérie ! dit Crevel, je t'aime comme un million [2] ! »

En décrivant la genèse de l'argent et du système monétaire, Marx, dans plusieurs ouvrages, à commencer par le premier livre du *Capital* (1867), théorise ainsi la réification du lien social, la personnification des objets et l'aliénation des hommes. Au départ se trouve la *praxis*, transformation de l'univers par les hommes pour assurer leur survie. Si ces activités, que Marx appelle « le procès réel de production des valeurs d'usage » par opposition aux « valeurs d'échange », n'ont pas d'abord un caractère économique, elles l'acquièrent cependant rapidement lorsque leur diversification engendre la naissance des échanges. Se pose alors, pour les hommes, le problème de savoir comment échanger entre eux des objets totalement différents, et selon quelle proportion. La détermination de la valeur d'échange se fait en fonction du travail qui produit ces objets ; mais comme le travail n'est pas quantifiable ou mesurable, il

1. La Bruyère, *Les Caractères*, éd. R. Pignarre, GF-Flammarion, 1998, p. 181-182.
2. Balzac, *La Cousine Bette*, éd. P. Barbéris, Gallimard, « Folio », 1972, p. 336.

L'ARGENT COMME IMPOSTURE

Le récit de la **trahison de Jésus-Christ par Judas**, dans les Évangiles, accorde beaucoup d'importance à la question de l'argent. Judas Iscariote se rend chez les grands prêtres et leur propose de leur livrer Jésus ; il se voit offrir en échange la somme de trente deniers (Mt 26, 15). Mais après avoir livré Jésus sur le mont des Oliviers, il « fut pris de remords et rapporta les trente pièces d'argent aux grands prêtres et aux anciens en disant : "J'ai péché en livrant un sang innocent." Mais ils dirent : "Que nous importe ! C'est ton affaire !" Alors il se retira, en jetant l'argent du côté du sanctuaire, et alla se pendre » (Mt 27, 3-5). Dans ce texte, l'argent apparaît comme le prix d'une trahison. Il est fourbe, et même doublement, puisque Judas, après avoir trompé le Christ et les autres disciples, est lui-même trompé par ces trente deniers qui, bien loin de lui valoir une quelconque satisfaction, l'emplissent de remords et le poussent au suicide. L'association de l'argent et de la figure du traître par excellence est très caractéristique : elle laisse à penser que l'argent est l'usurpateur même ou, pour citer Marcel Hénaff, qu'il est « **agent de l'universelle trahison, parce que de l'universelle traduction** [1] ».

C'est en effet l'argent qui permet au parvenu de faire croire en la finesse de ses goûts esthétiques en acquérant une œuvre d'art sans prix ; au faible de faire preuve de puissance ; à l'homme méprisable de passer pour un héros (voir, en 1887, le trafic de décorations vendues par Wilson, le gendre du président Grévy), etc. Comme le dit Paul Ricœur, « l'argent est **la valeur passe-partout**, passe-muraille. [...] S'il est enclin à coloniser toutes les sphères non marchandes, c'est parce que la grandeur qu'il confère aux personnes est une grandeur fétiche, devant laquelle les autres grandeurs tendent à s'incliner [2] ». C'est ce qu'exprime, dans *Timon d'Athènes* de Shakespeare, le personnage de Timon, qui, après s'être ruiné, vient de découvrir un trésor : « Voici de quoi rendre blanc le noir, beau le laid, juste le faux, noble le vil, jeune le vieux, vaillant le lâche. [...] Ceci peut détourner de vous vos serviteurs, vos prêtres, et priver de secours celui qui, bien portant, suffoque. Cet esclave au teint jaune [l'or] noue et dénoue les sectes, fait bénir les maudits, aimer la lèpre blanche, promouvoir les voleurs. [...] **Maudite poussière, putain commune à tous les hommes**, qui met la brouille parmi la horde des nations » (IV, 3). L'argent est une fausse valeur qui confond l'être et le paraître – ne parle-t-on pas de « signes extérieurs de richesse », comme pour rappeler le primat d'une richesse dite « intérieure » ? Pire, ce que décrit Shakespeare, c'est un renversement complet des valeurs.

Dans ses *Manuscrits de 1844*, le jeune Marx radicalise cette critique : « L'argent est la perversion généralisée des individualités qu'il change en leur contraire, en leur attribuant des qualités qui ne sont pas le moins du monde les leurs. [...] Notion existante et agissante de la valeur, l'argent confond et échange toute chose ; il en est la confusion et la conversion générales. Il est le monde à l'envers, **la confusion et la conversion de toutes les qualités naturelles et humaines** [3]. » Dans ses œuvres ultérieures, Marx approfondira cette idée en dénonçant la manière dont l'argent tend à s'autonomiser par rapport à la marchandise : une illusion – un « fétichisme » – fait qu'on se méprend sur la marchandise en oubliant le travail humain et vivant qui l'a produite. Dès lors, « l'échangeabilité de la marchandise, qui lui était intérieure en tant que sa valeur, lui devient extérieure en tant que l'argent [4] ».

1. Marcel Hénaff, *Le Prix de la vérité...*, *op. cit.*, p. 26.
2. Paul Ricœur, « D'un soupçon à l'autre », art. cité, p. 70.
3. Karl Marx, *Manuscrits de 1844*, in *Œuvres*, t. II, *Économie 2*, trad. M. Rubel, Gallimard, « Bibliothèque de la Pléiade », 1968, p. 117-118.
4. Michel Henry, « Penser philosophiquement l'argent », in *Comment penser l'argent ?*, *op. cit.*, p. 78.

faut inventer quelque chose qui puisse le représenter : l'argent. Le produit, investi de cette valeur d'échange, devient une marchandise. Or l'argent, extérieur à la marchandise dont il représente la valeur, va prendre une valeur autonome ; on va se mettre à le rechercher pour lui-même, sans plus de souci du producteur à l'origine de la marchandise (voir aussi l'encadré « L'argent dans l'œuvre de Marx », p. 200).

Au-delà de cette déshumanisation diagnostiquée par Marx, la circulation des biens et de l'argent engendre des inégalités de fortune. Jusqu'au XVIIe siècle, les systèmes politiques se sont accommodés de l'inégalité des conditions sociales liée à la répartition des biens, en y voyant le résultat d'une finalité providentielle. Au XVIIIe siècle, on alla même jusqu'à voir dans l'inégalité sociale un facteur de progrès, puisqu'elle est inscrite dès l'origine dans la nature : elle fait partie de la condition humaine (les hommes naissent différents) et préside à l'organisation des sociétés (la division du travail génère l'inégalité de revenus). Mais ces inégalités, à terme, sont source de violence, voire de la disparition du lien social ; c'est ce qui ressort de l'analyse des phénomènes révolutionnaires menée au XIXe siècle. La naissance de l'individu, libéré des déterminations sociales générées par une société organisée en structures collectives (village, paroisse, seigneurie…), donne naissance à une société d'êtres égaux, où chacun est à la recherche de sa propre réussite, en particulier sur le plan financier, ce qui donne lieu à des comportements de lutte et de concurrence.

En somme, si l'argent est si souvent mis en accusation, c'est plus pour ce qu'il permet ou pour ce que l'on en fait que pour ce qu'il est : on dénonce certains de ses usages ou on s'en prend à ceux qui entretiennent avec lui un rapport jugé immoral.

Pour autant, l'époque moderne a tenté une véritable réhabilitation de l'argent et de ses valeurs ; bien souvent, cette réhabilitation passe par le souci d'aborder l'argent de manière pragmatique, en excluant le plus possible les considérations morales. Ce débat mérite d'être retracé car, en réalité, nous n'en sommes toujours pas sortis aujourd'hui.

Peut-on faire l'économie de la morale à propos de l'argent, qui n'est, en définitive, qu'un outil censé être neutre ?

III. Réhabiliter l'argent ?

A. Tentatives de réhabilitation

Dans *L'Éthique protestante et l'esprit du capitalisme* (1904), le sociologue allemand Max Weber met en évidence le rôle qu'a joué la Réforme protestante, au XVIe siècle, dans une certaine légitimation de l'argent

– bien que cette dernière n'ait pas été explicitée par les réformateurs. En effet, sans qu'il y ait, selon Weber, de lien vraiment direct entre le protestantisme et le capitalisme, l'Europe réformée (Allemagne, Angleterre, pays nordiques) a connu une réelle conjonction entre ces deux phénomènes. Martin Luther (1483-1546) accorde une grande importance à la notion de *Beruf*, qui désigne aussi bien « le métier » que « la vocation » ; dans la théologie calviniste, centrée sur l'idée de prédestination, la richesse peut être perçue comme un signe d'élection divine. Dans ces conditions, la chrématistique n'est plus condamnée, « dans la mesure où [le gain d'argent] correspond à l'investissement dans une activité professionnelle qui a elle-même pour fin la glorification de l'œuvre divine [1] ». Cette nouvelle manière d'appréhender l'argent marque une rupture par rapport à la pensée médiévale, qui, on l'a vu, considérait la vénalité comme un péché capital.

1. Libéralisme et économie politique

C'est au XVIIIe siècle que les activités lucratives, le commerce et la banque se trouvent pour la première fois non seulement valorisés, mais mis au premier plan. C'est une rupture avec l'héritage médiéval mais aussi avec l'idéal classique, qui voyait dans l'attachement à l'argent un obstacle à la recherche de la gloire et de l'honneur, placés au faîte du système de valeurs aristocratique. Le XVIIIe siècle cherche à réhabiliter l'amour du gain en approuvant largement la volonté d'enrichissement personnel, tant sur le plan individuel que sur le plan politique. Le passage d'un système d'idées à un autre, cependant, ne s'est pas fait de manière simple.

Sur le plan individuel, la revalorisation de l'argent s'inscrit dans un contexte nouveau, où l'idée de bonheur n'est plus seulement envisagée comme un état personnel et singulier de l'âme humaine, mais comme une donnée dépendante du bonheur général et collectif, lui-même tributaire des structures économiques, c'est-à-dire de la quantité de biens et d'argent qui circule dans la société. Ainsi, les philosophes des Lumières célèbrent la richesse, le luxe et même l'appât du gain comme un moyen de se procurer le plaisir et d'atteindre le bonheur. L'argent procure des plaisirs de toute nature, et en particulier des jouissances intellectuelles, puisqu'il favorise le développement des arts. Depuis l'Antiquité et jusqu'à nos jours, en effet, l'art est tributaire de l'accroissement des richesses : la pratique du mécénat – terme qui doit son nom à Mécène, ami de l'empereur Auguste et grand protecteur des poètes romains – et des subventions publiques permet aux artistes de vivre et de créer (qu'on songe à Laurent de Médicis, dit « le Magnifique », qui, en protégeant

1. Damien de Blic, Jeanne Lazarus, *Sociologie de l'argent*, La Découverte, « Repères », 2007, p. 15.

Botticelli et Michel-Ange, a fait de la Florence du XVe siècle l'un des fleurons de la Renaissance italienne).

C'est pourquoi Diderot, dans ses *Salons* (1759-1781), absout l'or de toute dimension maléfique en y voyant le moyen de se procurer les beautés de la poésie, de la peinture, de la sculpture. Comme l'explique Robert Mauzi dans *L'Idée de bonheur dans la littérature et la pensée françaises au XVIIIe siècle* (1979) :

> la richesse se trouve absoute, valorisée par la jouissance. L'argent est bon, s'il se métamorphose en plaisirs ; il est coupable, s'il usurpe un pouvoir dans la société. […] Il faut que l'argent de l'homme heureux se volatilise. La richesse ne souffre que deux dépravations : l'ostentation et l'avarice. Pauvres et mauvais riches se rejoignent dans la même hérésie : donner à l'argent cette compacte et inquiète immobilité qui le pétrifie, l'empêche de courir, en fait une substance triste, un *être* sans emploi, au lieu d'un *faire* précieux [1].

Le travail produit de l'argent, l'argent dépensé produit du plaisir et contribue à enrichir la nation. De cette manière, la recherche individuelle du gain contribue à l'amélioration globale des conditions de vie, et donc au bonheur général.

Sur le plan politique, la revalorisation de l'argent est liée au renouveau des théories politiques sur l'État. On envisage désormais de gouverner les hommes de manière pragmatique en les considérant tels qu'ils sont, et non tels que la morale ou les utopies philosophiques voudraient qu'ils soient. Du coup, on envisage non de réprimer les passions humaines, mais de les exploiter au mieux, en vue du bien public ; c'est un des dogmes fondamentaux du libéralisme tel qu'il naît au XVIIIe siècle et tel qu'il sera mis en œuvre au siècle suivant. Il faut faire jouer les passions les unes contre les autres, utiliser les passions relativement inoffensives contre celles qui sont vraiment dangereuses. Or l'appât du gain fait partie de ces passions dont les conséquences apparaissent bien moins tragiques que celles de l'orgueil et de l'ambition. C'est ainsi que des penseurs comme l'Italien Giambattista Vico (1668-1744) ou l'Anglais d'adoption Bernard Mandeville (1670-1733) évoquent la manière dont la passion des biens matériels peut générer le bonheur de l'humanité. Dans sa célèbre *Fable des abeilles* (1714), Mandeville explique que si l'on expulsait les vices d'une cité, celle-ci se ruinerait et finirait par se désagréger. La perfection de l'ordre social nécessite en effet la régulation des passions : elles se neutralisent en s'opposant.

2. Les passions et les intérêts

Le combat des passions « négatives » entre elles, cependant, reste un pis-aller ; le XVIIIe siècle leur préfère la lutte des intérêts et des passions :

1. Robert Mauzi, *L'Idée de bonheur dans la littérature et la pensée françaises au XVIIIe siècle*, Albin Michel, 1994 [Armand Colin, 1979], p. 159.

Une allégorie de la fortune :
l'institution de la loterie royale par Louis XVI (1776)

Les allégories de la fortune sont légion ; à l'origine, le mot « fortune » est emprunté au latin *Fortuna*, qui désigne la divinité symbolisant le sort (en latin, *fors*), le hasard ou le destin, distribuant à l'aveugle les biens et les maux, richesse ou pauvreté, servitude ou liberté. Les Romains l'identifient à la *Tychè* grecque. Très redoutée, Fortuna se voyait dédier des sanctuaires, comme à Préneste ou à Antium ; on y venait écouter ses oracles, et conjurer sa toute-puissance sur la vie des hommes. Ses attributs sont nombreux : corne d'abondance, gouvernail (elle préside aux destinées du monde), voile ou bandeau posé sur les yeux pour symboliser son aveuglement et ses caprices. À l'époque, elle est souvent représentée juchée sur une roue ou sur une sphère, emportée au gré des vents qui soufflent sur les vêtements dont elle est revêtue. Le terme « fortune », qui a d'abord désigné indifféremment ce qui arrive de bon ou de mauvais, du fait du hasard, en est venu, à partir du XVe siècle, à signifier plus spécialement un ensemble de richesses, ou une somme d'argent importante – même si l'ancien sens du mot subsistait : au XVIIe siècle encore, « faire fortune » pouvait signifier plus généralement « réussir dans la vie ».

Cette gravure du XVIIIe siècle renouvelle le thème de la fortune, puisqu'elle reprend les attributs de l'allégorie féminine sous les traits de laquelle on représente habituellement Fortuna (tissus flottant au vent, corne d'abondance, roue) pour illustrer de manière allégorique l'institution de la loterie royale par Louis XVI en 1776. À partir de cette date, l'État administra directement la loterie, qui devint une forme d'impôt volontaire déguisé. Ici, la fortune, d'une main, dispense ses dons au hasard à des *putti* juchés sur une sphère ornée de fleurs de lys, et, de l'autre, verse le produit des perdants sur les plateaux d'une balance – celle de la justice – tenue par une autre jeune fille, munie de sceptres : la gravure promeut ainsi les bonnes intentions de Louis XVI, qui consacre les gains de la loterie aux besoins de l'État.

> Dès lors que la passion est jugée destructive et la raison impuissante, affirmer qu'on n'a le choix qu'entre celle-ci et celle-là pour s'expliquer comment agissent les hommes, c'est se condamner à des vues bien sombres sur l'avenir du genre humain. L'insertion, entre les deux types traditionnels de motivation, d'un tiers terme, en l'occurrence l'intérêt, autorise ainsi un retour à l'espérance. L'intérêt est censé participer de ce qu'il y a de meilleur en chacun des deux types : on reconnaît en lui à la fois la passion de l'amour de soi ennoblie et maîtrisée par la raison, et la raison orientée et animée par l'amour de soi [1].

Or, si le mot « intérêt » possède au départ un sens général et désigne la manière dont l'individu comprend l'amélioration globale de son propre sort, il ne tarde pas à se restreindre à son sens économique, dans la mesure où l'augmentation de la fortune passe pour être le seul moyen véritable de parfaire son sort.

Les penseurs politiques du XVIIIe siècle établissent ainsi un lien entre économie et politique : à l'exception notable d'Adam Smith, qui estime, dans *La Richesse des nations*, que l'amélioration matérielle de la condition humaine dans le domaine économique n'engendre pas automatiquement de changement dans la sphère politique, ils voient dans le fait de laisser les hommes se gouverner par leur intérêt particulier le moyen d'établir un système politique plus juste et plus efficace pour l'ensemble de la société.

Réhabiliter l'argent sur le plan politique présenterait en effet deux avantages majeurs. Tout d'abord, les hommes gouvernés par leurs intérêts adoptent des comportements prévisibles et constants, et ce, en vertu de l'universalité de la nature humaine. L'amour de l'argent, en effet, a tout d'une passion fixe, qui mobilise la fermeté, la ténacité et l'esprit de méthode, toutes qualités présentant l'éminent avantage de s'inscrire dans la durée et de s'opposer à la fluctuation des passions. Les rapports commerciaux, nécessitant un minimum de stabilité, sont donc considérés comme des rapports rationnels, qui favorisent la cohésion interne des nations, mais aussi la paix entre elles. L'appât du gain aurait donc des effets politiques et sociaux positifs.

Le deuxième avantage découle de l'aspect inoffensif supposé de la recherche de l'intérêt matériel. Le désir de l'argent serait avant tout un désir calme et tranquille, pour peu qu'on le mette en pratique sans excès. L'activité économique représente un moyen de mettre un frein aux tentations belliqueuses des dirigeants animés par l'ambition. La circulation de l'argent, pour Montesquieu dans *De l'esprit des lois* (1748), mais aussi pour James Denham-Steuart dans *L'Enquête sur les principes de l'économie politique* (1767) ou encore pour John Millar, permet ainsi de mettre obstacle à l'abus d'un pouvoir illimité, en prévenant la guerre par le « doux commerce ». Le premier s'attache à montrer comment l'apparition de certaines techniques financières, comme la lettre de change, diminue le pouvoir des États – tout en déplorant que la généralisation du commerce

1. Albert O. Hirschman, *Les Passions et les intérêts*, PUF, « Sociologies », 1980, p. 43-44.

réduise l'ensemble des rapports humains à des questions d'argent. Pour les deux autres, l'expansion économique renforce le pouvoir politique des classes intermédiaires aux dépens de l'État, en créant des structures qui échappent à son contrôle. Bref, favoriser l'accumulation de l'argent en laissant les structures économiques se développer librement permettrait selon eux de créer un régime capable de contenir les excès d'un despote potentiel. En somme, la recherche du gain est, selon les libéraux du XVIIIe siècle, à l'origine d'une amélioration du système politique.

B. Une question non résolue

1. Les limites de la réhabilitation de l'argent

Dès le XVIIIe siècle, cependant, on émet des réserves sur le développement du système économique et l'importance croissante de l'argent dans les échanges de toute nature entre les hommes. Les philosophes des Lumières et les libéraux eux-mêmes, notamment Adam Smith, avaient bien conscience des méfaits de l'argent, que ce soit à l'échelle de l'individu ou à celle de la société.

On retrouve ainsi la vieille accusation contre l'argent corrupteur des mœurs et de l'âme. En effet, parallèlement à la réhabilitation de l'argent comme moyen de se procurer les plaisirs et la jouissance, subsiste un fort courant moraliste qui persiste à condamner l'argent comme une chose mauvaise. Rousseau, par exemple, conteste dans *Les Confessions* (1765-1770) la part que prend l'argent dans la recherche du plaisir ; il déplore le fait que l'argent s'interpose toujours entre lui et ses plaisirs : « Aucun de mes goûts dominants ne consiste en choses qui s'achètent. Il ne me faut que des plaisirs purs, et l'argent les empoisonne tous [1]. » Bref, l'argent fournit certes le moyen de se procurer les plaisirs, mais paradoxalement il empêche d'en jouir – on touche ici au problème plus général de l'argent comme médiateur et donc, dans une certaine mesure, comme obstacle. Quand on ajoute à cela l'idée que le désir de richesse est insatiable, il apparaît que l'argent condamne à l'insatisfaction perpétuelle ; il faut au contraire que besoins et ressources s'équilibrent pour maintenir l'argent à sa juste place. Dès lors, vouloir combattre les passions par les intérêts ne peut être qu'une erreur. Dans *La Richesse des nations*, Adam Smith renoue ainsi avec l'idée selon laquelle les passions se nourrissent toutes les unes des autres (et c'est, selon lui, une passion que de vouloir améliorer son sort) ; en conséquence, les intérêts, au lieu de combattre les passions, se renforcent à leur contact, entraînant des conséquences néfastes.

1. Rousseau, *Les Confessions*, Gallimard, « Bibliothèque de la Pléiade », 1959, p. 36.

Aussi la réhabilitation de l'argent du point de vue de l'individu échoue-t-elle. Pire encore, l'argent, loin de contribuer au progrès politique, comme le pensait Montesquieu, risque, comme le montre Adam Ferguson dans son *Histoire de la société civile* (1767), d'accroître le despotisme. La division du travail, induite par une spécialisation croissante des tâches nécessaires au développement des rapports commerciaux, dénature la personnalité des individus mais aussi le lien qui unit les hommes les uns aux autres. En effet, les individus, au sein d'une société qui recherche plus que tout l'accumulation d'argent et de biens, mus non plus seulement par l'appât du gain mais aussi par l'appréhension de la perte, sont très fortement tentés de souscrire à un pouvoir fort qui garantisse la tranquillité aux dépens de la liberté. Autrement dit, prévisibilité et constance peuvent servir de justification à un pouvoir autoritaire tout aussi bien que de force de contestation. Lorsque l'argent règne en maître, les individus, préoccupés de faire leur fortune, cessent de s'intéresser à la chose publique.

2. Argent et inégalités

On le voit, la réhabilitation de l'argent par les penseurs libéraux comporte en elle-même ses propres limites. Mais, il faut bien le dire, c'est surtout la réalité économique et sociale du XIXe siècle qui va apporter un démenti à certaines des théories libérales, à commencer par celle de la convergence entre les égoïsmes individuels et l'intérêt général. La révolution industrielle et la naissance du capitalisme, applaudies par les libéraux de la fin du XVIIIe siècle, ont certes permis la modernisation et l'enrichissement de l'Occident ; elles ont aussi eu un coût social très lourd : paupérisation de certaines couches de population au profit d'autres, déracinement de campagnards devenus citadins, conditions de travail inhumaines dans les manufactures ou les usines, bref, en un mot, apparition de ceux qu'on appelle, surtout depuis Marx, les « prolétaires » – c'est-à-dire ceux qui ne possèdent rien, sinon leur progéniture (*proles*, en latin) –, ces ouvriers qui vendent leur force de travail. L'argent est plus que jamais le « sang du pauvre », pour reprendre une formule de Léon Bloy [1]. Ces bouleversements sociaux entraînent des bouleversements idéologiques, auxquels contribue grandement la réflexion de Marx. Alors que jusqu'au XIXe siècle la richesse était sinon approuvée, du moins pardonnée (ne serait-ce que par la pratique de la charité par les riches), voici qu'on la considère comme scandaleuse et profondément injuste. Marx, et après lui le marxisme, appelle au renversement de la classe dominante – la bourgeoisie –, à l'établissement d'une égalité effective entre les hommes, à la redistribution des moyens de production par le biais de la nationalisation.

1. *Le Sang du pauvre*, Paris, 1909.

ARGENT ET UTOPIE : PEUT-ON VIVRE SANS ARGENT ?

La question de savoir si l'on peut maintenir une vie en communauté en supprimant l'argent s'est posée aux théoriciens comme aux dirigeants politiques. Les premiers ont inventé des utopies, les seconds ont parfois tenté de les mettre en œuvre.

La première utopie en tant que telle, celle de **Thomas More**, inventeur de ce terme avec l'*Utopie* (1516), exclut l'argent et la propriété privée de sa république idéale. De même, *La Cité du Soleil* (1602-1623) de **Tommaso Campanella** dépeint un système totalitaire où l'économie fonctionne par la mise en commun des biens matériels. Mais ce sont en général des utopies « théoriques », qui visent à critiquer la société, et dont les auteurs sont conscients qu'elles n'appellent pas de réalisation effective.

Ce n'est pas le cas des utopies « pratiques », projets destinés à s'incarner dans l'histoire. Les **phalanstères de Charles Fourier** (1772-1837) sont conçus comme de vastes ensembles de bâtiments à vocation communautaire, dans lesquels vivraient les membres d'une société de mille six cent vingt personnes librement réunies ou associées, rétribuées en fonction d'un système de calcul fondé sur le principe de l'harmonie entre les individus, les besoins essentiels de la vie étant assurés par l'activité communautaire du phalanstère. Fourier mourut avant de voir ses disciples, comme Victor Considérant ou Albert Bisbane, tenter de mettre en œuvre ses théories. **Robert Owen** (1771-1858), industriel socialiste et réformateur, invente à Birmingham puis à Londres le « **National Equitable Labour Exchange** », mouvement coopératif qui cherche à promouvoir un type d'échange sans argent et sans profit. Chaque adhérent apporte le produit de son travail, et il est payé en bons selon le nombre d'heures de travail fournies. L'expérience, cependant, ne dure pas, car l'argent resurgit sous forme d'étalon pour évaluer la valeur des biens produits, mais elle est à l'origine du système des coopératives. **Étienne Cabet** (1788-1856), quant à lui, publie en 1842 le plan d'une utopie communiste, intitulé ***Voyage en Icarie***, où il défend l'idée d'un bonheur commun obtenu par la suppression des inégalités de fortune, donc de l'argent, et la mise en commun des biens mobiliers et immobiliers, possédés en propre par l'État, qui détient également les moyens de production. L'aventure prend forme en 1847, lorsque cent cinquante personnes votent l'« acte de constitution d'Icarie » avant d'en élire Cabet président ; la communauté naît au Texas, mais connaît bien des vicissitudes et finit par se dissoudre définitivement en 1895.

Au XXe siècle, on assiste à d'autres tentatives. En 1909, le premier kibboutz, communauté juive créée par des sionistes sur les principes d'une économie collectiviste, voit le jour ; cependant, la propriété privée a fini par y refaire son apparition. Les essais les plus connus sont ceux qui ont eu pour but de faire disparaître l'argent à l'échelle d'une société entière. L'URSS de Lénine institue en août 1918 le système du troc, mais revient dès 1921 sur cette décision, calamiteuse pour l'économie. Le Cambodge des Khmers rouges a institué un système sans monnaie, avec des résultats désastreux. Ce projet a connu une nouvelle jeunesse dans les années 1960-1970, lorsqu'on a tenté de fonder des communautés indépendantes, hors du monde capitaliste, mais aucune n'a vraiment réussi à s'imposer comme modèle.

Ces systèmes ont pu survivre un temps, limités à l'échelle d'un village ou d'une ville isolés du monde (on cite l'exemple de la Sparte antique, dont l'économie fonctionnait en vase clos), mais, en définitive, les tentatives pour supprimer la monnaie se sont soldées par des échecs.

Ici se pose la question ultime, celle du rôle de l'État. En effet, c'est au pouvoir politique qu'il revient d'arbitrer entre la logique libérale, héritée du XVIIIe siècle, et la logique marxiste (même sous des formes atténuées), issue du XIXe siècle. L'État doit-il se tenir à bonne distance de l'économie en faisant en quelque sorte confiance à l'argent ? Doit-il conserver la haute main sur les flux économiques ? Doit-il s'efforcer de trouver une voie médiane, en tentant d'harmoniser les intérêts particuliers, qui trouvent à s'exprimer dans les échanges économiques, pour les élever jusqu'à l'intérêt général ? Ces questions n'ont sans doute jamais été si cruciales qu'à l'heure d'une crise économique mondiale dont on peine encore à mesurer les effets, dans un monde où la sphère économique semble de plus en plus prendre le pas sur la sphère politique.

*
**

Au cours de cette étude, après avoir abordé la dimension éminemment sociale de l'argent, qui, instrument d'échange, participe à la constitution, à la garantie et à la structuration de la société, nous avons exploré certains des principaux fantasmes qu'il véhicule. La monnaie, outil neutre et en principe amoral, se voit investir par l'imaginaire et par le jugement de valeur. Ouvert sur l'infini du désir, sur l'innombrable, sur le mystère, l'argent devient l'objet de tous les dérèglements – s'éloignant en cela de l'étymologie du grec *nomisma*, qui dérive, on l'a vu, de la « règle » (*nomos*).

S'il est exceptionnel que le principe de la monnaie en tant que tel soit contesté – sinon dans des utopies dont la mise en pratique s'est toujours révélée décevante, voire calamiteuse (voir l'encadré « Argent et utopie : peut-on vivre sans argent ? », p. 39) –, certains usages de la monnaie, certains rapports à la monnaie jugés déviants ou immoraux, et plus généralement l'argent en tant que valeur sont quasi unanimement dénoncés depuis l'Antiquité. L'argent effraie – et fascine – car il ouvre la porte à la démesure. Il brise, une fois pour toutes, la frontière « entre le "chez soi" et le "chez l'autre" [1] », créant, par là même, la possibilité de l'histoire.

En cherchant à réhabiliter l'argent, les penseurs libéraux du XVIIIe siècle, contemporains de l'apparition d'un capitalisme qui triomphera aux XIXe et XXe siècles, font précisément le pari de cette démesure en rompant avec l'antichrématistique héritée d'Aristote, en tentant d'affirmer l'amoralité de l'argent et en légitimant la fuite vers la richesse infinie, « sans y voir un abîme ou une plongée dans l'indéterminé. Au contraire, cela est compris comme promesse du nouveau et certitude de progrès [2] ». Mais, face à l'autonomisation de l'argent, « bon serviteur et mauvais maître », comme le disait Alexandre Dumas fils, et face aux

1. Jacques Derrida, « Du "sans prix", ou le "juste prix" de la transaction », art. cité, p. 393.
2. Marcel Hénaff, *Le Prix de la vérité...*, *op. cit.*, p. 133.

« Au plus économe la victoire », affiche de propagande, 1918

Paris, musée des Civilisations de l'Europe et de la Méditerranée. © RMN / Gérard Blot

L'affiche gagne ses lettres de noblesse à la fin du XIXe siècle ; elle devient à cette époque un support publicitaire privilégié, mais aussi un moyen d'expression pour la puissance publique : elle est ainsi l'un des vecteurs de la propagande pendant la Première Guerre mondiale. Placardée sur les murs dans les lieux publics, composée de manière à être facilement comprise, elle est faite pour être lue de tous, et incite la population à adopter certains comportements. Le dessin vient souvent redoubler le message écrit.

Cette affiche, datée de 1918, promeut l'effort de guerre chez les civils en proposant une variante intéressante sur l'utilisation de l'argent – les affiches incitent en effet habituellement au don en faveur des soldats. Elle est divisée par un arbuste dont les deux branches soutiennent le slogan principal, « Au plus économe la victoire ». De chaque côté du tronc, deux images illustrent ce que doit être le comportement des bons citoyens. À gauche, la résistance à la tentation : deux femmes, dont l'une est visiblement mère de famille, munies de paniers à provisions, résistent à la demande d'une petite fille qui désigne du doigt la vitrine d'un magasin de « comestibles ». À droite, l'acceptation volontaire d'un train de vie réduit : toute une famille, le père, la mère, les deux enfants et même le chat sont réunis autour de la cheminée ; une seule source de lumière, la lampe, une seule source de chaleur, le poêle, qui sert à la fois à réchauffer les enfants serrés sur les genoux de leur mère et à chauffer le repas dans une petite marmite. Sous les illustrations, le texte énumère les avantages d'une consommation réduite, avant d'inciter à faire mieux que l'ennemi, et de reprendre le slogan principal sous une nouvelle forme : « Nous restreindre, c'est vaincre. » Enfin, le bas de l'affiche est occupé par une victoire ailée qui étend les bras pour distribuer des couronnes de lauriers, symbole de victoire.

Dans les temps difficiles, on rappelle à la population les vertus de l'économie, qui doit pallier les problèmes de ravitaillement ; en incitant au rationnement volontaire et à la prudence, on présente l'argent et la dépense comme des puissances néfastes, en les rapportant ainsi à leur dimension morale. Derrière l'effort de guerre resurgit l'antique condamnation qui frappe les prodigues.

excès du capitalisme, dénoncés et analysés par Marx, la question de la morale revient en force. Il n'est que de voir comment, aujourd'hui, la communauté internationale en appelle à davantage de régulation dans la finance : on souhaite revenir à cette « règle » dont l'économie tend à s'éloigner.

En définitive, si la monnaie est un instrument légitime et nécessaire à la cohésion des hommes, l'argent (avec ce qu'implique ce terme), né d'une convention, par définition « contre-nature », est avant tout ce que les hommes en font : « Sur la pièce la plus usée, sur le billet le plus crasseux paraît encore, jamais tout à fait effacée, une figure d'homme [1]. »

ORIENTATION BIBLIOGRAPHIQUE

[COLLECTIF], *L'Argent, pour une réhabilitation morale*, dir. A. Spire, Autrement, série « Mutations », n° 132, octobre 1992.

[COLLECTIF], *Comment penser l'argent ?*, textes réunis et présentés par R.-P. Droit, Le Monde Éditions, 1992.

ARISTOTE, *Éthique à Nicomaque*, éd. R. Bodéüs, GF-Flammarion, 2004.

ARISTOTE, *La Politique*, éd. J. Tricot, Vrin, 1995 [1962].

Arnaud BERTHOUD, *Aristote et l'argent*, Maspéro, 1981.

Damien DE BLIC, Jeanne LAZARUS, *Sociologie de l'argent*, La Découverte, « Repères », 2007.

John Kenneth GALBRAITH, *L'Argent*, Gallimard, « Folio Histoire », 1994.

Marcel HÉNAFF, *Le Prix de la vérité : le don, l'argent, la philosophie*, Seuil, « La Couleur des idées », 2002.

Albert O. HIRSCHMAN, *Les Passions et les intérêts*, PUF, « Sociologies », 1980.

Jacques LE GOFF, *La Bourse et la vie. Économie et religion au Moyen Âge*, Hachette, « Pluriel », 1997 [1986].

René SÉDILLOT, *Histoire morale et immorale de la monnaie*, Bordas, « Cultures », 1989.

1. Michel Henry, « Penser philosophiquement l'argent », art. cité, p. 80.

PREMIÈRE PARTIE

MOLIÈRE

L'Avare

par Alain Brunn

Vie de Molière

Le lecteur se reportera pour plus de précisions à la chronologie donnée à la fin de l'édition de L'Avare *par Jean de Guardia, GF-Flammarion, 2009, p. 165.*

1622 : 15 janvier : baptême à Saint-Eustache (Paris) du premier enfant de Jean Poquelin, tapissier, Jean-Baptiste, qui deviendra Molière.

1641 : après des études au collège de Clermont, il est licencié en droit et fréquente les cercles intellectuels (notamment celui de Gassendi).

1643 : 30 juin : contrat d'association de l'Illustre-Théâtre entre Jean-Baptiste Poquelin et neuf autres sociétaires, dont Madeleine Béjart ; beau succès tant que l'hôtel de Bourgogne, en travaux, ne lui fait pas de concurrence.

1644 : **ouverture de l'Illustre-Théâtre**, protégé par Gaston d'Orléans. Peu de succès, dettes. Jean-Baptiste Poquelin prend le nom de Molière.

1645 : l'Illustre-Théâtre s'installe au jeu de paume de la Croix-Noire, au port Saint-Paul. Août : Molière est **emprisonné pour dettes**, puis libéré.

1648-1650 : Molière et la troupe jouent en province ; la troupe est protégée par le duc d'Épernon.

1653 : création probable à Lyon de *L'Étourdi*, première comédie de Molière, qui prend la direction de la troupe, désormais nommée Comédiens de Son Altesse royale le prince de Conti (du nom de leur important protecteur).

1656 : *Le Dépit amoureux*. Conversion du prince de Conti qui rejoint les dévots adversaires du théâtre (la Compagnie du Saint-Sacrement).

1658 : protection de Monsieur, frère du roi. Le 24 octobre, il joue au Louvre, devant Louis XIV et la Cour, *Nicomède* de Corneille et *Le Dépit amoureux*. Il y gagne le droit d'occuper, en alternance avec les Comédiens-Italiens, le théâtre du Petit-Bourbon.

1659 : départ des Italiens. *Les Précieuses ridicules*.

1660 : *Sganarelle ou le Cocu imaginaire*. Le théâtre du Petit-Bourbon est démoli ; la troupe rejoint la salle du Palais-Royal construite par Richelieu, en assez mauvais état.

1661 : *Dom Garcie de Navarre. L'École des maris. Les Fâcheux.*

1662 : 20 février : mariage de Molière avec Armande Béjart. Succès de *L'École des femmes*, et polémique.

1663 : Molière reçoit 1 000 livres de **pension du roi**. *La Critique de l'École des femmes. L'Impromptu de Versailles.*

1664 : *Le Mariage forcé*, comédie-ballet, musique de Lully. *Les Plaisirs de l'île enchantée. La Princesse d'Élide. Le Tartuffe* : en 3 puis en 5 actes, pièce interdite mais jouée devant certains grands.

1665 : *Dom Juan ou le Festin de pierre*. Naissance d'Esprit Madeleine, fille de Molière. La troupe devient « Troupe du roi » au Palais-Royal. *L'Amour médecin*, avec Lully.

1666 : *Le Misanthrope. Le Médecin malgré lui. Mélicerte.*

1667 : *Le Sicilien ou l'Amour peintre*, avec Lully. Maladie de Molière. Reprise du *Tartuffe*, sous le titre *L'Imposteur*. Interdiction par le premier président du parlement de Paris.

1668 : *Amphitryon. George Dandin.* ***L'Avare* est créé au théâtre du Palais-Royal le dimanche 9 septembre 1668**. Succès médiocre.

1669 : levée de l'interdiction contre *Le Tartuffe*. 5 février : représentation triomphale. **Première édition de *L'Avare*.** Mort du père de Molière. *Monsieur de Pourceaugnac.*

1670 : *Le Bourgeois gentilhomme*, comédie-ballet, musique de Lully.

1671 : *Psyché*, écrite en collaboration. *Les Fourberies de Scapin. La Comtesse d'Escarbagnas*, musique de Lully.

1672 : mort de Madeleine Béjart. *Les Femmes savantes*. Brouille définitive entre Lully et Molière. Naissance et mort du troisième enfant de Molière, Pierre.

1673 : Molière, malade, meurt après la quatrième représentation du *Malade imaginaire* ; il n'a d'enterrement chrétien que sur l'intervention personnelle de Louis XIV, requise par Mademoiselle Molière.

I. Présentation de *L'Avare* de Molière

Le temps, le temps ça fait blanchir le sang
Ça fait rouler l'argent, l'argent
L'argent, l'argent ça rend souvent méchant
Ça les rend fous les gens, les gens
Dalida, *Problemorama*

L'Avare de Molière est sans doute l'une des pièces les plus connues du répertoire français : combien peuvent se vanter d'avoir eu pour interprètes des acteurs aussi populaires et réputés que Michel Bouquet, Louis de Funès et Michel Serrault ? La gloire de la pièce tient pour beaucoup au personnage qui lui donne son titre, véritable rôle à succès permettant aux grands comiques de montrer l'étendue de leur art, mais aussi type universel : le nom d'Harpagon est même devenu, par la magie de l'antonomase, un nom commun désignant toute personne ladre et avare ; c'est dire la force du personnage, sur qui repose l'ensemble de la pièce, divisée qu'elle est entre des logiques et des actions différentes, sinon contradictoires ; il s'agit proprement d'une comédie de caractère [1] : c'est même un reproche qu'on lui a adressé. Un tel succès n'allait pourtant pas de soi.

A. Contexte de l'œuvre

Si *L'Avare* est rapidement devenu un classique du répertoire de la Comédie-Française, c'est d'abord que cette pièce fait apparaître, en Harpagon, une passion pour l'argent qui entre en résonance avec les changements historiques en cours entre le XVIe et le XVIIIe siècle. Derrière le type universel de l'avare, ce sont en fait certaines questions économiques et politiques bien précises qui se posent.

1. Le XVIIe siècle entre deux économies

Entre le XVIe et le XVIIIe siècle, l'idée même que l'on se fait de l'argent évolue considérablement : l'époque hésite en effet entre des modèles économiques différents où, en même temps que la répartition des richesses, se décident les valeurs qui organisent la société entière. L'ancien système, féodal, lie l'argent à la terre : selon ce système, l'argent dépend essentiellement des hiérarchies sociales de la société d'ordres ; et l'on distingue,

1. Sur la comédie de caractère, on se reportera à l'introduction de la récente édition de *L'Avare* de Molière par Jean de Guardia, GF-Flammarion, 2009, ainsi qu'au dossier de fin de volume, p. 132 *sq*. C'est aux pages de cette édition que nous renvoyons dans cette partie.

dans la France d'Ancien Régime, trois ordres : le *clergé*, qui prie, la *noblesse*, qui combat, le *tiers état*, qui travaille [1].

Au XVIIe siècle, l'argent peut ainsi traduire ces hiérarchies qui ne sont pas fondamentalement économiques : le grand, le noble, prête à celui qui lui est inférieur, conformément à des relations de clientèle ou de clan ; on prête alors comme on protège. Il peut aussi leur être inféodé : le noble prête alors à celui qui a du *crédit* – c'est-à-dire celui à qui l'on fait *confiance*, que l'on respecte en termes sociaux et éthiques –, quels que soient son statut économique ou ses espérances financières. On est alors, pour le dire rapidement, dans une économie du don. Dans cette économie, l'argent n'est qu'un moyen de l'échange : il n'en détermine ni la règle ni les enjeux ; il fait partie des objets destinés à faciliter une transaction où ce sont moins des biens que des liens qui s'échangent – c'est un système encore profondément féodal, et gagé, ultimement, sur la personne royale. On voit par là les obligations réciproques, les engagements multiples qui se jouent dans les échanges financiers, et tout particulièrement dans le prêt et le crédit : la France d'Ancien Régime est une société de crédits réciproques et mêlés, où tout le monde, ou presque, est débiteur et créditeur ; cet entrelacement de *confiance* et d'*obligations* constitue tout l'espace social [2]. Dans ce modèle, l'échange marchand est conçu comme inégalitaire, comme un jeu à somme nulle : si l'un s'enrichit, en effet, l'autre s'appauvrit.

L'époque classique, cependant, voit aussi apparaître un second système, une autre « économie politique [3] », que l'on peut déjà qualifier de « capitaliste », dans la mesure où c'est une rationalité purement financière qui le structure et fonde sa vision du monde. C'est ce second système qui, dans les siècles suivants, finira par l'emporter ; et c'est à lui que tient le sens contemporain du mot « économie ». Il met en place une économie du contrat, où l'argent devient la mesure de l'échange et détermine sa règle. Ce système est renforcé par l'obsession de l'époque pour l'argent et les métaux précieux, et s'accompagne de l'émergence d'un capitalisme commerçant et industriel ; il conçoit l'échange marchand comme le moyen d'un enrichissement réciproque des deux parties.

Cette importance croissante accordée à l'argent ne conduit pas pour autant à le considérer de façon autonome : il continue à être pensé comme une simple partie de la sphère politique. La pensée économique de l'âge classique prend la forme d'un mouvement (plutôt que d'une théorie systématique et cohérente), que l'on nomme le mercantilisme. En France, le visage privilégié du mercantilisme est le colbertisme, du nom de la politique menée par Colbert, le célèbre ministre de Louis XIV (1643-1715). Pour ce courant, les métaux précieux sont la richesse

1. C'est à ce troisième ordre que sont empruntés les personnages de la pièce, comme ceux des comédies en général ; dans la poétique aristotélicienne, les personnages bas (les bourgeois et leurs domestiques) vont avec les émotions les moins nobles (le rire).

2. Voir la riche et suggestive étude de Laurence Fontaine, *L'Économie morale. Pauvreté, crédit et confiance dans l'Europe préindustrielle*, Gallimard, 2008.

3. *Ibid.*

essentielle des États – d'autant plus que les économies européennes ont été prodigieusement bouleversées par l'arrivée massive d'or et d'argent depuis les Amériques, découvertes à la fin du XVe siècle –, et il faut donc les accumuler. Des mesures sont prises, qui entravent la circulation de ces métaux (par le protectionnisme ou l'établissement de barrières tarifaires visant à empêcher la sortie hors du royaume des métaux précieux et des espèces numéraires), attirent les capitaux étrangers tout en retenant les capitaux nationaux, et favorisent les industries nationales – en un mot, ces mesures visent une balance commerciale et monétaire excédentaire. Cette théorie économique, on le voit, a pour but d'enrichir la nation et de renforcer la grandeur de l'État ; elle n'a donc de sens que politique : le commerce est la guerre poursuivie par d'autres moyens.

Le mercantilisme, s'il n'est pas une véritable théorie économique, témoigne pourtant bien d'un intérêt pour les choses de l'argent qui dépasse l'interdiction de l'accumulation de richesses comme celle du prêt, à quoi conduisait le discours tant de l'Église que des philosophes inspirés de Platon et d'Aristote (voir l'introduction, p. 20, et l'encadré « La condamnation religieuse et morale de l'avarice », p. 79). Il est ainsi le discours d'un âge qui voit les pouvoirs féodaux fondés sur les revenus de la terre remplacés par le pouvoir de l'État-nation, dont l'autorité centralisée dépasse l'ancrage local pour s'affirmer aussi à l'échelle d'échanges internationaux qu'il veut réguler à son profit ; cet âge libère également la politique et la morale de l'exclusive tutelle ecclésiastique et religieuse. L'évolution de ces systèmes traduit du même coup les changements sociaux qui traversent le siècle.

2. La société du XVIIe siècle : la montée de la bourgeoisie et l'éthique de l'honnêteté

À l'époque de Molière, les nobles ne sauraient s'occuper directement d'argent sans déroger, sans perdre leur statut. Aussi l'intérêt pour la sphère économique relève-t-il plutôt d'une autre catégorie, de plus en plus présente sur la scène publique au XVIIe siècle : la bourgeoisie, cette partie du tiers état qui vit dans les bourgs (les villes), et qui y entreprend et commerce. Louis XIV en effet tend à s'appuyer, plus que sur l'ancienne noblesse qui s'est opposée à l'essor de l'État absolutiste et a tenté de préserver ses prérogatives et son rang pendant la Fronde (1648-1652), sur des talents singuliers issus de ce tiers état rompu aux affaires ; Colbert, ministre des Finances du roi pendant plus de vingt ans, incarne cette accession aux affaires d'une bourgeoisie cultivée et efficace [1]. On assiste alors à la montée en puissance de la bourgeoisie, qui investit des structures, des cadres, des places et des valeurs – bref, une idéologie –

1. Mais qui est loin d'être désintéressée. Voir Daniel Dessert, *Colbert ou le Serpent venimeux*, Complexe, 2000, et *Le Royaume de Monsieur Colbert*, Perrin, 2007.

qui doivent leur configuration à la noblesse, laquelle reste dominante tout au long de l'Ancien Régime. Les valeurs du siècle restent en effet celles de l'aristocratie, et l'on valorise le courage, le risque, la dépense ou la désinvolture (la *sprezzatura*), bien plutôt que l'épargne, le calcul prudent ou le sens de l'effort – caractéristiques de ce que les sociologues appellent l'*ethos* (le caractère) bourgeois.

Molière lui-même est issu de la bourgeoisie. Fils d'un tapissier qui a acquis la charge de valet de chambre du roi, et qui a pu, par ce service royal, confirmer et accroître sa position sociale, il fait ses études dans un lycée fréquenté par la fine fleur de l'élite française, le collège de Clermont (aujourd'hui lycée Louis-le-Grand), où il se lie aux enfants des meilleures familles du royaume. Cette éducation polie et élaborée le rompt aux usages des salons et des milieux cultivés ; longtemps, Molière a conservé la réputation d'être un « parfait honnête homme », en cela bien plus proche des mœurs et des usages de la noblesse que de la bourgeoisie dont il est issu. Il représente ainsi dans son œuvre cette *honnêteté* qui devient, entre le XVe et le XVIIe siècle, entre l'Italie renaissante et la France classique, le plus influent des modèles sociaux.

L'âge classique voit en effet se développer toute une réflexion sur le vivre-ensemble et les mœurs, qui vise à régler de façon de plus en plus élaborée les relations sociales des individus dans la société du temps. Les salons se développent et, avec eux, la conversation se codifie et se raffine ; l'art de plaire en vient à informer les comportements de la bonne société. Molière, sa vie durant, a témoigné d'une grande maîtrise de ces usages, qui sont aussi une éthique laïque puisqu'ils trouvent leurs règles hors du discours religieux et qu'ils défendent entre les hommes et les femmes de nouveaux rapports qui puissent être à la fois de respect et de séduction. La galanterie [1] qui se développe alors a en effet pour but de régler les nouveaux espaces sociaux du siècle ; elle vise notamment à proposer un modèle de comportement à travers la figure de l'honnête homme, parfaitement accompli dans l'art de plaire et de divertir élégamment, et qui se comporte avec politesse envers tous, inférieurs comme supérieurs. Ce souci d'être universellement agréable traduit un désir propre au siècle, celui d'harmoniser une société qui, évidemment éloignée de l'égalité juridique et politique de la démocratie, n'obéit plus pour autant aux anciennes règles de la féodalité où la dépendance du vassal au suzerain organisait une série d'inféodations qui liait la société tout entière. L'absolutisme apparu à la fin du XVIe siècle affirme l'autonomisation de l'État : cela implique en retour une autonomie des espaces privés en quête de nouveaux principes d'organisation ; à l'*étiquette* de la cour répond ainsi l'*honnêteté* de la ville.

Le théâtre de Molière, à bien des égards, interroge la valeur de cette « honnêteté », la confiance qu'on peut lui porter, les limites qu'elle rencontre et les conditions qu'elle suppose. D'autant que cette civilité, qui s'est établie à la fin du siècle précédent, est aussi une reconfiguration de

1. Sur cette question, voir la récente synthèse d'Alain Viala, *La France galante*, PUF, 2008.

l'organisation sociale et politique : elle impose les mêmes règles éthiques aux nobles et aux bourgeois, et propose un code commun à des gens que la société féodale séparait. La question de l'honnêteté est une question sociale autant qu'économique : qui peut être dit « honnête » ?

Les règles et les principes de l'honnêteté sont en effet liés à ceux de l'argent. Quel rapport à l'argent peut et doit mettre en place un honnête homme, dès lors qu'il peut être aussi bien noble que roturier, et que donc ses obligations diffèrent à l'égard de l'argent ? Dans la société d'Ancien Régime, en effet, si le noble est libéral et doit mépriser l'argent, le bourgeois ne saurait qu'être ridicule en affectant un tel dédain ; et si l'aristocratie peut, pour certains de ses membres, disposer de revenus extrêmement importants, ce serait déroger pour le noble que de s'en occuper directement, quand la bourgeoisie peut de plus en plus jouer un rôle économique capital. On peut alors reformuler l'enjeu proprement économique de l'honnêteté : à quel système correspond cette nouvelle éthique ? L'honnête homme est-il un homme du don ou du contrat ? Comment l'honnêteté doit-elle s'accommoder de l'argent ? Que doit-elle en faire, comment doit-elle le considérer ? Bref, pour la morale classique – l'honnête morale en quoi l'on s'accorde à lire une des leçons de l'œuvre de Molière –, quelle est la valeur de l'argent ?

On voit ainsi qu'en traitant la question ancienne et en grande partie traditionnelle de l'avare et de l'avarice, Molière est conduit à interroger la valeur et la moralité des économies qu'il voit se développer et s'affronter au long de son siècle : derrière la comédie qui souvent tire vers la farce s'inscrit un enjeu profondément politique.

B. *L'Avare* dans l'œuvre de Molière : une pièce hors norme ?

Malgré l'importance de cet enjeu, qui rapproche la pièce des œuvres les plus élevées du dramaturge, malgré encore ses cinq actes qui l'inscrivent au rang des « grandes comédies » de Molière, *L'Avare* a connu un destin paradoxal, et bien qu'immensément célèbre – qui n'a vu Louis de Funès grimacer « ma cassette » ? – elle fait aussi partie des pièces les plus boudées par la critique, comme si son immense succès populaire la privait d'un certain crédit auprès des spécialistes de l'œuvre.

1. Molière : auteur moral, acteur comique

C'est d'abord que la pièce déroge aux habitudes d'alors ; la prose l'éloigne du *Misanthrope* ou du *Tartuffe*, œuvres écrites en vers ; mais l'ambition de son propos la distingue aussi de *L'Amour médecin* et des farces grossières. Entre les pantomimes ridicules du vieillard quinteux et la réflexion subtile sur les échanges sociaux, *L'Avare* semble pourtant un abrégé de la production moliéresque, qui fait du rire l'instrument d'une exploration et d'une réflexion critique sur les liens sociaux unissant entre eux les hommes du temps.

Si le théâtre de Molière est moral, en effet, c'est de poser la question des mœurs, c'est-à-dire des façons de vivre ensemble qu'inventent les hommes de son siècle. À quelles conditions la vie des hommes en société est-elle bonne ? Quels dangers la menacent ? L'hypocrisie (*Le Tartuffe*) ? le libertinage (*Dom Juan*) ? l'amour-propre (*Le Misanthrope*) ? ou encore, dans *L'Avare*, la maléfique soif de l'or – *auri sacra fames*, ainsi que la nommait Virgile ? La pièce rejoint l'ensemble de ces préoccupations morales : elle met en scène une famille qui se dissout puis se ressoude, comme *Le Tartuffe* ; elle montre un homme isolé des autres, comme *Le Misanthrope* ; enfin elle interroge la valeur et la force des liens amoureux, comme *Dom Juan*.

Cette complexité, cependant, se replie sur le fascinant personnage d'Harpagon. C'est que le dramaturge écrit *L'Avare* pour le plus grand acteur comique de son temps : lui-même. Si Molière est immensément célèbre de son vivant, en effet, c'est comme acteur autant que comme dramaturge : sa façon de jouer bouleverse l'art théâtral du siècle par sa singularité. Les conventions théâtrales imposent à l'époque aux acteurs, notamment de tragédie, de prononcer de manière extrêmement codée, selon une ligne mélodique fixe, les vers qui font leur partie ; les acteurs et les actrices les plus réputés sont ceux qui font résonner avec le plus d'intensité cette parole tragique dramatisée jusque dans sa forme même. Or Molière rompt avec cette pratique, en proposant une prononciation plus naturelle des vers, en jouant plus simplement, plus directement, ce qui souvent fait merveille ; il rapproche du même coup la scène de la salle, et donne du naturel à des situations qui pourtant semblent l'être fort peu. Il n'est pas impossible que ce soit pour renforcer encore ce naturel que Molière ait choisi de rédiger *L'Avare* en prose ; du reste, plusieurs décennies auparavant, les théoriciens du théâtre (d'Aubignac, Chapelain) en recommandaient déjà l'usage pour le genre comique.

2. *L'Avare*, un demi-échec

En dépit de sa richesse comique et de son prestigieux modèle, *L'Aululaire* de Plaute – une autre œuvre de Plaute avait déjà servi de modèle à la comédie précédente de Molière, *Amphitryon*, pièce en vers qui avait remporté un joli succès en ce début d'année 1668 –, *L'Avare* ne fut finalement qu'assez peu joué. Représentée pour la première fois au théâtre du Palais-Royal, le 9 septembre 1668, la pièce fut jouée durant la saison 1668-1669 à vingt et une reprises, avec une recette moyenne assez faible. Surtout, l'autorisation accordée à Molière, au début de février 1669, de donner *Le Tartuffe*, jusque-là interdit sous la pression du parti dévot, mit rapidement un terme à la carrière de la nouvelle pièce : le prodigieux succès de scandale du *Tartuffe* éclipsa tout l'intérêt public qu'aurait éventuellement pu susciter *L'Avare*. Il n'est pas impossible qu'à cette raison de circonstance, une autre se soit ajoutée pour faire de la pièce ce demi-échec qu'elle a été : le public classique aimait sans doute trop l'alexandrin pour se laisser séduire par une pièce longue de cinq actes, mais écrite en prose : ce mariage contre-nature semble en effet avoir nourri la défiance de certains membres de l'assemblée.

3. Les sources et leur reprise [1]

Molière, lorsqu'il conçoit son *Avare*, semble pourtant bien loin d'une révolution théâtrale. Comme souvent, il s'inspire – et d'assez près – d'une pièce antique. Ce n'est pas là un défaut d'originalité ; dans l'esthétique classique en effet, la création ne saurait être complètement originale ; c'est au contraire en réécrivant un texte mémorable que l'artiste prouve sa valeur, parce qu'il sait insuffler son esprit et son savoir-faire dans un grand modèle qu'il s'agit d'illustrer – ce n'est que plus tard que s'impose l'idée selon laquelle le seul génie de l'artiste peut être source de création. Rien d'étonnant, donc, à ce que Molière, pour créer *L'Avare*, s'empare d'une pièce de Plaute, *L'Aulularia*, que l'on a traduit indifféremment par *L'Aululaire* ou *La Marmite*, et dont l'abbé de Marolles a donné, quelques années auparavant, une traduction qu'a pu lire le dramaturge [2].

Qu'emprunte Molière à Plaute ? Bien des scènes de sa machine comique, et son schéma d'ensemble, puisqu'il est aussi question, dans *L'Aulularia*, d'une fille à marier, liée à un autre que son promis (chez Plaute, elle est liée à un jeune homme qui, un soir d'ivresse, l'a violée), fiancée par son père à un vieillard au seul motif qu'il est riche, et finalement unie à son légitime prétendant (chez Plaute, le neveu du promis, et non le fils) après la disparition du trésor chéri par l'avare. On retrouve ainsi chez Molière la marmite, devenue cassette tout aussi obsessionnelle, et visitée à tout bout de champ et au moindre bruit ; la servante chassée du domicile à force d'injures, qui devient le rusé La Flèche ; la préparation d'un repas de noces, difficile pour un avare ; le portrait charge de l'avare fondé sur de délirantes anecdotes, brossé chez Plaute par un esclave et un cuisinier, adressé chez Molière au modèle lui-même ; l'esclave battu par son maître avaricieux ; le vol du trésor ; la tirade où la folie d'Harpagon confine à la plus grande lucidité ; et jusqu'au quiproquo qui voit le séducteur (chez Plaute, le violeur) confesser son crime à un avare qui y entend l'aveu d'un vol…

---

1. Voir, pour plus de précisions sur les sources de la pièce, le dossier donné à la fin de l'édition de *L'Avare*, *op. cit.*, p. 127 *sq.* (« Aux origines de la pièce ») ; on consultera aussi avec profit la comparaison polémique menée par Schlegel entre la pièce de Plaute et celle de Molière (*ibid.*, p. 141 *sq.*).

2. Laquelle comédie de Plaute était déjà, du reste, la réécriture d'une pièce de la *néa*, cette nouvelle comédie qui fit les beaux jours du théâtre grec.

Dans *L'Aulularia*, cependant, l'avare est pauvre et ne doit sa fortune qu'à l'assistance des dieux émus par la piété de sa fille, tandis que dans *L'Avare* c'est son avarice et ses pratiques usurières qui fondent sa richesse (voir l'introduction, p. 21, et les encadrés « Les formes de l'argent dans *L'Avare* », p. 55, et « La condamnation religieuse et morale de l'avarice », p. 79). L'argent, dans l'œuvre de Molière, n'est plus signe de la faveur des dieux, mais d'activités peu recommandables ; il a ainsi changé de valeur : une méfiance vis-à-vis de l'argent que l'on gagne transparaît, qui n'était pas présente dans le modèle. De Plaute à Molière, c'est aussi un déplacement de la question de l'argent sur le plan des distinctions sociales qui s'opère : à travers l'avarice, c'est en effet la frugalité bourgeoise, ce sens de l'économie, de l'accumulation sans dépense, que caricature Molière.

D'un point de vue plus précisément poétique, Molière complexifie la pièce latine en multipliant les fils de la fable, peut-être en s'inspirant de certaines pièces contemporaines : Boisrobert met en scène, dans *La Belle Plaideuse*, pièce représentée en 1653-1654, un fils amené à emprunter de l'argent à son avare de père (au prix d'un accord fondé sur un bric-à-brac d'objets sans valeurs) et critiqué pour ses vêtements ; Chappuzeau, dans *La Dame d'intrigue ou l'Avare dupé*, met aux prises l'avare avec une femme qu'il aime mais qui ne l'aime pas ; enfin, la *commedia dell'arte* proposait déjà ce schéma, comme celui du jeune homme déguisé en domestique du père de la femme qu'il aime, et prêt à flatter celui-ci jusqu'à l'absurde. *L'Avare* obéit en outre à une structure redoublée, ce qui permet de multiplier les effets de symétrie comiques et éthiques, chaque personnage trouvant un contrepoint dans un autre : on aboutit ainsi à deux familles de trois personnes, un père et deux enfants, chaque père devant épouser la fille de l'autre, qui aime en fait le fils. S'ajoutent encore, dans *L'Avare*, deux serviteurs qui assistent les jeunes maîtres, là où, chez Plaute, seul Euclion trouvait un double dans la figure du fiancé de sa fille, qui finalement cédait la place à son neveu – Molière conserve ce partage avec le mauvais vieillard qu'est Harpagon, contrebalancé par l'honnête vieil homme qu'est Anselme. Notons enfin que l'avare est un véritable type littéraire, dont Harpagon constitue l'une des plus éclatantes figures (voir l'encadré « La figure de l'avare, de Plaute à Tolkien », p. 72).

LES FORMES DE L'ARGENT DANS *L'AVARE*

Le lecteur se reportera également au dossier figurant à la fin de l'édition de L'Avare *par Jean de Guardia (GF-Flammarion, 2009, p. 179* sq.*), qui propose un choix de textes sur le thème « L'argent au XVII*e *siècle ».*

L'origine de la fortune d'Harpagon n'est pas mentionnée dans la pièce de Molière. Est-il marchand, comme Monsieur Dimanche dans *Dom Juan*, ou fils de marchand, comme Monsieur Jourdain dans *Le Bourgeois gentilhomme* ? Il s'est sans doute enrichi par le **commerce**, puisqu'il semble n'avoir ni terres ni charge, et que rien ne permet de voir en lui un officier gagnant de l'argent grâce à son activité ou à son entregent, comme le commissaire qu'il faut, à la fin de la pièce, payer pour ses services (V, 6, p. 144). L'obsession de la cassette tient au fait que son amour de l'or est avant tout amour de la **matière précieuse**, de la substance, plus que de la valeur d'usage de l'or. Chargé, au début de la pièce, d'un vrai trésor (dix mille écus d'or) qu'il ne sait comment dissimuler à l'envie supposée universelle, Harpagon finit par les enterrer dans son jardin.

Face à lui, Cléante gagne sa vie par le **jeu**, activité tout à fait inverse, faite de risque et d'imprévoyance, qui semble d'ailleurs lui permettre de fort bien vivre si l'on en croit le coût des habits que son père évalue d'un coup d'œil au début de la pièce (I, 4, p. 50). C'est que pour le prodigue Cléante comme pour son maître Panurge (II, 1, p. 67), la valeur de l'argent est d'abord une valeur d'usage, ce qui revient à contester tout intérêt à son accumulation.

Quelle que soit l'origine de sa fortune, c'est l'**activité d'usurier** d'Harpagon qui est montrée et critiquée par la pièce : il est un « fesse-mathieu » (II, 1, p. 62) – un homme qui prête à gros intérêt, du nom de l'activité de l'apôtre avant sa conversion –, et il a recours pour cela à l'aide d'un **courtier**, Maître Simon, qui lui sert d'intermédiaire. L'usure consiste dans le **prêt d'argent avec un intérêt exorbitant**, accepté seulement parce que le débiteur est désespéré. Tel est bien le cas dans *L'Avare*, où les conditions du prêt consenti à Cléante sont terribles. Ce dernier souhaite emprunter 15 000 francs (ou livres), soit une somme équivalente à environ 50 000 euros (1 livre = environ 3,50 €, pour autant qu'une telle équivalence ait un sens). Harpagon prétend d'abord prêter au denier dix-huit, c'est-à-dire que pour dix-huit deniers prêtés, il faut compter un denier d'intérêt ; c'est un très bon taux, qui fixe les intérêts à environ 5,5 % – depuis 1665, le taux légal, dit « **taux du roi** », est fixé au denier vingt, c'est-à-dire à 5 %. Mais rapidement le contrat passe au denier cinq, soit à 20 %. Enfin, en comptant les marchandises inclues dans le contrat pour ce qu'elles semblent valoir – selon une pratique usuraire très fréquente, et qui s'est maintenue pendant tout l'Ancien Régime –, soit deux cents écus (ou six cents livres), on arrive à un taux réel de plus de 40 %, ce qui est démesuré.

Ce sont enfin les affaires amoureuses et matrimoniales qu'Harpagon traite en marchand. Ainsi, il souhaite à la fois gagner de l'argent en épousant Mariane, et économiser les frais qu'il aurait en mariant Élise. C'est la question de **la dot**, pratique très répandue dans l'économie domestique d'alors, que la pièce aborde par ce parallèle ironique. Les parents de la mariée, lors du mariage, donnaient en effet au mari certains biens censés subvenir aux besoins des époux : la plaisanterie du « sans dot » (I, 5, p. 56 *sq.*) souligne le plaisir qu'a Harpagon de savoir qu'il peut abandonner sa fille sans qu'il lui en coûte un sou.

C. Le genre de *L'Avare* : enjeux moraux de la comédie classique

1. Les règles de la comédie

Au siècle classique, le théâtre entier tend à se régulariser, surtout à partir des années 1630 ; la comédie n'échappe pas à ce mouvement général, qui naît à la fois des exigences de la raison et des principes édictés par Aristote [1]. L'on en vient à considérer que la tragédie et la comédie se répondent, en déployant chacune une face de la réalité : d'un côté, la tragédie, genre noble, s'occupe de questions fondées sur de hauts intérêts publics et politiques, qui déchirent de nobles personnages, rois et princes tirés de la mythologie ou de l'Histoire, lesquels s'expriment avec grandeur et en alexandrins pour susciter dans leur public la plus noble des émotions, les pleurs, qui purifient l'âme ; de l'autre côté, la comédie, genre bas, repose sur des sujets frivoles, privés ou d'ordre financier, qui inquiètent des personnages ridicules de bourgeois ou de valets, lesquels s'expriment bassement, et souvent en prose, afin de faire naître dans le public la moins élevée, la moins spirituelle des émotions : le rire, qui fait vibrer le corps. Enfin, là où la tragédie se voit fixer des contraintes formelles strictes (cinq actes, un lieu unique, un temps réduit, une action principale), et voit ses personnages soumis à l'exigence de bienséance, c'est-à-dire l'exigence d'agir conformément à leur caractère (un roi doit se comporter avec majesté, par exemple, et non avec ruse), la comédie reste beaucoup plus libre. C'est aussi que le genre est moins prestigieux : si Aristote s'est attaché, dans sa *Poétique*, à réfléchir sur la tragédie, on ne conserve de lui aucun texte sur la comédie ; c'est assez pour diminuer le statut de ce genre, et pour faire des auteurs de comédies des dramaturges moins reconnus que les auteurs de tragédie (tel fut sans doute l'un des regrets de Molière que d'être seulement reconnu comme auteur comique). Souvent d'ailleurs, les modèles de la farce ou de la *commedia dell'arte* font des pièces comiques des compositions moins élaborées et moins complexes que les pièces tragiques ; c'est en grande partie pour répondre à cette infériorité prétendue que Molière travailla le genre de la « grande comédie », en cinq actes et en vers, conforme aux exigences esthétiques formelles de la tragédie et à la règle des trois unités, qui donna lieu à ses pièces les plus reconnues, *Le Misanthrope* ou *Le Tartuffe*. *L'Avare* répond à de nombreuses exigences de cette grande comédie, cependant c'est une pièce en prose.

1. Voir les extraits éclairants de la *Poétique* d'Aristote reproduits dans l'édition de *L'Avare*, *op. cit.*, p. 136-137.

2. Le théâtre au siècle classique et son procès

Grande comédie soumise à une véritable ambition poétique, *L'Avare* répond, par son existence même, à un certain nombre de critiques adressées, au XVIIe siècle, à la littérature en général, au théâtre en particulier, et notamment, pour ce qui concerne Molière, au *Tartuffe* et à *Dom Juan*.

Pour ses critiques religieux les plus féroces (au nombre desquels le prince de Conti, ancien protecteur de Molière), le théâtre pose des problèmes moraux insolubles qui le condamnent sans rémission. Que lui reproche-t-on ? Tout d'abord, d'être mensonger : fiction qui repose sur des fictions, la comédie conduit l'esprit du spectateur à se prêter par plaisir aux séductions du faux. De là peut-être l'intérêt de mettre en scène, dans *L'Avare*, des mensonges pour les dénoncer comme tels, pour enseigner leur faiblesse et les risques qu'ils font courir – de représenter, par exemple, un Harpagon extorquant à son fils par la ruse et le mensonge l'aveu de ses sentiments pour Mariane. Loin de flatter le mensonge, la pièce le dénonce et se défend en manifestant par là sa vertu.

Le deuxième reproche n'est pas moins grave : la comédie, loin de se contenter de mentir, serait immorale, en ce qu'elle flatterait les plus bas instincts des spectateurs, vantant sous leurs yeux les plaisirs de l'amour (et les attraits des actrices). Autrement dit, et pour le formuler avec des concepts empruntés à Pascal, la comédie *divertit*, c'est-à-dire qu'elle détourne de Dieu en enfermant l'homme dans les distractions misérables de son existence mondaine, au lieu de *convertir* les hommes à la vérité divine. Les personnages de « raisonneurs » chez Molière sont en ce sens d'autant plus importants qu'ils affirment une morale et sa nécessité, qu'ils se font la voix de la raison, mais d'une raison ouverte sur des préoccupations pleinement morales (ils ne sauraient en effet tenir un discours religieux, quand bien même ils le voudraient, et Molière avec eux : la scène profane du théâtre s'accommode mal du discours sacré des théologiens et des prédicateurs). Le théâtre doit être moral, c'est-à-dire défendre des valeurs reconnaissables par tous comme justes, sous peine de valider les critiques qui lui sont adressées ; et la comédie elle-même se doit de châtier les vices. C'est le sens de la devise empruntée par Molière à Horace pour qualifier l'action de la comédie, *castigat ridendo mores* : elle châtie les mœurs en riant. Condamner les vices, c'est ici condamner l'avarice, montrer son ridicule, faire apparaître, par le rire qui la condamne, l'impardonnable défaut en quoi elle consiste, et pousser les moqueurs à s'en défaire pour n'être pas à leur tour victime de ce rire qui condamne, et qu'ils ont partagé.

Demeure un dernier reproche, entre la critique philosophique du mensonge qui abuse et la critique religieuse du plaisir qui flatte : la comédie fait surgir une interrogation politique. Ce que certains hommes d'Église reprochent finalement à la comédie, c'est de constituer un modèle de société autre que celui proposé par la religion [1]. À la scène profane du

1. Voir Marc Fumaroli, « *Sacerdos sive rhetor, orator sive histrio* : rhétorique, théologie et "moralité du théâtre" en France de Corneille à Molière », in *Héros et orateurs*, Droz, 2000 [1992].

théâtre s'oppose alors la scène sacrée de la messe, comme au modèle sensuel de l'attention esthétique et rieuse d'un public séduit par le corps des actrices et des acteurs s'oppose la communion retenue et spirituelle d'une Église rassemblée par la parole eucharistique du prêtre. Ce modèle de communion sacrée, qui suppose la superposition exacte de la foi religieuse et de l'inscription de l'individu dans la cité, qui fait du bon sujet un catholique, a été remis en cause par l'édit de Nantes, qui a affirmé qu'on pouvait être bon sujet du roi sans être de la vraie religion, et qu'on pouvait jouer justement son rôle public en ayant au fond de son cœur une foi qui n'était pas celle de Rome, de même que l'acteur peut prétendre mourir d'amour quand il n'éprouve rien. Mais, tout au long du siècle, ces deux modèles continuent à s'affronter, et, en 1685, la révocation de l'édit de Nantes verra revenir le modèle de la communion sacrée contre celui du théâtre profane. C'est aussi d'une réflexion sur ces modèles que participe *L'Avare*, en réfléchissant sur la nature même du lien social et sur le rôle politique que la comédie peut jouer, donc sur la force du rire et de la comédie pour constituer une société. Car, pour résister à ce dernier et terrible reproche, le théâtre se doit de tenir, lui aussi, une réflexion morale – et non moralisatrice –, d'inviter les hommes à comprendre comment se définissent le juste et l'injuste.

3. Faire rire

Cela suppose avant tout que le rire règne sur scène, et, dans cette perspective, Molière a multiplié les procédés destinés à le susciter. C'est le cas, d'abord, du comique de geste, omniprésent dans la pièce, à travers les grimaces des personnages, leurs postures et leurs mouvements – ce n'est pas un hasard si Louis de Funès a laissé une interprétation mémorable (voir page ci-contre). Que l'on songe, par exemple, à Harpagon fouillant La Flèche (I, 3) ou aux positions ridicules imposées aux valets La Merluche ou Brindavoine pour faire bonne figure malgré un uniforme mal en point (III, 1) ; le paroxysme est atteint avec Harpagon s'attrapant lui-même le bras dans son délire (II, 7). Toute la pièce offre ainsi à ses interprètes des *lazzi*, des jeux de scènes, notamment des *lazzi* gestuels, et a continué, jusqu'à aujourd'hui, à appeler ce type d'interprétation [1].

Le comique verbal n'est pas moins présent. En témoigne, par exemple, la stylisation des échanges, qui tiennent de la stichomythie lorsque Harpagon et Cléante se disputent la main de Mariane (IV, 5) : les répétitions et les reprises se multiplient, transformant la scène en un véritable « ballet de parole », selon l'expression consacrée par la critique, de plus en plus rapide, lors même que les propos échangés sont d'une grande cruauté.

1. Voir par exemple le jeu de la bougie, tel qu'il se développe au XVIIIe siècle (on en trouve une description dans l'édition de *L'Avare*, *op. cit.*, note 3, p. 115).

Louis de Funès dans le rôle d'Harpagon
Adaptation cinématographique de Jean Girault, 1979. © AFP

Au même titre que la série des *Gendarmes* et des *Fantomas*, que *La Folie des grandeurs* et *L'Aile ou la cuisse*, *L'Avare*, adapté au cinéma en 1979 par Jean Girault, a contribué à construire la légende de l'acteur comique Louis de Funès (1914-1983). Tout en étant fidèle au texte de Molière, celui-ci choisit pour interpréter Harpagon la bouffonnerie : elle s'exprime notamment à travers les mimiques incessantes et les changements de ton qui animent l'acteur, ou encore par le choix d'accessoires outrés – un costume de paon, ou encore, comme on le voit également sur cette photographie, des lunettes grotesques.

Le rire tient aussi à l'usage du quiproquo, plusieurs fois mobilisé, et particulièrement dans le face-à-face entre Harpagon et Valère qui vient d'être faussement mis en cause par Maître Jacques (V, 3) : l'habileté dramatique consiste ici à exploiter les clichés métaphoriques qui font coïncider, dans leur ambiguïté, discours amoureux et discours avaricieux, voire à faire employer métaphoriquement par Valère le terme propre auquel pense Harpagon (celui de « trésor »). La scène se finit même par un commentaire dubitatif d'Harpagon sur les répliques de Valère.

En somme, l'écriture de Molière est une écriture profondément dramaturgique : elle tire sans cesse parti des possibilités de jeu qu'offrent les scènes, et construit les répliques de telle sorte qu'elles permettent à de grands acteurs et inventeurs comiques d'en tirer le maximum d'effets. Plus qu'aucun autre peut-être, le théâtre de Molière est fait pour être joué avant que d'être lu.

II. L'ARGENT DANS *L'AVARE*

Lors de ses premières représentations, en 1668, *L'Avare* rapporta à la troupe de Molière une recette moyenne d'environ 500 livres par représentation : résultat assez médiocre, qui n'aurait sans doute pas comblé Harpagon ! Le sujet économique emprunté à Plaute semblait pourtant tout indiqué pour inspirer au comédien dramaturge une de ces pièces à succès qui ont fait sa réputation. Là où la tragédie s'occupe d'affaires publiques et élevées, d'intérêts importants, la comédie couvre par excellence le domaine des affaires familiales et financières, structurellement plus basses – et tel est bien le motif suggéré par ce père (très) avaricieux, ou cet avare (très peu) paternel : s'occupant de famille et d'argent, l'intrigue de la pièce est nécessairement celle d'une comédie. Cependant, il serait réducteur de prendre *L'Avare* pour un jeu gratuit sans autre intérêt que sa force comique, pour une pure farce ; sa composition de « grande comédie » laisse entendre que la pièce a d'autres enjeux et d'autres implications. De fait, l'argent est au cœur de l'œuvre parce qu'il est, à bien des égards, au cœur de la société : il devient ainsi l'instrument d'une réflexion sur cette société même, et sur son fonctionnement. En ce sens, *L'Avare* poursuit la trilogie de l'imposture, après *Dom Juan*, qui interrogeait les relations entre les hommes et les femmes, *Le Misanthrope*, qui interrogeait la part du mensonge dans les relations humaines, et *Le Tartuffe* enfin, qui réfléchissait sur la place de la foi et de sa manifestation dans le jeu social. Molière se sert finalement d'un sujet structurellement et proprement comique – l'argent – pour interroger l'un des fondements de la société que les hautes préoccupations de l'idéologie tragique excluent de leur champ. La comédie fournit ici à la fois le sujet à interroger, et la méthode de l'interrogation : l'argent, matière à rire, est aussi matière à moraliser – une matière d'autant plus importante qu'elle est centrale dans les affaires humaines.

Car le véritable sujet de *L'Avare*, c'est le commerce des hommes, c'est-à-dire ce lien que les hommes nouent les uns avec les autres lorsqu'ils font affaire ensemble. Le terme « commerce », au siècle classique, renvoie à tous les liens sociaux : il désigne la « communication et correspondance ordinaire avec quelqu'un, soit pour la société seulement, soit aussi pour quelques affaires [1] » ; tout est commerce, et l'échange marchand n'est qu'un cas particulier des relations humaines. Toute réflexion sur les affaires mercantiles est donc aussi une réflexion sur les affaires humaines et la société. Car la société peut être jointe par l'argent et le goût de l'argent, comme par l'amusement : les hommes sont réunis par des *intérêts* et des *plaisirs* communs. *L'Avare* interroge ces intérêts, et la capacité des intérêts d'argent à faire – ou à défaire – la société.

Quelle société fondent l'argent et sa recherche ? Quelle autre société excluent-ils ? Et, si l'on prend au sérieux la prétention morale de la comédie, quelle est la meilleure société, et pourquoi ? En étudiant le statut et les fonctions de l'argent dans *L'Avare*, il faut comprendre ce qu'il noue et ce qu'il dénoue, ce qu'il unit et ce qu'il oppose, afin de voir comment autour de lui jouent intérêt et plaisir pour dessiner les contours d'une société ; il s'agit de voir ce que l'argent fait de chaque homme, à commencer par l'avare, pour comprendre ensuite ce qu'il fait des hommes les uns avec les autres. Interroger l'argent dans *L'Avare*, c'est se demander comment l'éthique de l'honnêteté assigne à l'argent une juste place, entre les deux systèmes économiques qui commencent à s'affronter au Grand Siècle, économie morale du don d'un côté, économie précapitaliste de l'autre. S'interroger sur ce qu'est l'argent pour Molière, c'est aussi mettre en question ce que c'est qu'être honnête – et pas uniquement au sens financier.

A. Économies dramatiques

Si l'argent joue un rôle central dans *L'Avare*, comme au sein de nombreuses comédies, c'est d'abord qu'il constitue un principe d'organisation fondamental de la fable dramatique comique, autrement dit de l'intrigue de la comédie : l'argent, c'est bien souvent, dans la pièce, ce que l'on recherche, ce dont l'absence ou la présence fonde les actions des différents personnages en jeu. En faisant de l'argent son sujet premier, en posant l'amour des richesses au cœur de sa fable, Molière, dans *L'Avare*, en renforce encore l'importance, au point que l'argent semble irriguer toute l'action dramatique.

1. Première édition du *Dictionnaire de l'Académie*, 1694.

STRUCTURE DE *L'AVARE*

Malgré sa simplicité apparente et le fait qu'elle est écrite en prose, *L'Avare* est une pièce dramatiquement complexe : sa structure met en relation quatre actions différentes ayant chacune son principal intérêt.

• L'**acte I** est centré sur le **mariage d'Élise** : le rideau s'ouvre sur un duo amoureux (**I, 1**) entre celle-ci, fille d'Harpagon, et son soupirant Valère ; ils sont liés par une promesse de mariage, mais leur liaison est empêchée par la fausse identité du jeune homme qui s'est déguisé en intendant pour s'introduire dans la maison du père de sa bien-aimée. Cette thématique galante et légère se poursuit avec l'aveu à Élise (**I, 2**) d'un autre amour, celui que porte le frère de la jeune fille, Cléante, à une belle jeune femme, Mariane – amour lui aussi entravé par le père des jeunes gens, Harpagon, qui ne donne pas à son fils les moyens de courtiser sa bien-aimée. L'arrivée d'Harpagon (**I, 3**) fait fuir ses enfants hors de la scène ; il chasse aussi (cette fois intentionnellement) de sa maison le valet de son fils, La Flèche, qu'il soupçonne de vouloir lui voler son argent. C'est qu'il ne sait où le cacher (**I, 4**), alors qu'il a reçu une fort belle somme : dix mille écus ! Craignant que son monologue ait été surpris par ses enfants qui viennent l'entretenir de leur amour, le vieillard les interroge avant de leur présenter ses propres projets galants : c'est lui qui va épouser Mariane. À cette nouvelle, Cléante se sent mal et sort, laissant Harpagon annoncer à sa fille que son frère prendra pour femme une riche veuve et qu'elle-même est promise à un riche et vieux seigneur, Anselme. Devant le refus qu'elle lui oppose, Harpagon choisit Valère pour arbitre (**I, 5**), mais celui-ci, loin de défendre son amour, n'avance que des arguments prudents et s'incline finalement devant l'argument du « sans dot ». Se justifiant devant Élise, Valère explique la nécessité de feindre, ce qu'il continue à faire au retour d'Harpagon qui était parti vérifier l'état de son trésor caché.

• L'**acte II** prend pour thème la **dissipation de Cléante**, qui retrouve La Flèche et apprend de lui les conditions épouvantables de l'emprunt qu'il est en train de contracter auprès d'un mystérieux usurier (**II, 1**) ; Harpagon, pour sa part, reçoit Maître Simon, le courtier qui a mis en rapport Cléante et son prêteur (**II, 2**) : il se livre lui-même à l'usure. Ce qui ne peut manquer d'arriver arrive : Cléante reconnaît en son père, à la présence de Maître Simon, l'affreux usurier qui tente d'exploiter sa détresse, et Harpagon en son fils le gandin dépensier, jouisseur et frivole qui contracte des engagements ruineux. Autant pour les espérances de Cléante… Arrive alors Frosine, l'entremetteuse (**II, 3**) ; quittée un moment par Harpagon parti surveiller son argent, elle rencontre son ami La Flèche qui la met au défi de tirer de l'argent du vieillard (**II, 4**) ; quand ce dernier revient, elle lui explique que la gérontophile Mariane ne peut que l'aimer, puis flatte ses vices et l'écoute lui dire qu'il faut qu'il trouve en

Mariane quelque dot véritable ; mais Frosine ne parvient pas à obtenir d'Harpagon la moindre « petite assistance » : il refuse de lui prêter de l'argent (**II, 5**).

• L'**acte III** prépare le **mariage d'Harpagon** : celui-ci commence par régler sa maison pour la venue de sa maîtresse, qui doit aller à la foire avec Élise (**III, 1**) ; il y fait une parfaite démonstration de sa dévorante avarice, assisté en cela par son intendant, Valère, qui le flatte dans son vice et s'attire ainsi le mécontentement de Jacques, le cuisinier cocher d'Harpagon, battu successivement par son maître auquel il raconte que toute la ville le traite de ladre, et par Valère qu'il a cru bon de menacer (**III, 2**). Arrivent Mariane et Frosine (**III, 3**) ; la première appréhende ce mariage arrangé par la seconde (**III, 4**), et la rencontre du barbon n'arrange pas les choses (**III, 5**) ; les présentations à la famille se font (**III, 6**), au cours desquelles Cléante réaffirme, au nez et à la barbe de son père, les tendres sentiments qu'il porte à Mariane et commande une coûteuse collation pour la jeune fille, avant de lui offrir le diamant que son père porte à la main (**III, 7**). Ils s'éloignent tandis qu'Harpagon tente de sauver le plus d'argent possible (**III, 8-9**).

• L'**acte IV** est celui des **stratagèmes mis en place pour empêcher le mariage**. Il y a d'abord le plan fictif élaboré par Frosine pour déjouer l'amour de l'avare en lui faisant miroiter la passion matrimoniale d'une veuve richissime (**IV, 1**) ; mais Harpagon, qui surprend la complicité de Mariane et de Cléante, retient son fils (**IV, 2**), et, par la ruse, lui fait avouer sa passion (**IV, 3**), avant de le plonger dans la confusion en lui réaffirmant ses projets. Maître Jacques tente de réconcilier, par un double mensonge, le père et le fils (**IV, 4**) ; hélas, sa grossière duplicité est vite démasquée, et le voilà à nouveau bastonné et la famille divisée (**IV, 5**). Mais La Flèche, qui a découvert le trésor d'Harpagon, l'a dérobé : il s'enfuit de la maison en compagnie de Cléante (**IV, 6**). Harpagon, découvrant le vol, entame son tragique monologue (**IV, 7**).

• L'**acte V dénoue**, non sans artifice, tous ces fils noués ensemble. Arrive un commissaire qu'Harpagon veut voir torturer toute la maison (**V, 1**). Maître Jacques, interrogé (**V, 2**), y voit l'occasion de se venger des coups de ce flatteur de Valère, et le dénonce pour le voleur de la cassette au cours d'un interrogatoire grotesque ; lors de la confrontation (**V, 3-4**), Valère pense que c'est son amour pour Élise qui est découvert : le quiproquo le conduit finalement à révéler son identité tandis que surgit le promis d'Élise, Anselme (**V, 5**). Donnant des preuves de son identité, Valère est alors reconnu par Mariane pour son frère, tandis qu'Anselme se révèle être leur père commun. Retrouvant leur fortune, Mariane et Valère peuvent ainsi épouser ceux qu'ils aiment, d'autant que Cléante promet sa cassette à Harpagon s'il accepte ces mariages (**V, 6**) ; chacun retrouvant ce et ceux qu'il aime, tout est bien qui finit bien.

1. Le *tempo*, c'est de l'argent

a. Vieillesse de l'argent et jeunesse de l'amour

L'argent, pour le dramaturge, sert d'abord à traduire des oppositions qui lui préexistent. Il fait en effet apparaître une première opposition très forte dans la pièce, celle des jeunes gens et des vieillards, des jeunes désargentés et des vieux riches : à Harpagon et Anselme, pourvus l'un et l'autre d'une importante fortune, s'opposent ainsi les enfants, tous plus ou moins privés de ressources et contraints à des actions malheureuses – Mariane et Élise envisagent d'épouser un homme qu'elles n'aiment pas, Cléante se soumet à la loi déraisonnable de l'usure. L'argent apparaît ainsi comme un privilège de l'âge, qui crée des solidarités objectives tant entre les jeunes gens qui en sont dépourvus qu'entre les vieillards qui en jouissent. Anselme n'affirme-t-il pas : « pour vos intérêts, je suis prêt à les embrasser ainsi que les miens propres » (V, 5, p. 114), comme si son lien avec Harpagon était entièrement un lien d'intérêt, un lien économique ?

Les solidarités financières soudent donc les âges, ou, mieux encore, les possédants contre ces démunis que sont les mineurs et les domestiques. Car la complicité véritable de Cléante et de La Flèche, ou de Frosine et des jeunes amants (IV, 1), au-delà de leurs différences sociales qui devraient les tenir à distance les uns des autres, laisse entendre que les vraies solidarités sont économiques. Si les jeunes bourgeois restent évidemment supérieurs aux domestiques, ils entretiennent avec eux des liens étroits qui tiennent à leur infortune commune. Rien ne le montre mieux que le déguisement de Valère : quoique fils de bonne famille, et encore que ce soit par amour qu'il prenne une telle apparence, c'est bien comme intendant, c'est-à-dire comme domestique, qu'il se présente aux yeux de la famille comme du spectateur ; certes, l'intendant est loin du bas de l'échelle des serviteurs, mais il remplit une fonction socialement subalterne, au point que Maître Jacques croit qu'il pourra le rosser (III, 2). Le manque d'argent identifie alors le personnage, en ce sens qu'il lui donne son statut, et conditionne le rôle qu'il est amené à jouer dans la pièce. L'autorité des pères sur les enfants n'est pas autrement traduite, dans la pièce, que par l'autorité des riches sur les pauvres.

L'argent apparaît ainsi, dans l'univers de la comédie, comme ce qui organise les rapports sociaux, c'est-à-dire comme ce qui assigne à chacun sa place exacte et peut-être même son identité véritable.

b. Le temps de l'action

L'argent fonde en outre la temporalité de la pièce et sa dynamique dramatique. D'abord, le rythme même de l'action, marqué par les entrées et sorties de scène du personnage principal, est explicitement motivé par la manie de l'avare, qui le conduit répétitivement auprès de son argent.

De plus, les différents rebondissements qui scandent la pièce et lui permettent de changer à plusieurs reprises de direction, jusqu'à la surprise finale et aux mariages qui concluent, comme il est de règle, la comédie, peuvent s'analyser en termes financiers ; mieux encore, ils semblent n'avoir pas d'autre raison que de modifier le statut économique des différents protagonistes de l'action. C'est la circulation de l'argent qui permet l'action : si les mêmes personnages restaient riches, et si les mêmes personnages restaient pauvres, il n'y aurait pas d'intrigue.

La pièce met ainsi en place une série de rebondissements financiers dignes de la chronique de Wall Street ; chaque acte peut se résumer en montrant comment l'argent – et plus particulièrement celui de l'avare, mais pas seulement – circule d'un personnage à un autre, ou au contraire ne circule pas. Acte I : Cléante, Valère, Élise et Mariane sont pauvres ; Harpagon est riche, d'autant plus riche même qu'il vient de recevoir un beau trésor qu'il lui faut cacher à tous. Acte II : première modification possible, mais empêchée, avec l'intrigue de l'emprunt : Cléante pourrait gagner une forme de liberté par l'emprunt qu'il veut contracter, Harpagon pourrait s'enrichir encore avec celui qu'il consent, mais la découverte de l'un et de l'autre remet chacun à sa place et à sa fortune – ou à son infortune – originelle, en même temps qu'elle accuse le vieillard d'avarice et le jeune homme d'incurie. Quant à Frosine, elle tente bien en vain de gagner quelque argent en le tirant d'Harpagon. L'acte se finit comme il a commencé : l'action a consisté en une menace sur cet état initial, jamais réalisée. Acte III : une nouvelle menace pèse sur la fortune de l'avare, celle de l'amour. Aussi les premières scènes montrent-elles comment ne pas perdre d'argent lorsqu'on est amoureux ; seul Cléante parvient à faire passer quelque argent de son père à Mariane, par la somptuaire dépense d'un exotique rafraîchissement et en lui faisant donner un diamant. Acte IV : le projet de Frosine vise à supplanter l'amour d'Harpagon pour Mariane par son amour de l'or ; mais la ruse d'Harpagon semble durablement compromettre tout projet ; redevenant maître du jeu, il semble bien devoir rester maître de son argent, d'autant qu'il finit par déshériter Cléante, ce qui revient à le priver de toute la fortune que celui-ci a en espérances. C'est compter sans la ruse et la malhonnêteté de La Flèche, qui a guetté tout le jour pour « attraper » (IV, 6, p. 99) le trésor du vieillard. Le renversement est total : voici donc Harpagon pauvre et Cléante fortuné. Le dernier acte dissimule ce vol immoral derrière des rebondissements qui modifient plus encore l'état de fortune des uns et des autres, par le double effet d'une triple reconnaissance [1], et d'un personnage, Anselme, qui joue finalement le rôle d'un véritable *deus ex machina* [2] : Valère et Mariane, retrouvant un père riche et libéral, double inverse d'Harpagon, se découvrent fortunés et

1. Sur les enjeux poétiques de la reconnaissance dans le théâtre, voir le dossier donné à la fin de l'édition de *L'Avare*, *op. cit.*, p. 135 *sq.*

2. Chez Molière, le trait est récurrent : voir la façon dont le roi rétablit les choses à la fin du *Tartuffe*, et Dieu à la fin de *Dom Juan*.

ainsi libérés. Quant à Cléante, il promet de rendre à son père sa fortune si celui-ci consent à son amour. Harpagon n'aura rien perdu, mais l'irruption généreuse d'Anselme au dernier acte aura donné aux jeunes gens une fortune et une liberté sans laquelle il n'est pas de bonheur.

La résolution de l'action se fait donc grâce à de l'argent, mais de l'argent venu d'ailleurs, tant celui de l'avare semble incapable d'assurer ce bonheur sans lequel il n'est pas de véritable comédie ; plus précisément, c'est moins l'argent d'Anselme que le rapport que ce dernier a avec son argent qui fait le dénouement.

Si la fin de la pièce, qui voit Harpagon verser dans la folie, est très violente – à une scène d'hallucination (IV, 7) succède la volonté brutale de torturer toute la maison (V, 1), à l'effondrement de soi succède la destruction des autres –, elle n'en évoque pas moins ces scènes de plaisanterie moqueuse, ou *burle* [1], où le personnage moqué est tourné en ridicule au cours d'une farce organisée par les autres protagonistes de l'histoire. À la fin du quatrième acte, en effet, le vol de la cassette par Cléante et La Flèche vise à *faire croire* à Harpagon qu'il a été volé, plus peut-être qu'à le voler vraiment. Mais la violence même de ces scènes souligne que l'argent d'Harpagon, possédé ou volé, maintient toujours la situation déséquilibrée, au profit de l'avare (quand il possède l'argent) ou à ses dépens (quand il le perd) ; si le vol seul ne fait pas le dénouement, c'est que la solution n'est pas dans la cassette.

Au contraire, seuls l'argent et la libéralité d'Anselme équilibrent l'argent et l'avarice d'Harpagon ; là où la *burle* guérit le mal par le mal, l'avarice ne se soigne pas par elle-même, et l'argent seul ne fait rien à l'affaire. La circulation de l'argent introduit la pièce dans une dynamique dramatique qui pourrait mal finir, tant la redistribution des biens semble, si ce n'était par le coup de force extra-dramatique, profondément injuste.

L'avarice engendre le vol, et l'on voit difficilement ici quel bien pourrait ressortir de ce redoublement du mal : l'argent apparaît bien ainsi dans la pièce comme une aporie morale, et c'est finalement cela même que déploie la structure de la pièce.

2. L'intérêt dramatique

a. À quoi rêvent les pingres

Si la circulation de l'argent structure la pièce, c'est que l'intérêt dramatique de *L'Avare* est fondé sur une économie libidinale où un désir chasse l'autre, et où un jeu équivoque enchaîne toujours passion amoureuse et soif de l'or. C'est pleinement le cas pour Harpagon, qui veille sur sa

1. Ces scènes de *burle* (le terme « *burle* » a donné « burlesque ») se retrouvent dans d'autres pièces de Molière, notamment dans *Le Bourgeois gentilhomme* (cf. la fausse cérémonie qui fait croire à Monsieur Jourdain qu'il devient grand mamamouchi, c'est-à-dire gentilhomme turc). Dans *L'Avare*, la cassette n'est pas vraiment volée au sens où elle reste dans la famille et où elle est restituée très rapidement – et sans excessive difficulté – à son vrai propriétaire.

cassette comme les vieillards jaloux de comédie sur leur jeune maîtresse (voir le Bartholo du *Barbier de Séville*) ; il semble ne consentir à épouser la femme qu'il aime qu'à condition qu'elle lui rapporte quelque bien réel, puisqu'« il faut bien qu['il] touche quelque chose » (II, 5, p. 55), et finit par sacrifier sa maîtresse à son trésor. Le désir amoureux n'apparaît plus chez lui que comme le cas particulier d'un désir plus profond et plus fort, celui qui le conduit à amasser la plus grande des fortunes. Et s'il souhaite séduire Mariane, ce n'est pas au prix de véritables dépenses ; l'argent semble finalement la seule raison des actions du vieillard : Frosine ne s'y trompe d'ailleurs pas, qui vante (vend ?) le coût modéré de Mariane, et les économies que celle-ci peut faire, par exemple en se nourrissant « de salade, de lait, de fromage et de pommes » (II, 5, p. 54), pas plus qu'elle ne s'y trompe en proposant d'opposer à la passion d'Harpagon l'espérance d'une belle fortune à épouser ; aimer la dot de sa promise, c'est l'aimer déjà – n'est-ce pas là, après tout, ce qui pousse le vieillard à fiancer ses enfants ?

Les émotions semblent ainsi jouir d'une grande plasticité dans la pièce, la fièvre amoureuse de Cléante trouvant son pendant exact dans l'avarice de son père, plutôt que dans son goût amoureux. Tous les personnages semblent en outre, à quelque moment de l'intrigue, saisis eux aussi par la fièvre de l'or : Cléante et Valère, pour la liberté qu'il accorde ; Mariane, parce qu'elle est convaincue par Frosine d'envisager un horrible mariage pour en gagner ; pour ne rien dire des valets, dont le désir financier est tout à fait traditionnel. Seule Élise semble échapper à la corruption générale. Le goût de l'or semble le vice humain le plus universellement partagé.

Mais il y a pire encore : il n'y a pas de privilège amoureux, en ce sens que le sentiment amoureux semble être du même ordre, finalement, que la fièvre de l'or. Les pingres rêvent comme tous les hommes, parce que tous les hommes sont des pingres quand ils aiment : tous les hommes aiment en pingres. De là le ton inquiétant de *L'Avare*, dès la première scène qui semble à première vue pourtant jouer l'air bien connu des amours contrariées. Ainsi, au détour d'un des premiers échanges, la pièce met en cause la faculté des sentiments à se dire et à s'exprimer directement et sincèrement :

> CLÉANTE. – Non, ma sœur ; mais vous n'aimez pas : vous ignorez la douce violence qu'un tendre amour fait sur nos cœurs, et j'appréhende votre sagesse.
>
> ÉLISE. – Hélas ! mon frère, ne parlons point de ma sagesse. Il n'est personne qui n'en manque, du moins une fois en sa vie ! et si je vous ouvre mon cœur, peut-être serai-je à vos yeux bien moins sage que vous.
>
> CLÉANTE. – Ah ! plût au Ciel que votre âme, comme la mienne…
>
> ÉLISE. – Finissons auparavant votre affaire, et me dites qui est celle que vous aimez.
>
> (I, 2, p. 17)

Il n'en va pas seulement ici du souci de mener l'exposition en ordre et de laisser les informations se divulguer en temps et en heure au spectateur (Élise semble surveiller le bon déroulement de la scène d'exposition, et veille à ne pas répéter ce que le public a déjà entendu à la scène précédente). Pour Élise, s'il n'est pas de « sagesse », c'est que les sentiments sont essentiellement trompeurs : après tout, elle a signé un contrat destiné à établir plus solidement la force des sentiments qui la lient à son amant, comme on l'apprendra dans le dernier acte, lorsque sera révélée la « promesse de mariage » (V, 3, p. 111) à quoi faisait allusion, dès la première scène de la pièce, l'« engagement » évoqué par Valère (I, 1, p. 11).

C'est que les sentiments sont conçus, dans la pièce, comme des *passions*, plus ou moins émouvantes certes – et il n'y a sur le plan émotionnel aucune commune mesure entre l'obsession de l'argent et celle de l'être aimé –, mais tout aussi aliénantes les unes que les autres. Le sentiment est passion, c'est-à-dire cette force qui rend passif et prive la volonté et la raison de force, quand c'est par la volonté et la raison seules que les hommes peuvent viser au bien.

Autrement dit, il n'y a pas dans *L'Avare*, malgré le goût du genre comique pour les passions amoureuses et les mariages harmonieux – qui veut que les pièces se concluent par l'union des jeunes amants –, d'infériorité de statut de l'amour de l'argent par rapport aux autres amours. Dans tous les cas, l'amour conduit à s'abaisser. Après tout, qui ment dans la pièce ? Valère, pour l'amour d'Élise. Qui vole ? Cléante, pour celui de Mariane. Les plus amoraux ne sont pas forcément ceux qu'on croit ; à regarder la fable seule, les sentiments se voient également critiqués et dénoncés comme vicieux, y compris ceux qui fondent les liaisons apparemment les plus admirables.

b. Le comique moliéresque : du rire au ridicule

C'est que le jugement moral, chez Molière, ne tient pas à la seule fable. Ce n'est pas l'intrigue, l'action mise en scène, qui condamne l'avarice plus que l'amour : c'est le caractère grotesque du personnage principal. Car, si le rire est un instrument moral, c'est dans la mesure où il fonde une distance critique ; et Harpagon est bien dans la pièce la première victime de ce rire qui condamne et châtie les mœurs. Encore peut-on supposer que les amants ne sont pas épargnés, Cléante d'être si facilement percé à jour, et à deux reprises (II, 3 ; IV, 3) – ce qui fait de lui sinon un sot, du moins quelqu'un d'un peu trop naïf –, et Valère de se faire prendre à la girouette de ses propres mensonges, finissant même par accorder qu'une fille épousée « sans dot » vaut bien n'importe quel époux (I, 5, p. 37) – ce qui fait de lui un hypocrite, sinon un couard. Mais c'est sur Harpagon que se concentre l'essentiel du ridicule de la pièce. Si le *rire*, au cours du Grand Siècle, bascule vers une attention toujours plus forte portée au *ridicule*, devenu le véritable « propre de l'homme [1] », c'est qu'il joue un rôle de plus en plus normatif : rire en se moquant d'un personnage ridicule, c'est rappeler qu'il transgresse une norme, la règle éthique d'un comportement juste et mesuré : on rit de l'avare comme on rit de la femme savante, parce que ce sont des personnages *malséants*. Le comique moliéresque repose ainsi sur une ridiculisation systématique de personnages devenus aveugles à eux-mêmes, incapables de voir que la règle qu'ils se sont donnée est l'exception, et non la commune loi des comportements humains.

Le ridicule tient donc d'abord au statut même du personnage, à son caractère malséant, au fait qu'il est un personnage en partie incohérent [2]. L'incohérence d'Harpagon réside dans son amour pour Mariane : dans l'univers de la comédie, aimer est l'affaire des jeunes gens, non des vieillards. Alors que Cléante amoureux est bienséant (puisqu'il développe un trait de caractère conforme à sa condition et à son âge) et peut ainsi se gagner les faveurs du public, Harpagon est fondamentalement ridicule de se prêter à une passion qui ne lui revient pas – aussi ridicule que Monsieur Jourdain dans *Le Bourgeois gentilhomme*, qui croit pouvoir se comporter comme un gentilhomme, quand il n'est qu'un bourgeois.

Le ridicule de l'avare est immédiatement visible pour le spectateur de la pièce : par mesure d'économie, Harpagon se vêt comme on s'habillait au siècle précédent, sous Henri IV, c'est-à-dire du vivant du grand-père du roi régnant, avec des ferrets pour lacer ses hauts-de-chausses, et non des rubans, une fraise plutôt qu'un rabat de dentelle – que viendront compléter, si l'avare suit les conseils de Frosine (II, 5), des lunettes, comble de l'antiquité au XVIIe siècle ! Harpagon nourrit en outre une aversion, comique, pour les « jeunes blondins », « ces animaux », « avec leur ton de poule laitée, et leurs trois petits brins de barbe relevés en barbe de chat, leurs perruques d'étoupe, leurs hauts-de-chausses tout tombants, et leurs estomacs débraillés » (II, 5, p. 57-58) : le personnage se rapproche par là de ces autres vieillards ridicules et ennemis de la jeunesse que sont Arnolphe dans *L'École des femmes* et Sganarelle dans *L'École des maris*. Son ridicule éclate dans le face-à-face avec Frosine, qui le flatte par des discours dont chacun entend bien la part d'absurdité qu'ils recèlent, et qui va jusqu'à lui promettre une vie de « six-vingt » (cent vingt) ans (II, 5, p. 52).

Personnage hors norme dans l'univers très normatif de la comédie, Harpagon l'est ainsi par ces traits et ces attitudes qui renversent les usages reconnus par tous ; il est un excentrique souvent hargneux et paranoïaque, qui n'hésite pas à se livrer à des actions que non seulement la morale mais encore la raison réprouvent. La folie d'Harpagon, c'est finalement d'entraîner ceux qui l'entourent dans un univers régi par des

---

1. Voir à ce sujet les analyses de Dominique Bertrand, *Dire le rire à l'âge classique. Représenter pour mieux contrôler*, Presses de l'université de Provence, 1995, et de Patrick Dandrey, *Molière ou l'Esthétique du ridicule*, Klincksieck, 2002 [1992].

2. Pour une étude plus systématique de cette incohérence, voir la critique lumineuse de Schlegel dans le dossier donné à la fin de l'édition de *L'Avare*, GF-Flammarion, 2009, p. 141 *sq*.

règles autres que les règles communes : en témoignent ces bizarreries qu'il impose à ses serviteurs, par exemple adopter une démarche hasardeuse pour masquer des taches (III, 1).

Le sommet de ce ridicule dans la pièce, c'est bien sûr le portrait que dresse de son maître la figure naïve de Maître Jacques, et ce, devant l'avare lui-même ; cette scène revêt une importance stratégique pour affirmer le caractère grotesque du personnage :

> MAÎTRE JACQUES. – Monsieur, puisque vous le voulez, je vous dirai franchement qu'on se moque partout de vous ; qu'on nous jette de tous côtés cent brocards à votre sujet ; et que l'on n'est point plus ravi que de vous tenir au cul et aux chausses, et de faire sans cesse des contes de votre lésine. L'un dit que vous faites imprimer des almanachs particuliers, où vous faites doubler les quatre-temps et les vigiles, afin de profiter des jeûnes où vous obligez votre monde. L'autre, que vous avez toujours une querelle toute prête à faire à vos valets dans le temps des étrennes, ou de leur sortie d'avec vous, pour vous trouver une raison de ne leur donner rien. Celui-là conte qu'une fois vous fîtes assigner le chat d'un de vos voisins, pour vous avoir mangé un reste d'un gigot de mouton. Celui-ci, que l'on vous surprit une nuit, en venant dérober vous-même l'avoine de vos chevaux ; et que votre cocher, qui était celui d'avant moi, vous donna dans l'obscurité je ne sais combien de coups de bâton, dont vous ne voulûtes rien dire. Enfin voulez-vous que je vous dise ? On ne saurait aller nulle part où l'on ne vous entende accommoder de toutes pièces ; vous êtes la fable et la risée de tout le monde ; et jamais on ne parle de vous que sous les noms d'avare, de ladre, de vilain et de fesse-mathieu.
>
> (III, 1, p. 71)

Comment mieux ridiculiser l'avare qu'en faisant de lui, à l'intérieur même de la fable, un personnage ridicule ? Car ici Harpagon n'est pas ridicule pour les seuls spectateurs : il l'est aussi pour les autres personnages de la pièce, et même ses valets, bref, pour « tout le monde ». Le théâtre de Molière est ainsi un espace qui sert de révélateur à un ridicule qui lui préexiste ; comme Monsieur Jourdain, l'avare est un homme que tous les autres personnages s'accordent *en silence* à trouver ridicule, que ce soit pour le flatter dans ce ridicule où ils espèrent finalement trouver un avantage (ainsi de Frosine et de Valère), parce qu'ils n'osent pas lui dire la vérité (ainsi d'Élise), ou bien parce que c'est en vain qu'ils lui disent la vérité (ainsi de Cléante et de Maître Jacques). En accumulant les traits satiriques, les anecdotes hyperboliques, en procédant aussi par gradation, dans une logique de surenchère qui finit par la brutalité de l'insulte, le portrait de l'avare par son domestique vise non seulement à provoquer le rire du spectateur, mais encore à fonder le ridicule sur une éthique où tous s'accordent, spectateurs et personnages de la pièce ; la machine théâtrale met à distance non la fiction tout entière, mais le seul personnage ridicule d'Harpagon, enfermé dans une obsession maniaque dont son égarement final traduira combien elle le tient à distance de la raison humaine qu'ont en commun spectateurs et personnages. Le portrait débouche sur la nomination offensante du défaut, les anecdotes sur les synonymes insultants, comme un raccourci de la pièce, portrait en acte qui vise à humilier l'avarice, c'est-à-dire à manifester son caractère vicieux.

L'argent est ainsi au centre de *L'Avare*, non seulement par sa thématique, mais aussi par sa structure même ; il est le principe qui organise la fiction tout entière, ce qui circule dans la pièce comme ce que tous recherchent ; mieux encore, il est au croisement de tous les désirs, et peut-être au fond de toute passion. Enfin, l'obsession qu'en a Harpagon fonde le ridicule du personnage, c'est-à-dire cela même qui fait de la comédie une comédie. Il faut alors s'attacher, au-delà de la fonction de l'argent dans l'économie dramatique de la pièce, à en penser la signification exacte. Car si l'argent, fondamentalement, est signe, de quoi au juste est-il le signe dans le théâtre de Molière ?

B. Les couleurs de l'argent

Quelle est la valeur de l'argent en jeu dans la pièce ? Autrement dit, sur quel plan signifie-t-il quelque chose ? Que fixe-t-il ? Ce qui apparaît finalement, à lire *L'Avare*, c'est l'idée d'un argent proprement déréglé, démesuré, qui étend son emprise bien au-delà de son seul domaine de compétence, le monétaire, pour faire basculer l'univers entier de la pièce dans la fiction ou le mensonge. L'argent, signe vide, moyen de transaction, se fait alors profondément illusion puisqu'il se donne pour valeur en soi ; son mensonge est de dissimuler sa négativité en la plus trompeuse des positivités.

1. L'invention d'Harpagon

a. Du type de l'avare…

À bien des égards, Harpagon reprend les codes de représentation de l'avare, tels qu'ils existent depuis des siècles et qu'ils se perpétueront (voir l'encadré « La figure de l'avare, de Plaute à Tolkien », p. 72). Il est âpre au gain, prêt aux plus petites économies ; surtout, il semble fasciné par l'argent, qu'il accumule sans fin ; la répétition, à onze reprises, de la locution « mon argent » (p. 21, 36, 48, 99, etc.) manifeste cette obsession de la possession égoïste. De là aussi ces incessants allers et retours, repris de Plaute, qui conduisent Harpagon auprès de son argent pour vérifier qu'il est bien en sécurité, avec autant de soins qu'en aurait un amoureux auprès de l'objet aimé : il est en effet sans cesse « à propos » de faire « un petit tour » auprès de l'argent (II, 3, p. 48)… Le personnage est

La figure de l'avare, de Plaute à Tolkien

Pour être l'un des plus célèbres avares de la littérature mondiale, Harpagon n'en prend pas moins place dans une riche galerie de figures littéraires.

Le personnage de Molière est inspiré du vieil Euclion dans ***L'Aululaire* de Plaute**, comédie latine. Cet avare possède une marmite pleine d'or, qu'il veut dissimuler à tous : de là naît sa méfiance pathologique… et comique. Il paraît plutôt plaisant par rapport à Shylock, avare haineux du ***Marchand de Venise* de Shakespeare** : cet usurier juif, pour se venger du héros de la pièce, le marchand Antonio, lui prête de l'argent, mais le contrat spécifie qu'en cas de défaut de paiement, Shylock pourra prélever une livre de chair sur son débiteur. Sur le point d'être découpé par ce personnage cruel qui veut se venger des chrétiens, le marchand de Venise ne doit son salut qu'à la ruse de ses amis.

Le personnage de Turcaret, dans ***Turcaret ou le Financier* de Lesage** (1709), est moins un avare qu'un convoiteux, ce qui ne le rend pas plus sympathique pour autant : prêt à tout pour gagner de l'argent, cet ancien laquais ridicule, devenu homme d'affaires et usurier, ne parvient jamais à faire partie d'un monde qui le rejette, et qui pourtant ne vaut pas beaucoup mieux que lui. La pièce donne à voir un univers obsédé par l'argent, qui semble – avant même le XIXe siècle que Stendhal jugeait intéressé – devenir l'universel moteur.

En 1833, **Balzac** campe dans ***Eugénie Grandet*** l'un des portraits d'avare les plus terribles qui aient jamais été imaginés. En profitant des désordres qui suivent la Révolution, le père Grandet, ancien tonnelier et ancien maire de Saumur, a fait fortune, tout en s'acharnant à faire croire le contraire et en contraignant sa femme et sa fille à une vie misérable. La description du personnage reflète son vice : « Cette figure annonçait une finesse dangereuse, une probité sans chaleur, l'égoïsme d'un homme habitué à concentrer ses sentiments dans la jouissance de l'avarice et sur le seul être qui lui fût réellement de quelque chose, sa fille Eugénie, sa seule héritière. […] Toujours vêtu de la même manière, qui le voyait aujourd'hui le voyait tel qu'il était depuis 1791. »

L'avare créé par **Charles Dickens dans *Un conte de Noël*** (1843), Ebenzer Scrooge, est tout aussi fameux. Ce vieillard égoïste – « un avare qui savait saisir fortement, arracher, tordre, pressurer, gratter, ne point lâcher surtout ! » – est visité, le soir de Noël, par le fantôme de son ancien associé, venu l'avertir du danger qu'il court à persister dans la vie qu'il mène ; poursuivi par les fantômes de Noël (ceux du passé, du présent et du futur), qui lui révèlent les conséquences terribles de son comportement sur les autres, il finit par s'amender : le dénouement optimiste du conte montre Scrooge délivré de son avarice, et enfin dévoué aux plus pauvres.

Le personnage de Scrooge a inspiré en 1947 un autre avare célèbre, créé par Carl Barks : **Balthazar Picsou** – nommé Scrooge McDuck en anglais, son premier nom français fut… oncle Harpagon ! Oncle de Donald Duck, aventureux Écossais, Picsou est aussi un radin milliardaire ; le personnage, malgré tout, est plutôt sympathique, comme le veut l'univers optimiste et capitaliste de Walt Disney. On trouve dans une série à succès de la fin du XXe siècle, *Les Simpson*, un descendant plus cruel de cet avare de bande dessinée : il s'agit du personnage de Mr. Burns, propriétaire de la centrale nucléaire de Sprinfield, qui est prêt à sacrifier le monde à sa fortune.

***Le Seigneur des anneaux* de Tolkien** (1954-1955) recèle une autre figure de l'avarice : Gollum, obsédé par son « précieux » – l'anneau magique que lui a volé Bilbo le Hobbit – et prêt à toutes les bassesses et à toutes les trahisons pour le retrouver, en perd toute dignité : il incarne le versant terrible de l'avarice, marquée par la perte de soi.

scéniquement construit (donc entièrement construit, puisqu'il n'a d'autre existence que scénique) par cette manie de l'argent.

b. ... au personnage véritable

Pourtant, au-delà de cette dimension topique du personnage, Molière dote Harpagon d'autres passions qui semblent pouvoir l'humaniser. Tout d'abord, il est un père désireux de marier ses enfants, et il n'est pas évident qu'il veuille leur malheur ; au contraire, on peut penser que, l'argent constituant pour lui la clé de la recherche du bonheur, le fait de donner à ses enfants des époux fortunés vaut comme une étrange preuve d'affection ; du reste, la scène du « sans dot » (I, 5) manifeste cette impossibilité où est Harpagon d'entendre d'autres logiques que la sienne propre (et il est vrai aussi que Valère défend les autres éthiques bien faiblement, sous le masque du on-dit ou de la prétérition... et qu'il finira par épouser Élise « sans dot » !). S'il fait le malheur de ses enfants par les desseins qu'il a pour eux, c'est peut-être par ignorance plus que par méchanceté, et il peut bien être sincère quand il leur affirme : « Un peu de patience. Ne vous alarmez point. Je sais ce qu'il faut à tous deux ; et vous n'aurez ni l'un ni l'autre aucun lieu de vous plaindre de tout ce que je prétends faire » (I, 4, p. 29). C'est de prendre sa manie pour la raison universelle qu'après tout Harpagon, comme nombre de personnages moliéresques [1], est fou.

Davantage, Harpagon est présenté comme épris d'une jeune femme, ce qui l'humanise bien plus que son modèle, cet Euclion de Plaute sans attachement aucun. Certes, mais sans doute au prix de la cohérence : c'est d'ailleurs un reproche fréquemment adressé à Molière que d'avoir construit avec Harpagon un personnage trop peu cohérent, type trop humanisé peut-être, soudain déchiré entre plusieurs passions contradictoires, même si la dominante reste bien l'avarice. En témoigne la scène qui voit son fils lui arracher un diamant pour l'offrir à Mariane :

> CLÉANTE. – N'est-il pas vrai, mon père, que vous voulez que Madame le garde pour l'amour de vous ?
> HARPAGON, *à part, à son fils.* – Comment ?
> CLÉANTE. – Belle demande ! Il me fait signe de vous le faire accepter.
> MARIANE. – Je ne veux point...
> CLÉANTE. – Vous moquez-vous ? Il n'a garde de le reprendre.
> HARPAGON, *à part.* – J'enrage !
> MARIANE. – Ce serait...
> CLÉANTE, *en empêchant toujours Mariane de rendre la bague.* – Non, vous dis-je, c'est l'offenser.
> MARIANE. – De grâce...
> CLÉANTE. – Point du tout.
> HARPAGON, *à part.* – Peste soit...
> CLÉANTE. – Le voilà qui se scandalise de votre refus.

---

1. Voir à ce sujet les analyses de Pierre Force, *Molière ou le Prix des choses. Morale, économie, société,* Nathan, 1994.

HARPAGON, *bas, à son fils.* – Ah ! traître !

CLÉANTE. – Vous voyez qu'il se désespère.

HARPAGON, *bas, à son fils, en le menaçant.* – Bourreau que tu es !

CLÉANTE. – Mon père, ce n'est pas ma faute. Je fais ce que je puis pour l'obliger à la garder ; mais elle est obstinée.

HARPAGON, *bas, à son fils, avec emportement.* – Pendard !

CLÉANTE. – Vous êtes cause, Madame, que mon père me querelle.

HARPAGON, *bas, à son fils, avec les mêmes grimaces.* – Le coquin !

(III, 7, p. 81-82)

Dans cette scène, où se répètent, avec un emploi insistant du comique de répétition, les insultes paternelles et leur volontaire mésinterprétation par Cléante, apparaît bien l'aporie où se trouve le personnage, prisonnier de deux logiques ici inconciliables. Seuls la présence scénique de l'acteur et son talent dramatique permettent de rendre compatibles ces différentes strates du personnage ; si l'avarice est bien la passion dominante, elle est ici singulièrement compliquée par le désir de plaire à Mariane. Harpagon est un type qui ne se résout pas à n'être qu'un type, mais auquel la pièce vient finalement rappeler que l'avare n'est qu'un type et finit seul.

L'argent compris dans cette topique de l'avarice, c'est alors le motif vide de cette solitude, un signe apparemment sans signifiant ; l'argent ne vise rien d'autre que lui-même ; il n'est pas accumulé en vue d'obtenir quelque chose. Pourtant, le désir même qu'a Harpagon d'épouser Mariane montre la difficulté où il est de se contenter de son avarice, comme si même le plus avaricieux des avares ne pouvait se contenter de son argent et pressentait bien, ainsi, son insuffisance et sa vacuité ; après tout, s'il veut Mariane, c'est que l'argent ne remplit pas sa vie : si l'argent constituait un objet véritable, une richesse positive, une valeur absolue, quelle raison aurait le vieillard de rechercher l'amour d'une jeune femme ? En construisant un personnage qui ne se contente pas d'être avare, Molière fait apparaître la difficulté de donner à l'argent une consistance véritable ; le désir d'Harpagon semble d'autant plus fort qu'il est vain, gagé sur du vide, la richesse qu'il accumule ne s'ouvrant sur rien d'autre qu'elle-même, le moyen qu'est l'argent étant pris pour une fin. L'avare lui-même semble percevoir ce vide fondamental qu'est l'argent, sans se résoudre pour autant à s'investir en d'autres valeurs, comme l'amour par exemple.

2. L'argent, question sociale ?

a. Nouveaux riches et vieilles fortunes

Il n'est pas sûr pourtant que l'argent ne signifie rien ; plus exactement, les types de rapports que les hommes entretiennent avec cet argent – et, parmi eux, l'avarice – peuvent bien jouer comme des signes sociaux, c'est-à-dire comme la manifestation d'un certain statut, d'une certaine place à l'intérieur de la société du Grand Siècle.

L'avarice d'Harpagon et la prodigalité de Cléante peuvent ainsi être lues comme des attitudes vis-à-vis de l'argent qui ne se réduisent pas simplement à la sagesse proverbiale, « À père avare, fils prodigue ». On peut en effet, dans cette époque classique qui permet de nombreux changements sociaux (jusqu'à ce qu'à la fin du siècle, les positions progressivement se figent), voir dans la famille d'Harpagon se jouer une certaine évolution de la bourgeoisie, de ses valeurs et de son rôle, au fil du siècle, et les contradictions qui l'animent. L'avare et ses enfants traduiraient en ce sens le rôle d'une bourgeoisie qui émerge grâce à sa maîtrise de l'argent (et c'est la figure d'Harpagon), mais qui par cette émergence même se transforme et change (et c'est la figure de Cléante). L'attitude d'Harpagon serait la manifestation d'une éthique bourgeoise fondée sur la capitalisation de l'argent, par opposition à l'éthique noble qui s'atteste par sa prodigalité, celle des vieilles fortunes aristocratiques et libérales que fait apparaître, au dernier acte, le comportement d'Anselme [1]. Le ridicule de l'avare serait ainsi d'abord un ridicule social, l'attitude moquée d'une bourgeoisie incapable d'établir avec l'argent le dispendieux rapport qui est celui de la noblesse – et le seul valorisable au sein d'une société qui trouve ses valeurs dans les milieux aristocratiques et leur éthique. On trouve la même dialectique de l'argent bourgeois accumulé et de la dépense fastueuse par la noblesse dans *Le Bourgeois gentilhomme*, comme le souligne la célèbre scène de la fête organisée pour la « belle marquise » par son noble ami avec l'argent du riche et trompé Monsieur Jourdain (IV, 1). La manie financière d'Harpagon viendrait alors d'un trop long temps passé à faire du commerce, à peut-être s'entremettre dans une boutique en des commerces par nature peu honorables.

Son fils Cléante, à l'inverse, serait l'incarnation d'un fils de famille qui « mang[e] son blé en herbe » (II, 1, p. 45) et montre tout son talent à dépenser par avance un argent qu'il n'a pas gagné, comme le lui rappelle La Flèche au début de l'acte II. En somme, Cléante serait l'incarnation, tout aussi caricaturale que son père, d'un enfant bourgeois élevé avec la noblesse et partageant ses valeurs, au sein desquelles la libéralité atteste la grandeur : l'éthique aristocratique à quoi il prétend, par exemple lorsqu'il donne un diamant à Mariane, ou par les habits qu'il porte, est une éthique de la munificence et de la magnanimité, c'est-à-dire une éthique du pouvoir de donner. Il s'agit toujours de témoigner de sa supériorité par le dédain que l'on montre des biens matériels.

1. « L'éthique nobiliaire se démarque de la vile bourgeoisie par sa capacité de dépenser, par l'effet ostentatoire que procure la dépense », note à propos d'un cas particulier (l'Aquitaine, et les dépenses de nourriture) Grégory Hanlon dans *L'Univers des gens de bien : culture et comportements des élites urbaines en Agenais-Condomois au XVIIe siècle*, Presses universitaires de Bordeaux, 1989, p. 104.

b. L'habit fait le banquier

La ladrerie d'Harpagon concerne bien souvent la question de l'habillement, qu'il soit question de ses propres vêtements [1] ou qu'il reproche à son fils le luxe des habits qu'il porte (I, 4), ou encore lorsqu'il refuse de changer la livrée de ses serviteurs (III, 1), et enfin, de façon assez inattendue, lorsqu'il demande à Anselme de lui offrir « un habit » pour le mariage des enfants (V, 6, p. 121) – au point que cette obsession vestimentaire tourne, au fil de la pièce, au véritable *running gag*. C'est d'abord qu'Harpagon prétend, comme Arnolphe dans *L'École des femmes*, suivre sa « propre mode », sans voir la contradiction qu'il y a dans l'expression, et donc son ridicule ; mais c'est aussi que l'habillement symbolise la dépense faite pour l'apparence seulement, pour l'affirmation d'un statut, et qu'elle est en ce sens l'apanage de la noblesse et non le signe de la bourgeoisie, comme le souligne l'historien Grégory Hanlon : « Les dépenses somptuaires comprennent surtout des achats d'étoffe, de drap et de linge d'abord, d'étoffes d'habillement ensuite. Par le vêtement on "paraît", il faut être présentable selon sa qualité [2]. » La question est d'autant plus importante, tout au long du siècle, que des édits royaux sont régulièrement publiés pour limiter le luxe des vêtements des sujets du roi (en 1656, 1659, 1661, 1663, 1664, 1665, 1667) – on trouve de fait, dans le théâtre de Molière, d'autres allusions à cette situation, notamment, de manière très explicite, dans *L'École des maris* (II, 6). Il s'agit alors soit de mesures morales (interdiction de faire montre de vanité), soit de mesures économiques (interdiction de dépendre des matières premières étrangères, et notamment des tissus italiens), soit enfin de mesures sociales, destinées à empêcher les hommes de quitter la place que la société leur assigne [3], en réservant par exemple à la noblesse le raffinement exagéré et ostentatoire de certaines dentelles et broderies, de l'or ou de l'argent sur les habits – les comédiens portent un intérêt professionnel à la question, eux qui sont vêtus de costumes de scène souvent richement ornés, et qui ont donc, de ce point de vue, le même privilège que la noblesse. C'est bien cette dernière dimension qui apparaît dans le contraste entre les habits du père et ceux du fils, souligné par le dialogue dès leur première rencontre (I, 4).

Ce qui justifie en somme l'importance accordée au vêtement et à son prix dans *L'Avare*, c'est qu'il prend en charge la question sociale que réfléchit la pièce ; avec lui, c'est ce que le sociologue et historien allemand Norbert Elias appelle l'« *ethos* social de la bourgeoisie » qui est questionné :

---

1. Voir leur description dans l'inventaire après décès des biens de Molière, reproduit dans l'édition de *L'Avare*, *op. cit.*, p. 123.

2. *L'Univers des gens de bien...*, *op. cit.*, p. 104.

3. Voir, pour la situation à la fin du siècle précédent, les *Essais* de Montaigne (« Des lois somptuaires », I, 43) ; et l'article de Pascal Bastien, « "Au tresors dissipez l'on cognoist le malfaict" : hiérarchie sociale et transgression des ordonnances somptuaires en France, 1543-1606 », *Renaissance et Réforme*, XXIII, 4, 1999.

Nous avons d'un côté l'*ethos* social de la bourgeoisie professionnelle. Ses normes obligent chaque famille d'accorder les dépenses aux recettes et de maintenir, dans la mesure du possible, la consommation au-dessous du niveau des revenus, la différence pouvant être investie en vue d'augmenter les recettes futures. Dans un tel système, la consolidation de la position de la famille, et plus encore, le succès social, l'accès à un statut plus élevé et plus considéré, dépendent de la stratégie à long terme en matière de dépenses et de revenus, et des efforts de l'individu en vue de subordonner la satisfaction de ses besoins immédiats à la nécessité d'épargner pour s'assurer des gains futurs.

Ces règles de conduite de la bourgeoisie professionnelle sont incompatibles avec la notion de *consommation de prestige* [1].

Car la noblesse, au contraire, manifeste son *ethos* par une « consommation de prestige », somptuaire, déterminée par le rang et non par les revenus : l'argent bourgeois n'est pas de même nature que l'argent aristocratique, comme le montre une anecdote historique :

Le duc [de Richelieu] remet à son fils une bourse pour que le jeune homme apprenne à dépenser l'argent en grand seigneur ; comme il rapporte la bourse pleine à son père, celui-ci s'en empare et la jette, sous les yeux de son fils, par la fenêtre [2].

On voit qu'Harpagon n'est pas le duc de Richelieu, lui qui reproche à son fils de dissiper le « bien que [ses] parents [lui] ont amassé avec tant de sueurs » (II, 2, p. 48)… Le bourgeois ne saurait jeter l'argent par la fenêtre, mais au contraire doit prévoir, calculer, en un mot épargner, se priver en vue d'une dépense future. Face à lui, c'est Anselme qui incarne la prodigalité insouciante de l'aristocrate, et qui assume financièrement pour les autres sans que jamais l'argent semble lui manquer : c'est lui qui paye la noce des enfants, et les dots, et l'habit nouveau d'Harpagon, et même le commissaire intervenu à la demande d'Harpagon (V, 6).

Lorsqu'il s'habille *à la mode*, Cléante s'habille en fait *en honnête homme*, c'est-à-dire en s'inscrivant dans cette catégorie nouvelle et intermédiaire qui se constitue et où peuvent s'intégrer tant les aristocrates que les bourgeois, dès lors que s'y respecte la juste place de chacun, et que tous s'accordent sur l'éthique *honnête* – en grande partie tirée des codes aristocratiques, notamment pour ce qui est du rapport à l'argent – qui s'y affirme. Ce n'est pas un hasard si, dès la deuxième scène, Cléante qualifie son habit de « raisonnable », tant la raison est bien une valeur centrale dans l'honnêteté ; ni s'il dit à son père qu'il « joue », et qu'il est « fort heureux » au jeu, pour justifier ses revenus (I, 4, p. 28) : c'est une façon, là encore, de se distinguer des calculs intéressés de son père, en faisant reposer sur le seul hasard son argent, en prenant ainsi le radical contrepied de l'épargne et du labeur paternel, et en lui préférant le risque,

1. Norbert Elias, *La Société de cour*, Flammarion, « Champs », 1985, p. 47-48.
2. *Ibid.*

qui est une valeur fondamentale de l'aristocratie dans la mesure où elle témoigne d'une certaine désinvolture, voire d'un certain mépris pour les contingences du réel.

Cléante et Harpagon figurent donc deux types de rapport à l'argent : Harpagon représente jusqu'à la caricature la frugalité caractérisant une bourgeoisie pour laquelle l'aisance (devenue dans la pièce véritable richesse) a été acquise par une longue accumulation des biens, accompagnée d'un sens de l'épargne ici devenu véritable avarice maniaque ; Cléante manifeste ce caractère négligent, désinvolte qui fonde l'honnêteté sociale mais peut, faute d'un père généreux, se transformer en folie économique. Reste qu'à travers lui la pièce traduit l'éthique aristocratique qui établit une économie politique du don, où il s'agit de créer un système d'obligations réciproques, mais non marchandes, qui se matérialisent par des engagements humains, et non par des engagements financiers. Les reproches adressés par Harpagon à son fils ne sont pas d'un autre ordre lorsqu'il l'insulte pour donner gratuitement à Mariane un diamant que lorsqu'il lui reproche de s'habiller dispendieusement :

> Je voudrais bien savoir, sans parler du reste, à quoi servent tous ces rubans dont vous voilà lardé depuis les pieds jusqu'à la tête, et si une demi-douzaine d'aiguillettes ne suffit pas pour attacher un haut-de-chausses ? Il est bien nécessaire d'employer de l'argent à des perruques, lorsque l'on peut porter des cheveux de son cru, qui ne coûtent rien.
>
> (I, 4, p. 28)

Dans les deux cas, le père reproche à son fils de ne pas connaître la valeur de l'argent ; c'est que pour le fils l'argent est en soi sans valeur – il ne tire sa valeur que de ces signes et objets qu'il permet d'acquérir –, tandis que pour l'avare rien n'a de valeur que l'argent : pour Harpagon en effet, une économie du don est contradictoire dans les termes, car elle ne chiffre pas le réel. On voit donc que la question qui divise le père et le fils est celle, fondamentale, de la valeur de l'argent.

c. Transactions : la valeur de l'argent

Par cette question, la pièce de Molière rejoint la problématique morale traditionnelle de l'avarice ou de l'usure, autrement dit du rapport à l'argent, notamment dans le christianisme. Pour la théologie chrétienne, qui s'établit de ce point de vue dans la succession de Platon et Aristote, la question morale posée par l'argent est celle de sa fin, de son usage ; l'homme pèche dès lors qu'il vise à accumuler de l'argent, sans autre fin que cette accumulation même, dès lors que l'échange marchand vise l'argent et non la satisfaction d'un besoin – en somme, dès qu'il prend ce moyen qu'est l'argent pour une fin, et ainsi l'accumule (pour Thomas d'Aquin, par exemple, il faut déterminer la moralité de cette fin pour estimer la moralité de l'argent lui-même ; voir l'encadré « La condamnation religieuse et morale de l'avarice », page ci-contre). Très clairement,

La condamnation religieuse et morale de l'avarice

Le lecteur se reportera aussi au dossier figurant à la fin de l'édition de L'Avare *par Jean de Guardia (GF-Flammarion, 2009, p. 167* sq.*), qui propose un choix de textes sur le thème « Les moralistes et l'avarice ».*

Fortement condamnée dans le monde antique, l'avarice est aussi gravement stigmatisée par le christianisme. Cette méfiance trouve un écho dans plusieurs préceptes énoncés dans **la Bible**. Il en va ainsi de l'avertissement selon lequel « aucun homme ne peut servir deux maîtres : car toujours il haïra l'un et aimera l'autre. On ne peut servir à la fois Dieu et Mammon » (Mt 6, 24) – Mammon, dieu syrien des richesses, désigne dans la Bible les richesses injustement acquises. Les Pharisiens, combattus par Jésus, sont également caractérisés comme avares (Luc 16, 14) ; et nombreuses sont les mises en garde contre la cupidité, qui engendre l'avarice (II Pierre 3, 14). C'est la dualité instaurée entre royaume de Dieu et royaume des hommes qui fonde dans le christianisme la méfiance contre l'argent et son accumulation.

Thomas d'Aquin, dans sa *Somme théologique*, synthétise cette condamnation chrétienne de l'avarice. Il condamne la **cupidité, péché capital** par excellence puisqu'il est la « racine de tous les péchés » (*Prima Secundæ*, question 84), conformément à l'enseignement de Paul (I Tm 6, 10). Le péché, en effet, « a son origine dans l'appétit des biens périssables ; c'est pourquoi le désir de ce qui aide à obtenir tous les biens de ce monde est appelé la racine des péchés ». La cupidité est au principe du mal, car elle est « désir désordonné des richesses », « recherche déréglée d'un bien temporel quelconque » et « inclination de la nature corrompue à rechercher de façon désordonnée les biens corruptibles ». Aussi « **le désir de l'argent est la racine des péchés**, non pas que les richesses soient recherchées pour elles-mêmes comme une fin dernière, mais parce qu'elles sont très recherchées comme utiles à toutes les fins temporelles », donc « parce que c'est d'elles que sortent le plus souvent les autres maux ».

Si l'**usure est interdite à partir du XIIe siècle** par le christianisme, si ce sont les Juifs qui assument alors le rôle de prêteur, c'est que la Bible interdit le prêt avec intérêt entre proches : « Tu prêteras à ton frère sans intérêt » (Dt 23, 19). L'argument est repris par Thomas d'Aquin (*Somme théologique*, question 100). Dans la question 78, consacrée au « péché d'usure dans les prêts », Thomas d'Aquin refuse l'usure pour l'injustice qu'elle recèle : « Recevoir un intérêt pour de l'argent prêté est en soi injuste, car c'est faire payer ce qui n'existe pas [...]. Il est injuste en soi de se faire payer pour l'usage de l'argent prêté ; c'est en quoi consiste l'usure. Et comme on est tenu de restituer les biens acquis injustement, de même on est tenu de restituer l'argent reçu à titre d'intérêt. [...] Ce qu'il est permis d'exiger en compensation d'un prêt, ce sont ces biens qui ne s'apprécient pas avec de l'argent : la bienveillance et l'amitié de l'emprunteur, ou d'autres faveurs. [...] Le prêteur n'a donc pas le droit d'exiger plus qu'il n'a donné. » L'usure apparaît comme une **injustice susceptible de rompre la paix civile**, de diviser la communauté chrétienne ; et c'est l'usurier seul qui est condamné, non l'emprunteur, victime et non collaborateur de l'injustice. S'affirme l'idée que l'accord financier repose sur une violence, une injustice, puisque l'un ne gagne que si l'autre perd : c'est cette dissymétrie violente qu'il s'agit d'éviter.

Les **moralistes contemporains de Molière** ont fait leur miel de cette condamnation de l'avarice, en s'inspirant aussi de la sagesse gréco-latine. Boileau, dans sa huitième *Satire* (1667), met l'accent sur la vanité de l'avarice, qui conduit aux pires des maux ; La Fontaine, dès 1668, a consacré à la question plusieurs fables, parmi lesquelles « L'Avare qui a perdu son trésor » (*Fables*, IV, 20), dont la morale est que « L'Usage seulement fait la possession » ; quant à La Bruyère, il décrit dans ses *Caractères* (1688) les traits qui caractérisent celui qui se livre à « l'épargne sordide ».

Harpagon est le personnage qui incarne cette erreur, lui qui se trompe sur la véritable valeur de l'argent en croyant que l'argent est en soi valeur. Cela ne signifie pas pour autant, bien sûr, que toute autre conception de l'argent soit meilleure ; dès lors que l'argent est envisagé pour autre chose que lui-même, il faut considérer ce qui lui donne du prix, et c'est la moralité de cette fin qui fait ou non la moralité de l'argent. C'est d'ailleurs bien ce que lui reproche son fils, lorsqu'il découvre qu'Harpagon est usurier :

> CLÉANTE. – Qui est plus criminel, à votre avis, ou celui qui achète un argent dont il a besoin, ou bien celui qui vole un argent dont il n'a que faire ?
>
> (II, 2, p. 48)

C'est bien d'amasser un argent *inutile* que son père est coupable, quand le « besoin » qu'on peut en avoir légitime la recherche, si l'on en croit Cléante. Pire encore, cette confusion avaricieuse conduit Harpagon à transgresser l'interdit théologique du prêt à intérêt, autrement dit de l'usure ; et le prêt qu'il consent à accorder à Cléante est à un taux absolument prohibitif, ce qui aggrave encore son cas, si l'on se souvient que la loi morale de l'échange marchand, chez Thomas d'Aquin, consiste dans la recherche du juste prix. C'est pour cette raison qu'il est injurié par son fils lorsque celui-ci, qui ne sait pas encore que c'est lui l'usurier, découvre les conditions du prêt :

> CLÉANTE. – Que la peste l'étouffe avec sa discrétion, le traître, le bourreau qu'il est ! A-t-on jamais parlé d'une usure semblable ? Et n'est-il pas content du furieux intérêt qu'il exige, sans vouloir encore m'obliger à prendre, pour trois mille livres, les vieux rogatons qu'il ramasse ? Je n'aurai pas deux cents écus de tout cela ; et cependant il faut bien me résoudre à consentir à ce qu'il veut, car il est en état de me faire tout accepter, et il me tient, le scélérat, le poignard sur la gorge.
>
> (II, 1, p. 44)

Loin de se contenter d'un juste prix et de prêter par « charité », c'est-à-dire par vertu chrétienne, comme il le prétend (II, 2, p. 46), Harpagon propose un contrat léonin : il prête en fait à un taux de 40 % tout en feignant d'abord de prêter à 5 % ; il dépasse le « furieux intérêt », l'intérêt déjà fou, qu'il demandait pour monter un bricolage financier propre à ruiner son fils – au passage, il faut souligner qu'il ne s'agit pas là d'une invention d'Harpagon : la pratique consistant à prêter sous forme d'objets estimés à une certaine valeur est une pratique extrêmement répandue, et le restera jusqu'à la fin du XVIIIe siècle. Mais ce terme « charité », qu'Harpagon emprunte à la théologie chrétienne pour justifier son activité d'usurier (dès le Moyen Âge, d'ailleurs, des membres du clergé ont effectivement, par charité, institué dans certains cas le prêt pour aider mieux les plus démunis), révèle par sinistre antiphrase combien le rapport économique qu'il met en place avec les autres est un rapport purement intéressé. Harpagon n'est plus dans les anciens rapports féodaux de clientélisme, non plus que dans les rapports amicaux que l'honnête civilité tente d'inventer : il se rapporte aux autres sous la seule forme de ce que les autres peuvent lui rapporter. Loin de l'économie politique du don, qui engage des êtres, l'économie politique « précapitaliste » où évolue Harpagon ne connaît que des rapports financiers. L'argent impose ainsi de nouvelles formes aux relations humaines, au point même de sembler les déshumaniser.

De ce point de vue, il faut aussi souligner que le fait qu'Harpagon est l'usurier auquel son fils a recours n'a pas la simple valeur comique du « tel est pris qui croyait prendre » : il renvoie, plus profondément, au fait que c'est historiquement d'abord à la famille qu'on empruntait entre le XVIe et le XVIIe siècle. Autrement dit, il y a là comme une manifestation du dysfonctionnement que l'avarice d'Harpagon inflige à sa propre famille – comme l'avarice en général à toute une société lorsque celle-ci est fondée sur des crédits réciproques ; ce vice transforme en effet le système en piège funeste pour les autres. Harpagon, en ce sens, rejoint le Shylock de Shakespeare (voir l'encadré « La figure de l'avare, de Plaute à Tolkien », p. 72).

C'est que l'amour de l'argent, omniprésent, constitue progressivement celui-ci en objet vide qui, d'être sans valeur, prend toute valeur et finalement semble le seul vainqueur de la pièce.

3. Le triomphe de l'argent

L'argent, dans *L'Avare*, apparaît comme un moteur universel. Il recouvre une dimension passionnelle qui va jusqu'au pathétique, et s'impose à presque tous comme une obsession. Pourtant, les buts poursuivis par les différents personnages semblent bien distincts. Si l'argent peut toutefois être le point où ils se rencontrent, c'est qu'il est la valeur des valeurs, c'est-à-dire le lieu où se mesure toute positivité.

a. L'argent, valeur des valeurs ?

La pièce fonctionne comme un jeu d'échanges, dans lequel se pose la question de la justice ou de la justesse de l'échange. Que vaut l'amour ? Que vaut la famille ? Que vaut la vertu ? À toutes ces questions, un seul terme se propose pour réponse : l'argent. En effet, on peut considérer la pièce entière comme un jeu d'équivalences, de marchandages, d'échanges, où se substituent l'une à l'autre des valeurs différentes.

Que vaut l'amour d'Harpagon pour Mariane ? Une cassette, soit « dix mille écus en or » (I, 4, p. 25), et peut-être un habit. Que vaut le travail d'un commissaire ? Un homme à pendre, Maître Jacques, ou bien l'acquittement de ses services par la prodigalité d'Anselme. Que vaut l'amour de Mariane ? Le « supplice » (III, 4, p. 74) de quelques mois de vie avec un vieillard « déplaisant » (III, 6, p. 77) semble payé par l'espoir d'un héritage promis par Frosine sous trois mois. Que vaut l'amour de Cléante ? De l'argent, qu'il s'agit d'emprunter, car sans lui on ne saurait véritablement aimer :

> Et que nous servira d'avoir du bien, s'il ne nous vient que dans le temps que nous ne serons plus dans le bel âge d'en jouir, et si pour m'entretenir même, il faut que maintenant je m'engage de tous côtés, si je suis réduit avec vous à chercher tous les jours le secours des marchands, pour avoir moyen de porter des habits raisonnables ? Enfin j'ai voulu vous parler, pour m'aider à sonder mon père sur les sentiments où je suis ; et si je l'y trouve contraire, j'ai résolu d'aller en d'autres lieux, avec cette aimable personne, jouir de la fortune que le Ciel voudra nous offrir. Je fais chercher partout pour ce dessein de l'argent à emprunter.
>
> (I, 2, p. 19)

Quant à l'amour d'Élise et de Valère, on aurait du mal à faire de cette liaison assurée par contrat un modèle de sentiment transparent et spontané, quand l'insincérité de l'amant le distingue des modèles idéaux que se donnent les jeunes filles. Plus encore que le Philinte du *Misanthrope*, dont l'hypocrisie conduisit Rousseau à voir en lui le véritable égoïste de la fable et le mauvais drôle de la pièce, Valère, en se pliant presque jusqu'à la fin aux caprices de son maître (puisqu'il n'avoue son amour que piégé par un quiproquo), se distingue profondément de l'amant idéal dont rêvent les jeunes filles…

C'est que l'argent traduit un rapport de forces en quoi la question des valeurs semble à bien des égards se réduire. Il apparaît finalement que le juste et l'injuste, le moral et l'immoral, le vrai et le faux comptent moins que la volonté de celui qui peut payer pour en décider. Cette personne est d'abord Harpagon, qui a enfermé tous ses proches dans une « rigoureuse épargne » (I, 2, p. 19) où tout dépend de lui ; puis Anselme, dont la libéralité et la richesse apparemment inépuisable fondent l'autorité, le transformant, par la grâce d'une miraculeuse – triple ! – reconnaissance, en une sorte de *deus ex machina* seul capable de sauver la situation. La pièce, à bien des égards, se résout lorsqu'il se présente comme l'inverse exact d'Harpagon en affirmant avoir pour les enfants suffisamment d'argent, là où l'avare n'a « point d'argent à donner » (V, 6, p. 121). L'argent reste, jusqu'à la fin, le maître mot de l'histoire – et de la fable donnée à voir.

b. Se payer de mots

L'argent constitue, dans l'univers de *L'Avare*, la seule source de pouvoir un peu fiable, et, quelle que soit la naissance des personnages, c'est l'argent qui permet à la comédie de se terminer heureusement. Aucun attachement ne semble en effet pouvoir s'opposer à lui, ni l'amour, ni non plus les grandeurs sociales. En ce sens, il est le véritable vainqueur de la pièce, puisque le triomphe d'Anselme est gagé sur sa fortune, et non sur son statut ; c'est comme bon payeur, et non comme gentilhomme, qu'il gagne. La société de *L'Avare* reconnaît un seul maître, l'argent, même si triomphe celui qui semble ne lui accorder aucune valeur.

Ici comme dans d'autres pièces, Molière constate la faillite d'une société féodale et la naissance d'un nouvel ordre, économique, dans lequel les mots n'engagent plus [1]. Ce qui donne du pouvoir sur scène, la faculté d'y parler efficacement, semble ainsi directement indexé sur la richesse du personnage, sur sa capacité à payer, à court comme à long terme, et non sur son statut social. Jusqu'au XVIIe siècle, jusqu'à la Fronde peut-être, c'est comme être de langage – comme être au langage fiable, solide – que se caractérise l'aristocrate, voire le roi : il est celui à la parole duquel on peut se fier, car ses mots l'engagent tout entier. C'est cet univers moral et politique dont le théâtre de Molière constate la disparition, proposant au contraire avec ses amoureux des personnages de trompeurs, à l'instar de Valère, apologiste du mensonge prudent ; de Cléante même, qui tait son amour pour pouvoir « donner moins de soupçon », et « conserver, au besoin, des ouvertures plus aisées pour détourner » le mariage de son père (II, 1, p. 40) ; ou encore d'Harpagon, qui n'apprend le secret de son fils qu'en lui mentant (IV, 3).

Dans *L'Avare*, la parole qui engage, qui suscite la confiance et unit les hommes, n'est prise en charge que par le seul biais économique, avec les modèles du contrat et du crédit. En témoigne la promesse signée par Valère et Élise, d'abord, qui apparaissent comme trop conscients du peu de poids des mots, fussent-ils les plus passionnés, pour oser s'y fier. En témoigne Cléante ensuite, condamné par l'avarice paternelle à vivre à crédit, c'est-à-dire aussi à épuiser son crédit. Cléante emprunte, mais il ne doit pas le prêt qu'on va lui faire à sa « seule physionomie » – à son *crédit*, au sens ancien du mot –, contrairement à ce que veut lui faire croire l'intermédiaire, Maître Simon, dont La Flèche lui rapporte les paroles (II, 1, p. 40). En réalité, si on lui prête, c'est pour d'autres raisons, purement économiques, comme le spectateur l'apprend à la scène suivante :

> HARPAGON. – Mais croyez-vous, maître Simon, qu'il n'y ait rien à péricliter ? et savez-vous le nom, les biens et la famille de celui pour qui vous parlez ?
>
> MAÎTRE SIMON. – Non, je ne puis pas bien vous en instruire à fond ; et ce n'est que par aventure que l'on m'a adressé à lui ; mais vous serez de toutes choses éclairci par lui-même ; et son homme m'a assuré que vous serez content quand vous le connaîtrez. Tout ce que je saurais vous dire, c'est que sa famille est fort riche, qu'il n'a plus de mère déjà, et qu'il s'obligera, si vous voulez, que son père mourra avant qu'il soit huit mois.
>
> (II, 2, p. 46)

Au-delà de l'ironie de la scène qui voit l'avare se réjouir de ce qui est en fait sa propre mort, selon le tour habituel de l'arroseur arrosé, c'est le

1. Pour une analyse de cette question, notamment dans *Dom Juan* et *Le Misanthrope*, voir Pierre Force, *Molière ou le Prix des choses*, *op. cit.*

passage d'une économie à l'autre qui apparaît ici. Cléante croit emprunter de l'argent au sein d'une économie morale du don, indexée sur le statut social du créditeur, sur son caractère et les rapports de confiance qu'il engendre ; en réalité, l'avare prête de l'argent dans une économie politique précapitaliste, qui juge sur les seuls intérêts financiers : l'argent, d'une économie à l'autre, s'est autonomisé, est devenu à lui-même sa propre raison, sa propre logique. Dans l'affaire, Cléante, qui pensait avoir du crédit, se retrouve forcé de vivre à crédit – et, s'il n'était à deux reprises sauvé par une comique reconnaissance, l'une de ces incroyables péripéties qui manifestent le caractère fictif et plaisant de la fable, il pourrait bien mourir de pauvreté, étranglé par l'avarice de son usurier de père.

Autrement dit, à vouloir vivre en honnête homme, Cléante risque sans cesse de mourir tant il ne doit son salut qu'aux coups de force de la comédie : le monde semble bien avoir basculé du côté de la raison économique.

Ainsi, l'argent, qui donne à Harpagon son caractère entier, semble aussi la force qui dirige l'ensemble de la société, car le rapport que chacun entretient avec lui dessine une certaine conception des rapports entre les hommes : signe social, il hiérarchise les valeurs dans la société, et par là devient signe absolu. C'est l'institution de ce monde gouverné par l'argent qu'il s'agit alors d'explorer pour comprendre en quoi, non content d'être un principe seulement social, il constitue la raison même du politique.

C. L'argent : « Le dieu du jour (ne pas confondre avec Apollon) [1] »

Omniprésent dans l'espace de la pièce et dans son organisation, l'argent révèle son influence au-delà du seul cas caricatural de l'avare. Loin d'être l'exception opposée aux autres personnages, Harpagon sert en fait de révélateur à un phénomène bien plus large : celui d'une appropriation démesurée du réel, qui caractérise l'homme de cette époque « moderne ». La question du ridicule se renverse ainsi, et par là le théâtre redouble sa dimension morale : il n'est plus seulement moral parce que le personnage ridicule est celui à distance duquel on se place par le rire ; il l'est encore, et plus profondément, parce que dans son outrance même, le personnage ridicule traduit quelque chose de commun à tous – et au spectateur aussi bien. Ce que fait alors apparaître l'avare, c'est que l'argent, qui organise et règle (ou dérègle) les échanges entre les hommes, prétend toujours devenir la mesure du monde, et nécessite dès lors d'inventer une morale nouvelle, moins évidente qu'il y paraît d'abord.

1. Flaubert, *Dictionnaire des idées reçues*, « Argent ».

I. L'intelligence de l'argent

Si l'argent constitue bien la *raison* du monde, c'est d'abord qu'il permet de le comprendre. L'argent est en effet fondamentalement une symbolisation du réel. Dès lors, il est un moyen de le manipuler et de le penser ; mais, s'en éloignant, il peut aussi conduire à perdre pied et à sombrer dans la folie. Entre intelligence et déraison, l'argent offre à l'esprit humain l'espace entier du pensable – mais, on le voit, ce n'est pas l'espace du vrai. Harpagon, par son rapport obsessionnel à l'argent, manifeste singulièrement cette universelle intelligence de l'argent.

a. Le calcul de l'avarice : mathématiser le réel

L'avarice, manie de l'argent, est une forme particulièrement efficace d'intelligence, plus précisément de cette forme d'intelligence particulière qu'a développée l'époque classique, qui vise à mathématiser le réel tout entier. L'enjeu de la pensée occidentale au XVIIe, entre Galilée et Newton [1], consiste bien à créer un champ infini et homogène que la science mathématique puisse manipuler. Or, en attribuant à chaque objet du réel une valeur chiffrable, c'est bien à un résultat comparable qu'aboutit l'argent. En France, à l'époque de Molière, c'est la philosophie cartésienne qui pense cette révolution ; parce qu'elle est constituée autour d'un projet de *mathesis universalis*, elle vise à fonder une science certaine, établie sur des éléments unifiés, homogènes, qui peuvent être rapportés les uns aux autres – en un mot, à décrire de façon quantifiée et abstraite les différents éléments du réel. La mesure et le calcul deviennent ainsi les pivots d'une pensée du monde [2]. Or, l'appréhension des différents objets du monde par le prisme de l'argent rejoint cette vision chiffrée du monde. Tout, pour Harpagon, est en effet immédiatement convertible en chiffres qui en fixent la valeur, jusqu'aux aiguillettes et cheveux de son fils :

> Je vais gager qu'en perruques et rubans il y a du moins vingt pistoles ; et vingt pistoles rapportent par année dix-huit livres six sols huit deniers, à ne les placer qu'au denier douze.
>
> (I, 4, p. 28)

L'avarice, pour être un défaut, n'en transforme pas moins Harpagon en une machine à calculer d'une prodigieuse efficacité : il jongle ainsi

1. Voir, sur cette question, les ouvrages classiques d'Alexandre Koyré, *Du monde clos à l'univers infini*, Gallimard, 1957 ; Georges Gusdorf, *La Révolution galiléenne*, « Les sciences humaines et la pensée occidentale », t. III, Payot, 1969 ; Pierre Chaunu, *La Civilisation de l'Europe classique*, Arthaud, « Les grandes civilisations », 1966. C'est la philosophie de Husserl qui marque l'importance de Galilée dans la mathématisation du monde : voir Edmund Husserl, *La Crise des sciences européennes et la phénoménologie transcendantale*, Gallimard, 1954, rééd. 1976 (notamment § 9).

2. Sur le rapport du théâtre de Molière avec la philosophie de Descartes, voir les analyses de P. Force, *Molière ou le prix des choses, op. cit.* Nous poursuivons ici ses analyses du côté de *L'Avare*.

avec le système redoutablement compliqué de la monnaie au XVIIe siècle, entre pistoles, livres, sols et deniers, et même avec les taux de prêt (le denier douze équivaut à un taux de 8,33 %). Cette expertise lui permet de percevoir avec beaucoup d'acuité les signes qui l'entourent, de saisir que son fils joue à l'honnête homme par exemple (ce que l'avare juge déraisonnable), puisqu'il l'accuse de « donne[r] furieusement dans le marquis » (I, 4, p. 28). L'avarice n'est en rien une cécité, un aveuglement ; elle apparaît au contraire comme la condition d'un calcul des signes assez virtuose, comme si l'avidité du vieillard le conduisait à un état accru de vigilance, à une paranoïa permettant de ne pas se laisser piéger par les apparences : la mathématisation du réel conduit à en détecter les mensonges et les faux semblants. Ainsi, Harpagon démasque immédiatement la complicité suspecte et pourtant discrète de son fils et de sa promise (IV, 2), et dresse un plan rusé, sinon machiavélique, pour reprendre les choses en main (IV, 3). L'argent fait penser vite et bien – ou, du moins, efficacement.

La même démonstration pourrait aussi s'appliquer à ces autres personnages éminemment intéressés que sont les valets : La Flèche, lui aussi prompt à guetter et à débusquer les secrets et les cachettes, et plus encore Frosine, qui monte des stratagèmes, invente des plans, manipule des fictions avec virtuosité, pour gagner de l'argent – il y a même, chez elle, comme un double du dramaturge, puisque Molière lui confie le soin d'imaginer une autre fin à la pièce, avec une remarquable subtilité psychologique :

> FROSINE. – Il faudrait, pour bien faire, que le refus vînt de lui-même, et tâcher par quelque moyen de le dégoûter de votre personne. [...] C'est là ce qu'il faudrait ; mais le diantre est d'en pouvoir trouver les moyens. Attendez : si nous avions quelque femme un peu sur l'âge, qui fût de mon talent, et jouât assez bien pour contrefaire une dame de qualité, par le moyen d'un train fait à la hâte, et d'un bizarre nom de marquise, ou de vicomtesse, que nous supposerions de la basse Bretagne, j'aurais assez d'adresse pour faire accroire à votre père que ce serait une personne riche, outre ses maisons, de cent mille écus en argent comptant ; qu'elle serait éperdument amoureuse de lui, et souhaiterait de se voir sa femme, jusqu'à lui donner tout son bien par contrat de mariage ; et je ne doute point qu'il ne prêtât l'oreille à la proposition ; car enfin il vous aime fort, je le sais ; mais il aime un peu plus l'argent ; et quand, ébloui de ce leurre, il aurait une fois consenti à ce qui vous touche, il importerait peu ensuite qu'il se désabusât, en venant à vouloir voir clair aux effets de notre marquise.
>
> (IV, 1, p. 86-87)

Cette façon de manipuler les événements en dramaturge montre, là encore, que ce sont les personnages les plus intéressés qui pensent le mieux [1]. L'argent permet de déchiffrer le réel, de le dominer et de le

1. On retrouve ici la ruse de nombreux valets de Molière : le serviable et célèbre Scapin, mais aussi les inquiétants et cruels Nérine et Sbrigani de *Monsieur de Pourceaugnac*.

manipuler : on retrouve, transposé sur le plan grotesque de l'avarice, le même schéma que celui qui unit dans la mathématisation connaissance et maîtrise du réel, savoir et pouvoir ; par lui, l'homme est à la fois celui qui sait, et celui qui se rend « comme maître et possesseur de la nature », selon l'illustre expression de Descartes (*Discours de la méthode*, 1637).

b. Folie de l'avare, fiction de l'argent

Pourtant, cette position de maîtrise que donne la pensée de l'argent peut bien parfois s'inverser et éloigner l'homme du monde, à tel point qu'il se perd dans son désir infini et bascule dans la déraison. L'avarice précipite Harpagon dans la folie : l'argent, pris pour une valeur en soi, absolutisé par le désir du personnage, s'inverse et, de principe de mesure, devient un principe de démesure. Harpagon, en somme, s'illusionne ; c'est l'enjeu même de la plus célèbre scène de la pièce, très directement inspirée de Plaute :

> HARPAGON. *Il crie au voleur dès le jardin, et vient sans chapeau.* – Au voleur ! au voleur ! à l'assassin ! au meurtrier ! Justice, juste Ciel ! Je suis perdu, je suis assassiné, on m'a coupé la gorge, on m'a dérobé mon argent. Qui peut-ce être ? Qu'est-il devenu ? Où est-il ? Où se cache-t-il ? Que ferai-je pour le trouver ? Où courir ? Où ne pas courir ? N'est-il point là ? N'est-il point ici ? Qui est-ce ? Arrête. Rends-moi mon argent, coquin… *(Il se prend lui-même par le bras.)* Ah ! c'est moi. Mon esprit est troublé, et j'ignore où je suis, qui je suis, et ce que je fais.
>
> (IV, 7, p. 99)

Aveuglé par sa perte, Harpagon finalement se perd lui-même ; entouré par des hallucinations, il en vient à sortir du monde, dans une scène qui est comme le pendant comique de la fureur mélancolique qui, dans la tragédie, saisit Oreste à la fin d'*Andromaque* de Racine. C'est bien la dépossession de soi qui surgit, entre folie et mort, et qui empêche finalement Harpagon de se reconnaître lui-même. Dans cette scène, l'accumulation des questions, qui dissout le monde autour de l'avare, débouche sur la plus terrible peut-être des dissolutions, celle du sujet, en une inversion terrible du processus cartésien. Dans les *Méditations métaphysiques* (1641) de Descartes, en effet, l'intelligibilité du monde, et donc de toute science, se fondait sur le socle du sujet connaissant : au terme d'une expérience de doute radical, hyperbolique, qui en venait à dissoudre le monde au seul motif qu'il était dubitable, apparaissait l'existence d'un sujet, d'un *ego* stable car source de ce doute même, de pensée ; à partir de lui pouvait se reconstruire le monde. La folie d'Harpagon constitue donc comme l'envers des *Méditations métaphysiques*, scène de fondation et de soi et de la connaissance rationnelle du monde : ici, l'argent perdu, c'est le monde entier qui se perd, et le moi aussi bien, qui devient un autre. L'identité même de l'avare se dissout ainsi lorsque disparaît son argent.

c. L'argent n'a pas d'odeur : l'équivocité de la pièce

Pourtant, à bien y regarder, c'est finalement moins un mensonge qu'une autre vérité qui surgit dans cette scène d'hallucination. Par le mensonge, c'est, par la beauté d'une métalepse [1], à la vérité même que touche ici le monologue :

> Que de gens assemblés ! Je ne jette mes regards sur personne qui ne me donne des soupçons, et tout me semble mon voleur. Eh ! de quoi est-ce qu'on parle là ? De celui qui m'a dérobé ? Quel bruit fait-on là-haut ? Est-ce mon voleur qui y est ? De grâce, si l'on sait des nouvelles de mon voleur, je supplie que l'on m'en dise. N'est-il point caché là parmi vous ? Ils me regardent tous, et se mettent à rire. Vous verrez qu'ils ont part sans doute au vol que l'on m'a fait.
>
> (IV, 7, p. 100)

Que voit en effet le personnage ? Qu'il est entouré de gens, de rieurs ; qu'ils parlent de son aventure ; qu'ils savent ce qui s'est passé ; mais que personne ne lui répondra. Rien de plus réel, donc, que cette hallucination : rompant l'illusion théâtrale, Harpagon semble se rendre compte qu'il n'est qu'un personnage de théâtre, et traverser du regard ce quatrième mur qui, d'après Diderot, sépare la scène de la salle et permet au spectateur de voir sans être vu. Ce faisant, il dépasse les apparences et les illusions dans lesquelles il semble pris. Le paradoxe tient au fait que la folie, qui consiste à basculer dans la fiction, est le comble de la raison pour un personnage de fiction : sa folie est le comble de la lucidité mimétique.

On voit ainsi l'ambiguïté du discours tenu sur la folie et le mensonge, qui peut bien se retourner en raison et en vérité. Mais cette instabilité ne tient pas seulement à cette scène, même si c'est sans doute là qu'elle est la plus forte, puisque l'énonciation du personnage s'y redouble et qu'*en même temps* Harpagon a tort et raison – c'est en fait toute la pièce qui semble habitée par une telle équivocité, dans son genre même.

L'Avare, en effet, semble être une comédie toujours à la limite de la tragédie : c'est d'abord le fait de l'ambiguïté souvent soulignée du personnage d'Harpagon, qui participe aussi bien de l'univers de la farce que, si on le lit sérieusement, de la tragédie. Goethe n'affirme pas autre chose lorsqu'il écrit :

> Molière est tellement grand, qu'on est toujours frappé d'étonnement lorsqu'on le relit. C'est un homme complet. Ses pièces touchent au tragique ; elles vous captivent et personne n'a le courage de marcher sur ses traces. Son *Avare*, dans lequel le vice ruine toute affection entre le père et le fils, a un caractère particulier de grandeur dramatique. Mais si, comme un imitateur allemand, vous convertissez le fils en un parent, vous affaiblissez le rôle et il

1. La métalepse fait basculer le personnage d'un niveau du récit à un autre.

n'a plus guère de signification. On craint de voir apparaître le vice sous sa véritable forme. Mais quel effet en obtenez-vous autrement ?

Je lis tous les ans quelques comédies de Molière, de même que, de temps à autre, je contemple mes gravures d'après les maîtres italiens. Nous autres petites gens, nous ne sommes point capables de conserver en nous de si riches trésors, et nous devons en conséquence y revenir quelquefois pour renouveler nos impressions [1].

Le tragique de la pièce tient ainsi à la violence des sentiments qui y sont représentés, au climat de pessimisme moral qui semble gouverner la représentation des personnages, jusqu'à ceux dont on aurait pu s'attendre à mieux : que La Flèche et Frosine soient peu scrupuleux, cela convient à leur type ; mais que Valère soit un amant peu sincère et transparent, un flatteur éhonté qui, dès la première scène, tient un discours proprement machiavélique, voilà qui ne laisse pas de surprendre. Il en va de même pour Harpagon, qui voit en ses « propres enfants » des « ennemis » potentiels (I, 4, p. 27), et qui semble même se réjouir à la perspective de les enterrer :

FROSINE. – Ne voyez-vous pas jusqu'où va cette ligne-là ?
HARPAGON. – Hé bien ! qu'est-ce que cela veut dire ?
FROSINE. – Par ma foi ! je disais cent ans ; mais vous passerez les six-vingts.
HARPAGON. – Est-il possible ?
FROSINE. – Il faudra vous assommer, vous dis-je ; et vous mettrez en terre et vos enfants, et les enfants de vos enfants.
HARPAGON. – Tant mieux.

(II, 5, p. 52)

Cette dimension inquiétante du personnage d'Harpagon a d'ailleurs été bien comprise par nombre de ses interprètes, qui ont eu tendance à restituer jusque dans leur jeu cette part de folie et de danger que recouvre le rôle. Si Ernest Coquelin, au XIXe siècle, centre son interprétation sur les *lazzi* du personnage, si Louis de Funès assume la portée caricaturale d'Harpagon, nombreux sont les acteurs, jusqu'à Michel Serrault dans la mise en scène de Roger Planchon, en 1986, au TNP de Villeurbanne, à donner une couleur sombre, inquiétante sinon torturée au personnage (voir la photographie de Charles Dullin interprétant Harpagon, p. 90) [2].

Si la pièce est équivoque, c'est plus profondément encore lié à la difficulté d'y lire une morale vraiment satisfaisante, au-delà de l'esthétique du plaisir qui se réjouit du triomphe de l'amour et de la jeunesse. Ainsi, le valet La Flèche en vient à définir le vol comme « une action méritoire » (II, 1, p. 45) : mais peut-on vraiment considérer que voler quelqu'un, fût-il le pire des avares, est vraiment quelque chose de moral ? La pièce

1. Johann Wolfgang von Goethe, *Entretiens de Goethe et d'Eckermann : pensées sur la littérature, les mœurs et les arts*, trad. J.-N. Charles, Claye, 1862, p. 70-71.
2. Pour plus de détails sur les interprétations du rôle et sa portée inquiétante, voir Maurice Descotes, *Les Grands Rôles du théâtre de Molière*, PUF, 1960.

Charles Dullin dans le rôle d'Harpagon

Théâtre de l'Atelier, 1943. © Roger Viollet

L'acteur et metteur en scène Charles Dullin (1885-1949), qui joua *L'Avare* au théâtre de l'Atelier en 1943, a donné du rôle d'Harpagon une interprétation qui a fortement marqué son public par ses accents déchirants, au point de « frapp[er] les spectateurs par une sorte de terreur qui est au-delà du rôle ». Cette terreur émane de lui « à travers le vêtement râpé de l'avare, appelant sa cassette d'une voix qui n'est plus de ce monde » (Alexandre Arnoux, *Charles Dullin, portrait brisé*, cité par Monique Surel-Tupin, *Charles Dullin*, thèse de l'université Paris-III, 1979, p. 408). La photographie ici reproduite, qui contraste avec l'interprétation farcesque d'Harpagon proposée par Louis de Funès (voir *supra*, p. 59), présente le personnage le visage fermé, replié sur soi, habité tout entier par l'amour de l'argent qui l'isole de tout rapport humain, en une position presque tragique.

ne tranche pas ; avec un pessimisme moral certain [1], elle présente un univers qui semble entièrement corrompu, puisque aucun personnage ne parvient à y jouer de rôle véritablement positif. Jean-Jacques Rousseau, illustre critique de Molière, ne s'y trompe pas lorsqu'il écrit dans sa *Lettre à d'Alembert* :

> C'est un grand vice d'être avare et de prêter à usure ; mais n'en est-ce pas un grand encore à un fils de voler son père, de lui manquer de respect, de lui faire mille insultants reproches, et, quand ce père irrité lui donne sa malédiction, de répondre d'un air goguenard qu'il n'a que faire de ses dons ? Si la plaisanterie est excellente, en est-elle moins punissable ; et la pièce où l'on fait aimer le fils insolent qui l'a faite, en est-elle moins une école de mauvaises mœurs ?

Le propos moral de la pièce ne peut ainsi être cherché dans la fable elle-même, où il serait inscrit comme une leçon positive [2]. C'est que l'omniprésence de l'argent dans l'univers de *L'Avare* semble ne laisser aucun espace pur et exempt des compromissions que porte en lui l'argent.

2. Le commerce des hommes… et des femmes

L'omniprésence de l'argent, l'érection de cet instrument en valeur absolue, en vient à modifier les rapports entre les hommes, et à les transformer en commerce – au sens mercantile du terme. Autrement dit, le commerce marchand n'est plus seulement un cas particulier des relations humaines, mais il en vient à constituer la règle et le modèle même de ces relations.

a. L'argent contre la famille

L'argent se substitue à tous les rapports humains. Il prend la place des liens du sang, puisque Harpagon et Cléante apparaissent moins comme fils et père que comme possédant et débiteur, ainsi que le suggère Cléante à sa sœur dès le début de la pièce : ce à quoi il veut échapper, avec son romanesque projet de fuite, c'est à « cette tyrannie où [les] tient depuis si longtemps son avarice insupportable » (I, 2, p. 19). Passé les bons sentiments obligés, le rapport avec le père se révèle de nature exclusivement économique. De fait, les leçons que donne Harpagon à son fils ne sont ni morales ni intellectuelles, mais seulement comptables ; et l'on ne saurait ainsi s'étonner que le seul souci de Cléante soit de ramasser suffisamment d'argent pour pouvoir s'enfuir.

---

1. Pour certains interprètes de l'œuvre, Molière, à la fin de sa carrière, a renoncé à donner au théâtre toute portée morale : voir Gérard Defaux, *Molière ou les Métamorphoses du comique : de la comédie morale au triomphe de la folie*, Klincksieck, 1992 [1980].
2. Sur l'immoralité de la pièce, voir aussi les reproches de Louis Riccoboni, reproduits dans le dossier de *L'Avare*, *op. cit.*, p. 137 *sq.*

L'argent, dès lors, est défini comme ce qui non seulement se substitue aux liens du sang, réduisant la famille à un simple jeu d'intérêts où l'avarice nie toute amitié, mais encore comme ce qui en vient à s'opposer et à nier ces liens du sang et tous les attachements les plus sacrés. En choisissant de fuir, Cléante, là encore, poursuit la logique à l'œuvre chez son père bien plus qu'il n'est en rupture avec lui, puisqu'il y affirme la primauté de sa volonté, d'une liberté qu'apparemment seul l'argent achète. Mais cette liberté est chèrement payée – elle est payée du sacrifice de tout lien affectif, que ce soit chez Harpagon ou chez son fils qui semble n'avoir plus de père. L'argent a un prix élevé, celui du renoncement à tout ce qui n'est pas lui ; de là la violence des échanges entre Cléante et Harpagon, assez rarement représentée sur scène, dans les comédies d'alors, entre deux membres d'une même famille :

> HARPAGON. – Quoi ? pendard, derechef ?
> CLÉANTE. – Rien ne me peut changer.
> HARPAGON. – Laisse-moi faire, traître.
> CLÉANTE. – Faites tout ce qu'il vous plaira.
> HARPAGON. – Je te défends de me jamais voir.
> CLÉANTE. – À la bonne heure.
> HARPAGON. – Je t'abandonne.
> CLÉANTE. – Abandonnez.
> HARPAGON. – Je te renonce pour mon fils.
> CLÉANTE. – Soit...
> HARPAGON. – Je te déshérite.
> CLÉANTE. – Tout ce que vous voudrez.
> HARPAGON. – Et je te donne ma malédiction.
> CLÉANTE. – Je n'ai que faire de vos dons.
>
> (IV, 5, p. 97-98)

Déshériter : autant dire, pour Harpagon, tuer. La gradation des répliques affirme en même temps l'immoral culte de l'argent, qui fait le sommet des valeurs de l'avare, et la volonté de mise à mort qui l'anime : l'argent se révélerait alors, fondamentalement, pulsion de mort. Il n'y a rien d'étonnant ainsi à voir l'avare maudire son propre fils, de même que, en retour, il n'y a rien d'étonnant à voir celui-ci devenir son « assassin » (IV, 7, p. 99) en lui dérobant son argent ; comme encore il n'y a rien de surprenant à voir la « mort » figurer dans la plupart des contrats qui lient ici les personnages entre eux et constituent les familles ou les emprunts (II, 2, p. 46, et III, 4, p. 75).

Le rapport de l'argent à la famille, rapport de substitution ou d'opposition, ramène à son équivocité profonde. Source d'intelligence et de folie, force de liberté et de vie, il est au principe de l'existence d'Harpagon, mais constitue aussi le rêve d'émancipation de son fils ; non content de faire penser, il apparaît vital, et se présente comme la condition du bonheur et d'une vie pleinement réalisée. Mais c'est aussi dans cette mesure qu'il peut devenir une arme contre autrui, une force de mort, ce qu'on doit dérober aux autres pour être heureux. Cette dimension violente de l'argent, qui tend à se faire intermédiaire destructeur dans les familles, apparaît plus nettement encore lorsque l'on examine son rôle au sein des relations amoureuses.

b. Prostitutions : le commerce de l'amour

L'amour devient alors un commerce, et s'y dissout, comme les relations intéressées qui s'établissent entre parents et enfants détruisent toute affection paternelle ou filiale. C'est ce qu'on voit à observer d'un peu près les couples d'amoureux que propose la pièce.

L'amour de Mariane pour Cléante est-il si profond, qui la conduit à se rendre chez Harpagon avec Frosine ? L'amour de Valère pour Élise est-il si fort, qui lui laisse la voir promise par son père à un autre ? Sans même compter les doutes que le spectateur peut nourrir, lors de la première scène, sur la pureté des relations entre les jeunes gens, que Valère affirmera au dernier acte seulement. C'est d'autant plus ambigu que c'est la sage et désintéressée Élise, dans le duo amoureux qui ouvre la pièce et qu'on aurait pu attendre plus galant, qui semble faire une loi de la fragilité des sentiments amoureux, surtout masculins, déchirant la complicité des amants par la réaffirmation d'une guerre des sexes jamais finie, lorsqu'elle regrette « cette froideur criminelle dont ceux de votre sexe payent le plus souvent les témoignages trop ardents d'une innocente amour » (I, 1, p. 12). La notation, faite sur un ton de regrets, mais comme une évidence, augure mal d'un amour romanesque et enthousiaste… Les protestations de Valère, très convenues, conduisent alors Élise à préciser son propos :

> Ah ! Valère, chacun tient les mêmes discours. Tous les hommes sont semblables par les paroles ; et ce n'est que les actions qui les découvrent différents.
>
> (I, 1, p. 12)

L'amour, ainsi, n'échappe pas à la méfiance qui pèse chez Molière envers toute parole ; et la seule action à laquelle se sont décidés les amants (la seule action du moins qu'ils avouent) consiste en la signature d'une promesse de mariage, comme pour se protéger eux-mêmes des fluctuations de leurs sentiments. Cette dimension contractuelle de l'amour, si on la met en rapport avec les projets de mariage et les ébauches d'engagements qui s'y font jour (ainsi de Frosine, expliquant à Mariane que son promis s'engage à mourir dans les trois mois, III, 4, p. 75), rapporte finalement l'amour à une forme de prostitution : comme le reste, il semble pouvoir s'acheter.

Le pessimisme amoureux que l'on peut ainsi discerner dans la pièce s'explique peut-être par une raison plus profonde encore. Le sentiment pur par excellence, l'amour, est en effet dans *L'Avare* sans cesse mêlé de considérations financières : Cléante, Valère et Mariane, de toute évidence, ne sont pas prêts à vivre d'amour et d'eau fraîche (seule Élise envisage de mourir plutôt que d'épouser un homme qui n'est pas son amant, I, 4). Et les raisons alléguées par Harpagon pour marier ses enfants (voir la scène du « sans dot » qui constitue l'un des plus fameux exemples de comique de répétition dans la pièce), raisons entièrement et uniquement économiques, comme l'interchangeabilité d'Harpagon et de Cléante auprès de Mariane, dégradent encore le sentiment amoureux, en en faisant un bien marchand comme les autres.

L'amour, ainsi, peut s'acheter, comme tout le reste : peut-être même mieux que le reste, car la passion la plus forte que présente la pièce est sans doute celle d'Harpagon pour sa cassette ; après tout, il est de tradition que les comédies finissent par un mariage, la consécration d'une passion ; et le dernier mot de la pièce, « ma chère cassette » (V, 6, p. 122), n'est-il pas la dernière des déclarations d'amour d'Harpagon, et la fin d'une grande histoire ? La triste leçon de *L'Avare* serait alors que ce n'est jamais que l'argent qu'on aime, qu'aucune passion n'est comparable à celle qui unit l'homme à l'argent. Mais que signifie, au juste, le fait que la passion pour l'argent est la plus forte, le modèle et peut-être la vérité de toutes les passions ?

c. L'argent, incarnation de l'amour-propre

En réalité, l'argent fonctionne comme une manifestation concrète de ce qui constitue, à lire les moralistes contemporains de Molière, le fondement du mal dans sa dimension proprement humaine : l'amour-propre. L'argent partage en effet les traits définitoires de l'amour-propre : la vanité, l'aveuglement, la prétention à constituer seul tout le réel. Car l'amour-propre, selon l'une des premières maximes de La Rochefoucauld, c'est « l'amour de soi et de toutes choses pour soi ». Autrement dit, l'amour-propre désigne l'exclusif et égoïste souci qu'a l'homme de lui-même, les autres n'étant conçus que comme des moyens de se satisfaire, sans jamais être vraiment considérés : l'homme serait ainsi dominé par un narcissisme qui serait sa définition fondamentale. Or, cet intérêt pour soi seul, pour un soi qui ne vise que soi, et qui est donc fondamentalement vide, l'argent le manifeste exemplairement, puisqu'il est lui aussi vide : sa possession et son accumulation ne débouchent sur rien d'autre que lui, donc sur rien. La réalité de l'argent, ce serait ainsi de manifester cet amour-propre qui isole des autres et constitue l'individu en tyran de ses semblables, d'en être la matérialisation sensible et introduite au cœur des échanges sociaux.

Aimer l'argent, c'est s'aimer soi-même, de façon aveugle, c'est affirmer que tout est pensable en termes d'intérêt, mais d'un intérêt attaché à soi seul, à l'exclusion de tous les autres que l'on souhaite ruinés ou morts (et, pour l'argent, c'est la même chose). Ainsi, mathématiser le réel grâce à l'intelligence de l'argent ne conduit pas à donner de la valeur à ce réel, mais à le réduire à sa mesure, à se le rendre commensurable et utilisable – l'argent manifeste cette tendance à compter et décompter ce qui peut valoir pour le seul moi, et à ignorer tout ce qui échappe à cela. En ce sens, il n'est pas d'amour pur, parce que c'est toujours soi que l'on vise à travers la passion.

C'est en ce sens aussi que l'avare rejoint Alceste, dont *Le Misanthrope* avait fait le portrait : séparé des hommes, Harpagon l'est comme son devancier, parce qu'il est dominé par un amour-propre dévorant qui prend la forme maniaque de l'accumulation de richesse ; à l'instar d'Alceste qui voulait être reconnu comme un être remarquable, Harpagon entend matérialiser dans sa cassette la singularité de sa fortune – où il fixe celle de son être même. Cette conception pessimiste de l'homme, incapable de faire le bien, réduit à une perception intéressée du réel, semble bien correspondre à l'univers de la pièce tout entière, jusque dans l'impossibilité d'y représenter un personnage véritablement bon. L'homme de l'amour-propre est un loup pour l'homme, comme aussi l'homme d'argent.

3. Pour solde de tout compte : une morale de l'échange

Mettre en scène l'argent, c'est en somme pour Molière interroger l'amour-propre, le rapport que les hommes ont avec eux-mêmes, et la façon dont, à partir de là, ils entretiennent des relations entre eux. La morale que pourrait suggérer le théâtre de Molière, ce serait ainsi, *a contrario* de l'univers d'échanges marchands de *L'Avare* où disparaît toute morale, un univers fondé sur le don, où des rapports individuels d'obligations réciproques pourraient se nouer pour déjouer la violence fondamentale des rapports humains.

a. Chacun pour soi

L'utilisation de l'argent établit, suggère *L'Avare*, une société fondamentalement violente, où le mal engendre le mal, l'avarice le vol, la tyrannie le mensonge. Or l'argent, parce qu'il est ce qui permet de chiffrer, donc de transformer le réel humain en réel quantifiable, semble en même temps pouvoir constituer une solution pour répondre à la question fondamentale des échanges humains, celle de leur justice. À quelle condition puis-je considérer que mon rapport avec autrui est juste ? Qu'est-ce que rendre à autrui ce qu'il m'a donné ? Un rapport juste, ce serait un rapport dans lequel les deux protagonistes de l'échange n'auraient pas de dette l'un envers l'autre : un rapport réglé, qui ne soumette personne à l'autre et fasse que personne ne soit lésé dans l'échange.

Penser le commerce des hommes comme un commerce marchand semble permettre de résoudre certaines difficultés fondamentales, celles qui se posent lorsqu'on est face à quelque chose d'apparemment inchiffrable : par exemple, dans l'échange de sentiment. On retrouve nécessairement la question qui fait l'argument de la pièce, l'affrontement de l'argent et de l'amour. Que vaut l'amour ? Comment chiffrer l'amour ? Comment être sûr que l'autre aime autant qu'on l'aime ? Comment s'assurer que les hommes aiment autant que les femmes ? Le fait de tout concevoir en termes d'argent semble régler la question, puisque alors ce sont bien des valeurs évaluées et commensurables que l'on est amené à échanger : ainsi, la main de Mariane peut valoir – ou pas : c'est au contrat de le décider – la mort sous trois mois du vieillard... Ce qui traverse ainsi *L'Avare*, c'est le rêve (ou peut-être le cauchemar) d'une conception contractuelle des rapports humains, où tout serait évaluable.

Cette proposition est toutefois critiquée par la pièce. C'est que l'amour-propre, qui est la vérité de l'argent, est infini, et ne s'avoue jamais satisfait ; aussi l'échange est-il fait pour tuer l'autre, non pour le satisfaire, car au fond de l'amour-propre gît l'espoir fou d'être le dernier, le seul survivant, pour toujours – il s'agira donc de s'enrichir sur le dos de l'autre, et ce n'est pas un hasard si Harpagon se livre à une usure terrible. L'échange marchand ne saurait être juste, car il est toujours plus avantageux de conclure un accord injuste (pour l'autre). Derrière l'échange réglé par l'argent, c'est donc un rapport de forces qui se joue. Loin de congédier la violence des rapports humains, l'argent les reconduit et les aggrave en réduisant toute mesure à l'amour-propre, toute valeur à l'intérêt.

Avec l'argent, c'est ainsi le règne du chacun pour soi qui s'établit, la tyrannie des égoïsmes. Car l'argent ne neutralise pas les choses, il les annule : en leur assignant une valeur, il les réduit à cette valeur, refuse de les considérer en elles-mêmes. C'est aussi que l'avarice d'Harpagon revêt une dimension presque nihiliste, puisque plus rien n'existe que l'argent, qui devient alors un principe de déliaison sociale. Ce qu'annule en effet la valorisation exclusive de l'argent, ce sont les relations de confiance entre les individus : le *crédit* économique détruit la *bonne foi* des individus. L'affaire du prêt d'Harpagon à Cléante et le taux d'intérêt hors de prix proposé par l'avare en sont la preuve.

Ce qui est en jeu ici, c'est aussi une conception historiquement datée de l'argent et des échanges économiques, qui ne commence à s'affaiblir que lentement au cours du siècle. Car Harpagon est un personnage du passé, c'est-à-dire d'un âge où l'univers est clos ; loin de penser que la circulation des biens et l'échange marchand créent une nouvelle richesse, l'économie des classiques [1] – celle à l'œuvre dans la pièce, celle qui guide le rapport d'Harpagon à l'argent – envisage l'échange comme un affrontement qui se solde par un gagnant et un perdant. De là la dimension funèbre de l'argent : pour en gagner, il faut que l'autre en perde ; si l'usurier s'enrichit, c'est que le créancier s'appauvrit. La constitution d'un trésor, d'une cassette, qui immobilise l'argent, empêchant sa circulation et sa consommation, est intimement liée à l'idée que l'on gagne toujours aux dépens de l'autre.

1. Telle qu'on la trouve par exemple formulée chez Jean Bodin, dans les *Six Livres de la République*.

b. Nécessité du don

C'est donc en proposant un contre-modèle de cet univers des échanges marchands que la pièce peut résoudre les problèmes que pose cet univers, la violence des rapports humains qu'il relance et redouble au lieu de la régler et de la pacifier. Le problème de l'argent revient ainsi à poser chez Molière la question de la justice sociale, au sens large, c'est-à-dire la question du moyen par lequel on fixe un rapport équitable entre les hommes. L'argent, par sa neutralité et sa mesurabilité, devrait le permettre, mais il conduit en fait à tuer le rapport humain [1]. C'est en ce sens qu'on peut comprendre le dénouement de la pièce, et l'intervention de la figure d'Anselme, enfin révélé pour ce qu'il est.

Figure opposée à Harpagon, Anselme se présente comme celui qui donne. Le théâtre de Molière semble en effet d'un grand pessimisme quant à la capacité de l'espace privé (l'espace des échanges économiques et de la famille, qui est celui de la comédie) à se réguler, et c'est souvent par le biais d'une force extérieure, d'une transcendance – d'un *deus ex machina* – que se règlent les choses. Le *deus* de *L'Avare*, ce sont la figure d'Anselme et plus précisément la triple reconnaissance, invraisemblable et ainsi purement comique, qui voit Mariane reconnaître Valère, puis le père reconnaître ses enfants – et ainsi être reconnu par tous. En quoi consiste exactement cette résolution ?

Nous avons vu que c'était l'argent qui faisait le dénouement de la pièce ; il faut maintenant préciser que c'est en fait un usage nouveau de l'argent qui permet à l'univers de la comédie de rester comique et de procéder aux mariages nécessaires à la fin heureuse qui caractérise le genre. C'est qu'Anselme, s'il a de l'argent, consent à le donner ; l'avare et lui ne sont pas du tout soumis à la même logique, et le marchandage avide d'Harpagon, dépassé, est finalement réduit au silence par la libéralité généreuse de l'Italien :

> HARPAGON. – Je n'ai point d'argent à donner en mariage à mes enfants.
> ANSELME. – Hé bien ! j'en ai pour eux ; que cela ne vous inquiète point.
> HARPAGON. – Vous obligerez-vous à faire tous les frais de ces deux mariages ?
> ANSELME. – Oui, je m'y oblige ; êtes-vous satisfait ?
> HARPAGON. – Oui, pourvu que pour les noces vous me fassiez faire un habit [2].
> ANSELME. – D'accord. [...]
> HARPAGON. – Vous paierez donc le Commissaire ?
> ANSELME. – Soit.

(V, 6, p. 122)

1. *L'Avare* constitue ainsi comme l'envers du *Misanthrope* : les deux pièces questionnent le même rêve impossible d'une transparence des rapports humains, ici traitée sur le mode mathématique du calcul.

2. Harpagon récupère des sommes de plus en plus petites : une fois assurée la récupération de la cassette, il veut épargner l'argent de l'établissement de ses enfants (dont la fameuse dot), puis les frais du mariage, et enfin le prix de son habit de mariage.

« Hé bien », « oui », « d'accord », « soit » : tous ces mots *obligent* Anselme, et cette idée d'obligation manifeste bien ce qui, dans son attitude, dessine une position morale au-delà du seul modèle social aristocratique auquel jusqu'ici nous avons eu tendance à le réduire. Ce que fait apparaître Anselme en effet, lorsqu'il se présente aux protagonistes de la pièce sous le nom de « Dom Thomas d'Alburcy » (V, 5, p. 118), c'est l'irréductibilité des rapports humains à des rapports marchands, et le fait qu'une famille – modèle traditionnel de l'organisation sociale, comme de l'organisation politique – suppose des engagements réciproques, des dons qui sont des façons de se communiquer aux autres, de contracter des dettes qui engagent chacun avec autrui, en un système de relation où chacun se doit aux autres. En somme, la position n'est pas seulement éthique au sens social du terme ; elle l'est aussi au sens moral et spirituel, comme le montre la prise de position d'Anselme qui invoque Dieu et le destin pour règle de son action :

> Le Ciel, mes enfants, ne me redonne point à vous pour être contraire à vos vœux. Seigneur Harpagon, vous jugez bien que le choix d'une jeune personne tombera sur le fils plutôt que sur le père. Allons, ne vous faites point dire ce qu'il n'est pas nécessaire d'entendre, et consentez ainsi que moi à ce double hyménée.
>
> (V, 6, p. 120)

En donnant, sans même qu'elle ait été demandée, Mariane à Cléante, comme en abandonnant Élise à Valère, Anselme fait plus que rétablir l'équilibre entre les générations, et des rapports harmonieux sur la scène enfin apaisée : il constitue, par le don, une société véritable, une famille unie et heureuse, une famille de comédie, autrement dit une utopie de société pacifiée. Ce n'est donc pas tant l'argent ici qui permet à Anselme de dénouer la pièce ; l'argent lui permet seulement de réduire l'avare au silence. C'est bien plutôt en reconnaissant que tout ne peut être pris en charge par l'argent d'une part, et en donnant plutôt qu'en échangeant contractuellement d'autre part, que ce personnage fonde une position d'extériorité à l'argent, qui est aussi une position morale.

Pourtant, derrière le dénouement heureux, une inquiétude demeure, si l'on rapproche Anselme d'un personnage de Shakespeare, comme on avait rapproché Harpagon de Shylock : Timon d'Athènes, qui, à force de libéralités, rencontre la ruine et la solitude dans la pièce du même nom. Le don qu'il fait, parce qu'il est large et tout-puissant, est sans réciprocité. N'est-ce pas là, alors, une nouvelle difficulté des rapports humains qui apparaîtrait dans la dernière scène de *L'Avare*, celle d'une autre forme de tyrannie permise par la libéralité sans pareille d'Anselme, qui fait des autres ses éternels créditeurs ? Telle n'est pourtant pas une hypothèse qu'actualise la scène – si la pièce semble en effet critiquer cette façon de faire, c'est bien davantage par l'irréalité du dénouement et de sa triple reconnaissance, qui semble enfermer le don dans l'utopie. C'est peut-être que celui-ci ne saurait pas être autre chose qu'un idéal, dont on peut rêver, qu'on peut apercevoir au détour d'une fiction théâtrale, mais qui ne saurait exister positivement : leçon pessimiste, ainsi, mais pleinement morale.

Conclusion

Lorsqu'il porte à la scène l'argent, le théâtre de Molière interroge en fait ce qu'est la société, son fonctionnement, ses conditions, c'est-à-dire aussi la façon dont l'argent peut la menacer. Si en effet le dramaturge donne à voir dans *L'Avare* l'argent omniprésent, qui en est non seulement le thème, mais encore le principe d'organisation et l'objet véritable de l'étude morale, c'est que le type de l'avare est certes l'objet de la critique menée par la pièce, mais aussi le moyen d'une critique plus large : en l'avare toute l'humanité se révèle, soumise qu'elle est à l'argent, cette fiction absolue qui séduit tous ceux qui l'approchent. D'où l'ambiguïté générale de l'œuvre : de même que l'argent rend à la fois génial et fou, de même qu'il fait de l'avare un personnage à la fois farcesque et tragique, il peut être une dynamique vitale et une puissance de mort.

L'argent, dans *L'Avare*, apparaît en effet comme une fiction absolutiste – *absolutiste*, parce qu'il prétend se substituer à tout autre lien, à la famille comme à l'amour ; *fiction*, parce qu'il dissout finalement toute réalité et qu'il n'est finalement que la matérialisation de l'amour-propre dénoncé par la morale classique. Dès lors, la morale apparaît dans l'utopie du dénouement, avec la figure d'Anselme qui propose d'échapper à cet absolutisme en soustrayant à la logique économique les fondements du vivre-ensemble par une pratique du don, libre et obligeant, sans équivalent dans la pièce. En point de fuite d'une pièce pessimiste où l'omniprésence de l'argent semble condamner l'homme au mal en l'enfermant dans une réduction du monde à son seul intérêt, Anselme offre le visage débonnaire et irréaliste de celui qui sait que certaines choses échappent à l'argent ; de celui aussi qui permet le véritable bonheur – reste à savoir si ce n'est pas précisément *parce qu*'il dispose si largement de cet argent qu'il méprise.

ORIENTATION BIBLIOGRAPHIQUE

Édition de référence

MOLIÈRE, *L'Avare*, édition avec dossier de Jean de Guardia, GF-Flammarion, 2009. [Le dossier comporte un choix de textes portant notamment sur « les moralistes et l'avarice » et sur « l'argent au XVIIe siècle », utile dans la perspective du programme.]

Édition des *Œuvres* de Molière

MOLIÈRE, *Œuvres*, éd. Georges Couton, Gallimard, « Bibliothèque de la Pléiade », 1951, 2 vol.

Sur Molière et son œuvre

Georges FORESTIER, *Molière en toutes lettres*, Bordas, 1990. [Ouvrage scolaire, riche, synthétique et complet, sur la carrière de Molière.]

Sur le contexte : argent et société à l'âge classique

Daniel DESSERT, *Argent, pouvoir et société au Grand Siècle*, Fayard, 1984.

–, *Le Royaume de Monsieur Colbert (1661-1683)*, Perrin, 2007.

Norbert ELIAS, *La Société de cour*, Flammarion, « Champs », 1985.

Laurence FONTAINE, *L'Économie morale. Pauvreté, crédit et confiance dans l'Europe préindustrielle*, Gallimard, 2008. [Synthèse forte et novatrice sur l'omniprésence du crédit et son rôle dans les sociétés d'Ancien Régime.]

Pour aller plus loin

Pierre FORCE, *Molière ou le Prix des choses. Morale, économie, société*, Nathan, 1994. [Étude décisive sur l'œuvre de Molière, nécessaire par les questions qu'elle pose à la compréhension du programme, même si – curieusement au regard du titre de l'ouvrage – *L'Avare* n'y est que relativement peu exploité. Le théâtre de Molière est analysé sous le signe d'une pensée de l'échange et du don, entre morale et économie.]

Site Internet

http://www.toutmoliere.net/index.html [Site de référence sur l'œuvre de Molière : un réservoir inépuisable d'informations précises et précieuses.]

DEUXIÈME PARTIE

ZOLA

L'Argent

par Bertrand Darbeau

VIE D'ÉMILE ZOLA

Le lecteur se reportera pour plus de précisions à la chronologie donnée à la fin de l'édition de L'Argent *par Christophe Reffait, GF-Flammarion, 2009, p. 565.*

1840 : le 2 avril, naissance à Paris d'Émile Zola, fils de François Zola, ingénieur d'origine vénitienne, et d'Émilie Zola.

1843 : la famille Zola s'installe à Aix-en-Provence.

1852 : Émile entre au collège Bourbon.

1858-1862 : Émile Zola s'installe à Paris, avec sa mère. Il poursuit des études secondaires au lycée Saint-Louis, mais échoue au baccalauréat.

1862 : il entre chez Hachette, d'abord au service expédition, puis au service publicité : c'est là qu'il fait l'apprentissage du métier d'écrivain.

1864 : Zola publie les *Contes à Ninon*, son premier ouvrage, dans l'indifférence générale.

1865 : il rencontre Gabrielle Alexandrine Meley, qu'il épouse en 1870. Mais elle est stérile, et le couple n'aura jamais d'enfant.

1866 : il vit (difficilement) de ses chroniques artistiques et littéraires publiées dans divers journaux.

1867 : il publie *Thérèse Raquin* sans rencontrer le succès. Ce premier chef-d'œuvre est réédité l'année suivante, augmenté d'une préface.

1868 : Émile Zola imagine une grande fresque romanesque de dix volumes (finalement, il y en aura vingt) explorant toute la société du second Empire : ***Les Rougon-Macquart***.

1871 : Georges Charpentier édite les deux premiers volumes du cycle, *La Fortune des Rougon* (précédé d'une préface) et *La Curée*.

1873 : *Le Ventre de Paris*.

1874 : *La Conquête de Plassans*.

1875 : *La Faute de l'abbé Mouret*.

1876 : *Son Excellence Eugène Rougon*.

1877 : *L'Assommoir*. Le succès est immense, à la hauteur du scandale. Grâce à lui, Zola peut enfin abandonner le journalisme et se consacrer totalement à l'écriture.

1878 : *Une page d'amour*. Zola achète une petite maison à Médan, sur les rives de la Seine. Il y passe l'essentiel de son temps, à travailler.

1880 : *Nana*. Zola publie aussi *Le Roman expérimental*, recueil d'articles dans lequel il expose ses thèses sur le genre romanesque. Il s'impose ainsi comme le **théoricien du courant naturaliste**.

1882 : *Pot-Bouille*.

1883 : *Au Bonheur des Dames*.

1884 : *La Joie de vivre*.

1885 : *Germinal*.

1886 : *L'Œuvre*.

1887 : *La Terre*.

1888 : *Le Rêve*. Zola rencontre une jeune lingère, Jeanne Rozerot, qui devient sa maîtresse. Ils ont deux enfants, Denise (née en 1889) et Jacques (né en 1891).

1890 : *La Bête humaine*. **En mars, Zola commence à préparer *L'Argent*, dix-huitième volume des *Rougon-Macquart***. Comme les précédents, le roman paraît d'abord en **feuilleton** (à partir du 30 novembre dans le quotidien *Gil Blas*).

1891 : ***L'Argent* est publié en volume le 4 mars**. C'est un **succès**. Zola est élu à l'unanimité président de la Société des gens de lettres.

1892 : *La Débâcle*.

1893 : *Le Docteur Pascal*, dernier volume du cycle romanesque des *Rougon-Macquart*.

1894-1898 : le cycle *Les Trois Villes* se consacre à l'analyse des progrès du sentiment religieux en cette fin de XIXe siècle (*Lourdes* paraît en 1894, *Rome* en 1896, et *Paris* en 1898).

1898 : **Zola s'engage dans l'affaire Dreyfus** en publiant une lettre ouverte intitulée « J'accuse… » en une du quotidien *L'Aurore*.

1899 : Zola commence son cycle utopiste des *Quatre Évangiles* avec *Fécondité*. Suivent *Travail* (en 1901) et *Vérité* (publication posthume en 1903), mais *Justice* reste à l'état d'ébauche.

1902 : le 28 septembre, mort d'Émile Zola par asphyxie.

1908 : transfert des cendres de Zola au Panthéon.

I. Présentation de *L'Argent* de Zola

A. Le contexte historique de *L'Argent*

Zola a certes écrit *L'Argent* entre 1890 et 1891, mais le contexte du roman n'en est pas pour autant celui de la IIIe République naissante : *L'Argent* est un roman historique, même si l'écart entre le temps de l'écriture et le temps de l'intrigue n'est pas grand. Le cycle des *Rougon-Macquart* raconte en effet, comme son sous-titre l'indique, l'« Histoire naturelle et sociale d'une famille sous le second Empire ». Et, de fait, l'action de *L'Argent* débute en mai 1864 pour s'achever en avril 1869 : ces dates correspondent à la dernière partie de l'Empire de Napoléon III, qui constitue le cadre politique et économique du roman de Zola.

1. Contexte politique : l'Empire libéral

Les premières années du règne de Napoléon III sont celles de « l'Empire autoritaire [1] », des lois « de sûreté générale » (1858), qui limitent les libertés, de l'exil des opposants républicains, comme Victor Hugo, de la propagande et du retour à l'ordre. Mais c'est aussi la « fête impériale » : l'empereur lui-même, et avec lui toute la cour, mène grand train, organise de grandioses réceptions, fait des dépenses somptuaires. Ainsi, l'Empire naissant cherche à sévir, mais aussi à séduire : il veut donner l'image d'un régime triomphant.

Dans ces années 1850, la politique extérieure de Napoléon III est relativement heureuse : campagne victorieuse contre la Russie (guerre de Crimée de 1854 à 1856), rapprochement avec le Royaume-Uni [2] et le Piémont, soutien du nationalisme italien. En 1859, les batailles de Magenta et de Solferino se soldent par une victoire fragile de la France contre l'Autriche : le Piémont peut alors annexer la Lombardie. Napoléon III laisse aux Piémontais la possibilité d'annexer Rome et les territoires pontificaux ; en échange, la France récupère Nice et la Savoie. Tels sont les ferments de la question romaine, qui divise la France et oppose les catholiques ultramontains, défenseurs du pouvoir papal, à l'Empire, qui se rapproche peu à peu des milieux libéraux. C'est entre autres sur ce divorce de l'opinion catholique et du régime impérial que le personnage de Saccard, dans *L'Argent*, tente de capitaliser : par son journal *L'Espérance*, il se range du côté des catholiques ultramontains, il

1. Empire autoritaire auquel on trouve une allusion dans le chapitre VI, lorsque Saccard accuse son frère Eugène Rougon « de n'avoir plus son énergie autoritaire » (p. 225). Nous renvoyons dans cette partie aux pages de l'édition de *L'Argent* de Zola par Christophe Reffait, GF-Flammarion, 2009.

2. Ce rapprochement prit notamment la forme d'un traité de libre-échange, signé le 23 janvier 1860.

attaque l'orientation libérale de l'Empire et dénonce la politique romaine de Napoléon III. Mieux encore, en formulant la promesse confuse d'une nouvelle Rome et d'un nouvel État pontifical au Proche-Orient, dont le pouvoir reposerait sur les capitaux de la Banque Universelle [1], Saccard joue sur les craintes des milieux catholiques et espère gagner leur confiance.

Ainsi, l'opposition de la droite monarchiste et ultramontaine pousse le régime dans son évolution libérale [2], comme les progrès économiques et la résistance de l'opposition républicaine, notamment dans les grandes villes. Dès les premières pages du roman, les personnages évoquent les législatives de 1863 et les élections complémentaires du 20 mars 1864, où monarchistes et républicains progressent nettement, au point que « c'est aujourd'hui Paris tout entier acquis à l'opposition » (p. 14). Ce passage progressif à l'Empire libéral se traduit par un décret d'amnistie, par une plus grande place accordée à l'Assemblée législative, par la reconnaissance du droit de grève, par la libéralisation du régime de la presse... À l'extérieur, l'Empire accumule les échecs : la campagne mexicaine [3] s'achève, dans le sang, par l'exécution de Maximilien, éphémère empereur soutenu par la France ; la défaite de l'Autriche à Sadowa met la France face à la Prusse, et rend l'affrontement inévitable [4]. Le 19 juillet 1870, la France déclare la guerre à la Prusse ; les défaites s'accumulent en Alsace et dans les Ardennes ; le 2 septembre, à Sedan, Napoléon III capitule. C'est *La Débâcle*, comme le suggère le titre de l'avant-dernier volume des *Rougon-Macquart*.

2. Contexte économique : la naissance du capitalisme moderne

Malgré son échec politique ou diplomatique, le second Empire est un incontestable succès sur le plan économique : c'est sous le règne de Napoléon III que se mettent en place les fondements du capitalisme moderne. Le fort accroissement des richesses et du patrimoine, la nette augmentation de la production industrielle, l'important développement des exportations ne sont évidemment pas tous dus à Napoléon III ; cependant, il a su exploiter la croissance mondiale par une politique de grands travaux et des traités de libre-échange.

Dans le domaine industriel, l'Empire favorise l'extension du réseau ferroviaire. Les échanges, la circulation des biens et des personnes s'en

1. Notons que *katholikos*, en grec, signifie « universel » : la Banque Universelle se donne donc, dès le choix de son nom, comme une banque catholique.

2. Le mot *libéral* est à prendre ici dans son sens politique, c'est-à-dire « favorable aux libertés individuelles ».

3. Cette campagne mexicaine est évoquée tout au long du roman, des espoirs de triomphe et de fortune (p. 15) à la nouvelle du désastre (p. 320). Elle devient le symbole de l'évolution du régime et de sa lente déchéance, jusqu'à la défaite de 1870.

4. « Après Sadowa, il venait de donner l'Allemagne à la Prusse ; les traités d'alliance, longtemps niés, étaient depuis des mois signés contre la France ; et la guerre, qui avait failli éclater en mai, à propos de l'affaire du Luxembourg, était désormais fatale » (p. 325-326).

trouvent améliorés. La grande industrie n'est pas en reste : la mécanisation et les progrès techniques modernisent l'industrie chimique comme la sidérurgie. Le commerce est tout aussi dynamique : apparaissent les grands magasins comme le Bon Marché, fondé en 1852 par Aristide Boucicaut [1]. Les grands chantiers urbains transforment profondément certaines villes : Marseille, Lyon, Bordeaux, comme le Paris du préfet Haussmann où sont percés les grands boulevards et où est construit l'opéra Garnier (1861). Ces grands travaux modernisent l'urbanisme et permettent de donner du travail au plus grand nombre ; mais, peu financés par l'État, ils provoquent la spéculation d'investisseurs privés [2] et l'endettement considérable des grandes villes.

Économiquement, la caractéristique majeure du second Empire reste cependant le développement des transactions financières. La Bourse joue un rôle toujours plus important au cours des dix-huit années du règne de Napoléon III : le nombre de valeurs présentes à la Bourse de Paris ne cesse d'augmenter, des fortunes de plus en plus grandes s'y échangent, la spéculation se développe, trouvant dans les marchés à terme [3] un terrain favorable. De plus, les nouvelles lois sur les sociétés ont permis la constitution de nombreuses sociétés anonymes, dont le capital est détenu par des actionnaires : cette forme de société, particulièrement adaptée aux grandes entreprises, a évidemment contribué à l'essor de la spéculation boursière. La Bourse est ainsi devenue le champ de bataille de la haute banque traditionnelle – ces grandes banques familiales qui investissent avec leurs propres ressources et avec les fonds déposés par une petite clientèle fortunée (par exemple la banque de James de Rothschild) – et de la banque moderne (par exemple le Crédit Mobilier des frères Pereire, fondé en 1852, qui fit faillite en 1867). Le Crédit Foncier, fondé en 1852, a pour mission de financer, avec des prêts à long terme, la modernisation de l'agriculture, puis l'aménagement et l'équipement des grandes villes (les collectivités locales, comme Paris, lui empruntent de l'argent pour financer les grands travaux urbains). Enfin, des banques de dépôt apparaissent, comme le Crédit Lyonnais en 1863 ou la Société Générale en 1864.

Le second Empire se caractérise donc par une profonde modernisation de l'économie et de la finance. Néanmoins, cela ne se traduit pas par une égale amélioration des conditions sociales : si globalement la pauvreté est en recul, le règne de Napoléon III voit les inégalités s'accroître. Le fossé devient toujours plus grand entre ceux qui s'enrichissent par la spéculation, et ceux qui vivent encore dans une misère difficilement imaginable. Ainsi, dans *L'Argent*, le luxe ostensiblement

---

1. Ces grands magasins font l'objet d'un volume des *Rougon-Macquart*, *Au Bonheur des Dames*.

2. On lira avec profit *La Curée*, roman de Zola dans lequel on trouve déjà le personnage de Saccard, et dont la toile de fond est le Paris des grands travaux haussmanniens.

3. Pour les termes techniques, on pourra consulter le « Lexique des termes financiers » donné à la fin de l'édition de *L'Argent*, éd. Christophe Reffait, *op. cit.*, p. 552.

affiché par Saccard au sommet de sa réussite voisine avec l'infinie pauvreté de la cité de Naples.

B. *L'Argent* dans l'œuvre de Zola

I. Le projet des *Rougon-Macquart*

C'est en relisant *La Comédie humaine*, le cycle romanesque dans lequel Balzac a inventé le principe des personnages reparaissant, que Zola a l'idée de proposer sa propre fresque. Cependant, il note d'emblée que son œuvre « sera tout autre chose » que celle de Balzac : « Le cadre en sera plus restreint. » Il ne veut « pas peindre la société contemporaine, mais une seule famille, en montrant le jeu de la race modifiée par le milieu ». Ces notes préparatoires, rédigées durant l'hiver 1868-1869, indiquent déjà la spécificité du projet zolien : s'il s'agit, comme chez Balzac, de relier des romans par le moyen de personnages communs, l'ambition n'est pas de « faire concurrence à l'État-Civil [1] » en représentant la société tout entière, mais de focaliser l'attention sur une seule famille, les Rougon-Macquart (voir l'arbre généalogique des Rougon-Macquart, page ci-contre).

À travers elle, Zola cherche bien évidemment à représenter la société de son temps. Aussi prévoit-il, dès son projet initial, de s'intéresser aux cinq milieux qui à ses yeux la constituent : « le peuple (ouvrier, militaire), les commerçants (spéculateurs sur les démolitions et haut commerce, industrie), la bourgeoisie (fils de parvenus), le grand monde (fonctionnaires officiels avec personnages du grand monde, politique) et un monde à part (putain, meurtrier, prêtre, artiste) ». Mais il s'agit surtout de montrer comment ces divers environnements sociaux influencent la vie d'un individu, modifient la trajectoire d'une lignée, marquent durablement l'évolution d'une famille. C'est en ce sens que le cycle des *Rougon-Macquart* est bien, comme son sous-titre l'indique, une « histoire sociale ».

À ces préoccupations sociologiques, Zola ajoute son intérêt pour la science : il se passionne pour la méthode expérimentale décrite par le professeur Claude Bernard, qu'il compte appliquer à la littérature, pour le déterminisme de Darwin, pour l'hérédité et les théories du docteur Prosper Lucas. Les cinq générations qui constituent le personnel des *Rougon-Macquart* portent toutes le poids de la tare originelle, la névrose d'Adélaïde Fouque. Après la mort de son mari, le jardinier Rougon, elle devient la maîtresse d'un contrebandier alcoolique, Macquart. Aussi les deux branches de sa descendance porteront-elles le poids de cette lourde hérédité : aux Rougon, la folie de l'aïeule, aux Macquart, l'ivrognerie

1. Selon la célèbre expression de l'avant-propos de *La Comédie humaine*.

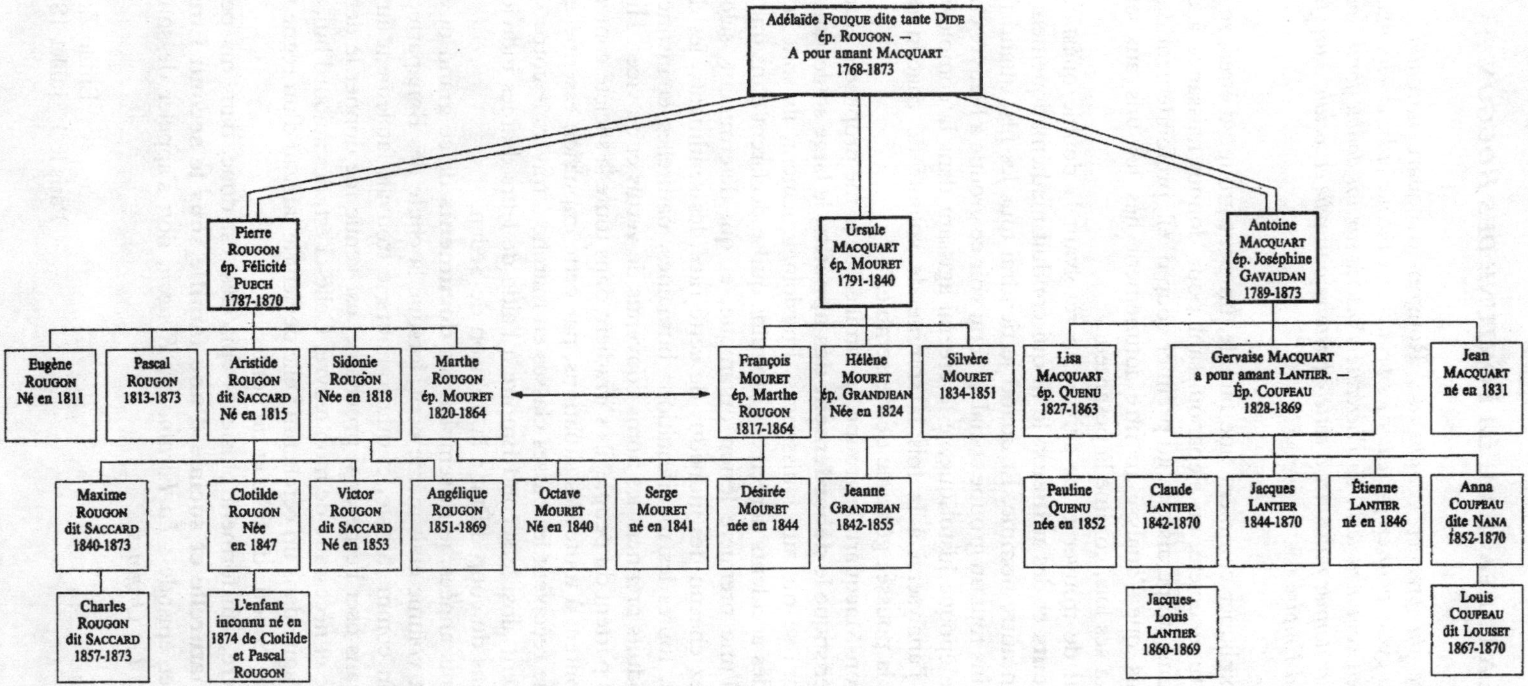

Arbre généalogique des Rougon-Macquart

LA PRÉFACE DE *LA FORTUNE DES ROUGON*

La préface du premier volume des Rougon-Macquart *introduit en fait l'ensemble du cycle, pour en présenter les principaux thèmes et les enjeux majeurs : on y voit bien comment le fil de l'hérédité s'inscrit sur un double fond, social et politique, pour donner naissance à cette « Histoire naturelle et sociale d'une famille sous le second Empire ».*

Je veux expliquer comment une famille, un petit groupe d'êtres, se comporte dans une société, en s'épanouissant pour donner naissance à dix, à vingt individus qui paraissent, au premier coup d'œil, profondément dissemblables, mais que l'analyse montre intimement liés les uns aux autres. L'**hérédité** a ses lois, comme la pesanteur.

Je tâcherai de trouver et de suivre, en résolvant la double question des **tempéraments** et des **milieux**, le fil qui conduit mathématiquement d'un homme à un autre homme. Et quand je tiendrai tous les fils, quand j'aurai entre les mains tout un groupe social, je ferai voir ce groupe à l'œuvre comme acteur d'une époque historique, je le créerai agissant dans la complexité de ses efforts, j'analyserai à la fois la somme de volonté de chacun de ses membres et la poussée générale de l'ensemble.

Les Rougon-Macquart, le groupe, la famille que je me propose d'étudier a pour caractéristique le **débordement des appétits**, le large soulèvement de notre âge, qui se rue aux jouissances. Physiologiquement, ils sont la lente succession des accidents nerveux et sanguins qui se déclarent dans une race, à la suite d'une première lésion organique, et qui déterminent, selon les milieux, chez chacun des individus de cette race, les sentiments, les désirs, les passions, toutes les manifestations humaines, naturelles et instinctives, dont les produits prennent les noms convenus de vertus et de vices. Historiquement, ils partent du peuple, ils s'irradient dans toute la société contemporaine, ils montent à toutes les situations, par cette impulsion essentiellement moderne que reçoivent les basses classes en marche à travers le corps social, et ils racontent ainsi le second Empire à l'aide de leurs drames individuels, du guet-apens du coup d'État à la trahison de Sedan.

Depuis trois années, je rassemblais les **documents** de ce grand ouvrage, et le présent volume était même écrit, lorsque la chute des Bonaparte, dont j'avais besoin comme artiste, et que toujours je trouvais fatalement au bout du drame, sans oser l'espérer si prochaine, est venue me donner le dénouement terrible et nécessaire de mon œuvre. Celle-ci est, dès aujourd'hui, complète ; elle s'agite dans un cercle fini ; elle devient le tableau d'un règne mort, d'une étrange époque de folie et de honte.

Cette œuvre, qui formera plusieurs épisodes, est donc, dans ma pensée, l'**Histoire naturelle et sociale d'une famille sous le second Empire**. Et le premier épisode : *La Fortune des Rougon*, doit s'appeler de son titre scientifique : *Les Origines*.

Émile Zola,
Paris le 1er juillet 1871.

du contrebandier. L'histoire des *Rougon-Macquart* n'est pas uniquement « sociale », elle est aussi « naturelle ».

Enfin, l'individu ne subit pas seulement l'influence de son milieu ou de son hérédité : il dépend aussi du contexte historique, politique ou économique dans lequel il évolue, qu'il convient de connaître et de décrire avec précision. À travers l'histoire de la famille, c'est donc toute l'Histoire de l'Empire que Zola raconte, pour mieux en dénoncer les conséquences, jusqu'à la débâcle.

Le sous-titre des *Rougon-Macquart*, « Histoire naturelle et sociale d'une famille sous le second Empire », montre bien qu'il s'agit d'illustrer, dans le récit de vies singulières, le poids d'un triple déterminisme – génétique, social et politique – qui infléchit le cours de ces existences, jusqu'à les transformer (voir l'encadré « La préface de *La Fortune des Rougon* », page ci-contre).

2. Saccard, de *La Fortune des Rougon* au *Docteur Pascal*

Le personnage de Saccard, de son vrai nom Aristide Rougon, est l'un des plus importants du cycle, qu'il traverse intégralement ; il est même le personnage principal de deux volumes, *La Curée* et *L'Argent*. Il apparaît dans *La Fortune des Rougon*, premier roman de la fresque : employé de préfecture et journaliste, il nourrit déjà des rêves de fortune [1]. Alors que son frère Eugène est attiré par le pouvoir, lui est fasciné par l'argent. Il épouse Angèle Sicardot, s'engage pour la république, contre les réactionnaires ; mais, sentant le vent tourner, il finit par soutenir Louis Napoléon Bonaparte, dont la victoire pourrait servir ses intérêts. Avec l'argent prêté par le père Sicardot, le couple s'installe à Paris.

Dans *La Curée*, il profite des grands travaux pour s'enrichir par la spéculation immobilière. Son frère Eugène, devenu ministre, le fait nommer à l'Hôtel de Ville, à la condition qu'il change de nom : Aristide Rougon ne se fait pas prier et devient Saccard (voir p. 49, note 1). Prenant connaissance des travaux projetés par le préfet Haussmann, il rêve de transformer Paris en mine d'or, d'une manière qui annonce clairement le Saccard de *L'Argent* :

> Il souriait à l'espace [...] ; la ville, sous le grand ciel pâle, s'alanguissait, d'un gris doux et tendre, piqué çà et là de verdures sombres, qui ressemblaient à de larges feuilles de nénuphars nageant sur un lac ; le soleil se couchait dans un nuage rouge, et, tandis que les fonds s'emplissaient d'une brume légère, une poussière d'or, une rosée d'or tombait sur la rive droite de la ville, du côté de la Madeleine et des Tuileries. C'était comme le coin enchanté d'une cité des *Mille et Une Nuits*, aux arbres d'émeraude, aux toits de saphir, aux girouettes de rubis. Il vint un moment où le rayon qui glissait entre deux

---

1. Dans le dossier proposé à la fin de son édition de *L'Argent*, Christophe Reffait rassemble un choix de textes sur « L'argent dans *Les Rougon-Macquart* », en suivant notamment l'évolution du personnage de Saccard (*op. cit.*, p. 499 *sq.*).

nuages fut si resplendissant, que les maisons semblèrent flamber et se fondre comme un lingot d'or dans un creuset.

— Oh ! vois, dit Saccard, avec un rire d'enfant, il pleut des pièces de vingt francs dans Paris [1] !

Après la mort d'Angèle, il épouse Renée Béraud du Châtel pour sa fortune : il se lance ainsi dans la spéculation et s'installe dans un somptueux hôtel particulier du parc Monceau, où son fils Maxime le rejoint. Celui-ci est séduit par sa belle-mère, avec laquelle il noue une relation quasi incestueuse. Mais les affaires de Saccard vont mal : il détourne l'argent de sa femme, fermant les yeux sur sa liaison avec son fils. Renée meurt à la fin du roman, emportée par une méningite, volée par son mari, abandonnée par son amant. Quant à Saccard, on apprend au début de *L'Argent* qu'il est ruiné et qu'il a dû abandonner l'hôtel du parc Monceau à ses créanciers. Maxime, lui, est veuf : Louise de Mareuil, qu'il avait épousée pour son esprit et son argent dans *La Curée*, est morte pendant leur voyage de noces. Il décide alors de mener une vie de vieux garçon.

Après la débâcle de *L'Argent*, on retrouve Saccard dans *Le Docteur Pascal*, dernier volume du cycle. Exilé en Hollande depuis 1869 et sa condamnation à cinq ans de prison [2], il revient en France après la chute de l'Empire. En 1872, il est nommé directeur de *L'Époque*, un journal républicain, et par un ironique retour de balancier c'est à son tour de protéger son frère Eugène, devenu simple député de l'opposition bonapartiste. Saccard parvient à nouveau à s'enrichir, notamment en précipitant la mort de son fils Maxime afin de récupérer sa fortune et son hôtel particulier, avenue de l'Impératrice.

C. *L'Argent*, un roman naturaliste

1. Les principes du naturalisme

L'Argent, comme l'ensemble des *Rougon-Macquart*, s'inscrit dans le courant naturaliste. Par ce terme, Zola désigne une évolution du réalisme romanesque, qui décrit la réalité sociale dans tous ses aspects, objectivement, en empruntant à la science expérimentale ses méthodes et ses protocoles. Le naturalisme veut donc expliquer le réel à partir de la science ; il se fonde sur l'expérience et l'enquête. Le roman naturaliste est le lieu d'une expérimentation : le romancier place des personnages dans un milieu donné, les confronte à des situations typiques, et observe leur évolution. À partir de cette recréation du réel, qui s'approche des expériences en laboratoire, le naturaliste prétend tirer des conclusions morales universelles.

1. Émile Zola, *La Curée*, 1872, chapitre II.
2. C'est ce que nous apprend le dénouement de *L'Argent*.

Pour approcher au plus près de la réalité, le romancier s'appuie sur une enquête minutieuse et documentée : aussi chaque roman est-il précédé d'un long dossier préparatoire. Zola lui-même précise, dans une lettre à Jules Héricourt : « D'abord je me renseigne par moi-même, par ce que j'ai vu et entendu ; ensuite, je me renseigne par les documents écrits, les livres sur la matière, les notes que me donnent mes amis ; et enfin l'imagination, l'intuition plutôt, fait le reste. Cette part de l'intuition est chez moi très grande, plus grande, je crois, que vous ne la faites [1]. » L'enquête naturaliste commence par l'accumulation de documents, puis continue, sur le terrain, par la rédaction de carnets comparables aux croquis du peintre. Le travail se poursuit par l'élaboration de l'ébauche et du plan de l'intrigue romanesque ; pour les passages plus difficiles, Zola écrit des brouillons, avant la rédaction finale. L'élaboration n'est cependant pas totalement achevée puisque, entre la publication en feuilleton et la parution du volume total, il corrige le texte, parfois de manière très approfondie.

Le naturalisme se singularise par sa méthode mais aussi par une poétique et une thématique particulières. Ainsi, dans son exploration de la société, le romancier représente des milieux qui, jusque-là, n'avaient pas droit de cité dans la littérature. Même s'il apparaissait déjà en toile de fond de quelques romans réalistes, le peuple, avec Zola, fait véritablement irruption en littérature : l'ouvrier, le mineur, la prostituée deviennent de véritables protagonistes. Le naturalisme descend dans les bas-fonds, au risque de provoquer le scandale : la bonne société de la fin du XIXe siècle s'émeut parfois de voir les instincts humains les plus bas représentés, et même disséqués dans une œuvre d'art. Aussi les sujets du naturalisme sont-ils souvent banals, empruntés au quotidien. Les héros épiques n'intéressent pas Zola : seuls des personnages que l'on pourrait croiser dans la rue semblent capter son regard. Le but est alors de restituer leur vision du monde, notamment par l'intermédiaire de la focalisation interne et du discours indirect libre. Le lecteur adopte ainsi la vision du monde du personnage, il partage son expérience, il se fond en lui, métaphoriquement.

2. Les carnets d'enquêtes de *L'Argent*

Reconduisant pour *L'Argent* la méthode qu'il a suivie pour les romans précédents, Zola accumule un grand nombre de notes avant de commencer à rédiger son œuvre. Le dossier préparatoire du volume est même l'un des plus importants, comportant 875 folios au total (celui de *La Débâcle* compte 1 244 folios, et celui de *L'Assommoir* 216). La partie documentaire est constituée de notes sur la Bourse, l'organisation des lieux ou le fonctionnement des mécanismes financiers. Dès mars 1890,

1. Lettre du 27 juin 1890 à Jules Héricourt, citée dans l'article « Méthode de travail » du *Dictionnaire d'Émile Zola* (Robert Laffont, « Bouquins », 1993).

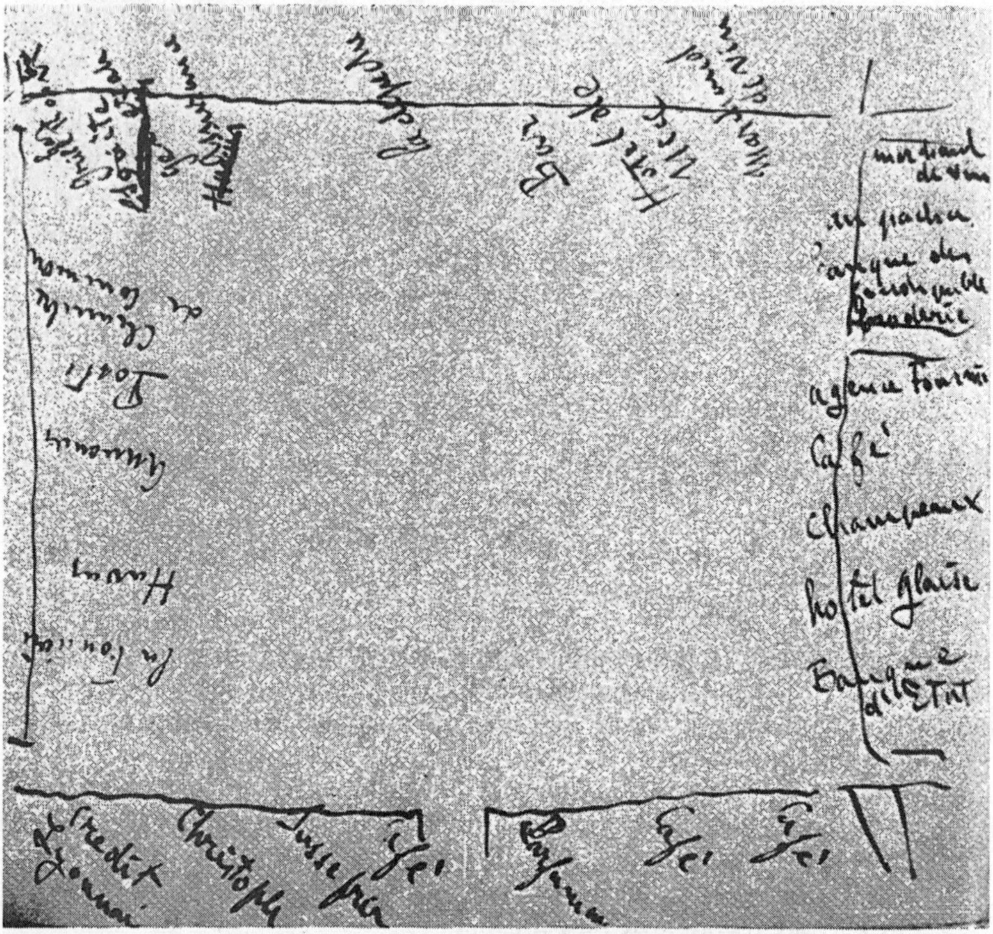

Plan du quartier entourant la Bourse,
de la main d'Émile Zola

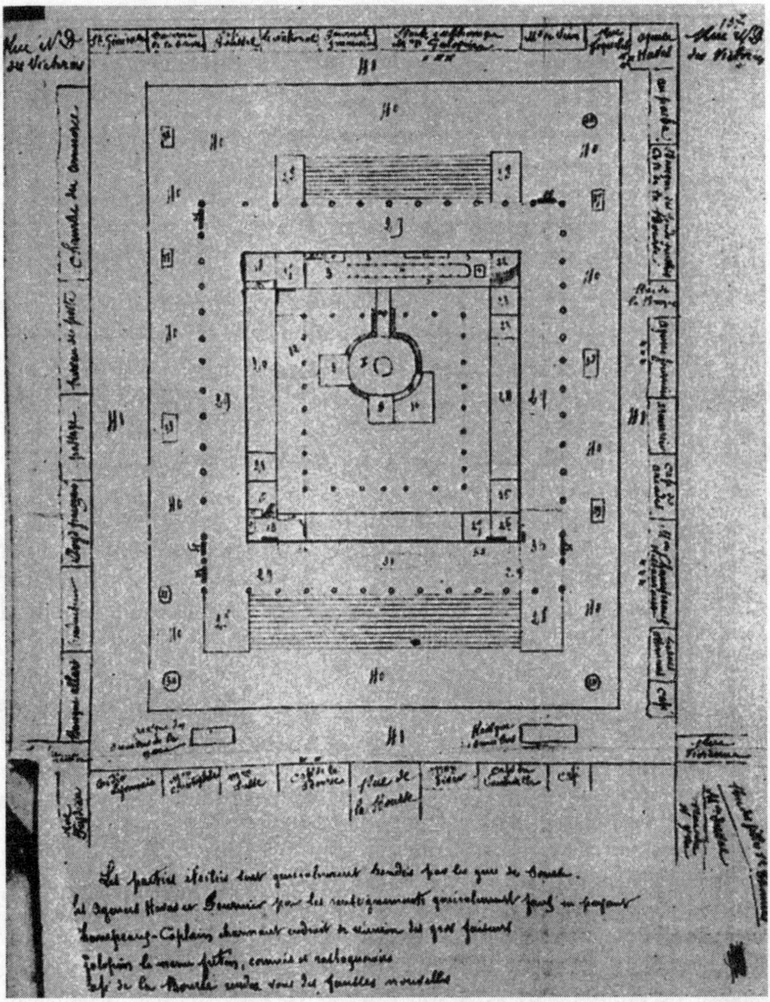

Plan de la Bourse et de ses environs
établi par un informateur d'Émile Zola

Ce plan de la Bourse et de ses environs, qui indique différents lieux évoqués dans L'Argent, *fut établi par un informateur d'Émile Zola. La légende qui l'accompagne est par endroits difficilement lisible. On se reportera, pour plus de précisions, au plan inédit fourni par Christophe Reffait dans son édition de* L'Argent, *GF-Flammarion, 2009, p. 544-545.*

1. Corbeille des agents. **2.** Couloir conduisant au cabinet des agents. **3.** Cabinet des agents. **4.** Table des agents. **5.** Fauteuil du président. **6.** Lavabo et buvette. **7.** Table des commis de la Chambre. **8.** Carré de la rente. **9.** Grande guitare réservée aux commis d'agents. **10.** Carré du comptant. **11.** Emplacement des coteurs. **12.** Emplacement des coulissiers en rente. (Les parties hachées sont réservées aux commis d'agents.) **13.** Entrée de la Bourse. **14.** Vestiaire. **15.** Couloir de dégagement. **16.** Escalier conduisant au télégraphe. **17.** Entrée de la Bourse. **18.** Cabinet réservé à la presse. **19.** Couloir conduisant au cabinet des commis. **20.** Cabinet des commis. **21.** Salle des gardes de la Bourse. **22.** Escalier de dégagement. **23.** Cabinet des commissaires de la Bourse. **24.** Cabinet des commissionnaires en marchandises. **25.** Loge du concierge de la Bourse. **26**. Dégagement. **27.** Entrée de la Bourse. **28.** Statues. **29.** Colonnade. **30.** Groupe de la coulisse de l'Italien. **31.** Groupe de la coulisse de l'Extérieure. **32.** Banquiers. **33.** Petit marché (les Pieds humides). **34.** Urinoirs. **35.** Télégraphe. **36.** Urinoirs et escalier conduisant à l'intérieur de la Bourse. **37.** Kiosque des journaux. **38.** Water closets. **39.** Buvette. **40.** Square de la Bourse. **41.** Place de la Bourse.

Zola se documente : il lit des ouvrages spécialisés, interroge des spéculateurs, visite la Bourse et son quartier, dresse un plan de la place (voir les plans de la Bourse et de son quartier, p. 114-115). C'est qu'il poursuit un triple projet : *L'Argent* est à la fois un roman sur le monde financier, un roman sur l'univers des journaux, et un roman sur les années libérales de l'Empire [1].

Le dossier préparatoire de *L'Argent* comporte donc de nombreuses notes sur la Bourse : le 17 avril 1860, Zola se rend en effet sur les lieux de son futur roman. Il observe les détails de la salle, l'agencement de l'espace, la vue que l'on a de la galerie, mais aussi la place qui entoure le palais Brongniart. Il prête une attention toute particulière aux bruits de la Bourse, dans des termes proches de ceux du roman :

> Ce bruit constant se décompose ainsi. D'abord, un grondement continu, un roulement toujours semblable, pareil à un bruit de mer entendu de loin. Sourd, profond, une clameur égale. Cela doit provenir des conversations à voix haute, des paroles de la foule : c'est le souffle vivant et puissant de la foule. Puis là-dessus les cris spéciaux des agents, des commis à la rente et au comptant. Ici, ce n'est plus régulier, cela monte et cela descend. Un clapotis de voix qui se brisent. Une plus aigre par moment éclate, sans qu'on puisse jamais deviner ce qu'elle dit. Un grincement, un glapissement très particulier qu'il faut avoir entendu. Des voix ainsi s'élèvent glapissantes, se taisent, se réveillent [2].

Zola complète cette visite de la Bourse par des lectures, telles que *La Bourse, ses abus et ses mystères*, d'Eugène de Mirecourt (1858), ou les *Mémoires d'un coulissier*, d'Ernest Feydeau (1873). Il dresse dans ses notes toute une galerie de portraits, et reconstitue la journée type d'un agent de change :

> [L'agent de change] arrive à son bureau vers 10 heures. Il cause avec les gros clients (les petits sont reçus par un des fondés de pouvoir), se met au courant des ordres venus par des dépêches. À midi, il déjeune là, dans son cabinet ou à côté, déjeuner le plus souvent apporté du dehors. Quelques-uns déjeunent chez Champeaux, dans un restaurant quelconque. Il va ensuite à la Bourse de 1 heure à 3 heures. Il rentre vers 3 heures et demie, après avoir causé un instant dans le cabinet des agents, après la fermeture de la Bourse. Il reste à son bureau jusqu'à 5 heures, cause avec les fondés de pouvoir, donne au liquidateur les explications nécessaires au dépouillement de son carnet. Les dimanches et fêtes, le bureau est fermé [3].

Les notes étudient aussi les mécanismes boursiers, et surtout la surchauffe qui conduit à l'effondrement de certains cours. Zola a notam-

1. Cette complexité narrative explique en partie pourquoi l'Ébauche de *L'Argent* – constituée d'un résumé de l'intrigue et d'une présentation rapide des différents personnages, et distincte des notes de lecture ou de l'enquête sur le terrain – est la plus longue de toutes les Ébauches de la série.
2. Émile Zola, *Carnets d'enquêtes*, éd. Henri Mitterand, Plon, 1986, p. 53.
3. *Ibid.*, p. 63.

ment consacré de longues pages au krach de l'Union Générale, dont il a tenté de bien cerner les enjeux et les principes (voir l'encadré « Le krach de l'Union Générale, modèle de la Banque Universelle », p. 120). Mais il a aussi pris des notes sur le contexte économique du second Empire. Ainsi, il s'est intéressé au Crédit Mobilier des frères Pereire, l'un des modèles de la Banque Universelle de Saccard :

> On était à la fin des très grands travaux qui avaient épuisé le règne. Le Crédit Mobilier était mort (ou très malade), vers 66. En 62 très puissant, en 67 très malade. La période brillante du marché français s'arrête à 67, année de l'exposition. Le malaise tout de suite, et il grandit jusqu'en 69. On était épuisé. L'affaire du Mexique, l'exécution de Maximilien (67 ?) semble avoir été le signal de la débâcle (poser l'état du marché dès le 1er chapitre). On était épuisé à Paris, par les grandes entreprises, les grands travaux de voirie. Je puis imaginer, je crois, que Saccard lance son affaire pendant l'exposition même, ou un peu auparavant, de façon à ce que l'exposition ait une influence ; et les trois années s'écoulent, le dénouement a lieu en 68, 69 ou 69-70.
>
> […] Il ne reste que les fils des Pereire. L'un est président de la Compagnie générale transatlantique (ancienne Société des Paquebots). Ils ont aussi le Chemin de fer du Midi, ils sont administrateurs au Gaz, aux Omnibus. En somme, ils ont gardé toutes les belles affaires. Et leur immense fortune a été gagnée avec le Crédit Mobilier qui a sombré. Un gouffre où tout disparaît. De tant d'argent englouti, il ne reste que quelques entreprises, les transatlantiques qui sont une belle chose, etc., mais aussi une circulation plus active de l'humanité, plus de rapports entre les hommes, plus de civilisation [1].

II. L'ARGENT DANS *L'ARGENT*

> La crise passée, tout allait reprendre et resplendir de nouveau.
>
> Émile Zola, *L'Argent*, chapitre XI, p. 419.

Dérives de l'innovation financière, scandales banquiers, spectre d'une crise systémique, divorce entre le capital et le travail, entre la Bourse et l'économie réelle, collusion des milieux politiques, économiques et médiatiques, importance toujours croissante de la publicité et de la communication, recherche effrénée du pouvoir, goût du luxe tapageur et du « bling-bling »… *L'Argent* parle d'hier, et pourtant, à sa lecture, c'est le monde d'aujourd'hui qui semble apparaître. Au-delà du cliché rebattu de l'« actualité » de l'œuvre, de sa résonance avec le présent, le roman de Zola provoque le vertige de son lecteur du XXIe siècle. Comment le capitalisme des années 1860 peut-il ressembler à ce point à celui des

1. *Ibid.*, p. 104-105.

STRUCTURE DE *L'ARGENT*

• Le **chapitre I** (p. 9-60) suit le trajet de Saccard autour de la Bourse, du restaurant Champeaux à la chambre du marxiste Sigismond, dont la fenêtre domine la place.

• Le **chapitre II** (p. 61-102) retrace, sous la forme d'une analepse, l'installation de Saccard à l'hôtel d'Orviedo, la rencontre de Hamelin et de sa sœur, Mme Caroline, ainsi que la naissance du projet de la Banque Universelle.

• Le **chapitre III** (p. 103-137) se déroule quelques jours après le premier ; Saccard tente de lever les fonds nécessaires à la fondation de la société auprès de Gundermann (qui refuse), puis de Daigremont, du député Huret, du marquis de Bohain, de Sédille et Kolb enfin (tous acceptent).

• Le **chapitre IV** (p. 138-173) raconte la lente naissance de la Banque Universelle, en même temps que les premières manipulations de Saccard. Il achète un journal, *L'Espérance*, dont il confie la direction à Jantrou. L'assemblée générale constitutive et la première réunion du conseil d'administration suscitent les doutes de Mme Caroline.

• Le **chapitre V** (p. 174-215) oppose le luxe des bureaux de la banque aux bas-fonds de la cité de Naples, où Mme Caroline découvre la misérable vie de Victor, né du viol de Rosalie Chavaille par Saccard, douze ans auparavant. Une assemblée extraordinaire permet l'augmentation du capital de la Banque Universelle par l'émission de nouvelles actions, dont certaines sont détenues par la société elle-même. Le cours de l'action connaît une hausse rapide.

• Le **chapitre VI** (p. 216-258) rapporte la façon dont Huret transmet à Saccard une dépêche encore confidentielle, qui risque de pousser les cours à la hausse. Saccard et Huret jouent donc à la hausse, contre presque tous les spéculateurs, et empochent une énorme différence.

• Le **chapitre VII** (p. 259-287) est celui du sordide vaudeville qui se joue autour de la baronne Sandorff. Maxime, le fils de Saccard, apprend à Mme Caroline quel homme est vraiment son père.

• Le **chapitre VIII** (p. 288-326) correspond au triomphe de Saccard, au moment même de l'Exposition universelle de 1867. Le nouveau siège de la Banque Universelle marque les esprits, une nouvelle augmentation du capital pousse le cours à la hausse et enfièvre le Tout-Paris.

• Le **chapitre IX** (p. 327-368) marque le début de la débâcle, même si la hausse du cours se poursuit. Les spéculateurs commencent à vendre des titres de la Banque Universelle, y compris certains des proches de Saccard.

• Le **chapitre X** (p. 369-414) est celui des dernières batailles. La Banque Universelle semble d'abord l'emporter, le cours atteignant la somme vertigineuse de 3 060 francs ; mais la chute s'amorce ensuite, inexorable, jusqu'à la déroute finale. Gundermann joue massivement à la baisse, suivi par d'anciens membres du syndicat, comme Daigremont. La Banque Universelle fait faillite.

• Le **chapitre XI** (p. 415-449) solde les comptes. Saccard et Hamelin sont arrêtés pour les manœuvres frauduleuses et les faux en écriture, les Beauvilliers sont définitivement ruinées, comme Dejoie et Nathalie, les Maugendre, Sédille ou l'agent de change Mazaud, qui finit par se suicider.

• Le **chapitre XII** (p. 450-495) constitue la conclusion pathétique de cette débâcle. Hamelin et Saccard quittent la France précipitamment. L'éducation de Victor a échoué, puisqu'il s'enfuit de l'Œuvre du Travail après avoir violé Alice de Beauvilliers. Sigismond expire, ayant jeté ses dernières forces dans l'achèvement de son utopie marxiste.

années 2000 ? Zola serait-il visionnaire, ou mieux, prophète ? Ou serait-ce l'effet de l'éternel retour du même, le constat lucide que l'argent, au fond, n'est qu'un cycle, que les erreurs des hommes sont destinées à se répéter ? Après tout, « il faut des années pour que la confiance renaisse, pour que les grandes maisons de banque se reconstruisent, jusqu'au jour où, la passion du jeu ravivée peu à peu, flambant et recommençant l'aventure, amène une nouvelle crise, effondre tout, dans un nouveau désastre » (p. 449). Ce qu'on lit dans *L'Argent* de Zola, c'est donc ce qui permet de comprendre le monde dans lequel nous vivons encore, et en particulier le rôle ambigu qu'y joue l'argent.

A. L'argent, une réalité et une fiction

C'est peut-être ce qui frappe le plus le lecteur de *L'Argent* : en voulant décrire l'argent de façon objective, dans sa réalité concrète, Zola se heurte à l'écueil de son abstraction. Comment décrire un objet immatériel, fuyant, impalpable ? La gageure du roman est ainsi de montrer comment l'argent, cette convention théorique, est une fiction, dont le pouvoir d'invention contamine tous les personnages.

1. Les réalités de l'argent

Zola aborde l'argent en naturaliste : comme il a pu décrire auparavant la conquête du pouvoir (*La Conquête de Plassans*), les ravages de l'alcoolisme (*L'Assommoir*), l'activité des grands magasins (*Au Bonheur des Dames*), les affres de la prostitution (*Nana*) ou l'idéalisme des artistes (*L'Œuvre*), il s'intéresse aux milieux financiers avec l'ambition d'en restituer toutes les réalités. Mais l'argent n'est pas un thème comme les autres : le figer dans sa représentation romanesque n'a rien d'évident, tant il se donne comme un objet complexe et volatil.

a. Un naturaliste à la Bourse

- **La réalité pour modèle**

Puisque « le premier caractère du roman naturaliste […] est la reproduction exacte de la vie [1] », l'intrigue, certes fictive, s'inscrit dans un contexte bien réel. Zola prend soin de faire évoluer ses personnages dans un cadre spatio-temporel vraisemblable. Ainsi, il prend pour décor le Paris du second Empire, plus précisément le quartier de la Bourse et les hôtels particuliers du nord-ouest, dans l'actuel 8e arrondissement. Cette recherche de la réalité tourne parfois à l'obsession toponymique, par

1. C'est Zola lui-même qui donne cette définition, dans un article sur Flaubert (*Le Messager de l'Europe*, novembre 1875 ; repris dans *Les Romanciers naturalistes* en 1881).

Le krach de l'Union Générale, modèle de la Banque Universelle

En 1878, Paul Eugène Bontoux reprend l'Union Générale, fondée en 1875 par des monarchistes catholiques. Son but est de concurrencer la haute banque juive, et en particulier Rothschild, en investissant dans différents secteurs. Très rapidement, les dépôts, nombreux pourtant, ne suffisent pas : la banque doit accroître ses ressources pour financer ses investissements. Bontoux et Feder, le vice-président, décident donc d'augmenter le capital de la Banque, et ce, à plusieurs reprises. Le cours de l'action ne cesse de s'élever, en partie soutenu par des manœuvres de la banque qui achète ses propres titres. Les dirigeants multiplient les irrégularités, mais le public l'ignore, en partie parce que la presse financière continue à vanter l'action de la banque. Mais des rumeurs apparaissent, laissant entendre que certains, comme Rothschild, jouent à la baisse ; l'annonce d'une troisième augmentation de capital précipite la chute du cours. La banque fait finalement faillite le 2 février 1882. De ce célèbre krach, qui a durablement marqué l'opinion, Maupassant a fait un compte rendu ironique dans le quotidien Le Gaulois, *le 25 janvier 1882 (« À qui la faute ? »). Zola s'en est vraisemblablement inspiré, tant les métaphores fondatrices de* L'Argent *semblent déjà présentes dans cette chronique (les termes en gras indiquent les thèmes exploités par Zola dans son roman).*

Voir aussi le dossier de Christophe Reffait sur « La Bourse dans la littérature et la presse du XIXe *siècle » à la fin de son édition de* L'Argent *de Zola, GF-Flammarion, 2009, p. 523* sq.

[…] L'affaire présente est particulièrement instructive. Au nom d'une **religion** dont le « tout-Paris spéculant » se soucie assurément moins « qu'un poisson d'une pomme » – pour emprunter l'image inexacte du grand poète, – on a commencé une **soi-disant guerre aux Juifs** sur une valeur nouvelle portant un drapeau de ralliement.

Au moyen d'agissements habiles, cette valeur a gravi des sommets fantastiques. Alors tous les porteurs de titres ont été invraisemblablement millionnaires ; ils ont racheté d'autres titres encore, dans la **naïve croyance** que ces petits morceaux de papier colorié continueraient à représenter un fabuleux numéraire. Et soudain, je ne sais pourquoi, le petit papier a perdu tout son prix. Et tout le monde a été ruiné, même ceux qui n'avaient rien. – Voilà.

J'avoue qu'il y a dans ces mots : *affaires de Bourse, spéculation*, un **mystère impénétrable** pour mon esprit. Quand on achète des actions de chemins de fer ou de la rente, c'est simple comme bonjour. La prospérité de l'entreprise ou celle des affaires publiques règlent les bénéfices. Rien de moins compliqué. Mais on devient fou quand on veut se représenter comment une entreprise inconnue, qui demande l'argent du public pour des spéculations inavouées, dissimulées derrière un prétexte honnête, une entreprise qui représente un capital connu et limité, des bénéfices problématiques et des dangers de perte incontestables, peut, dans **un coup de folie** des agioteurs, atteindre à des taux fabuleux.

Les opérations sont fictives, les bénéfices sont fictifs, la valeur est fictive, c'est une simple convention ; tout est fictif, et le premier venu se trouve fictivement riche à milliards, pour se trouver très réellement sans le sou quelques jours après.

Or, la **débâcle** des temps derniers était **prévue**, **annoncée depuis des mois**, on la voyait ; on la sentait venir ; elle était inévitable comme l'hiver après l'été. Cela n'a point empêché tout le monde d'y être pris. – **Moutons de Panurge !**

Mais où la farce devient inénarrablement drôle, c'est à la question de payement. Les enrichis d'hier, qui sont les ruinés d'aujourd'hui, n'étant millionnaires que fictivement, c'est-à-dire grâce au petit papier qui valait tant et ne vaut plus rien, se trouvent aussi fictivement ruinés ; c'est-à-dire qu'ils ne peuvent pas payer. **Quel tableau de féerie : *Le Royaume du Fictif* !** On y verrait l'ombre d'un actionnaire de l'ombre de la Timbale verser l'ombre d'un milliard à l'ombre d'un banquier israélite.

Et nous entendrons bientôt des conversations comme celle-ci : « Je viens de gagner quarante millions à la Bourse ; prêtez-moi donc quarante sous pour aller dîner. » Ou bien ceci : « Oh ! mon cher, quel désastre ; je viens de perdre en deux heures huit cents millions. » Et l'ami confident s'effondrera, sans réfléchir que, du moment qu'on ne paye pas, il est absolument indifférent de perdre huit cents millions ou deux cents francs.

Ce que **je ne comprends pas** du tout, par exemple, c'est le résultat de cette débâcle pour la prospérité générale. Car on a employé ces grands mots. Or voici des milliards perdus, ou bien ils sont en d'autres poches : alors que nous importe ? Ou bien ils étaient fictifs : alors pourquoi ces cris ?

[…] Jadis, quand un fou quelconque, que les sergents de ville aujourd'hui empoigneraient, s'en venait **prêcher une croisade**, toute la France partait en guerre contre l'infidèle, comme sont partis en guerre les actionnaires de M. Bontoux. À peine en route, ils avaient regret, assurément ; mais, chez nous, quand un mouton a sauté, tous sautent. Puis, plus tard, les braves croisés revenaient éreintés, crevants, battus, aussi penauds que le sont aujourd'hui les actionnaires de M. Bontoux. La guerre aux infidèles, décidément, ne nous porte pas bonheur.

Pauvre M. Bontoux ! C'est le seul à plaindre dans l'affaire. Il avait lancé son ballon *la Timbale*, et, monté dans la nacelle, il faisait devant la foule sa petite ascension captive. Mais voilà que la foule se met à crier : « **Plus haut ! encore plus haut ! toujours plus haut !** » Il ne veut pas, il proteste, essaye de calmer les spectateurs. Mais, bast ! ils lâchent tout, coupent les cordes ; et le ballon s'envole aux nuages, crève, retombe, écrasant tout le monde et jetant sur le pavé l'aéronaute **les reins cassés**. Alors quels cris, quelle fureur ! « C'est la faute à Bontoux ! – **crapule !** – **canaille !** – misérable ! » En France, c'est toujours la faute à quelqu'un […].

exemple lorsqu'il décrit l'hôtel de la princesse d'Orviedo (p. 62). Il en va de même pour les repères temporels : si Zola inscrit l'action de son roman dans un déroulement chronologique cohérent, notamment grâce à des indications relativement précises en début de chapitre (« cette claire journée des premiers jours de mai » dans les premières lignes du chapitre I, p. 9 ; « on était déjà aux derniers jours de septembre » au début du chapitre IV, p. 138, etc.), il fait surtout de nombreuses allusions à des événements historiques bien connus des lecteurs de l'époque, qui produisent un immédiat effet de réel. Zola évoque ainsi les premières victoires de l'opposition républicaine aux législatives de 1863 (p. 14), les difficultés diplomatiques de l'Empire et la question romaine (p. 139), la progressive libéralisation du régime (p. 225), la troisième guerre d'indépendance italienne et la bataille de Sadowa, qui joue un rôle important dans l'intrigue (p. 240-241), ou encore l'Exposition Universelle de 1867 (chapitre VIII).

Ces allusions historiques servent à jeter des ponts entre la fiction romanesque et la réalité. Celle-ci constitue en effet le véritable modèle de Zola, qui s'inspire des grands hommes de l'Empire ou de l'actualité de son temps. Derrière Gundermann se trouve James de Rothschild [1], le fondateur de la branche française de la célèbre famille de banquiers. Le ministre Rougon est le double romanesque d'Eugène Rouher, rouage essentiel de l'Empire autoritaire. Quant à Saccard, il trouve son origine dans les frères Pereire (fondateurs du Crédit Mobilier en 1852), et surtout dans Paul Eugène Bontoux et Jules Feder (président et vice-président de l'Union Générale). Le krach retentissant de cette banque, en 1882, est en effet le modèle à partir duquel Zola imagine la faillite de la Banque Universelle dans *L'Argent* (voir l'encadré « Le krach de l'Union Générale, modèle de la Banque Universelle », p. 120).

Ainsi, le roman devient un moyen de dire le monde réel : à travers la trajectoire singulière de Saccard apparaît la trajectoire collective du pays et du régime. Dès l'Ébauche du roman, Zola note qu'il faut « faire entendre dans tout le livre le craquement d'une société, le prochain effondrement ». Tout au long de *L'Argent*, la destinée de Saccard est donc inséparable de celle de Napoléon III et du second Empire qui s'apprête à s'effondrer : l'Exposition universelle de 1867, présentée par Zola comme l'apothéose du règne, coïncide avec le couronnement de la carrière de Saccard, l'inauguration du nouvel hôtel de la Banque Universelle [2]. Napoléon III apparaît « dans un mensonge de féerie, en maître de l'Europe » (p. 320), tout comme Saccard, dans la même illusion, semble être le maître de la Bourse. Quant à la chute du banquier, elle préfigure celle du monarque : le krach de la Banque Universelle fait entendre « un grand craquement sourd, la fin prochaine d'un monde », celui du second Empire (p. 449).

---

1. Zola écrit d'ailleurs, dans l'Ébauche de *L'Argent*, à propos de Gundermann : « prendre tous les détails sur le baron de Rothschild ».
2. Le parallèle est fait tout au long du chapitre VIII.

• Précision descriptive et ambition didactique

L'effet de réel provient aussi, dans *L'Argent*, de la description précise des mécanismes financiers et du fonctionnement de la Bourse. Dans le chapitre X, pour la dernière bataille entre Saccard et Gundermann, le décor est planté avec l'exactitude d'un géomètre (p. 377-378). Pour parvenir à ces détails, Zola s'est appuyé sur des plans du quartier de la Bourse, dressés par ses propres soins, et sur un schéma précis de la disposition de la salle, réalisé par quelque informateur (voir les deux plans, p. 114-115). C'est avec la même obsession de l'exactitude que le roman retrace le mécanisme qui a conduit à la faillite de l'Universelle ; la multiplication des chiffres n'a pas seulement pour vocation de *faire vrai*, elle permet aussi d'expliquer les raisons du krach de façon didactique :

> [...] il pouvait y suivre, mois par mois, depuis deux ans, la fièvre croissante de Saccard, d'abord timide, n'achetant qu'avec prudence, poussé ensuite à des achats de plus en plus considérables, pour arriver à l'énorme chiffre de vingt-sept mille actions ayant coûté près de quarante-huit millions. [...] il y avait d'autres hommes de paille, des employés de la banque, des administrateurs même, dont les achats, portés au compte des reports, dépassaient vingt mille actions, représentant elles aussi près de quarante-huit millions de francs. Enfin, tout cela n'était encore que les achats fermes, auxquels il fallait ajouter les achats à terme, opérés dans le courant de la dernière liquidation de janvier ; plus de vingt mille actions pour une somme de soixante-sept millions et demi, dont l'Universelle avait à prendre livraison ; sans compter, à la Bourse de Lyon, dix mille autres titres, vingt-quatre millions encore. Ce qui, en additionnant tout, démontrait que la société avait en main près du quart des actions émises par elle, et qu'elle avait payé ces actions de l'effroyable somme de deux cents millions (p. 416-417).

• La focalisation interne

Le monde de la finance ne doit pas seulement être vu de l'extérieur (fût-ce de façon détaillée) : le lecteur doit vivre de l'intérieur l'expérience de la Bourse. La focalisation interne permet d'adopter le regard d'un personnage : les réalités ne sont plus décrites par l'œil omniscient et objectif du narrateur, mais sont perçues, presque charnellement, par l'intermédiaire du personnage. Dans le chapitre X, après la description objective de la corbeille, le regard du narrateur s'élève et se subjectivise : le point de vue froid et neutre du romancier naturaliste cède la place au regard fasciné des femmes qui sont à l'étage et observent la scène. « En haut, à la galerie du télégraphe, des têtes de femme se penchaient, stupéfiées, épouvantées, devant l'extraordinaire spectacle » (p. 387). La description qui suit n'est plus la restitution minutieuse du réel, mais son interprétation, sa perception vécue, ressentie par ces spectatrices ; de là les comparaisons et métaphores, produites par le regard analogique de ces femmes. Plus généralement, c'est par le biais de Saccard que nous pénétrons dans le monde fermé de la finance : bien souvent, il se contente d'observer la bataille au loin comme un général sur une hauteur, et le lecteur suit la scène comme s'il y assistait vraiment.

La focalisation interne sert aussi à souligner le pathétique d'une scène et à faire ressentir les ravages de l'argent. Le narrateur ne rapporte pas directement le suicide de Mazaud : il accentue l'horreur de la scène en montrant les réactions qu'elle provoque. Au moment du suicide, le lecteur est avec Mme Caroline, à l'étage. Mais il entre avec elle dans l'appartement, il voit les choses avec ses yeux, il ressent alors sa pitié, et pleure avec elle : « elle devenait toute froide, devinant, envahie par la vision nette de ce qui se passait là. D'abord elle voulut fuir, puis elle ne le put, éperdue de pitié, attirée, ayant le besoin de voir et d'apporter ses larmes, elle aussi » (p. 445). La focalisation interne permet donc au lecteur de s'introduire dans la réalité du roman.

b. L'argent en clair obscur

• Tout dire : l'idéal de transparence

L'idéal naturaliste est de tout dire : comme l'a montré Philippe Hamon, Zola est le « romancier de la transparence [1] ». Il veut montrer le monde tel qu'il est, jusque dans l'immonde ou le sordide. C'est cette ambition, d'ailleurs, qui lui valut le plus de critiques : on l'accusait de descendre « au fond de l'immondice » avec ses « recueils de scatologie », on lui reprochait, en définitive, de ne pas taire ce que la réalité a de honteux. Zola lui-même rappelle ironiquement cette ambition de tout montrer dans *L'Argent* : au moment où Delcambre fait irruption dans une scène un peu scabreuse, surprenant la baronne Sandorff agenouillée entre les cuisses de Saccard, le narrateur précise que « les deux grosses lampes [...] éclairaient [les amants] d'une clarté si vive, que les moindres détails s'accusaient, avec un relief d'ombre excessif » (p. 267). Telle est finalement la plume du romancier naturaliste : c'est une « grosse lampe » qui « éclaire » le monde, pour en accuser « les moindres détails ».

Pourtant, cette transparence, omniprésente dans *Le Ventre de Paris* par exemple, est remplacée dans *L'Argent* par une esthétique du clair-obscur. Mme Caroline, dont les doutes au sujet de Saccard ne cessent de grandir, sanglote dans une pièce assombrie par « le crépuscule », que le « foyer éteint » ne vient plus éclairer, peu à peu plongée dans des « ténèbres accrues », jusqu'à devenir « noire ». Maxime survient alors, dont l'exclamation permet de comprendre la dimension symbolique de cette obscurité : « Comment ! vous êtes sans lumière, et vous pleurez ! » (p. 274). Si Mme Caroline est « sans lumière », c'est qu'elle ne comprend pas ce qui se trame autour d'elle. Le clair-obscur signale que, dans *L'Argent*, l'idéal naturaliste de la transparence se heurte à la complexité et à l'opacité des opérations financières.

---

1. Philippe Hamon, « Zola romancier de la transparence », *Europe*, mai 1968.

• Complexité et mystère

Cette complexité, n'importe quel lecteur de *L'Argent* en fait l'expérience : certains passages du roman semblent incompréhensibles et résistent aux lectures successives. Est-ce que tout n'est pas dicible, est-ce que certains milieux, comme la finance, résistent à leur représentation naturaliste ? C'est plutôt une façon de montrer que l'objet est effectivement opaque. Certains banquiers, comme Saccard, compliquent même leurs opérations, pour que les petits spéculateurs ne comprennent pas les enjeux et les risques qu'ils encourent. Comment montrer cette complexité au lecteur, si ce n'est en l'amenant à l'expérimenter ? Comment le plonger dans l'univers de la Bourse autrement qu'en le noyant sous les chiffres, en le soûlant de termes techniques, en l'assommant avec des montages financiers d'une effrayante abstraction ? « Tout de suite, il lui expliqua sa combinaison, pour porter le capital de cent à cent cinquante millions, en émettant cent mille actions nouvelles, et pour libérer du même coup tous les titres, aussi bien les anciens que les nouveaux. Il lançait l'action à huit cent cinquante francs, se faisait ainsi, avec les trois cent cinquante francs de prime, une réserve qui, augmentée des sommes déjà mises de côté à chaque bilan, atteignait le chiffre de vingt-cinq millions ; et il ne lui restait qu'à trouver une pareille somme, pour obtenir les cinquante millions nécessaires à la libération des deux cent mille actions anciennes » (p. 303-304). Il est normal, au fond, de ne pas comprendre une telle description : c'est certes une expérience inhabituelle pour un lecteur, mais elle constitue un passage obligé pour qui veut saisir, ressentir ce qu'est vraiment la Bourse.

Ces difficultés de lecture sont connues de Zola qui souligne le caractère impénétrable de certaines opérations qu'il retranscrit. « Inutile de chercher à comprendre » (p. 37) : telle est la devise de Massias au chapitre I. Saccard lui-même précise, à propos du projet de Banque Universelle, que jamais « conditions de succès ou d'insuccès n'ont été plus obscures » (p. 145). Le peuple est généralement « fermé aux opérations compliquées de la Bourse » (p. 221), en particulier les femmes, qui affectent « de se servir des mots techniques de liquidation, prime, report, déport, sans toujours les comprendre » (p. 391). Mais qu'elles se rassurent, les hommes n'en comprennent pas beaucoup plus. Et les choses se compliquent encore lorsque, pour continuer à travailler malgré le bruit ambiant, les agents de change se mettent à parler par signes, dans une langue « intelligible aux seuls initiés » (p. 387).

Cette complexité originaire est redoublée de mystère. Pour dissimuler irrégularités et malversations, certains initiés dressent en effet un rideau de fumée : personne alors ne peut plus saisir ce qui se joue. Saccard s'est ainsi réservé une pièce, dans les locaux de *L'Espérance*, pour y traiter « des affaires spéciales et mystérieuses » (p. 217). Jantrou est alors son « agent secret, l'ouvrier complaisant des besognes délicates » (p. 217). Ainsi camouflées, les opérations menées par Saccard sont indéchiffrables : lorsqu'elle a les comptes sous les yeux, Mme Caroline ne peut

« arriver à une appréciation exacte des gains, car les opérations se font en plein mystère, et le secret professionnel est strictement gardé par les agents de change » (p. 439). Son intelligence n'y fait rien : elle est condamnée à se fier à ses doutes, sans jamais pouvoir démontrer, de façon définitive et rigoureuse, les irrégularités commises par Saccard.

• Jeu de hasard et irrationalité

Enveloppée de secrets et de mystères, la Bourse échappe à toute rationalité. Elle n'est qu'un « jeu » (le mot est récurrent), un jeu de hasard. C'est ce qu'affirme Pillerault : « Il n'y a que la chance. On a de la chance ou l'on n'a pas de chance. Alors, quoi ? il ne faut pas réfléchir » (p. 372). La spéculation est une grande loterie, où chacun, comme Mme Maugendre, « rêve de décrocher le gros lot, le million » (p. 432). À la Banque Universelle, la table et les fauteuils sont recouverts de velours vert parce que c'est la couleur du jeu et du hasard : à la Bourse comme au casino, « chacun [...] risquait sa fortune sur le tapis vert » (p. 291). Dès lors, celui qui donne l'impression de maîtriser le hasard, de contrôler la chance devient une idole : c'est le cas d'Amadieu, qui a fait fortune grâce à « un coup d'entêtement imbécile, [...] sans qu'il eût rien prévu ni calculé, au hasard » (p. 372). Il n'empêche : on le vénère « pour ses grandes capacités financières », pourtant inexistantes (p. 372). Et quand on perd, on peut toujours accuser « la déveine noire », comme Massias (p. 37), voire alléguer « l'exception de jeu » pour ne pas payer ses dettes, en assimilant explicitement spéculation et jeux de hasard (p. 441).

c. La circulation : l'argent insaisissable

Si l'argent semble résister au projet naturaliste, ce n'est pas seulement en raison de la complexité des opérations boursières et de l'opacité de certains comptes : c'est aussi parce que l'argent est insaisissable, parce qu'il ne cesse de circuler. Il n'est plus dans les sacs d'or enterrés au fond d'un jardin, il n'est plus dans cette « stagnation même de l'argent » qu'est la « fortune domaniale » de l'ancienne aristocratie (p. 158). Il est dans les échanges de titres, dans les circuits de la spéculation. Pour décrire ces trajets immatériels, Zola emploie différentes métaphores concrètes qui rendent ces mouvements palpables. Ainsi, la Bourse est un « cœur énorme, au milieu » de la ville (p. 27) ; c'est la pompe de l'économie qui « active la circulation d'un sang nouveau » (p. 95). La métaphore est reprise par Saccard : « la spéculation, le jeu est le rouage central, le cœur même, dans une vaste affaire comme la nôtre. Oui ! il appelle le sang, il le prend partout par petits ruisseaux, l'amasse, le renvoie en fleuves dans tous les sens, établit une énorme circulation d'argent, qui est la vie même des grandes affaires » (p. 144 et note 1). Le narrateur reprend à son tour la métaphore fluviale pour l'appliquer à Gundermann : « maintenant, tous les fleuves de l'or allaient à cette mer, les millions se perdaient dans ces millions » (p. 113). Quelques pages plus loin, c'est l'image de l'argent « liquide » qui s'impose, l'argent « qui coule, qui pénètre partout » (p. 158). Ce n'est donc que par l'analogie que Zola parvient à circonscrire l'argent insaisissable de la spéculation : comme la « fortune sans cesse mouvante » de Daigremont (p. 123), l'argent est impalpable.

2. L'argent déréalisé

Insaisissable, toujours en mouvement, l'argent perd peu à peu toute réalité. Tel est l'enjeu paradoxal de *L'Argent* : peindre de façon réaliste un élément immatériel, une convention. Pour y parvenir, Zola représente l'argent comme une pure abstraction, dont le pouvoir déréalisant finit par atteindre le monde.

a. Abstractions financières

Si le mot *argent* a d'abord désigné la monnaie en argent, il s'est progressivement éloigné de cette origine matérielle pour prendre une signification de plus en plus abstraite, au point de qualifier aussi des billets de banque, simples feuilles de papier qui n'ont plus grand-chose à voir avec le métal précieux des origines. La haute finance accélère ce processus d'abstraction : en substituant l'échange d'actions à l'échange de monnaie ou de biens, elle contribue à la déréalisation de l'argent, elle creuse le fossé qui sépare la valeur boursière de la valeur réelle. Saccard voudrait posséder « non plus la richesse menteuse de la façade, mais l'édifice solide de la fortune, la vraie royauté de l'or trônant sur des sacs pleins » (p. 17) ; c'est pourtant un rêve d'un autre temps : en spéculant, il transforme l'or en action, c'est-à-dire en feuille de papier dont la valeur est fixée par convention et varie selon les cours de la Bourse. L'or que l'on peut compter et palper n'est plus ; il a laissé sa place à l'immatérialité de la valeur boursière. Ainsi, le lexique financier appelle *réaliser* le fait de céder ses titres et de récupérer en espèces, en argent sonnant et trébuchant, le produit de ses spéculations. Inversement, spéculer, transformer son argent en actions, acheter une feuille de papier dont la valeur dépend des cours boursiers… cela pourrait s'appeler *déréaliser*. Saccard lui-même, pour soutenir le cours des actions de la Banque Universelle, ne cesse d'en acheter avec les réserves de la banque, autrement dit avec l'argent réel qui y a été déposé. Il risque même de se trouver « à bout d'argent, vidant ses caisses pour ses continuels achats » (p. 392). Enfin, « les caisses de l'Universelle [sont] vides, il en [a] gratté jusqu'aux centimes » (p. 404-405). Cette stratégie a maintenu le cours de l'action au plus haut, mais elle est risquée : toute la richesse de l'Universelle repose maintenant sur des actions, dont la valeur est susceptible de tomber.

Et, de fait, lorsque les cours s'effondrent, lorsque la valeur de l'action est au plus bas, la feuille de papier ne vaut plus rien que du papier, comme les actions de la Banque Universelle. « Les voilà presque retombées au prix du papier, oui ! du papier à la livre... », s'exclame la Méchain à la fin du roman (p. 484). L'or a disparu des caisses de l'Universelle, mais il n'a acheté que du vent. Les métaphores se multiplient alors pour dire cette abstraction, cette dématérialisation progressive : ce sont des « sacs d'écus qui fond[ent] au feu de la spéculation » (p. 392), « les millions [qui sont] fondus, la société [qui est] par terre, en poudre, il n'y [a] plus rien qu'un trou noir, où le feu sembl[e] avoir passé » (p. 417-418), comme la fortune des Beauvilliers, « fondue, emportée du coup » (p. 426-427). On constate déjà cette dématérialisation au début du roman, lorsque Saccard passe devant la fonderie du banquier Kolb, et entend la douce « musique de l'or » (p. 136) : Kolb achète des pièces pour les fondre en lingots ; les pièces deviennent lingots, et les lingots, pure musique. L'argent n'est plus qu'une fiction, un « conte des *Mille et Une Nuits* » (p. 136). Après tout, Sigismond a raison de « remuer les milliards », de « déplacer d'un trait de plume la fortune du monde » (p. 52) : l'argent, cette abstraction, circule aussi aisément que cela. Il est devenu une épure mathématique, une combinaison « de grandes choses, claires et logiques » (p. 254).

Ainsi séparé de la réalité, l'argent n'a plus de valeur rationnelle : le fossé se creuse entre la valeur en Bourse et la valeur réelle de l'entreprise. C'est pourquoi Mme Caroline prie Saccard d'abandonner l'idée d'atteindre le seuil des 3 000 francs ; elle veut faire redescendre le cours à sa « valeur réelle ». Mais rien n'y fait : « il n'y avait plus ni vérité, ni logique, l'idée de la valeur était pervertie, au point de perdre tout sens réel » (p. 368). Et, dans l'emballement final, « l'idée de la valeur de l'argent se trouvait abolie à ce degré de fièvre » (p. 395) : le cours monte « tandis que, dessous, sonn[e] le vide » (p. 328). Mais que peut bien valoir l'argent, lorsqu'une même action vaut un jour 3 000 francs, et à peine le prix du papier quelques jours après ?

b. Capital contre travail

Cette déréalisation de l'argent est encore plus flagrante si l'on considère l'opposition, systématique dans *L'Argent*, entre revenus du capital et revenus du travail. L'argent de la Bourse est irréel de ne reposer sur aucun élément tangible, de ne rémunérer aucun effort particulier (puisqu'on peut, comme Amadieu, s'enrichir par hasard). La rémunération du travail, au contraire, peut être évaluée de façon objective et rationnelle : c'est par exemple ce que suggère Sigismond, dans son discours proto-marxiste (voir l'introduction, p. 30 *sq.*, et l'encadré « L'argent dans l'œuvre de Marx », p. 200). Il propose en effet de supprimer « l'argent monnayé » et ajoute : « il faut tuer, tuer l'argent », car il « masque et favorise l'exploitation du travailleur » (p. 356). Il suffirait alors de le remplacer par des « bons de travail », qui viendraient rémunérer la réalisation concrète d'une tâche donnée. Ainsi, « les sources de la spéculation, des rentes gagnées sans travail, [seraient] taries » (p. 55) : telle est la solution radicale que Sigismond propose pour mettre fin au pouvoir déréalisant de l'argent. Si cette vision apparaît idéaliste et utopique, elle instaure pourtant un discours dissonant qui interroge les fondements de la spéculation. Cette réhabilitation du travail par Sigismond manifeste la force fictionnalisante de l'argent qui déréalise jusqu'au monde lui-même.

c. Le monde sans matérialité

Le monde de la finance n'a pas de chair ; il est strictement désincarné. Le personnage de Gundermann en est certainement le meilleur exemple. « On l'avait mis au régime du lait, il ne pouvait même plus toucher à une viande, ni à un gâteau. Alors, à quoi bon un milliard ? Jamais non plus les femmes ne l'avaient tenté : durant quarante ans, il était resté d'une fidélité stricte à la sienne ; et, aujourd'hui, sa sagesse était forcée, irrévocablement définitive » (p. 120). Comme un nouveau-né, le banquier ne se nourrit que de lait ; il n'a pas de corps ou presque, il est un pur esprit, un « homme chiffre » (p. 335) entièrement voué à l'argent. Ainsi, lorsque la baronne Sandorff tente de le séduire pour lui soutirer des informations, « il rest[e] bien calme, et il ne se recul[e] même pas, la chair morte, sans un aiguillon à réprimer » (p. 337). C'est que Gundermann a « réussi à sacrifier toutes ses passions à l'accroissement continu de sa fortune » (p. 419) ; dès lors, il n'y a pas de place pour l'amour, car la seule passion qu'il connaît, c'est « l'amour désintéressé de l'argent pour la puissance qu'il donne [1] » (p. 120).

Saccard envie parfois Gundermann de « n'avoir plus ni sang ni nerfs » : il affirme même que « ses veines charrient de la glace » (p. 477), comme si ce corps n'était pas vivant. Mais parfois aussi il s'interroge : « pourquoi cet or inutile ajouté à tant d'or, lorsqu'on ne peut acheter et manger dans la rue une livre de cerises, emmener à une guinguette au bord de l'eau la fille qui passe, jouir de tout ce qui se vend, de la paresse et de la liberté ? » (p. 120). On pourrait penser que Saccard est comme le négatif de Gundermann, qu'il est charnel, passionné, qu'il veut accumuler de l'argent pour les plaisirs qu'il permet de s'offrir. Et pourtant, il n'est pas différent de son ennemi juré : lui aussi vit « dans un tel désir, dans une telle anxiété, que ses autres appétits [vont] en rester comme diminués et paralysés » (p. 177). Et Saccard non plus n'a « jamais connu de grandes passions, étant de ce monde de l'argent, trop occupé, dépensant autre part ses nerfs » (p. 322). S'il n'y a pas de véritable histoire d'amour dans *L'Argent*, c'est que le monde de la finance anesthésie les corps, dissout les chairs, et rend impossible toute passion autre que l'argent. Ainsi, Saccard éprouve un plaisir intense en écoutant la « musique de l'or » du banquier Kolb : ils jouissent de « cette sonnerie si claire et exaspérée, dont leur chair frémi[t] toute, comme d'une note trop haute tenue sans fin sur les violons, jusqu'au spasme » (p. 137). Cette obsession de

1. On notera au passage l'étrange expression, presque oxymorique, « l'amour désintéressé de l'argent » : Gundermann aime l'argent pour l'argent, le considère comme une fin en soi, non comme un moyen de vivre dans le luxe.

l'argent gagne jusqu'à Nathalie, la fille de Dejoie : alors qu'elle voulait récupérer au plus vite les 6 000 francs nécessaires à son mariage avec Théodore, elle « aime mieux leur laisser faire des petits » (p. 339). Ce n'est plus elle qui enfante, mais l'argent : on ne saurait mieux signifier la désincarnation que ce dernier provoque.

L'amour de l'argent dématérialise donc les hommes mais aussi ce qui les entoure. Plus rien n'a d'existence à leurs yeux. Ainsi Saccard, juste après la débâcle, perd la perception du réel :

> Tout son être lui semblait vide ; mais, par un effort de volonté extraordinaire, il s'avançait, solide et droit. Ses sens seulement s'étaient comme émoussés, il n'avait plus la sensation du sol, il croyait marcher sur un tapis de haute laine. De même, une brume noyait ses yeux, une clameur faisait bourdonner ses oreilles. Tandis qu'il sortait de la Bourse et qu'il descendait le perron, il ne reconnaissait plus les gens, c'étaient des fantômes flottants qui l'entouraient, des formes vagues, des sons perdus (p. 414).

Partout où l'argent passe, la vie s'évanouit, se fige, comme dans la maison des Maugendre que Marcelle ne reconnaît pas (« l'air lui semblait autre », p. 342). On comprend mieux alors l'allusion au mythe de Midas : « un bonheur croissant changeait en or tout ce que la maison touchait » (p. 293). Cependant, il n'y a rien d'heureux à cela, au contraire : le roi de Phrygie Midas, qui d'après le mythe se vit offrir par Dionysos la faculté de changer en or tout ce qu'il touchait, comprit à ses dépens que ce pouvoir revenait à minéraliser le monde, à le faire disparaître, à le figer dans l'adoration de l'argent (voir l'encadré « L'argent dans la mysthologie grecque », p. 18).

3. Les fictions de l'argent

L'argent est une convention, sa valeur tend à se détacher de toute réalité, il dématérialise le monde et les êtres : l'argent va de pair avec la fiction.

a. La Bourse est un théâtre

Déréalisé, le monde semble fondé sur des apparences. Les locaux de la Banque Universelle à peine inaugurés ont une « honnêteté antique » (p. 167), « un air de probité antique » (p. 175). La nuance est de taille : l'Universelle n'est ni honnête, ni probe, elle en a juste « l'air », et c'est peut-être la seule chose qui compte. Donner la meilleure image de soi, au risque du mensonge, est la loi universelle : l'hôtel de Daigremont est d'un « luxe éclatant, que payaient, chaque quinzaine, les différences de Bourse, sans qu'on sût au juste ce qu'il y avait de solide derrière ce décor, toujours sous la menace d'être emporté par un caprice de la chance » (p. 400). Les Beauvilliers sont ruinées, mais elles tentent d'entretenir le « décor » de leur ancienne fortune à coup de « terribles lendemains de jeûne » (p. 428). Le pouvoir impérial lui-même évolue dans un décor de carton-pâte : l'Exposition universelle de 1867 est une « menteuse apothéose de féerie » (p. 214) car déjà tout se fissure.

La Bourse, surtout, n'est qu'un théâtre : Zola introduit explicitement la métaphore dès le premier chapitre, décrivant l'arrière de la Bourse « comme l'envers d'un théâtre, l'entrée des artistes » (p. 33). La scène se déplace ensuite à la Banque Universelle : la nouvelle salle du conseil est toute en « rouge et or, d'une splendeur de salle d'opéra » (p. 288). Et après les représentations des assemblées générales, écrites à l'avance et interprétées mécaniquement, Sabatini applaudit en « lanç[ant] des : brava ! brava ! comme au théâtre » (p. 316). Mais la pièce n'est pas toujours bonne : au milieu des drames de la finance, figurent quelques intermèdes comiques qui ne font rire personne. Ainsi, le triangle amoureux que constituent Delcambre, Sandorff et Saccard donne lieu à un mauvais vaudeville, où seule la bonne trouve qu'il s'agit d'une « bonne farce » (p. 271). À l'amant dans le placard se substitue un officiel dans la chambre de bonne (comme une discrète parodie de la célèbre première scène d'*Hernani* de Victor Hugo, où le roi doit se glisser dans un placard à balais pour surprendre les amants). La scène est d'ailleurs annoncée par une joyeuse réplique de Marcelle : « Imaginez-vous que nous allons au théâtre ce soir ! Oh ! c'est toute une histoire, il ne faut pas que ça coûte cher… » (p. 257). L'argent réduit l'amour à une sordide scène de vaudeville, une comédie à trois sous.

Dès lors, les personnages n'ont plus qu'à jouer un rôle. *L'Argent* est ainsi peuplé de personnages types, souvent réduits à des clichés. Bien sûr, le naturalisme de Zola l'amène à singulariser la plupart de ses personnages, du moins les principaux ; mais il semble assumer, dans *L'Argent* plus peut-être que dans tout autre volume des *Rougon-Macquart*, de proposer à ses lecteurs une galerie de stéréotypes, du banquier juif (Gundermann, Kolb) au vieil aristocrate décoratif (Robin-Chagot), en passant par le nouveau riche (Jantrou) ou les charognards (la Méchain corbeau, Busch vampire). L'usage des types déréalise les personnages, dont la fiction est ainsi accusée. Même les personnages plus singuliers sont assimilés à des comédiens jouant un rôle : le marquis de Bohain est « tout un personnage » (p. 129), Delcambre se cache derrière « la glaciale sévérité de son masque professionnel » (p. 266), et Saccard lui-même, impassible avant le désastre, semble porter « un masque, posé sur les effroyables préoccupations qui auraient torturé tout autre » (p. 406). Quant aux clichés racistes (Sabatini le Levantin), antisémites (Gundermann) ou sexistes (les femmes et l'argent), ils sont nombreux dans le roman [1]. Sous l'effet de l'argent, le monde et les êtres n'ont ainsi

1. Notons cependant qu'ils ne sont jamais assumés par le narrateur, mais par les personnages eux-mêmes : ce sont eux qui, pervertis par l'argent déréalisant, limitent leur perception du monde à quelques clichés structurants.

plus de réalité : ils se limitent à quelques stéréotypes, à des jeux mécaniques, à des rôles de comédie.

b. Argent, rêves et illusions

Si l'argent désincarne le monde, c'est aussi parce qu'il est une puissante machine à rêves : le mot et ses dérivés (le verbe *rêver*, le substantif *rêveur*...) apparaissent soixante-dix fois dans le roman. On ne s'attend pas, *a priori*, à ce qu'un récit sur la Bourse et les milieux financiers soit à ce point attentif aux songes des hommes ! C'est que l'argent pousse les gens au fantasme : n'étant rien, il peut se substituer à tout rêve.

Ainsi Marcelle rêve de pouvoir donner l'argent de sa famille à son mari : « c'était son conte de fées, sa *Cendrillon* à elle : les trésors de sa royale famille, qu'elle mettait, de ses petites mains, aux pieds de son prince ruiné » (p. 224). Hamelin, qui traverse « la vie en dormeur éveillé » (p. 302), nourrit des rêves de refondation religieuse. Même sa sœur, Mme Caroline, cède parfois aux charmes de l'utopie. La princesse d'Orviedo rêve de racheter les fautes de son mari en pratiquant la charité : son excentricité financière est certainement le fruit de son « imagination déréglée » (p. 139). Saccard lui-même est un rêveur, peut-être le plus grand de tous. Son « continuel rêve de l'énorme » (p. 174), c'est « la conquête de Paris » (p. 69), qui lui donne son infatigable énergie au prix de l'illusion et du mensonge où il s'enferme pour finir par ne plus voir la réalité : après la débâcle, « Saccard, inconscient, promettait encore de sauver la situation, avec un aveuglement d'espoir, un entêtement de bravoure extraordinaires » (p. 424).

Si certains s'entêtent dans l'illusion, d'autres connaissent une brutale désillusion. Mme Caroline prend conscience de la vraie nature de Saccard, « comme un brusque déchirement du voile » (p. 279). Hamelin constate la fin de ses projets et verse « des larmes de douleur et de colère » (p. 417). Le retour à la réalité est douloureux : on ne sort pas indemne du rêve d'argent. La lucidité, d'ailleurs, est souvent pessimiste dans *L'Argent* ; les réalistes semblent désabusés, comme faussement détachés.

Mais mieux vaut peut-être cette lucidité lasse que les fictions du rêve : Sigismond montre le danger de l'illusion. Le marxiste vit et travaille en hauteur, au-dessus de la Bourse, « au-dessus de la brume dont la pluie emplissait le fond des rues » (p. 353), au-dessus de la réalité, dans les hauteurs de l'idéal, détaché de toutes les contingences pratiques. Il est « tellement insoucieux de sa vie matérielle qu'il serait sûrement mort de faim, si son frère ne l'avait recueilli » (p. 51). C'est que le rêve tue à force de déréaliser le monde, d'enfermer le rêveur dans la fiction [1]. Sigismond donne en effet « à sa chimère le peu qu'il lui rest[e] d'existence », « s'assassin[e] avec des idées folles » (p. 178). Peu à peu, il devient un pur esprit, « lui qui ne mangeait plus, qui ne dormait plus, qui achevait

1. Au point que Sigismond prend ses rêves pour la réalité, ou presque : « Ah ! cette société, comme je la vois nettement à cette heure, créée enfin, complète, telle que je suis parvenu, après tant de veilles, à la mettre debout ! » (p. 358).

de mourir sans besoins, au milieu de la nudité de sa chambre » (p. 358). Le personnage n'existe plus que dans son obsession de la logique, de la preuve irréfutable, « sur le papier, mathématique, définitive » (p. 358). Il rejoint alors Gundermann, autre grand désincarné à l'obsession mathématique : l'une des originalités de *L'Argent* est ainsi de renvoyer dos à dos l'abstraction financière et l'abstraction marxiste, qui toutes deux consistent en un refus du réel. La spéculation et l'utopie font subir au monde la même désincarnation : à ce titre, elles sont toutes deux de pures fictions.

c. Pouvoirs de la fiction

Dans l'univers dématérialisé de l'argent, où le rêve l'emporte sur la réalité, la maîtrise de la fiction est une arme : inventer des histoires, c'est contrôler les rêves des hommes, c'est peupler le monde désincarné de simulacres séduisants.

- **Les mensonges de la finance**

L'argent est une fiction que la finance exploite à sa convenance : il faut mentir pour manipuler le public et attirer les capitaux. Le mensonge permet d'idéaliser les choses, par un véritable « jeu d'écritures » (p. 253) : les financiers sont des romanciers, qui produisent de la fiction pour séduire leur public... Au fil du texte, le mensonge se fait plus présent, et moins discret : la hausse des cours est un « surchauffement mensonger de toute la machine, au milieu des souscriptions fictives » (p. 306). Les prête-noms dupent la Bourse en faisant acheter des titres par la société sans que cela soit visible : ainsi, lorsque Saccard affirme que la Banque ne détient aucun de ses titres, « il men[t] au fond », mais préserve les apparences, car « la société n'[a] pas un seul titre à son nom, puisque Sabatini et d'autres la couvr[ent] » (p. 317). La Bourse est un « monde de mensonge et de ruse » (p. 371) dans lequel, « si l'on a le malheur d'écouter tout ce qu'on invente d'inepte et de contradictoire, on est certain de se casser la figure » (p. 402).

- **Le règne de la rumeur**

La Bourse est une immense machine à produire des fictions, vraisemblables ou légendaires. La rumeur ne cesse de courir, « chuchotée à l'oreille, démentie, toujours renaissante, quoique sans preuve possible » (p. 373). *L'Argent* est parcouru de « bruits » (p. 346), de « commérage[s] » (p. 371), comme ceux de la Méchain qui répète « l'affaire Sicardot », cette « histoire romanesque qu'elle aimait conter » (p. 46). Environnés de on-dit et de contes, les individus deviennent des personnages de légende. Saccard est l'objet de « rumeurs extraordinaires » qui lui « prédis[ent] la royauté » (p. 176) ; on raconte partout sur lui « des choses très belles », qui parviennent même aux oreilles des Beauvilliers (p. 299) ; de même, Daigremont est le héros d'« histoires extraordinaires » (p. 132) et la princesse d'Orviedo une figure de « légende [...] romantique » (p. 65).

Les personnages de *L'Argent* sont environnés de fictions qui paradoxalement produisent des effets bien réels. C'est ce que montre, dès le premier chapitre du roman, l'édifiant épisode des actions Suez : au départ, « de mauvais bruits couraient sur les travaux de Suez » (p. 19). Puis Moser amplifie la rumeur en prétendant, sans aucune preuve, que les Anglais pourraient attaquer la France pour empêcher l'avancée du percement. « C'était incroyable, et tout de suite le mot vola de table en table, acquérant la force d'une certitude » (p. 19) : la rumeur devient « certitude » parce qu'elle est « incroyable » ! Sur quelques gestes mal interprétés d'Amadieu, « un bourdonnement de panique s'éleva » : « la fausse nouvelle, venue on ne savait d'où, née de rien, grossissait comme une nuée d'orage » (p. 20). Moser lui-même en oublie qu'il a tout inventé ; il est victime de sa propre rumeur, dont la fiction devient peu à peu réalité. Cette réalisation de la fiction se vérifie quelques pages plus loin, lorsque Massias informe Saccard : « Voilà le Suez qui dégringole. On parle d'une guerre avec l'Angleterre. Une nouvelle qui les révolutionne, et qui vient on ne sait d'où... Je vous le demande un peu, la guerre ! qui est-ce qui peut bien avoir inventé ça ? À moins que ça ne se soit inventé tout seul... » (p. 37).

Ainsi, dans *L'Argent*, la réalité devient fiction, dans la déréalisation que l'argent impose au monde, et la fiction devient réalité, dans la réalisation des rumeurs par le marché : le roman de Zola est aussi une brillante réflexion sur les rapports qu'entretiennent la réalité et la fiction.

- **La fiction médiatique : journaux et publicité**

Le but des maîtres de la haute finance, comme Saccard, est donc de contrôler l'opinion ; or les rumeurs sont volatiles, leur fonctionnement est irrationnel : il s'agit donc de les détourner à son profit. Tel est le rôle dévolu à la presse et à la publicité, relais des fictions boursières.

La presse contrôle et diffuse l'information financière : c'est pour cette raison que Saccard et Jantrou créent une agence d'annonces, et l'adossent à *L'Espérance* et aux différentes feuilles d'informations boursières qu'ils ont rachetées (p. 292). Disposer des renseignements est nécessaire à l'attaque, mais ce n'est pas tout. Il faut aussi exploiter les rumeurs, en lancer, pour influer sur le cours des actions. Les journaux constituent ainsi comme une caisse de résonance pour les différents bruits, produisant un « effet énorme » (p. 317), et rejoignent par là la publicité. Sous l'impulsion de Jantrou, Saccard couvre Paris « de grandes affiches jaunes » annonçant la future exploitation des mines du Carmel (p. 213), remplit ses journaux de « nombreuses réclames [...] en forme de recommandations et de conseils » (p. 218) – réclames « énormes et mensongères » (p. 272) –, organise une « campagne » de communication, retranscrite par l'intermédiaire de la métaphore militaire (p. 218). Jantrou, ne reculant devant rien, et surtout pas le bon goût, rêve de faire tatouer le message « Achetez de l'Universelle ! » entre les cuisses des filles de joie (p. 317) ! C'est qu'il faut « faire croire toujours à plus de succès » (p. 273), et pour cela soigner l'image de marque de la société. De là aussi le nouveau palais de l'Universelle, dont l'effet sur l'image de la banque est immédiat. « Le succès de l'hôtel était prodigieux, dépassait en vacarme efficace les plus extraordinaires réclames de Jantrou » (p. 289).

Ainsi, la publicité, « poussée formidable » (p. 293), ajoute du bruit au bruit, amplifie la rumeur de ses « trompettes » (p. 317). Nombreux sont ceux qui succombent : les petits actionnaires « naïfs », tels les moutons de Panurge, suivent aveuglément la rumeur, véritable « troupeau » (p. 165), « effrayante cohue des petits » (p. 318). Maxime méprise ces « gobeu[rs] » (p. 195), prêts à avaler n'importe quel mensonge ; Saccard et Jantrou se caractérisent par « leur dédain immense du public, le mépris de leur intelligence d'hommes d'affaires pour la noire ignorance du troupeau, prêt à croire tous les contes » (p. 221). Les victimes se multiplient : même la jeune Nathalie, indifférente d'abord, se laisse prendre au jeu de la spéculation, car la lecture des feuilles financières remplace chez elle celle des romans, et provoque d'étranges rêves pour une jeune fille : « jamais on ne s'en lasserait, tant c'est beau, tout ce qu'ils promettent. Quand je me couche, j'en ai la tête pleine, j'en rêve la nuit » (p. 339).

Mais manipuler la fiction risque de faire perdre de vue la réalité. C'est ce qui arrive à Jantrou, le maître illusionniste de Saccard : « Placé à la source des bruits, les fabriquant lui-même au besoin, il se comparait plaisamment à un horloger, qui vit au milieu de centaines de pendules, et qui ne sait jamais l'heure exacte. Grâce à son agence de publicité, s'il était dans toutes les confidences, il n'y avait plus pour lui d'opinion unique et solide, car ses renseignements se contrecarraient et se détruisaient » (p. 332). Saccard lui-même ne vit plus « que dans la fiction exagérée de son triomphe » (p. 366).

- **Naissance du *storytelling* : les pouvoirs du récit**

Ce qu'ont compris les personnages de *L'Argent*, c'est l'importance de la narration, son pouvoir, en une sorte de genèse de ce qu'on appelle aujourd'hui le *storytelling*, c'est-à-dire « une machine à raconter » qui « plaque sur la réalité des récits artificiels, bloque les échanges, sature l'espace symbolique de séries et de *stories* » : « ainsi, l'art du récit [devient] à l'enseigne du *storytelling* l'instrument du mensonge d'État et du contrôle des opinions [1] ».

C'est le métier de Busch que de raconter des histoires et d'en vendre : il accumule dans son bureau des piles de vieux papiers, de valeurs déclassées, de billets, et construit des fictions financières. Ainsi, les « banqueroutiers qui ont des trous à combler » (p. 41) lui achètent des titres sans valeur, justifiant leur propre faillite par celle de sociétés dont ils n'ont jamais été actionnaires. Quand il s'empare d'une histoire avec sa

1. Christian Salmon, *Storytelling*, La Découverte, 2007.

comparse la Méchain, il la développe jusqu'à en faire un roman : « cette affaire, mais nous l'avons nourrie pendant des mois, nous y avons rêvé, nous y avons travaillé comme à un de nos chefs-d'œuvre » (p. 361). Parfois, Busch raconte des histoires pathétiques pour soutirer de l'argent à ses victimes : à la justice, il narre « le mélodrame d'une fille morte d'ivrognerie et d'un enfant grandi dans le ruisseau » (p. 423) pour faire payer Saccard ; pour Mme Beauvilliers, « il avait inventé une histoire, la reconnaissance perdue, retrouvée au fond d'une malle » (p. 457). Et à Saccard lui-même, il envisage de « raconter des choses… – Des choses terribles », ajoute la Méchain (p. 363).

Saccard, lui, ne fait ni dans le terrible ni dans le pathétique, mais dans le conte merveilleux. Est-ce un hasard si les *contes* et les *comptes* ont une étymologie commune ? Dans les deux cas, c'est le même plaisir du *comput*, d'énumérer et de dresser des listes. Lorsque Saccard refait les comptes de la princesse d'Orviedo, il éprouve « l'unique plaisir de régler cette folle danse de millions qui l'enthousiasm[e] » (p. 68), comme s'il vivait « dans un conte merveilleux des *Mille et Une Nuits* » (p. 294). Sa force, c'est de vendre des récits fabuleux qui flattent l'imagination publique. Les visiteurs de de la Banque Universelle y voient les coffres-forts, « rangés comme les tonneaux des contes, où dorment les trésors incalculables des fées » (p. 289). « C'étaient les cavernes mystérieuses des *Mille et Une Nuits* qui s'ouvraient, les incalculables trésors des califes qu'on livrait à la convoitise de Paris. Tous les rêves, chuchotés depuis des mois, semblaient se réaliser devant l'enchantement public » (p. 318). Saccard persuade en racontant : Mme Caroline, en l'écoutant, « vo[it] réellement se lever la civilisation prédite » (p. 95). En ce sens, Saccard est bien un « poète » : sa « parole ardente » métamorphose « une affaire d'argent en un conte de poète » (p. 127), il est parfois pris d'une « ardeur lyrique » (p. 145) qui le transforme en « poète du million » (p. 276). « Et en vérité, il devenait grand, le geste dans les étoiles, en poète de l'argent que les faillites et les ruines n'avaient pu assagir » (p. 306). Avec l'argent, Saccard sait « créer un monde, faire de la vie » (p. 287) : il a le pouvoir de réaliser la fiction, et de fictionnaliser la réalité.

B. L'argent, un pouvoir

L'argent, grâce aux fictions qui s'y rattachent, détient donc un véritable pouvoir : il peut déréaliser le monde, griser les masses, les faire vivre dans l'illusion. Mais ce n'est pas sa seule puissance. Par sa circulation, par les échanges et les réseaux qu'il fait naître, il est au cœur de tous les pouvoirs. Dès lors, il fait l'objet de luttes acharnées, car qui le possède est un véritable dieu.

1. L'argent au centre des pouvoirs

L'argent est au centre de différents pouvoirs dont il provoque la collusion. Tous les milieux s'organisent et se structurent par rapport à lui : il apparaît comme le maître absolu du monde.

a. Le cœur du réseau

L'appât du gain favorise les collusions. La première connivence est celle de la finance et de la presse : comme l'affirme Jantrou à Saccard, avoir « un journal, c'est une force » (p. 151). Par la suite, les deux hommes corrompent les « grands journaux politiques et littéraires » (p. 218) pour s'attirer leurs faveurs. D'emblée, donc, *L'Argent* montre l'entente des sphères financière et médiatique. Vient s'ajouter la politique, avec le député Huret, « domestique » (p. 127) du « grand homme », le ministre Eugène Rougon. Il apporte la caution politique à cette coalition d'intérêts, mais joue surtout le rôle d'informateur. C'est grâce à son indiscrétion que Saccard peut jouer à la hausse dans un marché baissier, et ainsi encaisser d'énormes différences (p. 242) : « initié [1] » par le député, Saccard profite de cette information pour s'enrichir aux dépens de ses adversaires. Car le spéculateur doit être informé par des sources extérieures pour pouvoir anticiper ; Gundermann a ainsi mis en place « toute une police obséquieuse qui le renseignait » (p. 336) ; quant à Daigremont, c'est aux informations de Delarocque qu'il doit de ne pas sombrer dans la tempête finale (p. 316).

Les maîtres de la finance doivent donc leur pouvoir à la position stratégique qu'ils occupent, tel Gundermann, cette mer dans laquelle se jettent « tous les fleuves de l'or », comme un « engouffrement de la richesse publique au fond de cette richesse d'un seul, toujours grandissante » (p. 114). L'argent provoque la concentration des pouvoirs (à l'opposé du collectivisme souhaité par Sigismond) en un réseau infini qui étend ses ramifications sur le monde, comme les lignes de chemin de fer projetées finissent par couvrir toute la surface du globe, comme « le filet de l'industrie moderne jeté sur l'Asie » (p. 316). L'homme qui est au cœur de ce réseau contrôle le monde : tel est le pouvoir de l'argent.

b. L'argent roi

Celui qui contrôle l'argent et sa circulation est le vrai roi, devant l'empereur même. Au début du roman, Gundermann est le maître incontesté de la Bourse, et la métaphore monarchique revient de façon régulière : Gundermann est « le banquier roi, le maître de la Bourse et du monde » (p. 25), le « roi de l'or » (p. 26). Cette domination semble n'avoir aucune limite : il est « le vrai maître, le roi tout-puissant, redouté et obéi de Paris et du monde » (p. 114). Mais cette « royauté universelle »

1. Rappelons cependant qu'à l'époque à laquelle le roman se déroule ce n'est pas encore un délit : le « délit d'initié » n'apparaît en effet qu'en 1970.

de Gundermann (p. 118) l'isole du reste du monde ; tel le monarque absolu, il semble toujours « comme seul, dans sa royauté, au milieu de la foule » (p. 247). La concentration des richesses et des pouvoirs dans ses seules mains le singularise.

Or Saccard vient bientôt contester son règne : grâce à son ascension fulgurante, il conquiert à son tour le pouvoir de l'argent. Au sommet de sa gloire, dans le nouveau « palais » de la Banque Universelle, il s'est réservé un bureau très symbolique, au mobilier « Louis XIV » (p. 289). Ce « cabinet Louis XIV » voit « le défilé d'une cour venant comme au lever d'un roi, des courtisans, des gens d'affaires, des solliciteurs, une adoration et une mendicité effrénées autour de la toute-puissance » (p. 295). L'analogie est évidente : c'est au tour de Saccard d'être le monarque absolu, le Louis XIV de la finance. Le conseil d'administration de la Banque Universelle ressemble alors à une « réunion de ministres royaux », autour du fauteuil du président qui est un « véritable trône » (p. 311).

C'est qu'une profonde mutation sociale a eu lieu, au cours de laquelle le pouvoir a changé de mains. Le pouvoir du nom et de la naissance, des Beauvilliers ou du marquis de Bohain, n'a plus cours. Les Beauvilliers s'inclinent devant leur nouveau roi, et Saccard est « flatté de voir les deux pauvres femmes, les dernières d'une grande et antique race, si confiantes, si anxieuses devant lui » (p. 297). L'ancienne noblesse, écrasée par ce nouveau pouvoir de l'argent, par ces nouveaux riches, joue un rôle décoratif. Aussi le marquis de Bohain est-il « la fleur de la noblesse, [...] le plus bel ornement du conseil » (p. 312). Cependant, d'une domination à l'autre, de l'aristocratie d'Ancien Régime aux nouveaux riches du second Empire, le pouvoir reste aux mains de quelques-uns, loin de l'égalitarisme rêvé par Sigismond.

2. La guerre de l'or aura bien lieu

Devenir le maître de la Bourse n'est pas de tout repos : il faut mener une guerre sans merci et utiliser toutes les armes. *L'Argent* constitue ainsi une épopée du capitalisme moderne, ce que traduit l'omniprésente métaphore militaire. Pourtant, c'est une épopée sans véritable héros.

a. Le modèle guerrier

La métaphore guerrière apparaît dès le premier chapitre ; lorsque Saccard fait le tour de la Bourse, Zola écrit qu'il fait « le siège du monument, qu'il l'enserr[e] d'un cercle étroit, pour y rentrer un jour en triomphateur » (p. 28). Par la suite, l'analogie comparant la spéculation à une campagne militaire revient très régulièrement, parfois sous la forme d'une métaphore filée sur une ou deux pages (voir p. 30, 35, 60, 70, 100, 119, 122, etc.). La comparaison est parfois explicite, avec le parallèle entre les succès de Saccard et les victoires de Napoléon Ier : « ce fut sa grande journée, celle dont on parle encore, comme on parle d'Austerlitz et de Marengo » (p. 389). La symétrie est plus frappante encore dans le chapitre X, où la débâcle de Saccard rejoint le désastre de Waterloo : « Comme à Waterloo, Grouchy n'arrivait pas, et c'était la trahison qui achevait la déroute » (p. 409-410) [1].

Comme tout général, le spéculateur a ses armées. Pour Saccard, il s'agit des petits actionnaires, « l'armée fanatisée qui arme les maisons de crédit d'une force invincible » (p. 162). Quant à Gundermann, il « avait dans ses caves son milliard, d'inépuisables troupes qu'il envoyait au massacre, si longue et si meurtrière que fût la campagne » (p. 391) ; ainsi, « il levait l'armée des six cents millions et les faisait tuer pour sa gloire, victorieux enfin au milieu des désastres » (p. 395). Mais, comme dans toute bataille, ces généraux de la finance vivent parfois des heures difficiles : lorsque Saccard perd des soutiens, des « soldats de l'Universelle » (p. 367) qui se mettent à jouer contre la banque, il parle de « défections » (p. 331), de « traîtres qui pass[ent] à l'ennemi » (p. 367).

Enfin, ces batailles financières qui rythment la « dure guerre de la spéculation » (p. 70) s'achèvent parfois dans le sang. C'est ce qu'annoncent déjà, au début du chapitre X, les fiches de Jacoby, « d'un rouge frais de sang répandu » (p. 380). La déroute de Saccard provoque de nombreuses victimes. La faillite se transforme en mort symbolique : les Beauvilliers promènent « leur mortelle mélancolie sous les squelettes verdâtres des arbres centenaires » (p. 428), les yeux de Dejoie semblent « morts, dans sa face décomposée » (p. 428), Mme Caroline n'a plus qu'à « compt[er] ses morts » (p. 440). Et parfois même la métaphore se réalise : la mort symbolique de la faillite provoque la mort réelle de Mazaud, dont le suicide constitue l'un des sommets pathétiques de l'œuvre (p. 446 *sq.*).

b. Deux camps opposés

Dans le premier chapitre, les forces sont encore dispersées : la grande bataille n'a pas encore commencé. Mais peu à peu, chacun choisit son camp, comme si la violence des hostilités obligeait tout le monde à prendre position. *L'Argent* se résume finalement à l'affrontement de deux armées, sur le champ de bataille de la Banque Universelle : d'un côté, autour de Gundermann, les baissiers, qui parient sur l'effondrement du cours de l'action ; de l'autre, autour de Saccard, les haussiers, qui espèrent que le cours va continuer à monter. Quelques francs-tireurs, comme Daigremont, jouent une position après l'autre et passent des haussiers aux baissiers.

1. Notons que la métaphore est filée depuis la p. 401.

FORCES EN PRÉSENCE DANS LE CHAPITRE X[1]			
Armée	Haussiers	Baissiers	Francs-tireurs
Général	Saccard	Gundermann	Daigremont
Agent de change	Mazaud	Jacoby	Delarocque
Remisier	Massias		
Spéculateurs	Sabatini Sédille Maugendre Beauvilliers Dejoie	*(L'absence de spéculateurs identifiables s'explique par le fait que Gundermann joue ses propres millions)*	Le marquis de Bohain Huret Kolb La baronne Sandorff
Spéculateur type	Pillerault, le casse-cou	Moser, le craintif	Salmon, l'énigmatique

La bipolarisation du combat s'illustre surtout dans les antithèses systématiques qui opposent Gundermann et Saccard. Les deux hommes ont en effet des caractères contraires : Saccard est un « casse-cou », un « fou passionné », tandis que Gundermann est « froid, [...] maître des faits et des hommes » (p. 254) ; agissant « raisonnablement », dans une « absolue croyance à la logique », il est un « joueur mathématique », limitant les risques du hasard par une approche qui se veut rigoureuse (p. 334-335). Ces oppositions de caractère fondent aussi leur stratégie : à la passion irrationnelle, le jeu du haussier ; au calcul froid et mathématique, le jeu du baissier. Ainsi, Zola oppose explicitement « l'entêtement calme et logique de l'un à vendre » à « l'enfièvrement de passion à toujours acheter qu'on soupçonnait chez l'autre » (p. 374). Ces antithèses s'appliquent aussi aux lieutenants des deux adversaires, c'est-à-dire à leurs agents de change : Mazaud, l'agent de Saccard, et Jacoby, celui de Gundermann, s'opposent terme à terme, « le jeune favorisé par la chance, le vieux arrivé à l'ancienneté » (p. 110). L'opposition des deux camps est de plus accentuée par l'intervention de la religion : le camp des haussiers est catholique, celui des baissiers est juif. L'antisémitisme de Saccard n'est donc pas seulement l'expression des clichés racistes de l'époque, il est aussi la traduction d'un antagonisme viscéral.

c. Le déroulement des opérations

La guerre de la Banque Universelle se résume donc à la confrontation de baissiers et de haussiers. D'abord, les deux camps se constituent, s'observent, sans oser porter le premier coup. Saccard tente une

1. Le lecteur dispose d'informations beaucoup plus nombreuses pour le camp de Saccard que pour le camp de Gundermann. Cela s'explique évidemment par le fait que le personnage principal de *L'Argent* est Saccard ; mais cela permet aussi d'accentuer l'impression d'omnipotence que dégage Gundermann : « Tout homme présent était peut-être le mystérieux soldat de Gundermann. Et c'était contre cette armée insaisissable et partout agissante que luttait Saccard, en personne, à front découvert » (p. 372).

Une journée à la Bourse

Le matin, le spéculateur est à la recherche d'informations : il lit les feuilles financières, rencontre d'autres spéculateurs pour deviner ce qu'ils vont jouer, et cultive ses relations avec les grands noms de la finance, tels Gundermann ou Saccard. C'est ce qui explique l'incessant ballet des solliciteurs, chez l'un et chez l'autre. Il peut aussi aller chez son **agent de change** : il passe alors directement ses ordres, d'achat ou de vente, pour l'après-midi. Lorsque vient l'heure du déjeuner, il peut manger dans l'un des restaurants de la place de la Bourse, comme le célèbre Champeaux. Là, il croise d'autres spéculateurs et tente de sentir les dernières tendances. C'est chose difficile, car les rumeurs vont bon train et provoquent parfois des réactions irrationnelles. Pendant ce temps, les **remisiers** (comme Massias) sillonnent la place à la recherche d'ordres : le spéculateur leur passe un ordre d'achat ou de vente, qu'ils vont transmettre à l'aide d'une fiche de couleur à un agent de change. Les remisiers sont payés à la commission, recevant une « remise », c'est-à-dire un pourcentage sur le courtage reçu par l'agent de change.

À treize heures, la cloche de la Bourse retentit : la séance s'ouvre. Autour de la **corbeille**, les agents de change (comme Mazaud, Jacoby et Delarocque) échangent les titres, offrent ou demandent des actions. C'est sur cette loi de l'offre et de la demande qu'est fixé le cours d'une action : celui-ci est inscrit sur le tableau de la cote par les **coteurs**. L'agent de change ne travaille pas seul ; il est accompagné de **commis** qui lui transmettent les ordres venant de la salle, par l'intermédiaire des fiches de couleur, ou les dépêches susceptibles de faire varier les cours (c'est par exemple le rôle de Flory). Le spéculateur peut aussi jouer à la **coulisse** : marché officieux dans lequel s'échangent des titres non inscrits à la Bourse, elle se tient sous le péristyle du palais Brongniart ; ce sont les **coulissiers** (comme Nathansohn) qui l'animent. Enfin, à quinze heures, le dernier coup de cloche retentit et marque la fin de la séance ; les coteurs notent sur le tableau le dernier cours de chaque action.

Les spéculateurs qui **jouent au comptant** encaissent ou paient leurs différences à la fin de chaque séance : ce sont généralement de petites sommes qu'ils jouent au jour le jour (sur le modèle du capitaine Chave). Mais la majorité des spéculateurs jouent de plus grosses sommes, et les **jouent à terme**. Cela permet d'accroître les gains potentiels, mais augmente aussi les risques. Dans le marché à terme, on parie sur le cours d'un titre à une date ultérieure, en s'engageant à acheter ou à vendre, le jour de la **liquidation** (le 15 ou le dernier jour du mois), une certaine quantité de valeurs à un cours convenu. Les **baissiers** parient sur la baisse du titre ; au contraire, les **haussiers** parient sur sa hausse.

À côté de la Bourse officielle, de la corbeille et de la coulisse, des **bourses officieuses**, en partie illégales, contribuent au jeu de la spéculation : c'est par exemple le cas de la petite Bourse de huit heures, qui se tient sur le trottoir du boulevard des Italiens. Enfin, le marché des « Pieds humides » est un peu le cimetière des valeurs déchues, où s'échangent les titres de compagnies en faillite. Certains, comme la Méchain, s'enrichissent de ce trafic en proposant ces titres à des spéculateurs qui souhaitent gonfler leur passif de façon artificielle.

conciliation auprès de Gundermann, en vain : ce dernier refuse de participer à l'entreprise de la Banque Universelle. « Avec vous, jamais de la vie !... » oppose-t-il fermement à Saccard (p. 121). Dans l'esprit de ce dernier, Gundermann devient alors « le sale juif » (p. 122) ; les hostilités sont lancées.

La première bataille est remportée par Saccard. Grâce aux indiscrétions de Huret, Saccard sait que l'annonce prochaine de la paix austro-prussienne va faire remonter les cours. Il joue à la hausse, quand tout le monde ou presque joue encore à la baisse : à la liquidation suivante, il empoche des millions. Face à lui, « la haute banque, la banque juive surtout, [a] essuyé une défaite terrible, un vrai massacre » (p. 250). Les haussiers ont le vent en poupe. Le cours de la Banque Universelle ne cesse de monter, dans la confiance absolue des marchés. Les rares baissiers encore debout font profil bas : ils continuent à perdre de l'argent à chaque liquidation, en espérant de meilleurs lendemains.

Mais le cours de la Banque Universelle continue de progresser, pour atteindre des valeurs totalement injustifiées. Les baissiers sentent alors que leur heure est venue : ils commencent à attaquer. Saccard constate la « résistance [d']un groupe de baissiers qui pren[nent] position, engageant la lutte, timides encore, dans de simples combats d'avant-poste » (p. 330). C'est évidemment Gundermann lui-même qui est « à la tête du groupe des baissiers qui commenc[ent] à manœuvrer » (p. 333). Vient le moment de la bataille finale : « c'est la guerre, mon ami ! Il n'y a plus rien à ménager, tapez-moi sur toutes ces fripouilles !... Ah ! je vais donc pouvoir enfin mener la bataille comme je l'entends ! » s'exclame Saccard (p. 351). Cette « décisive bataille » (p. 369) occupe tout le chapitre X, sommet dramatique de l'œuvre, et s'ouvre sur la rencontre fortuite de Moser et Pillerault, symboles respectifs des baissiers et des haussiers (p. 369). Les haussiers semblent d'abord prolonger leur triomphe insolent ; mais, à la liquidation du 15 janvier, les baissiers empochent des différences pour la première fois. C'est le début de la fin pour les haussiers. Le grand désastre est annoncé dès « la petite Bourse de huit heures », le soir précédant l'historique défaite. Déjà, « la panique commenc[e] », et la bataille du lendemain est le Waterloo des haussiers. Gundermann a définitivement gagné la guerre de l'argent.

d. Un traitement épique

L'omniprésence de la métaphore militaire traduit le traitement épique de son sujet par Zola. La guerre de l'argent devient, sous la plume du romancier naturaliste, l'épopée des temps modernes, avec ses batailles légendaires et ses grandioses croisades. Mais les héros capitalistes ne sont pas sans ambiguïtés.

- **La dramatisation des batailles**

Pour dramatiser le coup de Saccard et Huret à la hausse, Zola écrit : « ce fut une Bourse mémorable, une de ces grandes journées de désastre, d'un de ces désastres à la hausse, si rares, dont le souvenir reste légendaire » (p. 248). L'épisode est ainsi introduit comme une bataille héroïque, un exploit guerrier sans précédent qui entrerait immédiatement dans la légende, comparable aux prouesses d'Achille. La suite est dans la même veine, comme si l'intégralité de la séance était vue à travers un filtre épique. C'est « une mêlée inexprimable, une de ces batailles confuses où tous se ruent » (p. 249). Comme souvent, Zola dramatise encore la scène par l'usage d'une sorte de *crescendo*, de gradation sonore qui progresse peu à peu, jusqu'à l'étourdissement : « ce fut alors un frémissement, une houle croissante », puis « une clameur, qui grossissait avec la voix haute d'une marée d'équinoxe », enfin un « effroyable vacarme » (p. 249). Zola reprend les mêmes procédés de dramatisation pour la première bataille du chapitre X (p. 369-386), qui fait culminer l'image de la marée montante dans la métaphore filée de la tempête (p. 387).

En revanche, le jour du désastre final se singularise nettement : les bruits semblent étouffés, « ce n'était plus l'éclat tumultueux des grands jours de hausse, l'agitation, le vacarme d'une marée, débordant de toutes parts en conquérante. On ne courait plus, on ne criait plus, on se glissait, on parlait bas, comme dans la maison d'un malade » (p. 405). Paradoxalement, ce silence dramatise l'épisode plus nettement. Et, au moment où tout le monde prend conscience de la chute, l'image est plus saisissante encore : « Par un singulier effet du vent de désastre qui traversait la salle, l'agitation s'y était figée, le vacarme s'y mourait, comme dans la stupeur d'une grande catastrophe. Un silence effrayant régna, lorsque, après le coup de cloche de la clôture, le dernier cours de 830 francs fut connu » (p. 410-411).

- **La croisade de l'argent**

La guerre menée par Saccard et la Banque Universelle n'est pas une guerre comme les autres. Plus encore que la victoire sur le champ de bataille de la Bourse, ils visent en effet la conquête économique du Proche-Orient. C'est le rôle attribué à toutes les sociétés détenues par l'Universelle, et conçues d'après les projets de l'ingénieur Hamelin, en un projet digne de « Napoléon » (p. 318). Cette ambition fait rêver les foules, les incite à investir dans la Banque Universelle ; les femmes, en particulier, s'enthousiasment pour cette « nouvelle Croisade, comme elles dis[ent], la conquête de l'Asie, que les croisés de Pierre l'Ermite et de saint Louis n'avaient pu faire, et dont elles se charg[ent], elles, avec leurs petites bourses d'or » (p. 294). Ainsi, « la croisade des femmes surtout triomphait » (p. 318).

Mais cette croisade est aussi intérieure : à « l'Éden reconquis, la Terre Sainte délivrée, la religion triomphante » (p. 295) au Proche-Orient, font écho les assauts répétés contre la haute banque juive à la Bourse de Paris. La croisade financière de Saccard cherche à « balayer du globe la banque juive » (p. 327), et tout argent gagné aux dépens de Gundermann est « butin si légitimement conquis sur les juifs » (p. 250). Ainsi, l'antisémitisme de Saccard[1] s'explique en partie par l'antagonisme qui l'oppose à Gundermann et par la réactivation du fantasme des croisades. Mais cela n'enlève rien au racisme et à la xénophobie du personnage : Zola ne cherche en aucun cas à l'excuser.

- **Une héroïsation problématique**

Toute épopée nécessite des héros. Et de fait, l'affrontement de Gundermann et de Saccard rappelle parfois les duels légendaires de la mythologie : c'est un combat « dans lequel le vainqueur perdait tout son sang, dans ce corps à corps des deux monstres légendaires, écrasant entre eux les pauvres diables qui se risquaient à jouer leur jeu, menaçant de s'étrangler l'un l'autre, sur le monceau des ruines qu'ils entassaient » (p. 393). Après sa victoire du chapitre VI, tel un valeureux guerrier de l'*Iliade*, « l'histoire se répan[d], Saccard pass[e] grand homme » (p. 250). Zola lui-même semble parfois héroïser son personnage et l'élever au-dessus de sa condition, notamment au moment de la défaite où Saccard se montre « vraiment superbe, toute sa mince personne brav[ant] la destinée, les yeux sans un battement, le visage têtu, seul contre un flot de désespoir et de rancune qu'il sentait déjà monter contre lui » (p. 412).

Pourtant, cette héroïsation est ambiguë : comme le dit Daigremont, rester « dans les maisons qui croulent, c'est de l'héroïsme inutile... » (p. 403). Même Mme Caroline s'interroge : « était-ce un coquin, était-ce un héros ? » (p. 476). Zola précise ironiquement que son personnage « a singulièrement dépassé l'âge des héros » (p. 260). Et l'héroïsme de Saccard relève d'une façade orgueilleuse plus que d'actes concrets. Il se montre souvent « plein d'une forfanterie batailleuse » (p. 321 ; voir aussi p. 349), tel le soldat fanfaron des comédies. Beaucoup de bruit pour rien ? Même l'apparent éloge se mue, sous la plume de Zola, en blâme ironique, quand la phrase paraît d'abord laudative, insistant sur la réalité de la victoire, pour s'achever dans l'orgueilleuse boursouflure du personnage, accentuée par une railleuse périphrase : « Il était réellement grandi, soulevé d'un tel triomphe, que toute sa petite personne se gonflait, s'allongeait, devenait énorme » (p. 388).

Zola reste donc fidèle aux principes professés dans son article sur Flaubert, où il formule en ces termes le « second caractère du roman naturaliste » : « Fatalement, le romancier tue les héros, s'il n'accepte que le train ordinaire de l'existence commune. Par héros, j'entends les personnages grandis outre mesure, les pantins changés en colosse[2]. »

1. Les autres personnages sont rarement aussi explicites que lui ; néanmoins, beaucoup, comme Hamelin, semblent partager ses opinions, puisque « qui ne dit mot consent ». Seule Mme Caroline dénonce cet antisémitisme (p. 412).
2. *Le Messager de l'Europe*, novembre 1875.

Saccard ne fait pas exception à la règle : à travers lui, Zola « tue les héros » de la finance, les dégonfle, les rapetisse.

3. Le culte de l'argent

L'argent ne confère pas seulement un pouvoir militaire : il donne aussi à celui qui le possède un pouvoir spirituel. La forte présence du thème religieux dans le roman n'est donc pas seulement liée à l'activité de la Banque Universelle et de ses sociétés ; c'est, plus fondamentalement, le signe qu'un véritable culte s'organise autour de l'argent.

a. De la crédulité à la foi

La Bourse est un monde hasardeux et irrationnel. La spéculation, par conséquent, a partie liée avec le risque : c'est même ce qui fait sa noblesse aux yeux de Saccard (p. 144). Comme le dit le capitaine Chave, « si l'on accept[e] le succès, il [faut] bien accepter les risques » (p. 418) ; le travail du spéculateur consiste alors à réduire ces risques. Pour cela, on se livre à la divination : Saccard interprète la « musique de l'or » comme un « bon présage » (p. 136). Avant les grandes batailles, on tente de déchiffrer l'adversaire pour voir quel coup il prépare. Dans le chapitre VI, les spéculateurs tentent de comprendre la situation en décodant les attitudes, les visages. Saccard analyse le comportement de Gundermann, « chacun de ses mouvements » (p. 247). Au chapitre X encore, les spéculateurs, tels des joueurs de poker, tentent de savoir quelles sont les cartes que les autres ont en main. Lorsque Daigremont arrive à la Bourse, chacun essaie de prévoir la tournure des événements à partir de l'attitude de cet homme « très puissant » : « On remarqua son amabilité, la façon dont il plaisanta, d'un air de camaraderie confiante. Les haussiers en rayonnaient, car il avait la réputation d'un homme adroit, qui savait sortir des maisons aux premiers craquements des planchers ; et il devenait certain que l'Universelle ne craquait pas encore » (p. 375-376).

Mais les signes ne suffisent pas : le spéculateur manque encore de certitude. Il n'a plus alors qu'à croire – en son étoile, en un avenir meilleur, en un homme providentiel… Face à l'immatériel, Dieu ou l'argent, on en est réduit à croire (ou pas), à avoir la foi (ou pas). Voyant la foi aveugle et béate de son frère, Mme Caroline regrette presque d'être incrédule :

> Ah ! ce frère, si intelligent, si longtemps méconnu, qu'il était heureux de croire, de ne pas sourire devant ce Saint-Sépulcre naïf pour boîte à bonbons, de puiser une sereine force dans sa foi à l'efficacité de cette prière, rimée en vers de confiseur ! […] Et elle qui, depuis deux mois, luttait et souffrait, elle qui ne croyait plus, […] avec quelle ardeur elle souhaitait, aux heures de faiblesse, d'être restée simple et ingénue comme lui (p. 259-260).

C'est ainsi que la spéculation se transforme en véritable religion, dont les fidèles se prosternent tous devant le dieu argent.

b. La religion de la finance

Nombreuses sont les images qui assimilent, dans le roman, le monde de la haute finance à une secte religieuse. La Bourse est comparée à un temple antique, comparaison facilitée par son architecture néo-classique. Ce sanctuaire mystérieux et intrigant provoque sur les passants un effet comparable aux mystères [1] anciens : ils tournent la tête, « dans le désir et la crainte de ce qui se fai[t] là » (p. 27). La même expression est reprise quelques pages plus loin, à la fin du chapitre I : les curieux sont animés par « le désir et la crainte de ce qu'il se fai[t] là, ce mystère des opérations financières » (p. 60). Et, à l'intérieur du temple de la Bourse, la corbeille est comme l'autel, le cœur le plus sacré du sanctuaire. « Les quatre travées » sont disposées « en forme de croix », et « fermées par des grilles » ; elles dessinent une « sorte d'étoile à quatre branches ayant pour centre la corbeille » et sont « le lieu sacré interdit au public » (p. 377). Seuls les ministres du culte, c'est-à-dire les agents de change, peuvent pénétrer dans ce saint périmètre ; leurs enfants de chœur, les « fondés de pouvoir », restent « à distance respectueuse de la rampe de velours rouge, qu'aucune main profane ne saurait toucher » (p. 378).

Constatant l'effet provoqué par la Bourse sur les profanes, Saccard tente de le reproduire avec la Banque Universelle : son but est de frapper l'imagination du public, de la « foudroyer d'admiration et de respect » (p. 289). Ainsi, les premiers locaux de la banque, dans l'hôtel d'Orviedo, donnent l'impression d'une « maison dévote » qui « fleur[e] vaguement la sacristie », « une vraie petite chapelle » (p. 175). Le nouveau palais est certes plus baroque et plus luxueux, mais sa façade tient encore « du temple et du café-concert » (p. 288). Grâce au « zèle » quasi religieux de Saccard (p. 138), l'Universelle devient une véritable secte ; les « initiés » (p. 300) gardent jalousement le « mystère », qui « ne se confi[e] même pas à l'oreille » (p. 295). Certains deviennent des « dévots » de la Banque Universelle (p. 315), et s'adonnent au prosélytisme en usant de toutes les armes à leur disposition pour convertir les masses : ce sont surtout des femmes, des « créatures charmantes, d'une câlinerie persuasive, qui catéchis[ent] les hommes » (p. 294).

Cette foi trouve son origine dans l'incompréhension et la crainte : comme le confesse Mme de Beauvilliers, on a souvent « grand-peur des choses d'aujourd'hui que [l'on] ne compren[d] pas » (p. 156). Pourtant, de son attitude et de ses propos, « un espoir et une foi se dégageaient, qui mettaient toute une flamme religieuse dans sa croyance au succès de la nouvelle banque » (p. 156). L'intertexte religieux, si présent dans *L'Argent*, se trouve ainsi justifié : ce que l'on ne comprend pas, ce dont

1. Dans l'Antiquité, le *mystère* désigne un culte religieux secret, auquel seuls les initiés peuvent participer.

Le Marché des titres sous le péristyle

Gravure d'après un dessin de Charles Paul Renouard, 1885

on a peur, on le transforme souvent en objet de superstition, de croyance, et de foi.

c. Le dieu caché

Toute religion a son Dieu ; dans la spéculation, il s'agit de l'argent (voir l'illustration *Allégorie de l'argent*, p. 26). Mais c'est un dieu caché, immatériel, soustrait aux regards et à la compréhension des simples mortels. Seuls quelques prophètes peuvent servir d'intermédiaires entre les hommes ignorants et l'argent divin. C'est le rôle que jouent, dans cette étrange religion, des hommes comme Gundermann ou Saccard. Ils finissent ainsi par devenir eux-mêmes des dieux.

Gundermann, plus qu'un roi, est « le dieu » de la Bourse (p. 337), qui fait « à son gré la hausse ou la baisse, comme Dieu fait le tonnerre » (p. 25). C'est une divinité lointaine, difficilement accessible, qui ne se montre que rarement : il reste « le visage complètement dans l'ombre » (p. 115) et affecte « de ne jamais mettre les pieds dans la grande salle » (p. 372). Du coup, son propre hôtel particulier devient un temple, où l'on vient le solliciter, le consulter [1], comme Apollon dans son sanctuaire de Delphes. Les marches du « large escalier de pierre » de son hôtel sont « plus usées déjà que le seuil des vieilles églises » (p. 114).

Mais Saccard, en triomphant, devient à son tour un dieu : il est lui aussi dans le secret de l'argent. Dès le début, il a confessé sa volonté de devenir « le dieu » de Paris et de la Bourse (p. 69). Et sa propre réussite pousse « toute une foule montante » de gens, de « solliciteurs », à venir chez lui (p. 147) : son appartement est un nouveau lieu de pèlerinage pour les spéculateurs. Il est même « le seul et vrai bon Dieu, pour tous ces misérables » de l'Œuvre du Travail (p. 202). Quant à Dejoie, il recueille « ses moindres mots, comme des paroles d'oracle », les paroles d'un « dieu dans le secret du sanctuaire » (p. 231). Après la défaite, Dejoie a la même foi aveugle en Saccard : « rendez-le-nous, et je lui confie de nouveau ma fortune, et je lui confie ma vie, parce que cet homme-là, c'est le bon Dieu, voyez-vous ! Il fait tout ce qu'il veut » (p. 431). C'est pourquoi le pouvoir de l'argent est sans limites : provoquant le respect craintif et la foi aveugle de ceux qui placent leur fortune dans les mains du hasard, il est, pour ceux qui savent le manipuler, la source d'une puissance inégalable.

C. L'argent, une tragédie

Pouvoir immense, batailles épiques, morts inévitables et fascination craintive pour le dieu caché : tous les éléments nécessaires sont en place pour faire de *L'Argent* une véritable tragédie. En effet, le caractère très

1. C'est ce que montre l'étonnant défilé du chapitre III, observé par un Saccard qu'on sent admiratif.

instable des cours a tôt fait de transformer une victoire éclatante en terrible défaite, dont on ne se relève pas. C'est que la Bourse est une véritable machine infernale dont le fonctionnement échappe à la volonté des hommes, et qui broie tout sur son passage. L'argent semble donc une fatalité, qui précipite le spéculateur dans une chute irrémédiable.

1. Haut, bas, fragile

Dans *L'Argent*, on reste peu de temps au sommet : la volatilité des cours finit par précipiter le vainqueur d'hier dans le gouffre baissier. Le roman mime dans sa structure cette succession de hauts et de bas qui caractérise le jeu infernal de la spéculation.

a. La volatilité des cours

La spéculation se caractérise, dans *L'Argent*, par son extraordinaire « instabilité » (p. 21). Le cours des actions ne cesse de changer : un jour au plus haut, un titre peut se retrouver au plus bas le lendemain. Rien n'est jamais sûr à la Bourse, comme le montrent les nombreuses antithèses du roman qui annulent la hausse par la baisse, la réussite par la faillite. L'idée de Saccard était ainsi « faite, si elle réussissait ou si elle coulait, pour remuer le monde » (p. 21) ; il tient ses actionnaires en respect « par l'espoir du gain et la terreur de la perte » (p. 21). Car, dans la spéculation, on voit des « ruines » comme des « fortunes brusques » (p. 224). Autre exemple, plus métaphorique celui-ci, la redingote de Busch « anciennement superbe » est aujourd'hui « extraordinairement râpée et maculée de taches » (p. 27). Le portrait de Jantrou procède de la même manière, révélant, sous le luxe ostentatoire du nouveau riche, l'ancienne misère du crève-la-faim (p. 219).

Ainsi, ruine et fortune, gain et perte finissent par se valoir, au point qu'on ne sait plus très bien parfois qui a perdu et qui a gagné, par exemple en regardant Moser et Pillerault. Le premier empoche « d'un air navré son gain de la quinzaine », alors que le second paie « une dizaine de mille francs, avec des éclats de voix, l'air agressif et superbe, comme après une victoire » (p. 112). L'antithèse devient chiasme [1], car les vainqueurs d'aujourd'hui sont les perdants de demain, et inversement. Le chiasme revient avec « on perd, mais on gagne ; on espère un bon numéro, mais on doit s'attendre toujours à en tirer un mauvais » (p. 145).

b. Les cycles financiers

Cette réversibilité est due au caractère cyclique de la finance : à la croissance succède la récession, à la hausse succède la baisse. La fortune de Daigremont est comme « le flux et le reflux » d'un océan (p. 123).

1. Le chiasme est une figure de construction qui place dans l'ordre inverse les termes de deux groupes syntaxiques identiques.

C'est l'image du cercle qui s'impose : le chapitre III est par exemple construit sur ce modèle, s'ouvrant sur la « musique de l'or » de la banque Kolb (p. 104), se fermant à nouveau sur elle (p. 137), et la fonderie de Kolb est elle-même un lieu cyclique, où les mêmes actions se répètent à l'infini (p. 137).

La succession des hausses et des baisses semble inévitable, comme le cœur même de la Bourse. Ainsi, même s'« il faut des années pour que la confiance renaisse, pour que les grandes maisons de banque se reconstruisent », il arrive immanquablement un moment où « la passion du jeu ravivée peu à peu, flambant et recommençant l'aventure, amène une nouvelle crise, effondre tout, dans un nouveau désastre » (p. 449). C'est que la vie elle-même se déroule selon ce principe. Mme Caroline alterne par exemple des moments d'abattement et des moments d'espoir ; marquée par la débâcle finale, elle ne peut s'empêcher, comme malgré elle, de « s'abandonner à la force irrésistible du continuel rajeunissement » (p. 492). Aussi certainement que le printemps succède à l'hiver [1], la grande joie suit l'immense peine, la hausse furieuse suit la baisse irrationnelle.

c. La structure romanesque

Saccard lui-même fait l'amère expérience de la réversibilité des cours et du caractère cyclique de la spéculation. Au commencement de *L'Argent*, il est encore sous le coup de la banqueroute de *La Curée*, située moins de six mois auparavant. Mais ce nouveau roman sonne comme une résurrection ; l'action débute au mois de mai, en pleine régénérescence printanière. Aussi Saccard désire-t-il une « vie toute nouvelle », pour « faire peau neuve » (p. 20). Et de fait, il monte, grâce à une énergie presque inhumaine, l'affaire de la Banque Universelle, convainc les milieux financiers, s'enrichit à nouveau. La première partie du roman raconte donc l'ascension fulgurante de Saccard. Le chapitre VIII constitue le sommet de cette nouvelle carrière, son « apogée » ou son « apothéose ». Lorsque, à la fin de ce chapitre, Saccard paraît au bal du ministère des Affaires étrangères, la belle et chère Mme de Jeumont [2] au bras, il connaît « la minute culminante de son existence » (p. 325). Mais après avoir atteint un tel sommet, il faut nécessairement redescendre…

Les premiers signes annonciateurs de la crise apparaissent alors. L'effroyable catastrophe du Mexique, l'exécution de Maximilien, « le sang et l'or français versés en pure perte » sonnent comme « un premier coup de glas, dans cette fin de jour superbe, éblouissante de soleil » (p. 320). Et dès le chapitre suivant, on voit de « légères secousses d'ébranlement, qui annoncent les catastrophes » (p. 328) ; elles se transforment ensuite en un « frémissement d'hostilité, à la Bourse, d'abord si léger », mais qui augmente « de jour en jour contre l'Universelle »

1. On remarquera d'ailleurs que la renaissance métaphorique de Mme Caroline, à la fin du roman, se déroule « dans les premiers jours d'avril », donc au tout début du printemps.
2. Il a en effet payé 200 000 francs pour un tel privilège.

(p. 332), jusqu'à la débâcle du chapitre X, double inversé du sommet du chapitre VIII.

Le chapitre X lui-même apparaît comme une mise en abyme de cette structure générale. En effet, les cours continuent à monter au début du chapitre, avant de s'écrouler sur la fin. Cette succession de triomphes et de désastres, qui n'est pas sans rappeler les traditionnelles allégories de la roue de la fortune, s'illustre aussi dans le destin de Mazaud. Heureux dans ses affaires comme dans sa vie familiale, il est pris dans la chute de l'Universelle, jusqu'à la ruine et au suicide.

C'est finalement cette structure que résume Mme Caroline à la fin du roman, lorsqu'elle s'exclame : « Quelle étrange chose que la chance ! [...] L'extraordinaire succès de l'Universelle, cette montée rapide dans le triomphe, dans la conquête et la domination, en moins de quatre années, puis cet écroulement brusque, ce colossal édifice, qu'un mois avait suffi pour réduire en poudre la stupéfiaient toujours [1] » (p. 443). Mais la chute était inévitable. La démesure de Saccard, son orgueil et sa volonté d'aller toujours plus haut ont déclenché un mécanisme proprement tragique.

2. Une machine infernale

La Bourse se transforme progressivement en monstre incontrôlable, en mécanisme autonome qui échappe à la volonté humaine. Dès le début du roman, Massias s'interroge sur l'origine d'une rumeur de guerre franco-anglaise, et ajoute : « à moins que ça ne se soit inventé tout seul » (p. 37). Au-delà de la boutade apparente, la phrase est révélatrice. La Bourse semble avoir acquis une forme d'indépendance, d'autonomie, comme si elle agissait toute seule, de son propre gré, au lieu d'évoluer sous les actions humaines. Le corrélat de cette mécanisation est la déshumanisation : les personnages se transforment eux-mêmes en machines, comme si l'ordre normal s'était inversé, comme si les mécanismes boursiers avaient pris le dessus sur les hommes. Saccard est présenté comme un mécanicien, qui s'échine à « assurer le bon fonctionnement de cette grosse mécanique neuve » (p. 205), comme s'il était réduit en esclavage par sa dépendance à l'argent. Mme Caroline est également atteinte par cette déshumanisation, elle qui devient, après avoir cédé à Saccard sans vraiment le désirer, « la machine humaine travaillant dans le désespoir du néant de tout » (p. 84). Cette autonomisation de la machine boursière n'est évidemment pas sans risque : le narrateur décrit ainsi « le système de la société achetant ses propres titres, jouant sur eux, se dévorant »,

1. Il est intéressant de noter que, dans la *Poétique*, Aristote définit la catastrophe (c'est-à-dire le dénouement de la tragédie) comme le passage brutal du bonheur au malheur : la structure de *L'Argent*, telle qu'elle est ici résumée par Mme Caroline, rejoint celle de la tragédie aristotélicienne.

comme si elle était à la fois le sujet et l'objet des actions, en dehors de toute intervention de l'homme (p. 330).

Le « mécanisme des affaires financières » (p. 40) commence alors à s'emballer, à surchauffer : Zola précise sa métaphore en introduisant le symbole de la machine à vapeur. Dès le chapitre I, la Bourse est agitée d'un « grondement de machine sous vapeur » (p. 39) ; c'est ensuite au tour de l'Universelle de se mettre en marche, « en puissante machine destinée à tout affoler, à tout broyer, et que des mains violentes chauffaient sans mesure, jusqu'à l'explosion » (p. 214). Hamelin exprime « des craintes sur cette façon de mener l'Universelle au galop, d'un train fou » (p. 253), craintes partagées ensuite par Mme Caroline, qui angoisse à l'idée de « ce terrible train, ce galop continu dont on menait l'Universelle, pareille à une machine, bourrée de charbon, lancée sur des rails diaboliques, jusqu'à ce que tout crevât et sautât, sous un dernier choc » (p. 272). On pense au dénouement de *La Bête humaine*, autre volume des *Rougon-Macquart*, à la fin duquel la locomotive, devenue folle, poursuit sa course infernale :

> Qu'importaient les victimes que la machine écrasait en chemin ! N'allait-elle pas quand même à l'avenir, insoucieuse du sang répandu ? Sans conducteur, au milieu des ténèbres, en bête aveugle et sourde qu'on aurait lâchée parmi la mort, elle roulait, elle roulait, chargée de cette chair à canon, de ces soldats, déjà hébétés de fatigue, et ivres, qui chantaient [1].

La finance devient ainsi une « machine infernale » (p. 140), qui conduit les personnages à un dénouement terrible, mais inévitable : Zola rencontre avec cette expression la définition de la fatalité tragique que proposera Jean Cocteau en 1934.

3. Fatalité de l'argent

Par l'intermédiaire de cette progressive mécanisation, de cette autonomie grandissante de la finance, l'argent finit par s'imposer aux personnages du roman comme une force irrépressible, incontrôlable, comme une fatalité qui les conduit à leur perte.

a. Chronique d'une catastrophe annoncée

Ce n'est d'abord qu'un « pressentiment », comme celui qu'a Saccard à la vue du sac de la Méchain, dans le premier chapitre (p. 30 et 229). Mme Caroline a elle aussi de funestes intuitions, comme cette « inquiétude de chute et d'engloutissement » (p. 141), ou cette « sensation d'un danger sourd, une crainte irraisonnée » (p. 302) ; elle a même « l'angoisse d'une catastrophe », c'est-à-dire, étymologiquement, d'un dénouement

1. Telles sont les dernières phrases du dernier chapitre de *La Bête humaine*.

tragique (p. 302). Des signes confirment cette appréhension, comme la voix « à l'ampleur tragique » de Mme Daigremont, que Saccard entend lorsqu'il vient voir son mari (p. 133).

Les craintes se confirment quand le pressentiment devient fatalité. Ce mot, ordinairement rattaché à l'univers de la tragédie, revient très régulièrement au fil des pages, sous la forme de l'adverbe « fatalement » (p. 28 et 367) ou de l'adjectif « fatal » (p. 30, 98, 132, 274, 338, 391, etc.). Une force est à l'œuvre, dans *L'Argent*, qui conduit les hommes vers une catastrophe maintes fois annoncée, et pourtant inévitable : « c'était un mouvement irrésistible, qui l'entraînait peu à peu, dans une chute lente » (p. 394). Cette « puissance » (p. 418), cette « force mystérieuse » (p. 447) pousse Saccard à œuvrer pour sa propre chute. Mais au fond, c'est Saccard lui-même, cette « force inconsciente et agissante » (p. 482) : comme tout héros de tragédie, il a fini par intérioriser la fatalité, par faire sienne cette implacable volonté d'en finir.

Depuis sa rencontre avec Gundermann, d'ailleurs, il connaît son destin. Tel Œdipe allé consulter l'oracle de Delphes, il a appris, de la bouche du devin, quelle terrible fin l'attendait : « Infailliblement, vous ferez la culbute, c'est mathématique, ça », l'a averti Gundermann (p. 121). À l'instar de la baronne Sandorff qui consent à devenir l'amante de Jantrou « par les lois mêmes de la chute, toujours de plus en plus bas » (p. 436), il sait que la catastrophe est inévitable. Cette fatalité est aussi celle qui fait voir, en pleine fête impériale, « les nuits sans gaz, traversées par la mèche rouge des obus » de la guerre de 1870 (p. 251).

b. La passion tragique de l'argent

Les héros de cette tragédie sont en fait les victimes de leurs propres passions ; mais, à la différence d'une Phèdre qui meurt de sa passion amoureuse [1], les spéculateurs de *L'Argent* sont soumis à leur passion de l'argent. Jacoby, par exemple, est « perdu malheureusement par sa passion du jeu » (p. 110). La baronne Sandorff, cette « fausse passionnée, que l'espoir du jeu seul enflammait » (p. 154), y perd « toute raison [2] » (p. 213) jusqu'à s'avilir dans la « boue » (p. 240). Sédille est encore plus frappant, tant les termes que Zola emprunte pour décrire l'avancée de son obsession ressemblent à ceux employés par Phèdre pour exprimer ses propres maux : « la passion du jeu [...] s'était déclarée et propagée en lui avec la violence destructive d'un incendie » (p. 130).

Saccard est lui aussi une victime de cette passion tragique, qui dépossède l'individu de lui-même : elle lui donne l'énergie de s'élever au-dessus des autres comme elle le précipite dans le gouffre. « C'était sa passion qui élevait ainsi Saccard, et sa passion qui devait le perdre »

1. Dans la tragédie de Racine à laquelle elle a donné son nom, Phèdre tombe amoureuse d'Hippolyte, le fils de son mari Thésée. Dévorée par cette passion coupable, Phèdre finit par se donner la mort à la fin de la pièce.

2. On retrouve, dans cette phrase, l'opposition chère aux classiques entre raison et passion.

(p. 322). Saccard ne peut qu'avouer : « et il faut ajouter que, si ma passion me tue, c'est aussi ma passion qui me fait vivre. Oui, elle m'emporte, elle me grandit, me pousse très haut, et puis elle m'abat, elle détruit d'un coup toute son œuvre. Jouir n'est peut-être que se dévorer... » (p. 477). La fatalité des spéculateurs, c'est simplement la passion dévorante de l'argent.

c. La mort

Comme dans toute tragédie, la mort rôde dans *L'Argent*. Car la Bourse tue : avant même la fin tragique de Mazaud, le lecteur est averti de ses dangers par l'exemple des pères de Jordan et de la baronne Sandorff. Le premier s'est « autrefois suicidé, à la suite de spéculations désastreuses » (p. 31) ; le second, quant à lui, « est mort d'un coup de sang, ruiné, à la suite d'une série de liquidations lamentables » (p. 36). De là les symboles funèbres qui hantent les pages du roman, la cloche qui annonce la fin de la séance à la Bourse « avec une lamentation de tocsin » (p. 407), et surtout le personnage de la Méchain, véritable allégorie de la mort, dont le nom signifie, étymologiquement, la « mauvaise chute ». Comme la Mort ne sort jamais sans sa faux, elle traîne derrière elle son gros sac de cuir, cimetière de la Bourse où elle entasse des valeurs déclassées. Comme le « corbeau » qui suit l'armée pour se repaître des cadavres, elle attend la mort des sociétés pour se jeter sur elles. Aussi sa présence menaçante, à la fin du chapitre IV, est-elle perçue par Saccard comme un mauvais présage. Lorsqu'il lui propose ironiquement des actions de l'Universelle, elle lui répond : « Oh ! moi, ce n'est pas mon genre d'opérations… Moi, j'attends » (p. 173). Telle la mort, elle patiente, avec la certitude de récupérer son dû. On la retrouve plus loin, dans la même position d'attente, à la galerie de la Bourse : en levant les yeux, Saccard l'aperçoit, « penchée au-dessus de la salle […]. Son vieux de sac de cuir noir était posé près d'elle, sur la rampe de pierre. En attendant d'y entasser les actions dépréciées, elle guettait les morts, telle que le corbeau vorace qui suit les armées, jusqu'au jour du massacre » (p. 413-414). Et c'est effectivement elle qui, à la fin de la tragédie, récupère les papiers sans valeur de la Banque Universelle.

D. L'argent, un mal et un bien

Transformant l'argent en tragédie de la modernité, Zola semble le condamner, dénoncer son emprise sur le monde et ses conséquences désastreuses. Cependant, le tableau qu'en dresse le roman est plus contrasté : à côté des maux dont il est la cause, l'argent semble pouvoir être la source de quelque bien. Dès lors, il devient difficile de situer Zola dans cette axiologie de l'argent : tient-il un discours moral sur son objet, et lequel ? Cette difficulté n'est pas anodine ; elle constitue, si l'on en croit l'article de Zola sur Flaubert, un caractère fondamental du roman naturaliste. En effet, « le romancier naturaliste affecte de disparaître complètement derrière l'action qu'il raconte. [...] C'est même cet apparent désintéressement qui est le trait le plus distinctif. [...] L'auteur n'est pas un moraliste, mais un anatomiste qui se contente de dire ce qu'il trouve dans le cadavre humain [1] ».

1. Négativité de l'argent

C'est pourtant d'abord l'immoralité de l'argent, ou des comportements qu'il engendre, qui apparaît. Il se trouve ainsi aux racines du vol, du jeu, de la pauvreté, et semble corrompre tout ce qu'il touche.

a. L'usure et le vol

L'Argent porte encore la trace de la condamnation de l'usure : même si celle-ci s'est progressivement assouplie au cours des siècles précédents, elle reste prégnante dans l'esprit de l'ancienne aristocratie, incarnée par les Beauvilliers. Elles se méfient en effet de l'argent gagné à la Bourse, comparable à un prêt avec intérêt. Aussi la comtesse rappelle-t-elle qu'elle vient d'une époque et d'un milieu où « ces choses effrayaient, comme des choses mauvaises et défendues » (p. 158). Paradoxalement, Saccard reprend à son compte cet interdit ancien pour en faire l'un des fondements de son antisémitisme : « il exhala sa haine héréditaire, il reprit ses accusations contre cette race de trafiquants et d'usuriers, en marche depuis des siècles à travers les peuples, dont ils sucent le sang, comme les parasites de la teigne et de la gale » (p. 229). Pourtant, c'est bien à ce trafic et à cette usure qu'il se livre, lui aussi.

Ainsi, le monde de la Bourse est tout entier assimilé à un univers de rapines : c'est un « jeu de voleurs » (p. 114), où dominent les « brigandages financiers » (p. 69, repris p. 452 et p. 473) et les « grandes canailleries restées légendaires » (p. 64), où toutes les opérations sont des « guets-apens financiers » (p. 205), des « voleries aussi sottes que malpropres » (p. 233). Car le financier vole en toute impunité, et le fait avec un certain cynisme : Saccard dit à Mme Caroline qu'il n'y a « rien de tel pour profiter comme l'argent volé » (p. 213) et soutient que « c'est un bon placement que le bonheur des autres » (p. 163). La Bourse apparaît en ce sens comme une rationalisation du vol, puisqu'on y joue avec l'argent et « le bonheur » des autres.

Aucune surprise, donc, si la Banque Universelle est une « machine à sucer l'or des autres » (p. 355), comme le prince d'Orviedo un « bandit moderne » (p. 64) et Saccard un « bandit du trottoir financier » (p. 287), doté de « mains criminelles » (p. 302) et d'un « flair de coupeur de bourses » (p. 291). La métaphore du « corsaire » répète cette héroïsation

---

1. *Le Messager de l'Europe*, novembre 1875.

Le Jeu de Bourse.
Cherchant la fortune, trouvant la misère

Caricature de Cham, 1870

Cette caricature s'inspire des représentations allégoriques traditionnelles de la fortune (voir *supra*, p. 35), pour faire du jeu de Bourse un véritable jeu de hasard. La scène a lieu devant la corbeille de la Bourse, que l'on reconnaît à l'arrière-plan. La fortune personnifiée, à droite, est parée de plusieurs de ses attributs habituels : yeux bandés, roue sur laquelle le personnage tient en équilibre, vêtements flottant au vent ; ici, un sac d'argent s'est en outre substitué à la corne d'abondance. Le spéculateur, à l'image de la fortune, a les yeux bandés : c'est le signe de son aveuglement. Le jeu de Bourse se voit ainsi présenté comme un colin-maillard grotesque, où celui qui cherche à s'enrichir passe à côté de la fortune, pour tomber dans les bras de la misère, présentée sous les traits d'une vieille femme effrayante qui, elle, est la seule à observer, en toute lucidité, la scène qui se déroule.

malsaine du vol dans les milieux financiers (voir par exemple p. 413 et 420). C'est qu'on admire le cynisme de ceux qui n'assument pas leurs responsabilités, comme le « petit Nathansohn » : « quelle jolie aventure, dont on souriait, garder ce qu'on a gagné, ne pas payer ce qu'on a perdu ! » (p. 439). L'immoralité de l'argent triomphe dans les marchés financiers, où la Bourse organise méthodiquement le vol des actionnaires crédules, et où rien n'oblige le spéculateur à reconnaître ses torts.

b. Le jeu, un vice moderne

La passion de l'argent et du jeu est pour Zola l'un des vices fondateurs des sociétés modernes, comme l'alcoolisme dans *L'Assommoir*, la prostitution dans *Nana*, ou la folie meurtrière dans *La Bête humaine*. C'est une maladie qui frappe sans prévenir et dont on ne guérit pas. Les métaphores médicales abondent dans le roman pour décrire la façon dont ce mal s'immisce dans les familles les plus tranquilles et les ronge. Le cas des Maugendre est exemplaire, eux qui ne croyaient d'abord qu'aux vertus du travail, et qui finissent rongés par « la lèpre du jeu » (p. 308). Le roman permet de suivre l'évolution de la maladie, de la découverte des plaisirs de la spéculation, jusqu'à la « fièvre » et à l'« air empoisonné du jeu » (p. 233). Chaque visite de Marcelle à ses parents confirme les progrès du mal. Car on en veut toujours plus, on oublie les risques pour ne plus être obsédé que par le gain (voir la caricature de Cham, *Le Jeu de Bourse. Cherchant la fortune, trouvant la misère*, page ci-contre). Dejoie est également incapable de s'arrêter, malgré les limites fixées ; même sa fille le pousse dans son vice (p. 338) : comme le dit Saccard, « on dit toujours qu'on vendra, et puis on ne vend pas » (p. 308) ; le savoir ne change rien puisqu'il finit lui-même par être la victime de cette « épidémique fièvre de l'agio » (p. 317) qui le voit poursuivre la hausse « folle et dangereuse » des cours, au mépris des avertissements formulés par Hamelin (p. 328). Portant conscient des dégâts causés par le mal qui le ronge, Saccard ne peut s'arrêter.

Le jeu, qui altère la perception de la réalité, qui soumet toutes les contingences matérielles à ses impérieuses nécessités, ressemble à la folie. La spéculation effrénée est ainsi le « suprême coup de démence » qui va achever l'Empire ; c'est « la folie joyeuse et vorace des grandes capitales menacées de destruction » (p. 291). Moser dénonce quant à lui « la pure démence du jeu. Est-ce que ce n'était pas fou, par exemple, l'Universelle à trois mille trente ? » (p. 370).

Prêts à tout pour satisfaire leur vice, ceux qui sont sous l'emprise du jeu s'enfoncent dans la déchéance. C'est exemplairement le cas de la baronne Sandorff, qui se prostitue pour des informations qui pourraient la faire gagner. Elle se donne à Delcambre, puis à Saccard, qui pourtant la dégoûte ; et lorsqu'elle va se vendre à Gundermann, celui-ci la refuse, suprême humiliation redite par l'image des enfants qui jouent à côté et dépècent une poupée dont ils finissent par « arracher la tête [...] avec des cris de triomphe » (p. 338). Sa chute pourtant n'est pas achevée : sa

« déchéance finale » la voit s'abaisser à prendre Jantrou pour amant, « au milieu du désarroi de la catastrophe, enragée et voulant rattraper son argent » (p. 436), acceptant même d'être battue par un homme qu'elle méprise.

c. La pauvreté et la misère

Si l'argent provoquait la déchéance des seuls spéculateurs, on pourrait dire qu'existe une sorte de morale, certes brutale, mais à peu près juste : après tout, certains, comme Jordan, résistent à l'appât du gain, et ceux qui y succombent ne peuvent accuser que leur propre faiblesse. Mais le mal est plus profond et ronge la société entière. Comme le dit Sigismond, l'argent « masque et favorise l'exploitation du travailleur », il « permet de le voler, en réduisant son salaire à la plus petite somme dont il a besoin, pour ne pas mourir de faim » (p. 356). Autrement dit, en ne rétribuant pas le travail à sa juste valeur, l'argent entraîne la pauvreté, il plonge une partie de la société dans la pire des misères.

On comprend alors la nécessité, pour Zola, de représenter la cité de Naples. Si l'opposition entre les luxueux hôtels particuliers de la fête impériale et ces immondes bas-fonds peut sembler caricaturale, elle est surtout un moyen de représenter les ambivalences de l'argent. Avec la cité de Naples, ce « fumier sans cesse accru, empoisonnant l'air » (p. 186) [1], Zola passe dans l'envers du décor, montre les coulisses du luxe. Car l'un ne va pas sans l'autre, la spéculation sans l'exploitation, la richesse sans la pauvreté. La fortune des uns se fait au détriment d'autres, volés ou exploités ; à l'ascension vertigineuse des uns répond la déchéance des autres. L'histoire de Léonie Cron est ainsi la rançon du succès d'un Saccard ou d'un Gundermann : séduite par le comte de Beauvilliers qui lui a signé une reconnaissance de dettes jamais honorée, elle plonge dans la misère, s'abîme « dans la boue du grand Paris » et finit fille de joie (p. 359).

Comme le luxe et l'opulence culminent dans les nouveaux locaux de la Banque Universelle, la pauvreté et la misère se concentrent dans la cité de Naples. La misère y corrompt physiquement, mais aussi moralement : elle entraîne le vice et le crime, comme la pédophilie dont Victor est la victime consentante. « Ah ! misère, qui détruit et pourrit tout ! » peut à juste titre s'exclamer Mme Caroline (p. 191). Victor est le symbole de cette déchéance faute d'argent ; il semble parfois n'être plus qu'une « bête », un « monstre » (p. 275). Mais que l'on ne s'y trompe pas : Mme Caroline est là pour rappeler au lecteur que les autres ne valent pas mieux, que l'animal égoïste dévoré par son goût du luxe n'est pas différent, au fond, de la bête écrasée par sa misère. Aussi renvoie-t-elle dos à dos Maxime et Victor, comme deux visages apparemment opposés, mais en réalité complémentaires, des ravages causés par l'argent :

1. On lira la totalité du passage, qui accumule les connotations négatives dans cette description hyperbolique de la misère.

Pendant que celui-ci s'en allait vivre d'oubli et de paresse, sous le clair soleil de Naples, elle eut brusquement la vision de l'autre, rôdant un soir de noir dégel, affamé, un couteau au poing, dans quelque ruelle écartée de la Villette ou de Charonne. N'était-ce pas la réponse à cette question de savoir si l'argent n'est point l'éducation, la santé, l'intelligence ? Puisque la même boue humaine reste dessous, toute la civilisation se réduit-elle à cette supériorité de sentir bon et de bien vivre ? (p. 466-467).

Le sort de l'un est évidemment plus enviable que celui de l'autre ; mais dans les deux cas, les inégalités provoquées par l'argent sont à l'origine des pires corruptions.

d. La corruption morale

L'argent finit donc par être la source de toutes les compromissions, de toute la pourriture humaine. Comme le dit Jordan, qui s'illustre dans le roman par son « beau mépris de l'argent » (p. 343), c'est « un ferment désorganisateur [...] qui ronge et pourrit tout, qui fait de la créature de race la mieux élevée et la plus fière une loque humaine, le déchet balayé au ruisseau » (p. 436). Les relations humaines sont toutes faussées par l'intervention de l'argent ; la confiance et l'honnêteté n'ont plus grand sens : ce sont au contraire la méfiance et la déloyauté qui règnent. Saccard ne tient ses troupes que par l'appât du gain [1]. Mais lorsque le vent tourne et que la Banque Universelle menace de s'écrouler, les trahisons se multiplient. Jantrou conseille à la baronne Sandorff de pactiser avec Gundermann, pour « pouvoir se retourner » (p. 333), Daigremont finit par jouer contre la Banque qu'il a contribué à fonder, comme tous les membres du conseil d'administration. Même Mme Caroline, certes pour de bonnes raisons, spécule à la baisse sans en avertir Saccard, au prétexte de lutter contre la hausse irrationnelle du cours.

Les relations financières ne sont pas les seules touchées : l'amitié, l'amour même, sont corrompus. On ne voit guère d'amour dans *L'Argent*, si ce n'est des relations tarifées [2], où chacun a quelque chose à gagner : l'intérêt a tout envahi. Et les quelques poches de résistance sont vite réduites, comme le petit appartement de Marcelle et Jordan, enclave de bonheur domestique où l'amour semblait possible. L'intrusion de Busch et de ses sbires matérialise l'invasion de l'argent, qui pervertit l'endroit aux yeux de Marcelle : « Oh ! quelle honte brûlante dont elle souffrait encore, ces vilains hommes chez eux, blessant toutes ses tendresses, toutes ses pudeurs, fouillant jusqu'au lit, empestant la chambre si heureuse, dont elle avait dû laisser la fenêtre grande ouverte, après leur départ ! » (p. 341-342). Le véritable héroïsme appartient à ceux qui, comme Marcelle, luttent contre la soumission du réel à l'intérêt finan-

1. Au point d'ailleurs que tout le conseil de la Banque Universelle est corrompu.
2. On notera que Jantrou ne pense qu'à « se payer » la baronne Sandorff : derrière l'expression vulgaire et misogyne, on trouve le leitmotiv de la prostitution systématiquement attaché au personnage de la baronne.

cier : elle est peut-être le seul personnage totalement positif du roman, dans « la grande bataille, l'assaut féroce donné à leur ménage, la façon héroïque dont elle avait repoussé l'attaque » (p. 342).

Au contraire de Marcelle, la plupart des personnages se soumettent, de gré ou de force, au pouvoir corrupteur de l'argent. Ils sont alors entraînés dans une déchéance inévitable, comme Jantrou « tombé décidément dans une noce crapuleuse, depuis qu'il était riche » (p. 314). Même les innocents finissent par être entraînés dans la chute, s'ils n'y prennent garde, comme Hamelin, « innocent et sous les verrous, éclaboussé de cet affreux scandale, la vie dévastée, salie à jamais » (p. 425). C'est que l'innocence n'existe pas, que les naïfs, les rêveurs, les innocents du monde entier, comme Hamelin et Marcelle, doivent un jour prendre parti : on ne peut faire comme si l'argent n'existait pas, si ce n'est en sortant du réel pour entrer dans l'utopie pseudo-marxiste, à l'instar de Sigismond. Car l'argent soumet tout, impose sa loi à une société devenue jungle : telle est la raison pour laquelle Zola semble parfois reprendre à son compte l'image darwinienne du *struggle for life* (« lutte pour la vie [1] ») ou la célèbre métaphore de Plaute reprise par Hobbes, *homo homini lupus* (« l'homme est un loup pour l'homme [2] »). L'argent déshumanise l'homme, le transforme en bête, soit, comme Victor, en le réduisant à la misère, soit, comme Dejoie, en l'avilissant par l'appât du gain. Celui-ci en effet perd tout sens moral à l'idée de gagner toujours plus ; il écoute aux portes, il est prêt à toutes les bassesses, jusqu'à se transformer métaphoriquement en chien de chasse « flair[ant] la proie énorme qui pass[e] dans l'air » (p. 243). L'argent en appelle aux plus bas instincts.

2. Positivité de l'argent

L'argent n'est pourtant pas seulement un jeu corrupteur et cynique ; il peut aussi, parfois, servir de nobles causes comme dans les mains de la princesse d'Orviedo ; plus largement encore, il est un outil essentiel dans la création de richesses et dans la civilisation des peuples. C'est qu'il est lié, comme le montre Saccard lui-même, à l'énergie et à l'action.

a. La charité

La princesse d'Orviedo incarne, dans *L'Argent*, la figure de la charité : elle est la « bonne déesse invisible » (p. 455) qui dilapide sa fortune en la distribuant à ceux qui en ont le plus besoin. Il s'agit, à ses yeux, de restituer aux pauvres l'argent que son mari a volé par l'usure et la spéculation. « Chez cette femme qui n'avait pas été amante et qui n'avait pu

1. Par exemple p. 308-309 : « Pouvait-on se laisser manger et ne pas manger les autres ? »
2. On peut ainsi comprendre la transformation de Victor en un « loup dévorateur » au moment du viol d'Alice de Beauvilliers (p. 465) ; mais Victor est loin d'être le seul loup du roman. Et ne dit-on pas d'ailleurs, à propos des maîtres de la Bourse, que ce sont des « loups de la finance » ?

être mère, toutes les tendresses refoulées, surtout l'amour avorté de l'enfant, s'épanouissaient en une véritable passion pour les pauvres, pour les faibles, les déshérités, les souffrants, ceux dont elle croyait détenir les millions volés, ceux à qui elle jurait de les restituer royalement, en pluie d'aumônes » (p. 65-66) ; elle multiplie ainsi les œuvres (p. 451).

Mais il ne s'agit pas de la charité habituelle : ce n'est pas « le morceau de pain jeté par la pitié ou la peur des misérables, mais la jouissance de vivre, le superflu, tout ce qui est bon et beau donné aux humbles qui n'ont rien [...], enfin les palais des riches grands ouverts aux mendiants des routes, pour qu'ils dorment, eux aussi, dans la soie et mangent dans la vaisselle d'or » (p. 451). C'est là toute l'originalité de la démarche de la princesse : elle n'offre pas seulement aux pauvres un moyen de survie, elle leur donne la possibilité de vivre comme les riches. D'une certaine manière, ce geste surmonte l'antithèse caricaturale de la Banque Universelle et de la cité de Naples. Il tire ainsi Victor de celle-ci, pour le plonger dans le luxe inouï de l'Œuvre du Travail. Le nom même de cette dernière institution est significatif, tant il s'oppose à la Bourse. L'insertion sociale s'y fait par le travail, comme pour le substituer aux revenus du capital (ceux du prince d'Orviedo, que sa veuve considère comme de véritables vols). C'est en effet « une maison qui devait remplacer la maison de correction où trois cents enfants, cent cinquante filles et cent cinquante garçons, ramassés sur le pavé de Paris, dans la débauche et dans le crime, étaient régénérés par de bons soins et par l'apprentissage d'un métier » (p. 67).

Une telle restitution est-elle vraiment possible ? Le rééquilibrage que la princesse cherche à provoquer repose-t-il sur une véritable symétrie ? Au fond, le luxe dans lequel vivent les jeunes protégés de la princesse n'est pas définitif : ils goûtent à l'existence des riches, mais devront l'oublier pour vivre de leur propre travail, une fois adultes. La princesse d'Orviedo a beau faire, elle ne parviendra pas à inverser totalement les rôles. Si elle est effectivement pauvre à la fin du roman, ses protégés, eux, ne sont pas devenus riches. La fuite de Victor fonctionne alors comme un avertissement pessimiste : lorsque des hommes sont à ce point déshumanisés par la misère, il est difficile, si ce n'est impossible, de leur rendre une vie sociale.

Aussi la charité est-elle, dans *L'Argent*, plus ambiguë qu'il y paraît d'abord. Lorsque Saccard rêve d'épouser la princesse, il pense sincèrement trouver son bonheur dans cette philanthropie, il espère devenir « le roi de la charité, le Dieu adoré de la multitude des pauvres » (p. 69) ; mais ce rêve de charité n'est qu'une illusion, une « colossale idylle faite à coup de millions » (p. 70). La charité n'est visiblement pas la solution : elle a l'apparence du bien, mais n'est pas le bien lui-même. Car, comme l'affirme nettement Sigismond, « la charité, c'[est] l'aumône, l'inégalité consacrée par la bonté » (p. 52).

b. La civilisation

L'argent, au-delà de la charité chrétienne prônée par la princesse d'Orviedo, est donné comme un moyen de régénérer un peuple par le travail. C'est pour cela d'ailleurs que Mme Caroline soutient le projet de la Banque Universelle et se laisse séduire par les rêves de Saccard. En ce sens, l'argent de la spéculation n'est pas dépensé en pure perte : il est investi dans des projets dont l'enjeu est d'exploiter une compagnie de paquebots, une mine d'argent ou un réseau de chemins de fer, qui renforcent indéniablement la civilisation. Mme Caroline n'est pas naïve : elle sait bien que le but de Saccard et du syndicat qui dirige la banque est le profit ; mais derrière ce profit, elle voit le travail, le progrès, la lente civilisation de peuples qui vivent encore dans la misère [1].

Ainsi, songeant au Proche-Orient, Mme Caroline se passionne « à l'idée du coup de baguette tout-puissant dont la science et la spéculation pouvaient frapper cette vieille terre endormie, pour la réveiller » (p. 95). C'est que « l'argent, aidant la science, faisait le progrès » (p. 96) : dans l'esprit positiviste de Mme Caroline, l'alliance du développement capitaliste et des progrès scientifiques est nécessairement civilisatrice. Et l'on pourrait trouver cela naïf, si l'on ne lisait, dans une lettre de son frère retourné à Damas, à quel point les progrès sont réels, par exemple aux mines du mont Carmel : « Le site sauvage s'humanisait, on avait découvert des sources dans l'écroulement gigantesque de rochers qui bouchait le vallon au nord ; et des champs se créaient, le blé remplaçait les lentisques, tandis que tout un village déjà s'était bâti près de la mine, d'abord de simples cabanes de bois, un baraquement pour abriter les ouvriers, maintenant de petites maisons de pierre avec des jardins, un commencement de cité qui allait grandir, tant que les filons ne s'épuiseraient pas » (p. 281). Et même après le désastre, l'optimiste Mme Caroline se rappelle « le village de cinq cents habitants, né d'abord autour de la mine en exploitation » et qui est « à présent une ville, plusieurs milliers d'âmes, toute une civilisation, des routes, des usines, des écoles, fécondant ce coin mort et sauvage » (p. 493).

c. La création

L'argent semble finalement doté d'un pouvoir créateur, qui ne cesse d'étonner Mme Caroline, et qui fascine Saccard. Ce qui a attiré ce dernier dans la charité un peu folle de la princesse d'Orviedo, ce n'est pas tellement l'idée de faire le bien, mais plutôt son rêve de bâtisseur. « Il restait deux cents millions, quelles œuvres à créer encore, quelle cité du miracle à faire sortir du sol ! » (p. 69). L'argent est ainsi doté d'une

1. En cela, Mme Caroline rejoint la doctrine saint-simonienne, selon laquelle l'objet du capitalisme est de créer des richesses pour faire progresser le niveau de vie de la population entière, à commencer par les travailleurs. Selon cette doctrine, c'est ainsi le capitalisme qui doit provoquer l'amélioration de la condition matérielle et morale du peuple. Le saint-simonisme connut son apogée au XIXe siècle, au cours duquel plusieurs grands capitalistes, comme les frères Pereire, se réclamèrent de son influence.

puissance proprement démiurgique, qui permet à qui le détient de « créer », de produire des « œuvres », comme la pierre du sculpteur lui permet de façonner une statue. C'est finalement ce qui sépare Saccard de la princesse : « il était bâti pour faire de la vie et non pour panser les blessures que la vie a faites » (p. 100). L'argent est en effet assimilé à la vie même, qui coule dans les veines du monde (voir p. 39, 93, 145, 170) ; c'est aussi le sens de la métaphore du labour, ou de la germination, qui revient souvent sous la plume de Zola. Grâce à l'argent et à la spéculation, Mme Caroline imagine « des générations nouvelles, toute une humanité plus forte et plus heureuse poussant de l'antique sol labouré à nouveau par le progrès » (p. 169) : si cette « vision » relève elle aussi de l'utopie, elle n'en souligne pas moins à quel point l'argent peut changer le monde, peut créer une réalité nouvelle.

Si Mme Caroline aime Saccard, c'est donc parce qu'elle le voit « actif et brave, créer un monde, faire de la vie » (p. 287). À l'inverse, la charité de la princesse d'Orviedo est un acte mortifère, un retrait progressif de la vie. L'image est explicite à la fin du roman, lorsque la princesse, enfin ruinée, décide de devenir carmélite, c'est-à-dire de se couper de toute vie sociale (p. 455). C'est justement parce que l'argent est du côté de la vie que son absence ou sa disparition est synonyme de mort, sociale (la princesse au Carmel, Hamelin et Saccard en prison) ou réelle (le suicide de Mazaud ruiné, la mort de Sigismond qui rêvait de « tuer l'argent »).

d. L'énergie et l'action

En définitive, l'argent est le symbole même de l'énergie vitale. L'ambiguïté du personnage de Saccard vient du fait que, au-delà de ses malversations financières et de son évident égoïsme, il fascine par la morale de l'action qu'il incarne. La positivité du personnage provient de son activisme insensé, qui finit par accomplir le bien sans forcément le vouloir : les gens de l'Œuvre du Travail l'adorent « comme le Dieu de bonté, et véritablement bon, et ayant réellement sauvé des âmes, dans cette activité passionnée de brasseur d'affaires » (p. 203). Cette énergie vitale, cette volonté que rien ne peut plier émeuvent Mme Caroline, touchée par « cet homme si obstinément vivace » (p. 420). Le contre-exemple de Saccard n'est plus alors la princesse d'Orviedo et sa charité mortifère, mais Maxime et son oisiveté lénifiante, qui semble attendre que la vie s'écoule, sans but et sans volonté. Maxime est dans *L'Argent* un homme dépourvu de virilité, tout entier gagné par la mollesse et l'égotisme ; il s'abîme dans son « égoïste jouissance de la vie » (p. 275), au point que « ses yeux bleus et clairs » n'ouvrent plus que « sur le vide du cerveau » (p. 193). Au contraire, même dans l'atmosphère morbide de sa cellule, la vue de Saccard provoque encore chez Mme Caroline « la sensation d'une force débordante, d'un resplendissement de vie : l'éternelle illusion de l'espoir, l'entêtement de l'homme qui ne veut pas mourir » (p. 481). Le goût de l'argent n'est alors que la traduction, certes ambiguë, de cette espérance et de cette soif de vivre.

3. Amoralité de l'argent

L'argent est donc à la fois un mal et un bien, ou plutôt en deçà du bien et du mal : il est un moyen amoral, que seule l'action des hommes oriente vers le bien ou le mal. Telle est finalement la leçon que Zola, par l'intermédiaire de Mme Caroline, délivre à la fin de son roman.

a. La réversibilité des valeurs

Le bien et le mal ne sont pas figés dans le roman : l'un ne cesse de venir compenser l'autre, comme si les valeurs étaient réversibles, presque échangeables. Ainsi, la princesse d'Orviedo tente de compenser par sa charité, certes naïvement, le mal de la spéculation mise en œuvre par son mari. Quant à Saccard, seul l'argent l'intéresse, et il pourrait faire avec lui le bien comme le mal : c'est ce qui explique son rêve de mariage avec la princesse. Après tout, s'il veut être le roi de Paris et le dieu de l'argent, qu'importe que ce soit par la spéculation ou par la charité ? Le principal est qu'il manipule les millions. En cela, Saccard n'est pas vraiment immoral : il apparaît plutôt comme un être amoral, dont « l'inconscience morale » est qualifiée d'« extraordinaire » par Mme Caroline (p. 273). Maxime confirme ce jugement quelques lignes plus loin, en affirmant qu'il « est incorrigible, parce qu'il n'a pas de sens moral » (p. 278). Voilà pourquoi Saccard peut faire le bien comme le mal : s'en rendant compte, Mme Caroline perd ses illusions, mais regarde enfin les hommes pour ce qu'ils sont, en toute lucidité. « Il y avait chez lui, comme chez tous les hommes, du pire et du meilleur », pense-t-elle (p. 203), avant de constater : « La bonté était donc partout, même chez les pires » (p. 284). Même dans le terrible dénouement, elle porte ce regard lucide sur l'humanité paradoxale de Saccard : « elle retrouvait cette preuve qu'il n'y a point d'homme condamnable, qui, au milieu de tout le mal qu'il a pu faire, n'ait encore fait beaucoup de bien » (p. 469).

On s'explique mieux alors les nombreuses antithèses du roman, qui disent cette réversibilité des valeurs, cette capacité qu'a l'argent d'être tout et son contraire. « L'argent qui fait tant de mal souvent et qui ferait tant de bien » (p. 69) s'inverse ensuite dans un chiasme très significatif : « tout le bien naissait de lui, qui faisait tout le mal » (p. 283). C'est aussi le sens de l'image de Saccard, qui moralise l'excès en affirmant que la spéculation est nécessaire aux affaires, de la même manière que la luxure est nécessaire à la procréation. Il est vrai que parfois, comme l'a écrit La Rochefoucauld dans ses *Maximes*, « la fin du bien est un mal ; la fin du mal est un bien [1] ».

Si l'argent peut le bien comme le mal, c'est qu'il n'est finalement qu'un moyen. Pour Mme Caroline, il est par exemple un moyen de proposer un travail ; or c'est bien le travail qui, à ses yeux, est civilisateur, et non

1. La Rochefoucauld, *Maximes*, maxime écartée 63, éd. Jean Lafond, Gallimard, « Folio », p. 149.

l'argent lui-même : « il faut travailler, si l'on veut être bien-portant et heureux » (p. 198). La perversion de la spéculation consiste justement dans le fait de prendre l'argent comme une fin en soi, de faire de sa possession une source de bonheur et d'accomplissement personnel. Ce n'est donc pas l'argent qui est la cause de tous les maux, mais l'usage que l'on en fait ; tel est en tout cas le sens des derniers mots du roman : « Pourquoi donc faire porter à l'argent la peine des saletés et des crimes dont il est la cause ? L'amour est-il moins souillé, lui qui crée la vie ? » (p. 495).

b. Madame Caroline, c'est moi

Il faut croire que, dans *L'Argent*, Zola a quelque peu dérogé à la règle de la narration objective. Certes, dans ce roman comme dans tous les autres volumes des *Rougon-Macquart*, « le romancier naturaliste affecte de disparaître complètement derrière l'action qu'il raconte [1] ». Mais il est encore là, dans l'ombre, derrière l'action et les personnages, en l'occurrence derrière un personnage en particulier, Mme Caroline, qui semble être sa porte-parole. Le portrait moral idéalisé, figeant la sœur de Hamelin dans une sagesse prototypique, faisait déjà d'elle le parfait représentant de l'auteur ; et comment ne pas voir, dans ses cheveux blancs trop tôt arrivés, une allusion volontairement caricaturale aux figures de vieux sages qui peuplent la littérature didactique du siècle précédent ? Zola note plus explicitement son « grand bon sens » et sa « nature droite » (p. 141), sa « grande sagesse » (p. 176), « son vaste savoir, sa tolérance universelle » (p. 478), autant de qualités qui préparent l'identification du lecteur et sa possible édification morale.

Mme Caroline est donc le témoin idéal, celui qui, comme le romancier naturaliste, observe le monde, sans préjugés ; comme Zola avant d'écrire le roman, elle ne connaît rien aux milieux financiers ; mais « elle n'était point une naïve, une nigaude, que l'on pût tromper ; même ignorante de la technique des opérations de banque, elle comprenait parfaitement les raisons de ce surmenage » (p. 272). Son statut d'observatrice ne l'empêche pas de juger : « réfugiée dans le silence, apportant seulement le blâme de son attitude, elle ne voulait être qu'un témoin » (p. 416). Aussi comprend-on que ses hésitations du chapitre VII, sa condamnation puis sa réhabilitation de l'argent, sont en fait celles de Zola lui-même. Le romancier, comme son personnage, a « la brusque conviction que l'argent était le fumier dans lequel poussait cette humanité de demain » (p. 283, repris p. 494). Cette attention aux ambiguïtés du monde, ce refus d'adopter une posture caricaturale face aux irréductibles contradictions de l'argent conduisent Mme Caroline à remarquer que « la vie n'est pas propre » (p. 171). Peut-on proposer meilleure défense du roman naturaliste ? Si la vie est sale, le roman qui prétend la représenter doit

1. Art. cité.

l'être aussi : il doit montrer le décor et son envers, la façade du palais de la Banque Universelle et les taudis de la cité de Naples.

Conclusion

En définitive, la complexité du roman est celle de son objet. Si *L'Argent* est réputé être d'une lecture difficile, c'est peut-être que l'argent est une réalité parfois confuse, insaisissable, contradictoire même. Entre réalité et fiction, à la fois bien et mal, moyen souvent traité en fin, l'argent finit par s'annuler dans cette somme des contraires. À l'inverse de ce que les clichés qui affleurent à la surface du roman pouvaient laisser penser, ce thème n'est donc pas réductible à des postures caricaturales : face à l'argent, les types finissent par se fissurer. C'est peut-être ce qui explique la fascination coupable que le lecteur de *L'Argent* ressent parfois pour Saccard. On sait qu'on doit le mépriser, qu'on ne peut que condamner ses mensonges, ses manipulations, sa xénophobie et sa misogynie, et pourtant on ne peut s'empêcher de souhaiter qu'il réussisse. Comme Mme Caroline, on est séduit par l'activisme forcené, par la volonté inflexible que lui procure son obsession de l'argent : à travers lui, c'est à nos propres contradictions, celles de nos sociétés capitalistes, que *L'Argent* nous confronte.

Orientation bibliographique

Édition de référence

Émile ZOLA, *L'Argent*, édition avec dossier de Christophe Reffait, GF-Flammarion, 2009. [Cette édition comprend un précieux dossier sur « L'argent dans *Les Rougon-Macquart* », « La réception de *L'Argent* », « La Bourse dans la littérature et la presse du XIXe siècle », et « L'économie française de 1850 à 1914 », ainsi qu'un Lexique des termes financier et un cahier iconographique sur le thème de l'argent.]

Œuvres de Zola

Émile ZOLA, *La Curée*, éd. Claude Duchet, GF-Flammarion, 1970. [Une lecture essentielle pour comprendre les différentes allusions au passé de Saccard, mais aussi pour saisir l'évolution du personnage.]

Émile ZOLA, *Carnets d'enquêtes*, éd. Henri Mitterand, Plon, « Terre Humaine », 1986. [On lira avec profit les pages 47 à 115, qui restituent de larges extraits de l'enquête de Zola à la Bourse.]

Émile ZOLA, *Le Roman expérimental*, éd. François-Marie Mourad, GF-Flammarion, 2006. [Pour une approche de la théorie littéraire zolienne ; la lecture du volume permet en particulier de comprendre la méthode naturaliste.]

Lectures critiques

Colette BECKER, Gina GOURDIN-SERVENIÈRE et Véronique LAVIELLE, *Dictionnaire d'Émile Zola*, Robert Laffont, « Bouquins », 1993. [La forme du dictionnaire est originale, et, surtout, elle permet de résoudre une difficulté biographique, de combler une lacune bibliographique ou de faire une fiche sur un personnage de façon efficace et rapide.]

Henri MITTERAND, *Passion Émile Zola, les délires de la vérité*, Textuel, 2002. [Une approche bio-bibliographique enrichie par une superbe iconographie. Ce volume constitue une première approche très stimulante de l'œuvre de Zola.]

Zola, catalogue de l'exposition de la Bibliothèque nationale de France, sous la direction de Michèle Sacquin, BNF/Fayard, 2002. [Le catalogue de la grande exposition Zola, à l'occasion du centenaire de sa mort.]

TROISIÈME PARTIE

SIMMEL

Philosophie de l'argent (Partie analytique, chapitre III, sections 1-2)

par Jeanne Lazarus

Vie de Georg Simmel

Le lecteur se reportera pour plus de précisions à la chronologie donnée dans l'édition de Philosophie de l'argent (chapitre III, sections 1-2) *par Serge Katz et Olivier Aïm, GF-Flammarion, 2009.*

1er mars 1858 : naissance à Berlin. Il est le plus jeune des sept enfants d'Eduard Simmel, qui possède une usine de chocolat, et de Flora Bodstein. Son grand-père Isaac Simmel était un marchand juif. Ses parents sont d'origine juive mais son père s'est converti au catholicisme tandis que sa mère est luthérienne. Il est baptisé dans la même Église que sa mère.

1874 : mort de son père. Julius Friedländer, riche ami de la famille qui possède les éditions musicales Peters Verlag, devient son tuteur. La fortune de son tuteur est suffisante pour que Simmel n'ait pas à travailler pour vivre.

1876-1881 : il étudie la philosophie et l'histoire à l'université Friedrich-Wilhelm à Berlin.

1881 : Simmel soutient sa thèse de philosophie sur la nature de la matière dans la monadologie physique de Kant.

1883 : il soutient une thèse d'habilitation sur la théorie de l'espace et du temps chez **Kant**.

1885-1901 : à l'université de Berlin, il est nommé ***Privatdozent***, titre universitaire réservé aux personnes qui ont soutenu l'habilitation, mais qui n'ont pas encore reçu de chaire d'enseignement. Ce statut ne lui permet pas de recevoir un salaire de l'université : il dépend uniquement des contributions de ses étudiants. Ses cours sont très populaires, ils attirent l'élite intellectuelle berlinoise et un public peu académique : des étrangers, des Juifs et des femmes.

1890 : il épouse Gertrud Kinel, philosophe, amie de Marianne Weber – la femme de **Max Weber** –, et qui écrit sous le pseudonyme de Marie-Louise Enckendorf. Ils auront un fils, Hans, qui deviendra professeur de médecine à Leipzig et fuira les persécutions nazies en émigrant aux États-Unis.

1890 : parution de *La Psychologie des femmes* (*Zur Psychologie der Frauen*) et de *Sur la différenciation sociale* (*Über soziale Differenzierung*).

1900 : parution de ***Philosophie de l'argent*** (*Philosophie des Geldes*). Une seconde version, augmentée, paraîtra en 1907.

1901 : il obtient le rang de professeur extraordinaire, rang symboliquement plus élevé que le précédent, mais qui est marginal dans l'université et faiblement rémunéré.

1908 : sa candidature à l'université de Heidelberg échoue. En cause, le caractère novateur de sa **sociologie**, fondée sur les interactions entre individus plutôt que sur les structures sociales, mais plus encore ses origines juives et le public cosmopolite qui fréquente ses cours.

1908 : parution de *Sociologie* (*Soziologie*), œuvre maîtresse de Simmel, dans laquelle il expose les deux concepts centraux de sa pensée : l'action réciproque (*Wechselwirkung*) et la forme (*Form*).

1911 : parution de *La Culture philosophique* (*Philosophische Kultur*), dont est tiré le texte « Le concept et la tragédie de la culture », devenu célèbre.

1914 : Simmel reçoit enfin une chaire, mais à l'université de Strasbourg, c'est-à-dire aux marges de l'Allemagne d'alors. De plus, il est nommé **professeur de philosophie** et non de sociologie. Du fait du déclenchement de la guerre, la vie académique est rapidement suspendue, les bâtiments étant même convertis en hôpital militaire. Simmel aura donc eu une carrière universitaire difficile du début à la fin.

1915 : il candidate vainement pour un poste à l'université de Heidelberg.

1918 : *Le Conflit dans la culture moderne* (*Der Konflikt der modernen Kultur*).

28 septembre 1918 : mort à Strasbourg, d'un cancer du foie.

Publications posthumes : après sa mort, sa femme se dévoue à la publication d'un recueil d'essais sur la philosophie de l'art. Sa maîtresse, Gertrud Kantorowicz – poétesse et traductrice de Bergson, avec qui il eut une fille hors mariage, Angela, qu'il ne rencontra jamais –, fit également publier des fragments posthumes, sur la philosophie de l'amour et celle de l'acteur. La plupart de ses manuscrits ont toutefois disparu : Gertrud Kantorowicz se fit voler une valise pleine de documents dans un train et deux autres furent confisquées par la Gestapo en 1939.

I. PRÉSENTATION DE *PHILOSOPHIE DE L'ARGENT* DE SIMMEL

A. Le contexte historique et intellectuel

Georg Simmel (1858-1918) est l'un des pères fondateurs de la sociologie, née des bouleversements politiques, économiques et sociaux du XIXe siècle. La transformation de l'horizon politique des sociétés européennes induite par la Révolution française, le développement des États, et la révolution industrielle, qui a entraîné un nouveau système de production économique, ont entièrement modifié non seulement le mode de vie de la plupart des Européens, mais aussi leur façon de penser et leurs valeurs. À la fin du XIXe siècle, les sociologues s'interrogent sur cette transformation radicale des sociétés que résume le terme « modernité ». Quels sont ses différents aspects ? Quels sont ses avantages, mais aussi ses risques ?

1. La révolution industrielle

Né à Berlin en 1858, Simmel y a vécu jusqu'à son départ pour Strasbourg en 1914, où il est mort quatre ans plus tard. Il était donc aux premières loges pour observer le développement exponentiel de la ville, dont la population doubla entre 1870 et 1894, et qui devint ainsi une véritable métropole. Cette urbanisation spectaculairement rapide alla de pair avec plusieurs autres phénomènes qui ensemble composent la « révolution industrielle ».

a. Les changements techniques

L'expression désigne les changements dans les techniques de production survenus à la fin du XVIIIe siècle (invention de la machine à vapeur en 1712 ; invention de la mule-Jenny, machine à tisser extrêmement rapide, en 1779) et au cours du XIXe siècle, avec l'utilisation industrielle de l'électricité (Edison présente sa première machine à incandescence en 1879), le développement de la chimie et l'apparition du chemin de fer (la ligne Manchester-Liverpool fut inaugurée en 1830). Ces changements techniques furent exploités et soutenus par les grandes entreprises naissantes, l'industrie textile mais aussi la sidérurgie ou la mine.

Essentiellement agricole à la fin du XVIIIe siècle, l'économie européenne, organisée un siècle plus tard autour d'imposantes manufactures, devint ainsi industrielle. Ce changement d'organisation économique eut des effets sociaux majeurs : les usines, qui avaient besoin d'ouvriers, allèrent chercher des bras dans les campagnes, où l'introduction du machinisme agricole associée à la transition démographique avait libéré de la main-d'œuvre. Il y eut alors un afflux de population vers les villes – une population salariée, ce qui était une nouveauté : dans le monde agricole, en effet, les salariés étaient rares et constituaient la catégorie sociale la plus misérable. Karl Marx (1818-1883), philosophe et économiste allemand connu pour sa critique du capitalisme et sa théorisation du communisme, appelle *prolétaires* ces salariés, souvent très pauvres, qui ne possèdent que leur force de travail et sont souvent dépendants du bon vouloir de leurs employeurs (voir l'introduction, p. 30 *sq.* et 38, et l'encadré « L'argent dans l'œuvre de Marx », p. 200).

b. La monétarisation

L'argent joua un rôle pivot dans la révolution industrielle à travers le phénomène de *monétarisation.* Ce terme désigne la circulation accrue d'argent, mais aussi le fait que de plus en plus de biens et de services sont désormais payants. Au XIXe siècle, l'argent devient en effet omniprésent, dans la mesure où les usines et les machines nécessitent des investissements en capitaux. Le capitalisme, qui est le nom donné à cette accumulation de capital requise par le développement intensif de l'industrie, accélère la circulation de l'argent et en fait l'objectif final de toute production. Mais ce mécanisme n'épuise pas la place nouvelle de l'argent, devenu beaucoup plus présent dans la vie des individus, notamment du fait du salariat. Un nombre croissant de biens et de services sont à vendre – l'argent sert désormais à payer des services précédemment rendus par la communauté rurale : se soigner, garder les enfants, s'occuper des personnes âgées… – et, parallèlement, la vie urbaine exige toujours plus de moyens, pour se loger, s'habiller, se restaurer, besoins qui dans le monde rural, là encore, étaient couverts indépendamment de toute circulation monétaire.

2. La naissance de la sociologie

C'est dans ce contexte que naît la sociologie, en France, en Angleterre et en Allemagne. Le Français Auguste Comte (1798-1857), dans son *Cours de philosophie positive*, a inventé le mot « sociologie » pour désigner une science englobant tous les phénomènes sociaux, et qui serait le couronnement de la connaissance humaine. C'est toutefois Émile Durkheim (1858-1917) que l'on considère habituellement comme le père de la sociologie française, car l'école de pensée qu'il a fondée a installé de manière durable la discipline dans l'espace universitaire et intellectuel français. Science autonome et objective, la sociologie, d'après Durkheim, est susceptible de mettre en évidence certaines lois de fonctionnement des sociétés.

En Allemagne, comme en France, le terme « sociologie » s'est imposé à la fin du XIXe siècle avec, notamment, les travaux de Max Weber

(1864-1920) et de Simmel [1]. Jusque-là, la vie intellectuelle allemande était dominée par les écrits du philosophe Hegel (1770-1831), qui voyait dans l'histoire une « ruse de la raison » vers un progrès constant. La sociologie allemande s'est développée précisément contre la philosophie trop systématique de Hegel, et s'inscrit en cela dans le sillage des recherches entreprises par Marx et Engels, qui avaient proposé, contre l'idéalisme philosophique de Hegel, une approche concrète, historique, « matérialiste » des sociétés. Elle se distingue de la sociologie durkheimienne comme de l'entreprise de Marx en ce qu'elle cherche moins des lois générales que des compréhensions particulières. Simmel, ainsi, ne parle pas de « la société » mais plutôt des individus qui, par leurs actions multiples, créent des phénomènes sociaux ; pour lui, comme pour Max Weber, ce qui importe est de comprendre le comportement des acteurs sociaux et leurs motivations, alors que Durkheim se propose plutôt d'étudier les individus au travers du groupe.

Malgré leurs différences, les sociologues allemands et français s'interrogent de la même façon sur la « modernité ». Plusieurs d'entre eux la mettent en relief en l'opposant terme à terme avec l'époque précédant l'industrialisation et l'urbanisation : les travaux de Durkheim ou du sociologue allemand Ferdinand Tönnies (1855-1936), par exemple, s'accordent à distinguer les communautés rurales traditionnelles liées par des valeurs fortes, dans lesquelles le groupe prime sur l'individu, et les sociétés modernes, urbaines, où l'individu s'épanouit en se libérant des traditions et de leurs pesanteurs. Ils n'ont pas pour autant une vision « idéaliste » de leur époque : avec cette transformation, les individus ont perdu nombre de leurs protections, et se trouvent parfois complètement isolés [2].

La modernité, remarquent-ils, repose également sur une rationalisation du monde, dont témoigne l'idée que l'avenir est prévisible et calculable – ce qui va à l'encontre des traditions religieuses pour lesquelles seul Dieu maîtrise le futur. Max Weber parle à ce sujet de « désenchantement du monde » : l'expression désigne la fin d'un monde sur lequel les hommes n'avaient pas entièrement prise, et dont une part n'était explicable que par le recours à une puissance divine. Le monde « désenchanté » est un monde dans lequel la science s'estime en mesure de tout expliquer ; et cette « rationalisation » affecte tous les comportements de l'homme en société.

L'œuvre de Simmel, comme celle des autres sociologues qui lui sont contemporains, peut se résumer comme une large interrogation sur la

1. Sur les liens entre Simmel et Weber, voir la note d'Olivier Aïm et Serge Katz dans leur édition de *Philosophie de l'argent (chapitre III, sections 1-2)*, GF-Flammarion, 2009, p. 47-48.

2. Ferdinand Tönnies, dans son ouvrage *Communauté et Société* (1887), estime que les hommes sont passés de la « communauté » à la « société ». Émile Durkheim, quant à lui, aborde la question sous l'angle de la division du travail : il considère que la société était fondée sur une solidarité « mécanique » entre individus partageant des valeurs communes, et repose désormais sur une solidarité « organique » entre individus remplissant des fonctions complémentaires (*De la division du travail social* [1897], PUF, 2007).

modernité : qui est l'homme moderne ? Quelle est sa vie quotidienne, sa rationalité ? Quelles sont les institutions qui l'entourent ? Quels liens entretient-il avec ses semblables ?

B. *Philosophie de l'argent* dans l'œuvre de Georg Simmel

1. Qui est Georg Simmel ?

Aujourd'hui peu connu en France, Georg Simmel était très célèbre de son vivant, et le demeura jusqu'à la Seconde Guerre mondiale ; en Allemagne, il est un auteur classique et respecté. Pourtant, sa carrière universitaire fut médiocre : ce n'est qu'en 1914, à la fin de sa vie, qu'il obtint un véritable poste à l'université de Strasbourg, ville alors perçue comme marginale dans l'empire allemand, et qui ne tarda pas à entrer en guerre. Auparavant, il enseigna à l'université de Berlin, où il occupa des postes à la fois précaires et peu prestigieux. Ses origines juives furent un obstacle à son recrutement, même si, comme ses parents, il était chrétien. La fortune de Simmel, richement doté par son tuteur Julius Friedländer, qui l'avait adopté à la mort de son père, lui permit cependant de se contenter de cette position marginale à l'université, lequel ne l'empêcha pas, par ailleurs, d'entretenir des relations intellectuelles avec les artistes, philosophes et sociologues européens contemporains, parmi lesquels Max Weber, Rilke, Bergson, Rodin et Durkheim – lequel était très critique à son égard. Ses cours connurent un très grand succès ; l'élite intellectuelle berlinoise s'y pressait, mais aussi des personnes dont la position sociale était plus marginale : des étrangers, des Juifs et même, fait rare à l'époque, des femmes.

2. Une œuvre foisonnante

Tous les analystes de l'œuvre de Simmel font le même constat : celle-ci est multiple, éclectique, sans cohérence immédiate. À côté des ouvrages principaux, on trouve de nombreux articles et textes de conférences, qui touchent à toutes sortes de thèmes : le pauvre, l'étranger, la mode, la coquetterie, l'amour, la ville de Florence… La bibliographie de Simmel ne se laisse pas résumer facilement ; les traductions françaises sont très souvent des agrégations d'articles écrits à différentes époques et présentés ensemble par les traducteurs ; c'est le cas par exemple de *La Tragédie de la culture* et de *Philosophie de la modernité,* deux recueils composés d'articles écrits tout au long de la vie de Simmel (le plus ancien date de 1895 et les plus récents ont été publiés en 1923, après sa mort), traduits et parus en France en 1988 et 1989. Simmel s'y fait tour à tour philosophe, sociologue, psychologue, voire commentateur de l'actualité. L'aspect apparemment « léger » d'une partie de ses textes sur la vie quotidienne ne doit pas faire oublier son projet sociologique : il s'agit pour lui, comme nous allons le voir, de fonder une sociologie des formes par le biais de laquelle ausculter la modernité [1].

Le style de Simmel est brillant ; il se rapproche souvent de l'essai par l'utilisation d'analogies, d'exemples historiques ou empruntés à l'actualité, et se caractérise par l'usage récurrent de digressions. Ses écrits donnent à découvrir une pensée en mouvement, curieuse et ouverte. Il procède par petites touches et change sans cesse de point de vue sur les objets qu'il étudie. Dans *Philosophie de l'argent* (1900), par exemple, il montre que la monétarisation transforme les liens sociaux, mais il expose aussi les transformations sociales nécessaires au développement de la monétarisation. Son travail est caractérisé par l'*ambivalence* et la *dualité* : il affirme une chose, puis en démontre tout aussitôt les limites et les contradictions.

Sa méfiance devant les modèles trop généraux et son intérêt pour les effets des changements sociaux sur les individus le conduisent à une vision des rapports sociaux que l'on qualifierait en termes contemporains d'« interactionniste » : la société est créée par les actions réciproques des individus et non par des structures qui les détermineraient. Cette approche du monde social a eu une longue postérité, en particulier dans la féconde école de sociologie de Chicago, fondée en 1892 autour de sociologues comme Robert Park (1864-1944) – qui avait suivi les cours de Simmel à Berlin –, d'Ernest Burgess (1886-1966), puis d'Erving Goffman (1922-1982) ou encore de Howard Becker (né en 1928) [2]. Cette école est connue pour ses méthodes d'enquête qualitatives ; elle s'intéressait aux interactions entre les individus qu'elle cherchait à observer de très près, par exemple par l'observation participante, et ses thèmes d'étude, en partie hérités de Simmel, sont extrêmement variés : la ville, la déviance, la maladie mentale, la médecine, la délinquance, etc.

3. La grande ville et l'homme moderne

Simmel, dans la continuité de Marx et Engels, a fait de la métropole le lieu par excellence d'expression de la logique sociale de son époque. Certains de ses écrits lui sont spécifiquement consacrés [3], ce qui s'explique aisément : l'homme moderne, au centre de la sociologie de Simmel, est l'homme de la métropole.

C'est en effet dans la grande ville que se développent les relations sociales propres à la modernité, c'est-à-dire de brèves rencontres avec

1. Olivier Aïm et Serge Katz proposent une présentation très claire de la notion de forme dans leur édition de *Philosophie de l'argent (chapitre III, sections 1-2)*, GF-Flammarion, 2009, p. 23 *sq.*

2. Pour une initiation aux thèmes et approches de ce groupe, voir la série d'articles traduits par Isaac Joseph et Yves Grafmeyer parus dans *L'École de Chicago*, Flammarion, « Champs », 2004.

3. Par exemple « Métropole et mentalité » (1903), article traduit dans *L'École de Chicago*, *ibid.*

des étrangers que l'on croise dans la rue ou dans les échanges marchands. L'homme de la métropole multiplie les liens avec d'autres hommes, ses interactions sont diverses, il pénètre toutes sortes de milieux sociaux et ne se limite pas à celui de sa communauté. Il gagne en liberté puisque, en découvrant des façons de vivre et des normes de comportements variées, il peut choisir ses propres règles de vie. En outre, l'anonymat de la grande ville le dégage du regard de ses pairs, il peut donc exprimer des penchants qui seraient condamnés dans des espaces ruraux.

Cette liberté coûte cependant à l'homme moderne ses attaches : les relations multiples sont aussi des relations superficielles. L'envers de la modernité est la solitude et la perte des valeurs. Dans *Le Conflit dans la culture moderne* (1918), Simmel montre que les productions culturelles de la modernité sont tellement nombreuses que les hommes ne sont plus en mesure de les intégrer à leur personnalité : elles restent extérieures et superficielles. Les conséquences de cet isolement humain sont affectives mais aussi morales : comment se comporter ? Quelle est la bonne façon de faire ? Les hommes dans la ville sont seuls face à ces questions, confrontés à de multiples réponses sans qu'aucune s'impose.

En s'intéressant à la ville, Simmel observe la présence de formes sociales qui y trouvent plus que d'autres des moyens d'émancipation, à commencer par le pauvre, l'étranger et les femmes. Simmel, qui s'intéresse notamment aux mouvements d'émancipation des femmes et compare leur lutte à celle des ouvriers, apparaît ainsi très en avance sur son temps [1]. Cet intérêt pour la marginalité est-il lié à sa biographie personnelle ? Ce n'est pas impossible. Ses origines juives lui ont permis de ressentir que l'appartenance à ce peuple, même après la conversion au christianisme, marque l'existence du sceau de l'étrangeté. Le pauvre et l'étranger (voir l'encadré « Les pauvres selon Simmel », p. 193) sont à la fois à l'intérieur et à l'extérieur : membres du groupe, nécessaires à son existence, ils sont toujours tenus à l'écart du centre.

Enfin, la grande ville apparaît en quelque sorte comme l'espace naturel de développement de l'argent : l'un et l'autre s'épanouissent dans la vitesse, l'anonymat et l'échange avec des étrangers. L'argent et la métropole se développent parallèlement et se soutiennent. L'argent intéresse Simmel parce qu'il lui permet de pénétrer la psychologie de l'homme moderne.

4. La sociologie formelle

D'un point de vue méthodologique, Simmel part toujours du principe qu'une analyse sociologique doit s'intéresser aux actions et aux réactions des individus. Pour étudier des éléments macroscopiques comme les

1. On trouve dans *Philosophie de la modernité* (1989) quatre articles de Simmel sur les femmes, tirés de *Philosophische Kultur* (1911).

institutions – l'argent en est une –, il considère qu'il faut prendre en compte des données microscopiques, c'est-à-dire ce qu'on appellerait aujourd'hui les interactions. C'est ce qui lui a attiré le reproche d'être un « psychologue social » plutôt qu'un sociologue. Son projet, pourtant, est bien d'ordre sociologique : c'est au groupe et à ses liens qu'il s'intéresse.

La notion de « forme » permet de préciser la méthode simmelienne : Simmel est en effet connu pour sa « sociologie formelle » ou « sociologie des formes », notion qu'il développe notamment dans *Sociologie* en 1908, dont le sous-titre est *Recherches sur les formes de la socialisation*. La notion de « forme » vient de Kant – à qui Simmel a consacré sa thèse de philosophie –, pour qui la connaissance des phénomènes naturels n'est possible que parce que l'esprit y projette des formes comme l'espace et le temps. Pour Simmel, les phénomènes sociaux ne sont perceptibles que si le sociologue organise le réel à partir de « formes », c'est-à-dire de catégories ou de modèles.

La forme est le contraire d'une « loi » sociologique ou philosophique. La loi est *universelle* et *empirique*, c'est-à-dire qu'elle porte sur des faits sociaux existants, tandis que la forme est *générale* – elle s'étend à des pluralités de situations sans prétendre à l'universalité – et *idéelle*, c'est-à-dire qu'elle ne s'applique pas à une réalité concrète. Par exemple, l'avare est une forme chez Simmel : il ne décrit pas une personne en particulier, mais une façon d'être qui peut se retrouver par certains traits chez tout le monde. En outre, les formes sont intertemporelles : elles peuvent exister à toutes les époques et dans des contextes divers. Notons enfin que les formes sont de deux types : certaines sont des constructions mentales du sociologue, qui propose un modèle théorique pour décrire une réalité sociale ; d'autres sont des produits d'interactions sociales : les institutions, par exemple, sont, pour Simmel, des formes.

5. *Philosophie de l'argent*

Philosophie de l'argent, paru en 1900, est considéré comme le chef-d'œuvre de Simmel. Alors que son autre grand ouvrage, *Sociologie* (1908), est constitué d'une série d'« exposés autonomes », selon les termes de l'auteur, *Philosophie de l'argent* est une analyse suivie qui s'étend sur presque sept cents pages et donne à voir la puissance des raisonnements de Simmel. Derrière l'argent, il analyse le type d'organisation sociale de l'économie monétaire, c'est-à-dire une économie où les échanges ne sont pas directs mais passent par un intermédiaire. Et à travers la monnaie, là encore, c'est la modernité qui l'intéresse – la monétarisation en étant à la fois un symbole et une source.

Selon le principe de la sociologie formelle, *Philosophie de l'argent* propose l'analyse d'une série de formes. Étudiant les situations dans lesquelles l'argent intervient, l'auteur en observe les conséquences sociales : que se passe-t-il, par exemple, lorsque les individus préfèrent l'argent à

STRUCTURE GÉNÉRALE DE *PHILOSOPHIE DE L'ARGENT*

Philosophie de l'argent se compose de deux parties : la première est analytique, et décrit les **caractéristiques de l'argent**. La seconde est synthétique, et observe les **effets de la monétarisation sur la vie sociale**.

PARTIE ANALYTIQUE

• **Chapitre I : Valeur et argent**

Au fondement de la valeur est le désir. La valeur est un phénomène subjectif qui provient de l'écart entre le sujet désirant et l'objet désiré. Pour la mesurer et la faire entrer dans l'échange économique, une relation objective doit s'établir entre les objets afin que leurs valeurs deviennent relatives. Alors que la valeur est subjective, l'échange marchand nécessite une mesure supra-individuelle de la valeur : c'est ce que permet l'argent. L'essence même de l'argent est donc de rendre possible l'échange en étant **la mesure et le support de la valeur**. Il permet d'extérioriser la valeur par rapport aux individus. À tel point qu'ils se figurent que les objets ont des valeurs intrinsèques, déconnectées de leurs désirs, alors que la nature ne connaît pas la valeur. Cette extériorisation de la valeur est la condition par laquelle l'argent peut jouer le rôle de **médiateur universel des échanges**. L'argent « tire son contenu du fait qu'il vaut » (p. 111).

• **Chapitre II : La valeur substance de l'argent**

Quelle est la valeur de l'argent ? Est-ce que l'argent doit posséder une valeur intrinsèque (comme les pièces d'or, par exemple) ou peut-il se contenter d'être un symbole (des morceaux de papiers) ? Simmel pose la question de l'origine de la **confiance** dans la monnaie et montre qu'elle repose essentiellement dans la garantie de pouvoir réutiliser son argent. C'est ce qu'il nomme l'**argent crédit** – l'expression désigne un argent qui donne un crédit d'utilisation future mais qui n'a pas de valeur propre (c'est le cas des billets de banque) –, par opposition à l'**argent substance**, argent dont le support a une valeur équivalente à celle qu'il représente (qu'il s'agisse d'étoffes, de grains ou plus souvent de pièces d'or et d'argent).

La relation à l'argent est une relation avec le **pouvoir** : « le fondement, le support sociologique de cette relation entre les objets et l'argent, c'est précisément la relation des sujets économiques au pouvoir central, émetteur et garant de la monnaie » (p. 194). La confiance dans la monnaie est une confiance dans l'ordre marchand et dans l'ordre étatico-social. Ce chapitre montre le rôle de l'argent dans le passage de la communauté à la société : les individus forment une société lorsqu'ils n'ont pas à se faire confiance entre eux, mais qu'ils font confiance aux autorités – c'est avec elles qu'ils sont en affaire lorsqu'ils acceptent de l'argent.

• **Chapitre III : L'argent dans les séries téléologiques**

Simmel réfléchit à la place de l'argent dans la série des fins et des moyens. C'est dans ce chapitre qu'apparaissent les pathologies monétaires : elles sont essentiellement liées au fait que l'argent, le moyen absolu, est considéré par les individus comme la fin absolue.

PARTIE SYNTHÉTIQUE

• **Chapitre IV : La liberté individuelle**

L'argent est **désaliénant**. Il rend libre car il est l'« objet économique étranger entre tous à la personnalité », autorisant le « divorce entre l'être et l'avoir »

(p. 397). Simmel prend l'exemple du serf et du seigneur : le servage impliquait que le serf appartienne tout entier au seigneur, qui disposait de sa force de travail, mais aussi de son corps, comme en témoigne le droit de cuissage. Une première libération eut lieu quand les services dus par le serf furent limités dans la durée ou à un produit (un poids de céréales par exemple). Cette contrainte était parfois plus rude, mais laissait à l'obligé une plus grande liberté individuelle. La dépendance individuelle devint dépendance « chosale ».

Toutefois, la véritable liberté ne fut acquise que lorsqu'il devint possible de **substituer de l'argent à des biens en nature**. « La relation sera totalement dépersonnalisée lorsque seul le paiement de l'argent décide, à l'exclusion de tout autre facteur » (p. 349). C'est pourquoi le paysan préfère payer l'impôt seigneurial en monnaie, et certaines jeunes femmes aller à l'usine plutôt que de servir comme bonnes chez des patrons « où elles sont peut-être mieux loties matériellement, mais se sentent moins libres, étant soumises à la subjectivité des personnes » (p. 348).

• Chapitre V : L'équivalent monétaire des valeurs personnelles

Dans ce chapitre, Simmel étudie toutes les situations où **l'être humain se voit doté d'une valeur monétaire** : le « *Wergeld* » – la somme d'argent versée au Moyen Âge en compensation des meurtres –, la dot, le mariage d'argent, la prostitution et la corruption.

La présence d'argent rabaisse certaines relations : en témoigne la prostitution. Toutefois, l'économie monétaire a rendu certains paiements impossibles : il en va ainsi du *Wergeld*, qui avait cours à la fois parce que les êtres humains étaient considérés comme relativement remplaçables, et parce que l'argent était socialement et symboliquement intégré et significatif. Or, dans la société moderne, d'une part, l'individu est devenu irremplaçable et n'a désormais plus de prix ; d'autre part, l'argent est neutralisé et ne peut plus remplir les fonctions symboliques qu'il occupait précédemment.

Ce chapitre traite aussi de la question du **travail** : pour Simmel, celui-ci devrait être rémunéré à la hauteur de l'effort investi. L'abstraction des sociétés modernes rend le travail intellectuel de plus en plus nécessaire, et Simmel estime qu'il doit être mieux rémunéré que le travail manuel.

• Chapitre VI : Le style de vie

Quels sont les traits psychologiques des contemporains de Simmel ? L'économie monétaire crée une « intellectualité calculatrice » (p. 568) : l'« être des temps modernes [...] mesure, pèse et calcule exactement » (p. 566). Il s'éloigne de la subjectivité, entretenant un rapport toujours plus abstrait aux choses. Le monde moderne se caractérise par la division du travail, par l'accélération de la production et de la consommation. L'individu peine à assimiler à sa subjectivité les productions sociales : le travailleur est séparé du fruit de son travail ; le savant s'éloigne de l'idéal de l'honnête homme – car il ne peut se tenir au courant de toute la culture ; le consommateur ne peut plus imprimer sa personnalité sur le trop grand nombre d'objets dont il dispose : « Le sentiment d'être accablé par les extériorités dont nous entoure la vie moderne, n'est pas seulement la conséquence mais aussi l'origine du fait qu'ils nous font face comme des objets autonomes » (p. 589). **L'argent augmente et diminue les distances** : il permet à un Allemand de prendre part à une révolution en Amérique du Sud (p. 612), en même temps qu'il dresse des barrières entre les hommes, rendant leurs relations purement utilitaristes. Comme la grande ville, le style de vie moderne est tout à la fois intense et désespérant.

Dieu, ou lorsqu'ils vendent des objets auxquels ils accordent une valeur sentimentale très forte ? L'ouvrage est divisé en deux parties. Dans la Partie analytique, qui est la plus abstraite, Simmel examine les qualités de l'argent, et décrit son rôle dans le processus de rationalisation à l'œuvre dans la modernité : l'argent objective la valeur non seulement des biens et des services, mais aussi des affects, des désirs, des personnes. La Partie synthétique, quant à elle, observe les conséquences de la diffusion de l'argent parmi les hommes (voir l'encadré « Structure générale de *Philosophie de l'argent* », p. 180).

L'apport de Simmel est qu'il observe et décrit les mécanismes sociaux par lesquels l'argent s'est imposé, depuis la sphère économique jusqu'au cœur de l'intimité et des désirs de chaque individu.

C. Les principaux thèmes de *Philosophie de l'argent*

Si l'ouvrage met en évidence un nombre considérable d'effets de l'argent, il se garde toutefois de les systématiser. Les thèmes abordés, multiples, rejoignent de nombreux centres d'intérêts de Simmel (les pauvres, les étrangers, les femmes, la mode, etc.). Deux d'entre eux méritent plus particulièrement de retenir notre attention, en ce qu'ils occupent une large place et permettent de saisir le mouvement général du raisonnement.

1. L'argent et l'objectivation de la valeur

La modernité se caractérise par l'autonomisation des échanges économiques de toutes les autres sphères sociales. Or l'argent joue un grand rôle dans ce processus, dont il bénéficie en se voyant « épuré » de ses déterminations antérieures, et qu'il accélère (voir l'encadré « Argent "primitif", argent moderne », p. 184). Dans le chapitre I de *Philosophie de l'argent*, Simmel décrit l'argent comme un objet homogénéisant, véritable étalon universel de la valeur, et donc comme un objet qui permet l'objectivation : « Cette compensation réciproque par laquelle tout objet de l'économie exprime sa valeur dans un autre objet les arrache tous deux à leur pure signification affective : la détermination de la valeur, par sa relativité, les objectivise » (p. 49).

Si l'argent permet l'échange marchand, ainsi, c'est parce qu'il accorde les individus sur une mesure de la valeur. Si ces derniers ne mesuraient la valeur des biens qu'à l'aune de leurs affects, ils ne pourraient jamais se mettre d'accord : pour faire entrer un objet dans un échange marchand, il faut qu'il y ait une valeur « objective », totalement différente de la valeur subjective que son possesseur lui prête. En ce sens, l'argent rend les biens comparables et transmissibles, et transforme le qualitatif en quantitatif.

Qu'en est-il de la valeur humaine ? Simmel montre que, paradoxalement, l'économie monétaire a conduit à ce que se développe l'idée que la personne humaine n'ait « pas de prix ». Il le montre dans le chapitre V, à propos du déclin du « *Wergeld* », la compensation monétaire du meurtre : au Moyen Âge, il était socialement possible de réparer monétairement un meurtre car l'argent était chargé de significations symboliques et l'être humain perçu comme remplaçable. Dans l'économie monétaire, c'est impensable : l'argent, en se diffusant, s'est neutralisé et a perdu son contenu symbolique en même temps que l'individu est devenu irremplaçable. Aujourd'hui, il paraîtrait indécent qu'un meurtrier propose une somme d'argent à titre de dédommagement et considère les parties comme quittes.

Toutefois, et même si la vie humaine n'a pas de prix, l'argent, pour Simmel, trouble l'organisation sociale, en développant l'esprit de calcul et en rapportant toutes les valeurs à une seule. La société objectivée prend le pas sur la subjectivité de chacun, et tend à rendre les engagements humains superficiels et distants.

2. Argent et liberté

Le thème de la liberté est également fondamental dans *Philosophie de l'argent*, puisque la liberté est concomitante à la monétarisation. Les économistes libéraux l'avaient déjà compris : le premier d'entre eux, l'Anglais Adam Smith (1723-1790), plaidait pour une libéralisation et une dépersonnalisation des échanges, c'est-à-dire pour la suppression des entraves affectives, sociales et culturelles à ceux-ci.

La Partie analytique de *Philosophie de l'argent* expose les qualités libératrices de l'argent : celui-ci libère d'abord de la subjectivité, car il « objectivise » les valeurs en les rendant toutes comparables. De plus, l'argent libère des liens personnels : c'est à lui que l'on fait confiance, à l'État qui le garantit, et non à la personne avec qui on échange. Enfin, l'argent-instrument décuple la puissance des individus, et les rend plus libres.

Dans la Partie synthétique, Simmel consacre un chapitre entier à la liberté : l'argent rend libre car, en payant avec une somme d'argent, l'individu n'a plus à impliquer l'ensemble de sa personne dans l'échange – en un mot, l'argent est désaliénant. Les deux derniers chapitres, toutefois, mettent en garde contre cette apparente liberté : c'est que l'argent nivelle toutes les valeurs et leur fait perdre leur sens. L'auteur cite un voyageur observant des paysannes grecques venues au marché pour vendre des broderies. Devant l'argent qui leur est tendu, elles hésitent longuement, prenant l'argent, puis la broderie, puis de nouveau l'argent. Simmel lit cette hésitation comme le signe que l'argent est obtenu par « la vente de valeurs inhérentes à la personnalité » (p. 510). La liberté de l'argent se paie du déracinement.

ARGENT « PRIMITIF », ARGENT MODERNE

L'argent est-il partout et toujours le même ? Les réflexions de Simmel sur le lien intime entre argent et modernité invitent à élargir le regard, et notamment à interroger l'**anthropologie** – science des sociétés lointaines qui se développe à la même époque que la sociologie.

Dans les sociétés longtemps dites « primitives », si l'argent existe sous diverses formes (coquillages, parures, bijoux), il est toujours lié à des significations symboliques plus vastes. Les échanges ne se limitent pas à l'objet échangé : ils impliquent les personnes, qui représentent elles-mêmes leurs groupes d'appartenance. Ce ne sont pas deux individus, mais deux groupes qui se rencontrent à travers l'échange. Dans le système d'échange de la *kula* des îles Trobriand, à l'est de la Nouvelle-Guinée, étudié par Bronisław Malinowski dans *Les Argonautes du Pacifique occidental* (1922), ou dans celui du *potlatch* de l'Amérique du Nord décrit par Marcel Mauss, les échanges et l'argent sont des « **faits sociaux totaux** » – la notion est proposée par Mauss dans son *Essai sur le don* (1923). L'échange, dans ce cadre, est toujours à la fois politique, culturel et religieux. Il se déroule selon un **cycle de don et de contre-don** qui ne s'arrête jamais (puisque celui qui reçoit le don ou le contre-don est toujours redevable vis-à-vis du donneur), et auquel seule la mort met un terme. À l'inverse, dans l'économie moderne, plus strictement monétaire, un échange est clos quand l'acheteur a payé et le vendeur fourni le bien ou le service demandé : l'interaction ne continue pas.

Dans une perspective assez proche, l'économiste autrichien Karl Polanyi (1886-1964) a distingué, dans un ouvrage posthume, *Primitive, Archaic and Modern Economies* (1968), les monnaies modernes et prémodernes selon les fonctions qu'elles peuvent remplir : alors que les **monnaies modernes** sont à la fois **réserve de valeur**, **unité de compte** et **moyen d'échange**, les monnaies prémodernes sont plus limitées. Elles le sont d'abord d'un point de vue physique : si la monnaie est une pierre extrêmement lourde, par exemple, elle peut être réserve de valeur mais plus difficilement moyen d'échange. Mais elles le sont surtout en raison de leurs propriétés symboliques : dans le contexte prémoderne, l'argent est « encastré » dans les liens sociaux, politiques, religieux et culturels. Ainsi, dans certains cas, la fonction de la monnaie comme moyen d'échange généralisé est limitée par des interdits de relations entre groupes. Polanyi distingue en ce sens des types d'actions économiques qui correspondent exactement aux types de monnaies qu'il observe. Et, à ses yeux, c'est seulement dans la société moderne, où les échanges ne sont plus encombrés de ces diverses restrictions, que le rôle de l'argent peut s'étendre et se généraliser.

Ce détour par l'anthropologie, qui donne à voir des sociétés dans lesquelles la sphère économique et monétaire n'est pas séparée de la sphère sociale, nous aide à comprendre que l'argent dont parle Simmel est « moderne » : il n'existe que dans l'organisation sociale de la modernité, qui se caractérise par l'autonomisation de l'économie et par la transformation de la perception de l'argent. Celui-ci devient alors un objet homogénéisant, étalon universel de valeur et donc d'objectivation. Dans les sociétés modernes, il n'est pas besoin de faire confiance à celui avec qui on échange, c'est à l'argent que l'on fait confiance ; dès lors, on peut échanger avec n'importe qui pourvu qu'il possède de l'argent. L'échange est centré sur l'objet, il n'est plus un échange entre deux groupes, engageant des valeurs symboliques et sociales multiples. Autonome, **l'argent est « désencastré »**.

De sorte que Simmel décrit avec pessimisme « la liberté du libéralisme [qui] a engendré tant de faiblesse, de trouble et d'insatisfaction » (p. 511). Et plus loin, il ajoute : « l'échange de biens et de prestations contre de l'argent dépersonnalise la vie » (p. 517). L'étalon de la valorisation des biens – et des personnes, notamment dans le cas de la prostitution – appauvrit non seulement les relations entre les individus en les rendant utilitaires et interchangeables, mais aussi la vie de chacun.

3. *Philosophie de l'argent*, Partie analytique, chapitre III, sections 1-2 : l'argent, un moyen devenu fin

Les deux premières sections du chapitre III, situées à la fin de Partie analytique, offrent un concentré des thèmes et des raisonnements de l'ouvrage. Simmel commence par y exposer les qualités de l'argent d'un point de vue théorique : il est un moyen, et plus exactement *le* moyen. Cette qualité de moyen absolu confère à celui qui le possède liberté et puissance, y compris sans dépenser d'argent, mais simplement du fait de la *potentialité* de la dépense.

Seulement, l'ambivalence est au cœur du système de pensée de Simmel comme de sa conception de l'argent : dans la deuxième section, la neutralité de l'argent paraît comme remise en cause par les affects des individus qui l'utilisent. Si Simmel insiste sur la neutralité du médium et fonde une grande part de son analyse sur cette « qualité », *Philosophie de l'argent* n'en montre pas moins que la présence de l'argent dans les rapports sociaux est en réalité tout sauf neutre. Non pas, selon Simmel, du fait des propriétés intrinsèques de l'argent, mais du fait des qualités que lui confèrent les individus, des sentiments qu'il leur inspire et de la façon dont ils l'utilisent. Ces pratiques de l'argent sont qualifiées par Simmel de dégénérées ou de pathologiques, cependant elles prouvent que l'argent n'est neutre que lorsqu'il est décrit théoriquement.

Dès lors que les individus s'approprient l'argent, ils le colorent de leurs sentiments. C'est ainsi, du moins, que l'on peut comprendre cette étrange phrase qui clôt la première section : « il y a deux espèces d'hommes avec lesquels on ne doit jamais faire d'opérations financières, l'ami et l'ennemi » (p. 268). Si la neutralité de l'argent n'était pas problématique, ou plutôt si elle était suffisamment résistante aux affects, peu importerait la personnalité de celui avec lequel on commerce. Elle est donc fragile. Et cette fragilité vient principalement du fait que l'argent, le *moyen* absolu, est considéré par les individus comme une *fin*. Il devient alors le concurrent de toutes les autres valeurs, jusqu'à prendre la place de Dieu.

Selon le principe des formes, Simmel propose alors une galerie de portraits qui lui permet d'exposer les usages déréglés de l'argent, source de tous les dangers. Cette critique de l'argent est aussi une critique de la modernité qui rend libre tout en laissant les individus seuls, sans valeurs fondamentales et sans attaches communautaires. Quel est le sens de la vie lorsque celle-ci a pour fin dernière la possession d'argent ?

La section 3, qui ne figure pas au programme, poursuit le raisonnement du chapitre en s'intéressant à la psychologie des rapports entretenus avec l'argent au-delà des formes pathologiques. Elle montre que le rapport à l'argent ne peut se résumer à une rationalité instrumentale. Par exemple, la dépense d'un gros billet de banque n'a pas la même signification que celle d'un petit. Cette section développe les analyses des deux sections précédentes, en détaillant les conséquences subjectives de l'argent transformé en fin ; les idées les plus fortes du chapitre III, toutefois, se trouvent dans les deux premières sections.

Philosophie de l'argent est en somme un ouvrage relativement pessimiste. Si Simmel s'efforce de rendre justice à l'argent en décrivant les avantages sociaux qu'il procure, le raisonnement général laisse entendre que les dangers de la monétarisation sont grands. Les hommes risquent d'y perdre leur âme.

II. L'ARGENT DANS *PHILOSOPHIE DE L'ARGENT* (PARTIE ANALYTIQUE, CHAPITRE III, SECTIONS 1-2)

Simmel consacre un ouvrage entier à l'argent : il veut comprendre ce qu'est cet outil et comment les personnes l'utilisent. Il interroge aussi la société qui permet son développement et les conséquences sociales de la présence de l'argent. Celles-ci ne sont pas à chercher exclusivement du côté de l'organisation économique et sociale : elles s'observent dans les mœurs, dans l'éthique comme dans la façon de calculer et, plus fondamentalement, dans la façon de se représenter la place de l'homme dans l'univers. La réflexion de Simmel sur la modernité, on l'a vu, se caractérise par l'ambivalence : les progrès de l'individualisme permettent à l'homme de se sentir de plus en plus libre en même temps qu'ils l'isolent et lui font perdre ses repères antérieurs. Or l'argent non seulement n'échappe pas à cette ambivalence, mais il est l'une de ses sources : il participe de la libération individuelle tout en détruisant les attaches et les valeurs fondamentales des êtres humains.

Dans la Partie analytique de *Philosophie de l'argent*, Simmel attaque l'argent de front pour en déterminer les caractéristiques afin de poursuivre son raisonnement dans la Partie synthétique vers une description de l'homme moderne monétaire. Le troisième chapitre de cette Partie analytique se concentre sur un caractère en apparence évident de l'argent : il est un moyen. Simmel, toutefois, ne se contente pas de le faire remarquer. D'abord, il se fait logicien et déduit les conséquences de ce constat : le caractère de moyen de l'argent lui donne un pouvoir extrême, qui va jusqu'à lui faire prendre la place de Dieu. Mais l'auteur

STRUCTURE DE *PHILOSOPHIE DE L'ARGENT*, PARTIE ANALYTIQUE, CHAPITRE III, SECTIONS 1-2

SECTION 1

• **p. 235-240** : Qu'est-ce qu'une action téléologique ? Distinction entre le vouloir pulsionnel et le vouloir finalisé. L'action finalisée est le propre de l'homme civilisé, et la série téléologique dessine une courbe qui va du sujet à l'objet, puis revient vers le sujet.

• **p. 241-242** : « Notion capitale d'outil », instance qui s'insère entre le sujet et l'objet. L'outil est à la fois entièrement formé par nos forces et intégré à nos fins.

• **p. 243** : Apparition de l'argent « dans l'écheveau des buts ». « Fable du troc » qui explique l'apparition de l'argent comme un moyen pour faciliter les échanges.

• **p. 244-247** : L'argent est le moyen absolu, un outil à l'usage illimité car il n'a pas de contenu propre.

• **p. 248-252** : La liberté de choix que confère l'argent donne une prépondérance au « donneur d'argent » sur le « donneur de marchandise ».

• **p. 253-258** : Le *superadditum* de la richesse désigne les faveurs accordées au riche. La fortune, en outre, passe pour une sorte de mérite moral. L'argent des riches n'a pas de destination contrainte, il est réellement un moyen absolu, alors que celui des pauvres est coloré par la nécessité. La richesse donne aussi accès aux fonctions publiques.

• **p. 259-268** : L'argent est le centre d'intérêt des étrangers et des citoyens privés de droit (en particulier les Juifs), à la fois parce qu'il est difficile d'exclure de la sphère de l'argent et parce que avec l'argent les individus peuvent accéder aux biens rares. Toutefois, cette position est fragile car les confiscations sont faciles et les financiers s'attirent souvent la haine nationaliste.

SECTION 2

• **p. 269-270** : Expansion psychologique des qualités dans la série téléologique. La valeur accordée au moyen est fonction de l'importance de l'objectif.

• **p. 271-273** : La finalité n'est pas toujours consciente ; il vaut même parfois mieux qu'elle ne soit pas trop présente à l'esprit, de peur qu'elle inhibe l'action.

• **p. 274-276** : L'accroissement de la concurrence et de la division du travail a complexifié les séries téléologiques et a rendu les objectifs de l'existence de plus en plus difficiles à atteindre. Les moyens prennent de ce fait souvent la place des fins, et l'argent est l'objectif intermédiaire qui prend le mieux la place des finalités.

• p. **276-278** : L'exemple de la Grèce antique montre que l'argent contemporain nécessite des dispositions au calcul et un rapport à l'avenir spécifiques.

• **p. 279-280** : Dans les séries téléologiques, la désignation d'un moment comme un moyen ou une fin est une question de point de vue, la vie est constituée de passages successifs.

• **p. 281-283** : Le désir pour l'argent est maximal quand les autres valeurs ont disparu. L'argent occupe la place des objectifs vitaux et finit par remplacer Dieu lui-même, avec lequel il a une « analogie psychologique ».

• **p. 283-294** : La cupidité et l'avarice.

• **p. 294-296** : La figure de l'économe.

• **p. 296-302** : La prodigalité et ses liens avec l'avarice.

• **p. 302-306** : Autre phénomène négatif : la pauvreté.

• **p. 306-308** : Le cynisme.

• **p. 308-310** : Le blasement.

se fait aussi moraliste : remplaçant Dieu, l'argent se substitue à toutes les valeurs humaines alors qu'il n'a pas lui-même de contenu positif. Il remplace tout alors qu'il n'est rien : l'essence de ce chapitre, voire de l'ouvrage entier, est contenue dans ce paradoxe.

À travers les pathologies monétaires, enfin, Simmel creuse la question des fins et des moyens : ceux qui ne mettent pas l'argent « à sa place » s'exposent à des dérèglements moraux. Son approche, néanmoins, n'est pas individuelle : il ne fustige pas des pathologies circonscrites à quelques déviants car selon lui, en réalité, nous en sommes tous atteints à des degrés divers. La modernité et l'économie monétaire créent inévitablement ces dérives.

Ce que montre Simmel dans cet extrait, en somme, est que l'argent est un moyen créé par l'homme mais qui lui échappe et risque de prendre le pouvoir sur lui.

A. L'argent est le moyen absolu

« Moyen s'élevant au-dessus de toute fin spécifique » (p. 259), l'argent que présente Simmel est neutre. Il n'a pas de caractéristique propre. Son « absence de caractère » (p. 252) étant sa propriété principale, il est un outil dont l'usage potentiel est infini.

1. L'argent dans les « séries téléologiques »

Avant d'en venir à parler d'argent, Simmel consacre de nombreuses pages à une réflexion sur l'action de l'homme moderne. Loin de constituer un préambule anodin et secondaire dans le raisonnement, ces pages sont essentielles à la compréhension de l'argent tel que Simmel le décrit et de la place qui lui revient. Elles fondent sa distinction entre la bonne utilisation de l'argent et son usage dégénéré.

a. L'action finalisée de l'homme civilisé : la série téléologique

Que sont ces « séries téléologiques » dont parle Simmel ? Le terme est moins complexe qu'il y paraît : il désigne des séries orientées vers un but. Simmel oppose les actions finalisées de l'« homme civilisé » aux pulsions de l'« homme primitif » (p. 237), en des termes que l'on n'utilise plus aujourd'hui : quand l'action est téléologique, l'homme est tiré par-devant ; quand elle est pulsionnelle, il est poussé par-derrière. Manger parce que l'on a faim est une pulsion, manger pour atteindre un plaisir culinaire est une action téléologique (p. 235-236).

La série téléologique est ce qui permet de lier le sujet et l'objet par une « courbe » qui va du sujet à l'objet puis revient vers le sujet. Dans un premier temps, l'homme a la pensée de ce qu'il veut, en ce sens il a une pensée téléologique : il pense au but. Pour atteindre ce but, il réfléchit aux actions objectives qu'il va devoir accomplir. Pour atteindre D en partant de A, il lui faudra passer par B et C (p. 240). Mais le raisonnement de Simmel ne s'arrête pas là car, ayant atteint son but, l'action a alors un effet subjectif en retour : elle provoque un sentiment chez l'individu, comme la satisfaction, la surprise ou la déception.

Toutefois pour atteindre D, l'homme doit connaître B et C, faute de quoi il restera avec son désir sans pouvoir agir, n'ayant pour seule option que s'en remettre à Dieu. Ou plutôt, dit Simmel, il ne formulera pas de désir car il n'imaginera pas celui-ci possible. C'est le cas de l'« homme primitif », qui se contente de séries courtes dans lesquelles son activité physique a une prise directe sur les objets. L'« homme civilisé », en revanche, maîtrise mieux la nature, au sens où il dispose de techniques plus avancées : il peut donc allonger les séries. Du même coup, ses désirs se complexifient et ses exigences s'élèvent : « L'allongement de la série veut dire que le sujet fait travailler pour lui dans une mesure croissante les énergies et les objets » (p. 241).

b. L'argent est un outil

Simmel introduit alors la « notion capitale d'outil » (p. 241). L'outil se situe entre le sujet et l'objet, on agit sur lui et avec lui. Il est un nouveau membre de la série finalisée. Il est « notre créature », « entièrement formé par nos forces et [...] intégré à nos fins » (p. 242). Les outils ne sont pas uniquement matériels : les institutions sociales, notamment, sont des outils, puisqu'elles permettent aux individus d'atteindre des buts auxquels ne suffiraient jamais leurs seules capacités personnelles. C'est pourquoi l'argent, institution sociale, est un outil : créature de l'homme et moyen au service d'autres fins.

Simmel expose la naissance de l'argent selon la fable du troc (p. 243) : si je détiens l'objet *b* et que je veux l'objet *a* qui appartient à A, si A n'a pas besoin de *b*, j'ai besoin d'un intermédiaire dans lequel je puisse convertir la valeur de *b* pour l'échanger contre *a*. Adam Smith, avant lui, avait déjà utilisé cette métaphore dans *La Richesse des nations* (1776), en parlant de la « double coïncidence des besoins » indispensable au troc. Il prenait l'exemple d'un marchand de bière, d'un boucher et d'un boulanger : le boucher a trop de viande dans sa boutique, le boulanger et le brasseur en voudraient mais n'ont à échanger que leur pain et leur bière dont le boucher a déjà une quantité suffisante – l'échange est donc impossible. L'argent est le remède à cette absence de coïncidence des besoins [1].

Il s'agit d'une « fable » car les travaux sur les monnaies primitives (voir l'encadré « Argent "primitif", argent moderne », p. 184) ont montré que l'argent n'est pas arrivé subitement pour simplifier les échanges

1. Adam Smith, *Recherches sur la nature et les causes de la richesse des nations* [1776], GF-Flammarion, 1991, p. 84.

marchands, mais qu'il s'est progressivement autonomisé des déterminations sociales qui l'enserraient. Toutefois, cette présentation de l'argent comme un *deus ex machina*, qui arriverait de l'extérieur et serait utilisé seulement pour mesurer et échanger de la valeur marchande, permet à Simmel de le présenter comme un outil et de le définir comme « une institution dans laquelle l'individu verse son action ou son avoir, pour atteindre par ce point de passage des objectifs qui resteraient inaccessibles à un effort directement dirigé vers eux » (p. 243). On retrouve ici la série téléologique : l'argent est un moyen d'avancer dans la série, il permet à l'homme de ne pas rester bloqué en A avec son désir de D.

c. L'argent est l'« outil le plus pur »

L'argent n'est pas un outil parmi d'autres. Il est « l'outil le plus pur » (p. 243), « le moyen absolu » (p. 244). Il est le seul « moyen abstrait » (p. 248) qui ne contient en lui-même aucune indication de but. Une pioche est utile à qui veut piocher et sert rarement dans d'autres circonstances (p. 242) ; tout comme les pioches, les moyens abstraits que sont les institutions contiennent des finalités – la preuve, écrit Simmel, on se hérisse lorsqu'on réduit l'État ou l'Église à des instruments. Dans ces cas-là, leurs valeurs morales sont rappelées et célébrées (p. 244) : c'est que leurs finalités spécifiques les empêchent de devenir des moyens absolus. Or l'argent, lui, ne s'encombre pas de buts : « il n'a aucun rapport de contenu avec la fin particulière qu'il nous aide à atteindre » (p. 244). C'est pourquoi Simmel parle de son « indifférence téléologique » (p. 257) qui lui donne une place à part dans les séries téléologiques, puisqu'il offre un « lieu de passage tout à fait indifférent » (p. 244) et permet d'atteindre des objectifs « infiniment vastes et divers » (p. 244).

Reste à voir à présent pourquoi cette neutralité de l'argent le rend si puissant.

2. La valeur de l'argent

« L'argent a cette qualité très positive qu'on désigne par un concept négatif : l'absence de caractère » (p. 252). La neutralité de l'argent fonde sa puissance et en fait un outil tout à fait particulier dans son rapport aux hommes et aux objets.

a. La puissance assimilatrice de l'argent

L'argent moderne permet de commercer avec tout le monde, même avec le bourreau, qui au Moyen Âge était marqué du sceau de l'« infamie » (p. 262). Dans un échange monétaire, les individus qui échangent disparaissent, puisqu'on n'échange pas avec tel ou tel mais avec de l'argent. D'ailleurs, l'argent est accepté en échange de biens et de services parce que les individus ont confiance dans le fait qu'ils pourront ensuite le réutiliser, c'est-à-dire qu'il sera toujours accepté. S'ils acceptent l'argent dans l'échange, ce n'est pas parce qu'ils font confiance à leur partenaire, mais parce qu'ils croient en l'argent et, au-delà, en la communauté dans laquelle celui-ci circule.

On le voit avec l'exemple du bourreau : pour Simmel l'argent est un « désaffectant » – selon l'expression du sociologue Frédéric Vandenberghe – des rapports sociaux [1] : il se place entre les sujets et les objets et supprime les affects qui pourraient les lier. Outre qu'il permet à tout le monde de commercer, l'argent permet aussi de tout échanger car il est en mesure d'absorber la diversité des marchandises, qu'il s'agisse de biens, de services ou de travail.

Étalon auprès duquel les marchandises se mesurent, il objective leur valeur et la détache de la subjectivité. Cette valeur objectivée est la condition de possibilité de l'échange marchand, elle est le langage commun à tous les participants de l'échange. Cependant, Simmel montre qu'un retournement s'opère. La série logique consiste à aller de la valeur subjective des biens à leur valeur objective, exprimée en monnaie ; or, dans l'économie monétaire, tous les biens ont un prix, ce qui donne l'illusion que ce prix *est* la valeur de l'objet. Le mouvement est donc inversé : « l'économie monétaire a réellement fait que notre sentiment de valeur à l'égard des choses se mesure d'ordinaire à leur prix en argent » (p. 253). C'est pourquoi une épingle, de faible prix, semble de faible valeur. L'argent est un outil quantitatif qui permet de classer des valeurs qualitatives. On pourrait dire la même chose pour un concours : les notes, outils quantitatifs, expriment la valeur qualitative des copies.

b. Un vaste espace des possibles

« Finalement, toute la diversité des marchandises est convertible en une seule valeur, l'argent, tandis que l'argent, lui, est convertible en toute la diversité des marchandises » (p. 247). Dans les séries téléologiques, l'argent n'est jamais un point d'arrêt mais toujours un point de passage. L'argent ouvre l'espace des possibles, son usage est potentiellement illimité et offre à son possesseur la liberté de choisir. C'est ce qui explique la préférence des hommes pour une somme d'argent plutôt que pour un objet dont la valeur serait identique, la somme d'argent pouvant se convertir en une infinité d'objets potentiels, tandis que l'objet, encombré de sa finalité propre, n'a pas cette souplesse. L'argent en acquiert une valeur supérieure à sa valeur monétaire : « la valeur d'une somme d'argent donnée est égale à la valeur de chaque objet particulier dont elle constitue l'équivalent, plus la valeur de la liberté de choix offerte » (p. 247).

Cependant, Simmel rappelle au lecteur que l'argent n'ayant pas de qualité en lui-même, la préférence qu'il inspire se doit de rester de l'ordre

1. Frédéric Vandenberghe, *La Sociologie de Georg Simmel*, La Découverte, « Repères », 2001, p. 85.

de l'« intérêt économico-pratique » (p. 253). Une épingle a moins de valeur que la somme d'argent nécessaire à son achat, mais la catégorie générale des épingles est strictement incommensurable avec l'argent qui a une « non-valeur intrinsèque » (p. 253).

B. La libération par la possession d'argent

L'argent que décrit Simmel est donc un pur instrument. Dans la série téléologique idéale, il est le moyen absolu, mais toujours au service de fins économiques. La place qu'il occupe n'existe néanmoins que du fait de l'organisation économique et sociale moderne. L'argent étend ses possibilités parce qu'un nombre croissant de biens et de services sont fabriqués et achetables ; et parce que la monétarisation conduit à ce que l'argent pénètre des sphères qui lui étaient autrefois fermées. Dans l'Ancien Régime, le rang social était lié à la naissance et à la possession de terres inaliénables ; celui qui ne possédait que l'argent ne pouvait accéder aux plus hautes sphères du pouvoir : le pouvoir de l'argent était alors limité, puisque les terres et les noms n'étaient pas à vendre. Or la modernité se caractérise par le fait que ces barrières sociales – jamais totalement disparues – sont abaissées. Celui qui possède de l'argent a un pouvoir de plus en plus étendu : l'argent, qui rend libre et puissant, est la ressource de ceux qui n'ont pas d'autres richesses sociales.

1. Le *superadditum* de la richesse

Simmel constate que celui qui possède beaucoup d'argent non seulement jouit d'un confort supérieur aux autres et de l'accès à certains biens rares, mais reçoit même plus que ce qu'il possède économiquement : « Le riche bénéficie d'avantages qui dépassent encore ce qu'il peut se procurer concrètement pour son argent » (p. 253). Ce n'est pas seulement en le dépensant que le pouvoir de l'argent se réalise. Celui qui possède de l'argent reçoit des choses « gratuites » comme la prévenance de son interlocuteur, ou le sourire aimable du commerçant. Simmel qualifie ces choses gratuites qui viennent s'ajouter à l'argent de « *superadditum* de la richesse » (p. 253 *sq.*).

a. L'argent des riches

Pas plus que la pauvreté, Simmel ne définit la richesse par des conditions monétaires précises (voir l'encadré « Les pauvres selon Simmel », page ci-contre). Le riche est simplement désigné comme celui pour qui « le coût de l'objet désiré, dans de nombreux cas, ne fait pas question » (p. 258). Ce qui distingue réellement le riche des autres individus, c'est un rapport social. Le riche est celui qui est traité comme un riche par

Les pauvres selon Simmel

Dans les deux premières sections du chapitre III de *Philosophie de l'argent*, Simmel consacre d'importants développements à la richesse et n'évoque la pauvreté qu'en passant. Pourtant, il a longuement réfléchi à cette autre figure sociale que constitue le pauvre, notamment dans « Les pauvres », septième chapitre de *Sociologie* (1908) [1]. Dans ce texte, Simmel réfléchit à la place des pauvres dans l'espace social, dont la particularité est qu'ils sont en même temps **à l'intérieur et à l'extérieur**.

• **La relativité de la pauvreté.** « Est pauvre celui dont les moyens ne suffisent pas à atteindre les fins » : Simmel considère qu'il est impossible de déterminer un niveau de vie qui distinguerait la richesse de la pauvreté. De fait, selon les groupes sociaux, les frontières entre les riches et les pauvres sont très variables : un homme riche peut se sentir psychologiquement pauvre car il s'est fixé des buts hors de sa portée ; l'installation d'une personne riche dans une petite ville peut déplacer les sentiments relatifs d'aisance ou de manque, etc.

La pauvreté n'est donc pas quantitative : un homme « peut être un commerçant, un artiste ou un employé pauvre, mais il demeure dans la catégorie (*commerçant*, *artiste* ou *employé*), qui est définie par une activité ou une position spécifique ». En ce sens, le prolétaire n'est pas un pauvre car il est défini par une condition professionnelle. Le pauvre, lui, est pauvre et n'est rien d'autre. Ce qui fait qu'une personne pauvre devient « un pauvre », le critère véritablement décisif, c'est qu'elle bénéficie d'une assistance. Or **l'assistance déclasse** : « Personne n'est pauvre socialement avant d'avoir été assisté. » Voilà le lien très spécifique qu'entretient le pauvre avec le reste de la société.

• **L'individu et la société.** L'analyse des pauvres de Simmel s'inscrit dans l'interrogation fondamentale des premiers sociologues : comment la société tient-elle ? Dans la société moderne, la série téléologique de l'assistance aux pauvres s'est allongée. Alors que, traditionnellement, l'aide des plus riches envers les nécessiteux était liée à leur vision concrète des conditions de vie misérables, l'assistance est devenue un **devoir de l'État**, dénué de tout affect moral. Le même processus d'abstraction qu'a connu l'argent (voir l'encadré « Histoire et formes de la monnaie », p. 9) est à l'œuvre dans l'assistance aux pauvres. Pour Simmel, la série téléologique de l'assistance contourne les pauvres car son but n'est pas l'amélioration de leur situation – sinon l'État n'aurait pas de limites dans son aide, jusqu'à atteindre l'égalité de tous les citoyens. Son objectif est de « supprimer les dangers et les pertes représentés par les pauvres vis-à-vis du bien de la communauté ». Le droit n'est pas celui du pauvre à être assisté, mais celui du citoyen à voir endiguer des **dangers potentiels**.

• **Don et contre-don.** Comment le pauvre, assisté, peut-il tout de même entrer dans un échange actif avec la société ? Pour Simmel, si celui qui reçoit donne quelque chose en échange, alors le don devient une interaction, un « événement sociologique ». En revanche, si le receveur reste exclu du processus téléologique du donneur, « si les pauvres ne remplissent aucun rôle autre que celui de servir de boîte à aumône dans laquelle on jette l'obole à la messe, l'interaction est interrompue ; la donation n'est pas un fait social mais un fait purement individuel ». Dans la société moderne, la relation de réciprocité est rétablie lorsqu'en échange de l'aide les pauvres retrouvent une activité économique et renoncent à la violence.

1. Trad. L. Deroche-Gurcel et S. Muller, PUF, 1999. Les citations qui suivent renvoient à cette édition.

les autres, c'est-à-dire avec davantage d'égards : « il flotte autour de sa personne une sphère idéale de faveur incontestée » (p. 253).

Pourquoi ces égards, reçus y compris quand le riche ne débourse pas d'argent ? Parce que, poursuit Simmel, les riches disposent d'un excédent d'argent dont la finalité est indéterminée, au contraire du pauvre dont toutes les ressources sont dirigées vers la satisfaction de besoins élémentaires. L'argent des pauvres n'est pas un « moyen absolu » au sens où l'entend Simmel : il est *coloré* par des finalités déterminées que sont les besoins de première nécessité (p. 256-257). Pour l'auteur de *Philosophie de l'argent*, c'est seulement lorsqu'il est entre les mains des riches que l'argent est vraiment lui-même : un moyen neutre et potentiellement infini. L'excédent laisse au riche « une liberté de choix dans l'utilisation de l'argent, qui de sa personne fait donc l'objet de cette estime et de cette faveur dépassant largement son pouvoir économique réel » (p. 256).

b. L'« aristocrate financier »

Posséder beaucoup d'argent confère une aura liée à la liberté qu'offre cette possession. Mais là ne s'arrête pas le *superadditum* de la richesse ; le raisonnement se poursuit : alors que l'argent est « l'objet économique étranger entre tous à la personnalité », comme l'écrit Simmel dans le chapitre IV de la Partie analytique (p. 397), celui qui en possède se voit souvent auréolé de qualités morales supérieures.

D'abord, explique le sociologue, parce que lorsqu'elles ne sont pas rémunérées, seuls les riches peuvent accéder aux fonctions publiques, qui assurent une rémunération insuffisante pour vivre (p. 257). Simmel le sait, lui qui n'a pu être universitaire que parce qu'il disposait d'une fortune personnelle. Les fonctions publiques apportent parfois de la gloire à ceux qui les occupent en faisant oublier que c'est par la richesse qu'ils ont pu y accéder. Simmel cite le cas du Parlement britannique (p. 257) : les parlementaires ne recevant aucun salaire, seuls les riches pouvaient y siéger. Mais, plus généralement, c'est le cas dans tous les régimes « ploutocratiques », c'est-à-dire où le pouvoir est détenu par les plus riches.

En outre, « le genre de vie qui n'a pas à s'inquiéter des prix comporte un charme esthétique sans pareil » (p. 258). C'est ce qui distingue l'aristocrate du bourgeois dans la société d'Ancien Régime. Le sociologue Norbert Elias, dans *La Société de cour*, a montré au XXe siècle que l'*ethos* de l'aristocratie consistait à dépenser en fonction du rang et non en fonction du niveau de richesse, tandis que l'*ethos* de la bourgeoisie professionnelle conduit au calcul, à la prévoyance, à l'épargne et éventuellement à la privation en vue d'un objectif futur [1]. Lorsque Simmel parle d'« aristocrate financier » (p. 258), c'est bien ces deux rapports à l'argent qu'il

1. Norbert Elias, *La Société de cour*, Calmann-Lévy, 1974.

oppose. L'aristocrate financier est en mesure de mépriser l'argent et de le renvoyer à son statut de moyen.

Dès lors, « le *superadditum* de la richesse n'est rien d'autre qu'une manifestation particulière de cette essence métaphysique de l'argent, dira-t-on, en vertu de laquelle il dépasse chacune de ses utilisations singulières et, puisque moyen absolu, impose la possibilité de toutes les valeurs en tant que valeur de toutes les possibilités » (p. 259). Simmel signifie que posséder de l'argent rend puissant car son potentiel est illimité. C'est le sens du mot allemand « *Vermögen* », qui désigne les moyens financiers considérables (p. 255) : le pouvoir, la capacité en soi, « l'impression d'une puissance non exactement déterminable » (p. 255).

2. La ressource de ceux qui n'en ont pas d'autre (l'étranger, le paria)

« L'argent a le pouvoir de procurer des emplois, de l'influence, des plaisirs, quand on est exclu de certains moyens directs de rang social » (p. 261). L'argent, en tant qu'il est un moyen dépourvu de finalité, ouvre à une deuxième série de réflexions [1]. Il ne s'agit plus pour Simmel de réfléchir aux sources de la domination sociale des riches, mais de comprendre pourquoi l'argent est parfois l'unique voie que peuvent emprunter ceux qui sont à l'extérieur de la société. Souvent, les étrangers, tout comme les citoyens privés de droits que Simmel nomme « parias [2] », utilisent l'argent pour accéder à ce qui est normalement accessible au citoyen de plein droit. Par exemple, à Babylone, les étrangers jetaient de l'argent dans le giron des jeunes filles pour qu'elles se prostituent (p. 264). C'est l'argent, selon Simmel, qui peut faire une place dans la société à celui qui arrive de l'extérieur.

a. L'étranger et le commerce

La forme de l'étranger parcourt l'œuvre de Simmel. Elle est transhistorique : on trouve des étrangers dans de nombreux lieux et à diverses époques. Simmel lui a consacré un chapitre de *Sociologie* (1908), « Digressions sur l'étranger », dans lequel il écrit : « Toute l'histoire économique montre que l'étranger fait partout son apparition comme commerçant, et le commerçant comme étranger [3]. » Cette phrase fait écho à une autre, dans *Philosophie de l'argent* : « non seulement le commerçant est un étranger, mais encore l'étranger s'avère disposé à devenir un commerçant » (p. 264).

---

1. Voir *Philosophie de l'argent (chapitre III, sections 1-2)*, GF-Flammarion, 2009, p. 98, note 2, et p. 100, note 1.

2. Nous utiliserons dans la suite de cette partie le mot « étranger » pour désigner ces deux types d'individus (l'étranger et le paria) car Simmel les associe dans sa réflexion sur l'argent.

3. Georg Simmel, « Digressions sur l'étranger », in Yves Grafmeyer, Isaac Joseph, *L'École de Chicago*, *op. cit.*, p. 54.

La « forme » de l'apparition de l'étranger est la suivante : tant que l'autoproduction suffit à assurer les besoins du groupe, le commerçant n'est pas utile. Toutefois, à partir du moment où naît un intérêt ou une nécessité pour des produits extérieurs, il faut faire appel à quelqu'un qui est en mesure d'être à la fois à l'intérieur et à l'extérieur, quelqu'un qui peut aller au loin et rapporter des biens qui y sont produits. L'étranger est en ce sens nécessaire pour que s'étende le pouvoir de l'argent, puisque c'est par lui que l'argent pourra acheter plus de choses et accroître les séries téléologiques en y faisant entrer des éléments extérieurs à la communauté. L'étranger trouve quant à lui son intérêt dans cette extension du pouvoir de l'argent, dans la mesure où c'est la seule ressource à laquelle il a accès, les ressources communautaires lui étant peu accessibles du fait de sa position marginale.

L'étranger, comme l'argent, est mobile. En outre, il possède aussi la qualité d'*objectivité*, car il n'a pas de racines dans les particularismes du groupe : comme l'argent, il est détaché des affects et des intérêts spécifiques d'une communauté.

b. L'étranger et le prêt à intérêt

L'étranger ne fait pas seulement commerce de marchandise, il fait aussi commerce d'argent à travers le prêt à intérêt. L'« étranger prêteur » est une forme : Simmel multiplie les exemples pour montrer qu'elle s'observe dans des temps et des lieux multiples, de l'Antiquité à l'époque contemporaine, en Europe comme en Asie. Simmel énumère ces groupes dont la « position sociale interdit toutes sortes de visées personnelles et particulières » et qui ont trouvé une place comme prêteurs : les esclaves affranchis à Rome et à Athènes, les Arméniens en Turquie, les Mauresques en Espagne, les Parsis et les Tschettis, basses castes de l'Inde, les Quakers en Angleterre... Ces groupes méprisés, parfois pourchassés, ne disposant pas des mêmes droits que les autres, ont pu s'apercevoir que la sphère dont il est « le moins facile d'exclure quiconque » est la recherche du gain (p. 259-260).

D'abord, nous dit Simmel, parce que le commerce d'argent se soustrait plus facilement que d'autres aux contrôles et aux ingérences (les scandales financiers contemporains en témoignent) ; mais l'argument le plus convaincant est plutôt que la détresse dans laquelle plonge le besoin d'argent est telle qu'elle rend capable d'aller chercher la personne la plus méprisée pour commercer avec elle (p. 260).

L'argent n'a pas d'odeur : on peut l'échanger avec tout le monde, comme on l'a vu plus haut avec l'exemple du bourreau. C'est parfois le seul échange que les membres des groupes dominants acceptent d'avoir avec ceux qu'ils considèrent comme des étrangers et des parias. Il est un groupe dont l'existence est particulièrement liée à ce schéma et que connaît bien Simmel pour y appartenir – par ses origines familiales et non par sa religion propre, comme nous l'avons vu – et pour en avoir payé le prix dans sa carrière universitaire : celui des Juifs, « le plus bel exemple de toute cette corrélation entre la centralité de l'intérêt pécuniaire et l'oppression sociale » (p. 262).

c. Les Juifs

La religion catholique au Moyen Âge interdisait à ses fidèles le prêt à intérêt. Cette activité considérée comme impure et corruptrice était toutefois autorisée à ceux qui, bien que présents physiquement, ne faisaient pas totalement partie du groupe : les Juifs. Simmel considère les Juifs comme les représentants paradigmatiques de la figure de l'étranger : ils sont dispersés en une diaspora. Ainsi « le fait que les Juifs soient devenus un peuple de marchands s'explique-t-il, en dehors de leur oppression, par leur dispersion à travers le monde » (p. 264). Ils possèdent dès lors les qualités de l'étranger, à la fois présent – donc susceptible de prêter de l'argent au besoin – et absent – dont on peut nier les droits et l'humanité même dans certains cas –, ce qui permet une forme d'arrangement de la communauté dominante, qui conserve ainsi le sentiment de sa pureté. Dans l'Europe catholique du Moyen Âge qui condamnait l'usure, les Juifs étaient ainsi doublement « destinés » au commerce d'argent, « tout indiqués pour servir de prêteurs » (p. 265) : d'abord, leur religion ne dressait pas d'interdits à cette activité ; surtout, ils étaient souvent légalement exclus de la possession des terres, l'agriculture leur étant interdite.

Après avoir expliqué pourquoi les Juifs se sont tournés vers le prêt à intérêt, Simmel montre la précarité et les contraintes de la position du financier, souvent menacé de « déclassement social » (p. 260). Du fait de son statut d'étranger, et parce qu'il ne dispose pas des mêmes droits que les autres, la justice lui est souvent rendue de façon partiale. Le fait que les Juifs ont partout occupé des métiers de l'argent a permis, en effet, de les exploiter et de les voler : « C'est parce que la richesse des Juifs reposait sur l'argent qu'ils devinrent cet objet d'exploitation recherché, combien fructueux ; car aucune autre possession ne se confisque avec tant de vitesse et d'aisance, et avec aussi peu de perte » (p. 262). C'est pourquoi, nous dit Simmel, l'étranger a besoin « d'une prime de risque supérieure » (p. 265) : cela explique que les prêteurs juifs soient plus chers que les autres.

Ces risques sont notamment liés à la « haine du peuple envers les grandes maisons financières » (p. 266). La haine qu'attirent les prêteurs, nous dit Simmel, est une haine nationaliste. Elle est l'expression de la révolte d'un sentiment national, conscient de ses valeurs et qui s'insurge contre une puissance indifférente, l'argent neutre et froid, étranger, qui le violente (p. 267). Les analyses de Simmel nous aident à comprendre pourquoi les « nouveaux riches » sont souvent méprisés, la « bonne société » entretenant commerce avec eux de façon presque forcée mais gardant au fond d'elle-même l'idée que leur place est peu légitime.

L'argent n'est donc jamais perçu par ses utilisateurs comme neutre : sa mise à l'écart, son abandon aux mains des étrangers et des parias prouvent qu'il est socialement craint.

C. Les dangers de l'argent

Simmel a une approche analytique de l'argent qui est aussi très normative : il indique à ses lecteurs une bonne et une mauvaise façon d'utiliser l'argent, qui renvoient aux séries téléologiques ou, pour le dire plus simplement, à la question des fins et des moyens. Dans la série téléologique idéale, l'argent est un moyen, certes très puissant mais toujours au service de fins qui lui sont extérieures. Or son pouvoir l'a rendu désirable pour lui-même, de sorte que l'argent est devenu un but en soi.

La deuxième section du chapitre III est consacrée à l'analyse de cette transformation de l'argent *moyen absolu* en *fin absolue*. C'est la modernité, sa complexité et la perte de valeur qu'elle charrie, qui l'explique.

1. La confusion dans les séries téléologiques

Le grand problème du rapport à l'argent de ses contemporains réside pour Simmel dans cette inversion du moyen et de la fin. Toutefois, loin de considérer qu'il s'agit là de confusions individuelles qui seraient liées à des personnalités peu rationnelles, Simmel montre que l'époque moderne crée les conditions sociales de cette inversion.

a. Prendre temporairement le moyen pour la fin

La vie moderne a allongé infiniment les séries téléologiques. À tel point que leur objectif est souvent difficilement perceptible par les individus : « les finalités de l'existence elle-même, comme celles du cours de l'existence, ne passent qu'imparfaitement le seuil de la conscience » (p. 274). D'ailleurs, le but ne peut jamais être réalisé individuellement, et les hommes, dès leur naissance, sont plongés dans des séries téléologiques complexes, commencées avant eux et qui continueront ensuite. Par exemple, ils ne se demandent pas quelle est la finalité des us et coutumes, mais s'y conforment parce que c'est un impératif social (p. 274). Souvent, l'homme n'a pas même une réelle conscience des finalités qu'il sert : « ses propres objectifs individuels lui sont très souvent dictés, comme allant de soi, par l'atmosphère régnant autour de lui et s'imposent davantage dans la réalité de son être et de son développement que dans sa conscience claire » (p. 274).

Pour pallier cette complexité et agir tout de même, l'homme doit d'une certaine façon ruser avec la série téléologique en considérant les étapes intermédiaires vers les fins comme des buts en soi. Il porte donc tout son effort vers des tâches pratiques, qui sont des moyens. D'ailleurs, même lorsque le but est conscient, il est plus efficace que celui-ci soit mis de côté de sorte qu'aucune énergie vitale ne soit dépensée à y penser, pour laisser l'homme libre de se concentrer sur les buts intermédiaires : il pense d'abord à B, puis à C, puis à D. Cela conduit à « traiter le moyen [qui mène au but final] comme s'il était lui-même le but » (p. 273). Lorsque l'homme atteint ce but intermédiaire, il se souvient de son statut de moyen, et ce but reprend alors sa place comme une étape dans la série téléologique, qui continue. La hiérarchie entre la fin et les moyens est alors rétablie : selon Simmel, voilà comment agir rationnellement dans la vie moderne.

L'argent, étant aisément considéré comme une fin en soi, trouve une place évidente dans ce mécanisme : « aucune instance intermédiaire de l'existence ne réalise cette prédation de l'objectif final avec autant d'ampleur et de radicalité que l'argent » (p. 274-275). Parce que l'homme moderne est réduit à désirer des moyens – les fins étant trop éloignées de son pouvoir individuel –, l'argent a pris une grande place dans les désirs, car il est un moyen de plus en plus absolu, c'est-à-dire que « l'ensemble des objets que l'on peut acquérir par de l'argent s'étend de plus en plus, que les choses se soumettent avec de moins en moins de résistance au pouvoir de l'argent, qu'il est lui-même de plus en plus dépourvu de qualités propres » (p. 275). Les qualités de l'argent moderne ne cessent de s'étendre avec les changements économiques et sociaux : les objets à convoiter se multiplient et l'argent est de plus en plus « désencastré », c'est-à-dire séparé de toute détermination sociale ou symbolique (voir l'encadré « Argent "primitif", argent moderne », p. 184). Ne percevant pas la finalité de son existence, l'homme désire de l'argent, « la conscience téléologique s'arrête définitivement à lui » (p. 275).

b. Les changements dans le rapport à l'argent

En sociologue, Simmel montre que cette place centrale donnée à l'argent n'est possible que dans l'organisation sociale spécifique dont il est contemporain. Pour bien souligner la spécificité de son époque, il la compare avec l'Antiquité grecque, et cite Platon et Aristote, qui voient en l'argent un « mal nécessaire » (p. 277). Le changement fondamental tient au fait que l'argent ne servait alors qu'à la consommation, tandis qu'il est, au XIXe siècle, nécessaire à la production. La preuve : lorsque Aristote développe une « morale positive » de l'argent, il s'intéresse seulement à la façon de le dépenser et non de l'acquérir (p. 276-277). Le commerce, cependant, était également discrédité aux yeux des Grecs, car « les affaires commerciales proprement dites, basées sur l'argent, sont toujours quelque peu à long terme et incluent un avenir prévisible dans leurs calculs » (p. 278). Or, pour eux, l'avenir est fondamentalement incertain et l'homme serait présomptueux de vouloir le maîtriser : il s'attirerait la colère des dieux.

L'ARGENT DANS L'ŒUVRE DE MARX

Le lecteur se reportera, pour plus de précisions sur l'influence de Marx sur Simmel, à la Présentation d'Olivier Aïm et Serge Katz : Philosophie de l'argent (chapitre III, sections 1-2), *GF-Flammarion, 2009, p. 7-43.*

Quelques décennies avant Simmel, Karl Marx (1818-1883), philosophe, historien et économiste allemand, qui a théorisé de manière rigoureuse l'idéal **communiste** sur la base d'une analyse détaillée du fonctionnement du **système capitaliste**, s'est penché sur la question de l'argent. Celle-ci est au cœur de son œuvre. Simmel, qui a lu ses écrits, et déclare, dans la préface de *Philosophie de l'argent* (p. 17), s'inscrire dans la perspective du matérialisme historique, c'est-à-dire d'une philosophie de l'histoire qui fait reposer l'évolution des sociétés sur l'évolution de ses structures économiques, s'en est largement inspiré. Pour Marx, la place prépondérante accordée à l'argent résulte de l'émergence de la **bourgeoisie** qui a pour principe même le « besoin pratique » et l'« égoïsme » : or, selon lui, « le dieu du besoin pratique et de l'intérêt personnel, c'est l'argent » (« La question juive », in *Philosophie*, 1843) [1].

L'ARGENT DIVIN

L'analyse de l'argent que propose Marx dans les *Manuscrits de 1844* a sans doute inspiré Simmel sur deux plans : la spécificité de l'argent en tant que moyen d'une part, et la dimension presque religieuse qu'il peut revêtir dans les sociétés modernes d'autre part. Marx décrit d'abord l'argent comme un moyen éminemment puissant : « L'argent, du fait qu'il possède la qualité de tout acheter et de s'approprier tous les objets, est l'objet dont la possession est la plus éminente de toutes [2]. » Il est **« le moyen et le pouvoir universel [3] »** : on retrouve ici l'idée de l'argent comme moyen absolu chère à Simmel. Cette puissance fait que l'argent occupe dans la société bourgeoise ou capitaliste (les deux termes sont équivalents pour Marx) une place prépondérante, teintée de religiosité : « Il est **la divinité visible**, la transformation de toutes les qualités humaines et naturelles en leur contraire, la confusion et la perversion universelle des choses ; il fait fraterniser les impossibilités [4]. »

Plus virulent que Simmel, parce qu'il est convaincu que la modernité capitaliste et cette « divinité visible » qu'est l'argent constituent l'apogée de l'exploitation de l'homme par l'homme, Marx insiste en outre sur sa **capacité de perversion** : les hommes s'aliènent à l'argent pour décupler leur puissance et tout en est perverti. Avec son sens de la formule et son goût pour la dialectique, Marx résume : « Il transforme la fidélité en infidélité, l'amour en haine, la haine en amour, la vertu en vice, le vice en vertu, le valet en maître, le maître en valet, l'idiotie en intelligence, l'intelligence en idiotie [5] » (voir aussi l'encadré « L'argent comme imposture », p. 31).

1. Karl Marx, *Philosophie*, trad. M. Rubel, Gallimard, « Folio », 1994, p. 85.
2. Karl Marx, *Manuscrits de 1844*, trad. J.-P. Gougeon, GF-Flammarion, 1999, p. 207.
3. *Ibid.*, p. 211.
4. *Ibid.*, p. 210.
5. *Ibid.*, p. 211.

L'AVARICE

Les réflexions de Marx sur l'avarice, dans les *Grundrisse* (1858), révèlent une semblable parenté entre les deux penseurs. Fidèle au matérialisme historique, qui entend, derrière les apparences, dévoiler les lois concrètes et matérielles de l'histoire, Marx n'analyse pas l'avarice comme une pathologie individuelle, psychologique, mais comme le produit d'un développement social. Il montre que la **monétarisation** est la condition de possibilité de l'avarice : celle-ci « n'existe que dans la mesure où l'argent est la forme générale de la richesse en face des marchandises qui sont ses substances particulières [1] ». Simmel, en faisant de l'avarice un trait général des individus dans les sociétés monétaires, se distingue toutefois de Marx : ce dernier estime qu'elle est **l'apanage des capitalistes**, minorité qui détient les moyens de production et qui engrange les bénéfices. Pour lui, les avares n'ont pas seulement le goût de la possession mais une « soif de s'enrichir [2] » illimitée.

LE CYCLE DU CAPITALISME : DE M-A-M' À A-M-A'

Enfin, dans son œuvre monumentale, *Le Capital* (1867), Marx décrit de manière précise le principe d'autonomisation de l'argent dans le capitalisme, contribution décisive pour l'analyse de Simmel.

Dans l'économie non capitaliste, indique Marx, une marchandise (M) est échangée contre une somme d'argent équivalente (A), cette somme permettant d'acheter une nouvelle marchandise (M'). L'objectif de l'échange est l'accroissement de la quantité de biens. Dans le capitalisme, ce cycle M-A-M' devient A-M-A' : il s'agit de la « formule générale du capital ». L'échange a dès lors pour unique but d'accroître la quantité d'argent, car A' est supérieur à A, la différence entre les deux étant appelée la « **plus-value** ». L'argent n'est plus un intermédiaire, mais sa propre fin, puisque la somme d'argent (A) sert à gagner encore plus d'argent (A'). L'accumulation n'a donc plus de limites. Et cette course à la plus-value est à la source de l'**exploitation**. En effet, pour que A' soit supérieur à A, il faut qu'une valeur ait été créée entre A-M et M-A'. Or seul le travail crée de la valeur : le capitaliste paie donc des travailleurs mais, afin de réaliser une plus-value, il leur donne moins que la valeur réelle créée par leur travail, et empoche la différence. Il accapare ainsi la richesse, ce qui a pour conséquence de creuser un gouffre de plus en plus profond entre la minorité capitaliste et la grande majorité prolétaire, gouffre qui, en dernier lieu, pour Marx, rend inévitable la **révolution** et l'appropriation des moyens de production par les ouvriers. L'autonomisation de l'argent, principe du capitalisme, se révèle *in fine* être le vecteur du communisme.

1. Karl Marx, *Grundrisse*, vol. 1. : *Chapitre de l'argent*, Paris, Anthropos, 1975, p. 261.
2. *Ibid.*, p. 261.

Le capitalisme, par contraste, se caractérise par le besoin d'argent qui « sert essentiellement aussi dans la production » (p. 276), celle-ci ayant pour objectif principal non la consommation, comme dans « l'économie agraire », mais l'accumulation de plus d'argent (voir l'encadré « L'argent dans l'œuvre de Marx », p. 200). En outre, l'utilisation moderne de l'argent implique un rapport au temps « moderne », dans lequel calcul et prévision ont toute leur place. À l'époque de Simmel et ensuite, l'argent est une fin en soi, et il est aussi une assurance pour l'avenir, une concentration de pouvoir futur. Ici se trouve la source de la dégénérescence du rapport qu'entretient une partie des individus à son égard. La place que prend l'argent est démesurée : il risque de remplacer toutes les valeurs qui lui préexistaient.

2. L'argent : un équivalent de Dieu ?

a. Argent et décadence

Si l'argent tient lieu de fin absolue, il entre en concurrence avec les fins usuelles de l'existence humaine. L'avidité pour l'argent est constante dans l'histoire, nous dit Simmel, toutefois celle-ci est maximale quand tous les autres buts de l'existence disparaissent, depuis les satisfactions les plus modestes jusqu'à l'absolu de la religion.

Un des symptômes de la décadence d'une civilisation est que « tout est coloré par l'intérêt pour l'argent » (p. 281). C'est le cas à l'époque de Simmel et ce fut le cas dans l'Antiquité, comme le suggère l'auteur de *Philosophie de l'argent*, qui oppose l'époque de la « Grèce classique » (p. 276) aux « période[s] de décadence de la Grèce et de Rome » (p. 281). Quand les valeurs de la civilisation perdent de leur force, seul subsiste l'intérêt pour l'argent. L'argent prend alors la place des « objectifs vitaux » atrophiés (p. 281) : la sagesse, l'art, la force personnelle, la beauté et l'amour. Et, non content de les remplacer, il les ravale au rang de moyens à son service. Car l'argent ne prend pas seulement la place des valeurs affaiblies par les circonstances historiques : lorsque sa domination est établie, elle s'étend sans limites et entache les valeurs les plus hautes de l'existence, qui deviennent alors elles-mêmes monétarisables. Quand l'argent est devenu une fin en soi, il « ne laisse même pas les biens qui par nature sont étrangers à l'économie exister à titre de valeurs coordonnées » (p. 287). Cela était vrai dans l'Antiquité et cela est vrai « aujourd'hui » (p. 281).

Menant le raisonnement à son terme, Simmel considère que si l'argent est devenu la fin absolue qui remplace toutes les autres, il doit finir par remplacer Dieu lui-même : « l'argent est ici-bas le dieu terrestre » (p. 283).

b. Une analogie psychologique entre Dieu et l'argent

Simmel observe une « analogie psychologique » (p. 282) entre les sentiments suscités par la religion et ceux qu'éveille l'argent. « L'essence profonde de la pensée divine est d'unir en elle toutes les diversités et les contradictions du monde » (p. 281). L'argent est capable de la même chose car il est une valeur abstraite qui s'élève au-dessus de la multiplicité des objets. « [...] il devient le centre où les choses les plus opposées, les plus étrangères, les plus éloignées trouvent leur point commun et entrent en contact » (p. 281).

L'argent, cependant, ne se contente pas de s'élever au-dessus du particulier, ce qui est le cas de toutes les valeurs. Ce qui fait de lui un « principe suprême », c'est qu'il peut à tout moment se réaliser dans un objet particulier en même temps que tout objet peut se reconvertir en lui. Comme Dieu, l'argent est une « unité globalisante, le point de convergence et d'intensification de toutes les séries téléologiques » (p. 282). Comme l'argent est la valeur relative de toute chose, il n'est lui-même relatif à rien, c'est ce qui lui permet de prétendre à l'absolu.

On pourrait objecter à cette analogie psychologique que la religion apporte un apaisement, tandis que la quête d'argent provoque tension et passion. Simmel réfute l'argument : d'une part la quête de Dieu n'est pas paisible, elle prend parfois la forme d'un « rude combat » ; d'autre part, l'homme qui a acquis de l'argent se trouve dans un tel état d'apaisement que « l'effet de l'argent se rapproche de l'atmosphère religieuse » (p. 282).

c. Une relecture de l'hostilité des religions envers l'argent

Dernier argument pour convaincre le lecteur qui resterait sceptique devant une proposition si hardie : Simmel invoque les religieux eux-mêmes. Les penseurs religieux, nous dit-il, font grand cas de l'argent (p. 282). Ils consacrent beaucoup d'énergie à le condamner et à en montrer la nocivité. C'est bien la preuve qu'ils se sentent en danger face à lui. Ils sentent bien qu'ils ont affaire à un concurrent, ayant « ce sentiment instinctif de l'analogie psychologique, entre la plus haute unité économique et la plus haute unité universelle » (p. 282). Trouvant des finalités dans l'argent, les individus risquent de ne plus chercher la satisfaction de leur existence auprès de Dieu et des instances religieuses.

Simmel nous invite donc à relire l'hostilité religieuse à l'argent : celle-ci n'est pas liée à du mépris mais à une crainte. L'argent devenu la fin de toute chose est en mesure de détruire toutes les valeurs antérieures, y compris le sentiment religieux.

Seulement, l'argent n'est rien d'autre qu'un moyen, il ne détient en lui-même aucune finalité ni aucun principe moral. Celui qui a amassé de l'argent s'expose à une « mortelle désillusion » (p. 290) quand il s'apercevra que la finalité qu'il poursuivait n'en est pas une (p. 291). Simmel propose une sorte de philosophie de la vie qui, comme toujours chez lui, prend la forme d'un apparent paradoxe : nous devons considérer chaque moment comme une fin en soi, « comme si l'existence n'avait en réalité duré jusque-là que pour lui » (p. 275), en même temps que nous ne pouvons envisager aucun instant comme définitif mais toujours comme un passage vers des stades plus élevés.

Pour Simmel, l'argent est comme la vie : on croit atteindre quelque chose avec sa possession, et l'on s'aperçoit alors qu'il n'est jamais qu'une étape vers autre chose. Du moins tant que l'on n'entretient pas un rapport pathologique avec lui.

D. Une inquiétante galerie de portraits

Lorsque l'argent devient un but en soi, il conduit paradoxalement une partie des individus à adopter des comportements allant à l'encontre de la rationalité économique. L'argent n'est plus perçu comme un moyen et limité à son rôle dans la sphère des échanges : devenu la fin absolue, il est recherché pour lui-même. Les conséquences en sont désastreuses, psychologiquement et socialement. Simmel cherche à comprendre les systèmes de significations qui expliquent les rapports des individus avec l'argent. Il veut faire le lien entre le contexte socio-économique et les logiques individuelles.

Pour ce faire, il dresse, en sept portraits, une typologie des rapports à l'argent qu'il qualifie de « dégénérescences pathologiques » (p. 287). Ces portraits sont des formes : chacune des figures décrites est stylisée. En outre, on peut trouver chez tout le monde certains de ces caractères sous forme de penchants ou de traits. C'est que Simmel propose en fait ici la description de mécanismes psychologiques et sociaux qui sont à la base des rapports les plus courants à la dépense, à la consommation et à l'épargne.

1. Prendre l'argent pour la fin absolue

Certains individus se fourvoient dans les séries téléologiques. Ils oublient que l'argent n'est qu'un moyen, un passage vers autre chose, et lui donnent une place telle que toutes les autres valeurs disparaissent.

a. L'avare

La figure paradigmatique de celui qui a transformé l'argent en fin dernière est l'avare. Sa jouissance ne réside pas dans la dépense mais dans la possession d'argent. Ainsi, il serait faux de se représenter un avare imaginant les plaisirs qu'il pourrait se procurer avec son argent. L'argent n'est jamais pour lui un moyen vers autre chose, il n'existe pas de bien qui lui apporterait plus de satisfaction. L'avare n'a donc pas à craindre la désillusion de la possession, puisqu'il n'attend rien de plus que la chose convoitée elle-même : « l'argent, pour l'avare, n'a d'emblée aucune prestation à fournir au-delà de sa propre possession » ; « Entièrement dépourvu de qualité, il ne peut faire ce à quoi réussit l'objet le plus misérable : cacher en son sein surprises ou déceptions » (p. 291).

C'est le caractère abstrait de l'argent qui procure du plaisir à l'avare, car celui-ci a conscience de posséder une valeur qui ne se réalise jamais dans un usage particulier et personnel. C'est pour cela que Simmel parle à son sujet de « sentiment de jouissance le plus sublimé » (p. 294). En renonçant à utiliser son argent, l'avare arrête la série téléologique et, en même temps, il refuse de participer à l'échange avec les autres. Il met un terme au mouvement de l'argent. La puissance de l'argent reste alors toujours à un état de potentiel, et c'est là qu'est le plaisir : « l'argent, moyen *absolu*, ouvre sur des possibilités illimitées de jouissances, et en même temps, étant le *moyen* absolu, il garde en sa possession inutilisée la jouissance totalement intacte » (p. 288-289). L'avarice est donc comprise par Simmel comme une volonté de puissance. L'argent n'étant pas dépensé, « la puissance reste puissance pure, renonçant à son exercice et à la jouissance qu'il apporte » (p. 293).

Rien ne le montre autant que l'avarice du vieillard. Le portrait que dresse Simmel, d'ailleurs, n'est pas sans rappeler la figure d'Harpagon dans *L'Avare* de Molière. La prévoyance pour la génération future ne suffit pas à expliquer l'avarice de la vieillesse. Le vieillard a perdu la jouissance de la plupart des plaisirs sensuels en même temps qu'il ne croit plus dans des idéaux ; il est donc en retrait de la plupart des mouvements de la vie, et le dernier attrait de son existence réside dans son pouvoir sur les autres : les personnes âgées ont parfois un « besoin maladif d'"influence" » (p. 293) qui les mène à se conduire en tyrans. Leur avarice est une manifestation de cette volonté de puissance.

b. La cupidité et l'avarice sont des valeurs relatives

Le cupide et l'avare sont présentés parallèlement par Simmel, car tous deux collectionnent l'argent. Le portrait du cupide est toutefois plus rapidement brossé, l'avare étant la « forme » ou figure principale qui sert ensuite à exposer par contraste les caractères des autres figures.

Le cupide a un besoin chronique d'amasser de l'argent. Tout comme l'avare, il en est obsédé, mais la grande différence entre les deux est que le cupide, n'étant pas dans une posture de retrait, est en phase avec l'économie monétaire. La cupidité n'est pas socialement perçue comme pathologique, puisque le désir d'argent est unanimement répandu. Les qualificatifs de « cupide » et d'« avare » sont relatifs : « la même quantité absolue de passion, investie pour acquérir et retenir l'argent, peut être tout à fait normale, adéquate, ou appartenir à ces catégories hypertrophiques, selon que l'argent a telle ou telle signification » (p. 283). Celui qui reste en retrait des « transactions rapides, des gains et des dépenses faciles » (p. 284) passerait pour économe et rationnel dans un univers faiblement monétarisé mais, dans l'économie monétaire, il est promptement perçu comme avare. Inversement, celui qui veut « gagner plus » semble tout à fait conforme, son comportement étant même encouragé.

c. L'économe

Le comportement économe doit être distingué de l'avarice, car l'économe se concentre sur les biens achetés avec l'argent plutôt que sur l'argent lui-même.

Il existe deux catégories d'économes : ceux qui appartiennent à la première accordent une valeur supérieure à la valeur d'usage des biens (la valeur qui leur est subjectivement accordée par ceux qui en font usage) plutôt qu'à leur valeur d'échange (leur valeur monétaire). Simmel donne l'exemple d'individus capables de donner « sans problème un billet de 100 marks, mais [qui] doivent prendre sur eux pour se dessaisir d'une feuille de papier » (p. 294). Cette attitude est « exactement le contraire de l'avarice » car si l'avare convertit le moyen en fin, l'économe oublie les moyens pour ne discerner que la fin. Il accorde aux objets une valeur bien supérieure à leur valeur monétaire.

Une autre façon d'être économe consiste à ce que « tout ce qui a été payé soit également consommé » (p. 295), qu'il s'agisse de finir son assiette au restaurant ou d'avaler des médicaments non utilisés. La finalité subjective est ratée puisque la jouissance de la consommation s'évanouit dans cette consommation supérieure aux besoins. Toutefois, dans ce cas-là, les individus apaisent leur frustration par le sentiment qu'ils sont arrivés à un sommet de la série téléologique, car ils se satisfont à l'idée d'avoir consommé autant qu'ils ont dépensé. Pour Simmel, cette attitude est le signe de l'« étouffement des finalités réelles » (p. 296) par l'argent. L'objet est consommé avec inconfort simplement parce que l'argent dépensé pour l'obtenir lui a donné de la valeur. Seule compte la valeur d'échange du bien, au prix de la destruction de sa valeur d'usage.

d. Le prodigue

La prodigalité – que Simmel définit comme le fait de dépenser de façon inconsidérée et non comme le fait de donner sans compter – semble à l'opposé de l'avarice, et pourtant elle en est très proche. En effet, le plaisir du prodigue réside non pas dans la possession des objets qu'il a achetés mais dans l'acte d'achat lui-même.

Dans la série téléologique « rationnelle », dont l'élément final est la possession de l'objet, il existe deux moments intermédiaires : la possession de l'argent puis la dépense. L'avare s'arrête au premier moment intermédiaire, le prodigue au second. Dans les deux cas, la possession de l'objet ne leur procure aucun plaisir et surtout il n'y a pas de valeur finale indépendante de l'argent. L'argent n'est pas un moyen vers une finalité, il est la fin.

La prodigalité peut donner l'illusion d'un comportement chevaleresque, comme dans l'exemple du prince de Conti qui fit broyer un diamant qu'une femme lui avait retourné, montrant ainsi sa distance envers l'argent (p. 298). Simmel souligne au contraire que la prodigalité accorde une place centrale à l'argent. La démesure des dépenses, en soulignant l'indifférence au prix, le rend en réalité essentiel : pour être sûr de bien montrer son indifférence, le prodigue se doit d'acheter des biens extrêmement coûteux.

e. *Le pauvre volontaire*

Autre phénomène négatif lié à l'argent et à l'inversion des valeurs de l'existence : « la pauvreté [...] comme idéal moral » (p. 303). Simmel montre que la pauvreté volontaire, en considérant l'argent comme « le mal en soi » (p. 303), le met au centre de ses valeurs et, même négativement, lui donne un statut d'absolu. Chez les moines bouddhistes, le refus de toute possession d'argent est le principe absolu. Par exemple, si un bienfaiteur souhaite faire un cadeau en argent à un moine, il remet la somme à un artisan ou à un commerçant qui livre ensuite des objets en nature (p. 304). Devenu objet de « peur et d'exécration », l'argent est entièrement refusé par le moine, et Simmel lit dans le comportement de ce pauvre volontaire le refus de « la *multiplicité* du monde » (p. 305), ce qui rejoint ses analyses sur l'avare se tenant à l'écart des flux monétaires.

Simmel développe également l'exemple des premiers Franciscains des XIIe et XIIIe siècles (p. 305) qui avaient renoncé à toute possession (voir l'illustration de Giotto di Bondone, *Saint François d'Assise donnant son menteau à un pauvre*, p. 208). Chez eux, la pauvreté est « une valeur indépendante, en corrélation avec les besoins intérieurs les plus profonds » (p. 305). Mais, encore une fois, Simmel retourne les arguments pour considérer que les « renonçants » reconnaissent implicitement à l'argent un statut d'absolu : si renoncer à l'argent conduit à la finalité suprême, c'est que la puissance de celui-ci est au moins équivalente à cette finalité. Les Franciscains, en faisant de la pauvreté un « bien positif » (p. 305), lui ont fait perdre sa valeur « ascétique » (p. 306) et prouvent que l'argent est devenu un absolu : « la négation du sens de l'argent s'élève à la même forme d'absolu que lui » (p. 306).

Les pathologies issues de l'inversion de l'argent en fin plutôt qu'en moyen ne sont pas limitées à une époque donnée : les nombreux exemples historiques du texte le prouvent. À l'époque moderne, ces pathologies ont été exacerbées, mais elles existaient déjà avant. En revanche, les deux dernières pathologies monétaires sont plus spécifiques à l'époque que vit Simmel ; elles sont des métonymies des dangers de l'économie monétaire et plus largement de la modernité.

Giotto di Bondone, *Saint François d'Assise donnant son manteau à un pauvre*

Fresque de la Basilique supérieure de Saint-François d'Assise (vers 1300). © Rue des Archives / Tal

« *Nihil habentes, omnia possidentes* » – ils n'ont rien, mais ils possèdent tout : c'est en ces termes que se définissent les Franciscains, comme le rappelle Simmel dans *Philosophie de l'argent*. Ces moines voués à la pauvreté, à la mendicité et à la prédication itinérante appartiennent à l'ordre mendiant des Frères mineurs, issu de la communauté fondée par saint François d'Assise en 1210. Surnommé *il Poverello* (« le Petit Pauvre »), ce religieux italien, fils d'un riche marchand, délaissa une vie aisée pour se faire ermite puis prédicateur. Prêchant le renoncement à la richesse, il surnommait la pauvreté « Grande Dame » : pour lui, l'argent ne représentait pas plus que des cailloux.

Vers la fin du XIIe siècle, à Assise, l'ordre des Franciscains sollicita le maître florentin Giotto pour réaliser un cycle imagé retraçant la vie du saint fondateur. Aidé de ses disciples, Giotto entreprit alors une vaste fresque en vingt-huit scènes sur les parties basses des murs de la nef de l'église supérieure de la basilique Saint-François d'Assise. La scène ici reproduite montre le personnage en train de donner son manteau à un homme pauvre – et pas seulement la moitié de son manteau, comme l'avait fait saint Martin. Cette scène nous rappelle que le renoncement à la richesse et l'intérêt pour ceux qui sont en marge (pauvres ou lépreux, par exemple) est au cœur de la pratique religieuse des Franciscains, fondée sur l'amour des créatures.

Simmel est revenu à plusieurs reprises sur les Franciscains, dont le renoncement est aux antipodes de l'appât du gain qui caractérise son époque. En 1911, dans « Le concept et la tragédie de la culture », il écrivait ainsi : « On pourrait retourner mot à mot la formule qui désignait les anciens Franciscains dans leur bienheureuse pauvreté, leur absolu détachement de toutes les choses [...] : *nihil habentes, omnia possidentes* – au lieu de cela, les êtres humains de cultures riches et encombrées sont : *omnia habentes, nihil possidentes* », c'est-à-dire qu'ils ont tout et ne possèdent rien.

2. Quand l'argent fait perdre le sens de la vie

La pénétration de l'argent dans un nombre croissant d'espaces nivelle la réalité et la vie. Il rend toutes choses comparables et évaluables. Toutes les valeurs sont obligées de passer par lui, ce qui les colore d'un gris uniforme. Les conséquences de cette extension du domaine de l'argent résident dans « deux manifestations presque endémiques sur les sommets de la culture monétaire » (p. 306), les deux maladies de la culture monétaire moderne : le cynisme et le blasement.

a. Le cynique

Les cyniques de l'Antiquité grecque comme Antisthène et Diogène de Sinope étaient des philosophes opposés au conformisme et aux modèles moraux. Leur comportement provocateur transgressait les normes culturelles, revendiquant avant tout la liberté morale de l'individu. Les cyniques contemporains de Simmel n'entretiennent qu'une vague relation avec eux, car ils ont perdu la visée morale et positive de cette philosophie pour n'en garder que l'indifférence aux valeurs (p. 307).

La monétarisation provoque le cynisme, car elle pousse à mettre toutes les valeurs sur le même plan, donc à tout rabaisser. « Rien ne peut mieux flatter cette mentalité que la capacité de l'argent à réduire les valeurs les plus hautes comme les plus basses, uniformément, à une seule et unique forme de valeur, les ramenant ainsi au même niveau fondamental » (p. 307). L'omniprésence de l'argent dans la vie sociale convainc donc le cynique que rien n'a de valeur. Tout peut être acheté et tout est de ce fait rabaissé.

L'argent balaie aussi le mérite individuel : celui qui possède l'argent, quelles que soient ses qualités propres, peut obtenir tous les biens « les plus raffinés, les plus idéels, les plus personnels », tandis que celui qui n'en possède pas, quel que soit son talent, se les voit interdits (p. 307).

Les terrains les plus favorables au cynisme sont ceux où l'argent circule le plus. C'est pourquoi la Bourse est le lieu où l'on trouve le plus de cyniques : l'argent y est le seul centre d'intérêt, et les valeurs comme « l'honneur, les convictions, le talent et la vertu, la beauté et le salut de l'âme » acquièrent elles aussi un « prix de marché » ; elles sont rabaissées à une valorisation quantitative. Ce prix de marché accordé à des valeurs qui devraient rester extérieures à l'économie est « l'objectivation achevée de la subjectivité cynique » (p. 308). La Bourse apparaît ainsi, dans le raisonnement de Simmel, comme l'achèvement ultime de la monétarisation, le lieu où le langage unique est celui du prix et où les conséquences culturelles de la place occupée par l'argent ne tardent pas à apparaître : tout est détruit en dehors du désir d'argent.

Ce n'est pas la possession d'argent qui rend cynique, mais bien la monétarisation. C'est parce que le cynique observe un monde social où toutes les valeurs sont rapportées à l'argent qu'il se met à les mépriser. Certains cyniques développent des attitudes perverses, observant les autres se débattre avec des valeurs dans lesquelles ils ont perdu toute croyance. Le cynique conserve toutefois, parfois grâce à sa perversité, un goût pour la vie, ce qui n'est pas le cas du blasé.

b. Le blasé

La figure du blasé fait un pont avec l'intérêt de Simmel pour l'homme moderne perdu dans la ville qui a certes gagné l'autonomie mais qui, en ayant perdu ses attaches, a perdu le sens de la vie et sa personnalité. Le blasé est incapable de ressentir des différences de valeurs. Simmel rappelle que l'intérêt pour les choses découle souvent du chemin nécessaire pour les obtenir, elles en sont colorées. Quand l'obtention des objets est « mécanique et indifférente en soi », ceux-ci paraissent « sans couleur et sans intérêt » (p. 309).

Le risque de blasement augmente donc avec la richesse : tant que nous ne sommes pas à même d'acheter les choses, elles nous attirent, mais dès qu'on peut se les procurer avec de l'argent, elles pâlissent « à cause du parcours indifférent, effaçant leur valeur spécifique, qui mène à leur acquisition » (p. 309). Si les riches sont plus exposés au blasement que les pauvres, Simmel considère cependant qu'il y a du blasement dans « la coloration générale que l'esprit public accorde partout maintenant » aux « objets accessibles pour de l'argent » (p. 309). Le simple fait que les objets sont à vendre les banalise.

Ce qui est central dans le blasement n'est pas la dévaluation des choses en général comme chez le cynique, mais l'indifférence à toute variation spécifique. C'est en effet dans cette variation qu'est la vie : le blasé est devenu incapable d'y prendre le moindre goût. Le cynique et le blasé sont proches, puisque la monétarisation les éloigne tous deux des valeurs et des passions vitales des hommes, mais l'un trouve une forme de plaisir pervers dans l'idée que tout s'achète, tandis que, pour l'autre, la réalité perd tout son attrait.

CONCLUSION

Pour Simmel, l'argent est un moyen dont la puissance est infinie, qui rend possible les échanges, mais qui a pris une place démesurée et met en danger les valeurs humaines. L'argent est incolore, mais cette absence de coloration est précisément ce qui le rend dangereux – car il ne contient pas de principe normatif, et ne se présente pas avec un mode d'emploi. Ce ne serait pas un problème si l'argent ne détruisait pas les principes normatifs antérieurs ; mais lorsque l'argent remplace tout – l'amour, la beauté, la gloire, voire la religion et Dieu lui-même –, l'homme n'est plus guidé par aucune règle morale.

Le raisonnement du sociologue allemand est fondé sur la question des fins et des moyens. Simmel montre que la rationalité, c'est-à-dire la justification des actions des acteurs, a plusieurs sources : le sens visé par l'acteur, qui ne peut que rarement se résumer à une quête de maximisation du profit, doit être pris en compte et intégré au raisonnement, même si son action paraît irrationnelle à l'observateur extérieur. L'argent bouleverse la rationalité car il excite les passions.

Les questions abordées par Simmel ont été souvent reprises par des sociologues postérieurs, y compris récemment : plusieurs ouvrages de sociologie contemporains entretiennent en effet un lien, parfois critique, avec *Philosophie de l'argent*. Certains de leurs auteurs peuvent être classés sous la bannière de la « sociologie de l'argent ». Ils ont généralement abandonné la recherche d'une définition conceptuelle définitive de l'argent pour des analyses plus orientées vers ses usages et les normes culturelles et sociales qui les entourent. Le plus connu de ces auteurs est Viviana Zelizer, sociologue américaine contemporaine qui a écrit en 1994 *La Signification sociale de l'argent* : elle y est très critique à l'égard de Simmel, avec qui elle est en désaccord à propos de la neutralité de l'argent. Viviana Zelizer considère en effet que l'argent, loin d'être neutre, est en permanence teinté par les affects des hommes qui s'en servent. L'argent a une odeur, considère-t-elle : un cadeau, un salaire, de l'argent volé, trouvé, gagné à la loterie, ne sont pas perçus ni utilisés de la même façon. La différence principale avec Simmel – qui, nous l'avons vu, laisse lui aussi une large place aux affects tout en maintenant l'idée de la neutralité de l'argent – est que, pour Viviana Zelizer, l'argent n'est pas un *deus ex machina*, neutre en soi mais mal utilisé par les acteurs qui lui apporteraient leurs affects. Loin de croire à l'idée d'un argent « moderne » qui serait libéré de toutes les déterminations sociales, elle considère que l'argent n'existe que parce qu'il est utilisé, que parce qu'il est social.

Parmi les réflexions contemporaines qui font écho à notre extrait de *Philosophie de l'argent*, citons aussi celles qui portent sur la sociologie de la richesse. Simmel parle du *superadditum* de la richesse, et montre que la possession d'argent offre du prestige social ; mais il suggère aussi qu'une position sociale ne reposant que sur l'argent est fragile. Michel Pinçon et Monique Pinçon-Charlot, deux sociologues français contemporains, ont étudié, par exemple dans *Sociologie de la bourgeoisie* (2003), le monde de la « haute bourgeoisie » et montré que les plus riches mettent en permanence l'argent à distance. Ce sont les autres « capitaux » (le terme est emprunté à Pierre Bourdieu) – culturels, sociaux et symboliques – qui donnent à ces grands bourgeois leur aisance sociale. Les « nouveaux riches », ceux qui n'ont que l'argent, n'ont de cesse d'acquérir ou de faire acquérir à leurs enfants ces autres capitaux : par des études, des mariages, des fréquentations… Ainsi parés, leur position sociale est justifiée non par leur richesse monétaire, mais par ce qui apparaît socialement comme des qualités supérieures.

La réflexion de Simmel sur l'argent demeure ainsi une référence, et les thèmes multiples de son œuvre se retrouvent dans de nombreuses questions sociologiques contemporaines : le lecteur, en se plongeant dans cette œuvre foisonnante, y découvrira l'originalité et l'actualité d'un penseur qui gagne à être lu ou relu.

ORIENTATION BIBLIOGRAPHIQUE

Édition de référence

Georg SIMMEL, *Philosophie de l'argent*, trad. S. Cornille et P. Ivernel, PUF, « Quadrige », 2007.

Autre édition de *Philosophie de l'argent*

Georg SIMMEL, *Philosophie de l'argent (chapitre III, sections 1-2)*, trad. Serge Katz, éd. Olivier Aïm et Serge Katz, GF-Flammarion, 2009. [Cette édition, qui propose l'extrait au programme, précédé d'une présentation et accompagné de notes, est indispensable pour compenser l'absence d'appareil critique de l'édition de référence.]

Autres écrits de Simmel

Georg SIMMEL, *L'Argent dans la culture moderne et autres essais sur l'économie de la vie*, intr. et éd. Alain Denault, Laval, Presses universitaires de Laval, 2006. [Il s'agit d'un recueil de cinq articles écrits avant *Philosophie de l'argent* ; les deux premiers exposent de façon très synthétique les idées principales qui seront plus longuement développées dans *Philosophie de l'argent*.]

Georg SIMMEL, *Les Pauvres*, PUF, 2005.

Georg SIMMEL, « Digressions sur l'étranger », in Yves Grafmeyer et Isaac Joseph, *L'École de Chicago*, Flammarion, « Champs », 2004, p. 53-60.

Georg SIMMEL, « Métropoles et mentalités », in Yves Grafmeyer et Isaac Joseph, *L'École de Chicago*, Flammarion, « Champs », 2004, p. 61-78.

Sur Simmel et *Philosophie de l'argent*

Raymond BOUDON, notice « Georg Simmel » de l'*Encyclopedia Universalis*.

François CUSIN, « Motivations et cognitions dans les comportements liés à l'argent : l'apport de Simmel », *L'Année sociologique*, 1998, vol. 48, nº 2, p. 417-445. [Article exigeant qui donne de nombreuses clés de lecture de *Philosophie de l'argent*.]

Jean-Yves GRENIER *et al.*, *À propos de Philosophie de l'argent de Georg Simmel*, L'Harmattan, 1993. [Le chapitre VI sur l'avare et le chapitre VII sur l'économie monétaire sont très utiles.]

Jean RÉMY (dir.), *Georg Simmel : Ville et modernité*, L'Harmattan, 1995. [Recueil d'articles qui exposent avec précision les problématiques générales de l'auteur.]

Frédéric VANDENBERGHE, *La Sociologie de Georg Simmel*, La Découverte, « Repères », 2001. [Texte pédagogique brossant un tableau synthétique et très clair de l'œuvre de Simmel.]

Sur la sociologie de l'argent

Damien DE BLIC, Jeanne LAZARUS, *Sociologie de l'argent*, La Découverte, « Repères », 2007.

Viviana ZELIZER, *La Signification sociale de l'argent*, Seuil, 2005.

QUATRIÈME PARTIE

L'argent dans les œuvres au programme

par Alain Brunn

Argent ard gens.
Proverbe médiéval

L'argent est au cœur de tout ce qui est « aliénable ».
Maurice Godelier, *L'Énigme du don*

Et très vite je suis devenu très habile pour donner l'impression que je vous écoutais quand j'étais en fait en train de rêver de moi : de ma carrière, de tout l'argent que j'avais gagné, de la façon dont ma célébrité s'était épanouie et m'avait défini, de la conduite irréfléchie que le monde m'autorisait.
Brett Easton Ellis, *Lunar Park*

INTRODUCTION

« Nous serions capables d'éteindre le soleil et les étoiles parce qu'ils ne rapportent aucun dividende » : la phrase n'est pas d'un moraliste, mais d'un économiste, John Maynard Keynes, dont la méfiance à l'égard de la puissance de mort de l'argent pourrait bien rencontrer les thèses freudiennes sur la pulsion de mort qui habite la psyché humaine [1]. L'argent se révélerait ainsi puissance illimitée de destruction : au moment où le monde traverse une crise économique majeure, une telle hypothèse ne peut que frapper l'esprit. Mais la comprendre ne va pas de soi. Qu'est-ce qui, dans l'argent, fait de lui l'instrument de telles catastrophes ? L'idée suppose que l'argent est plus que ce moyen d'échange par quoi on le définit en général ; et que cet instrument qui hiérarchise le monde n'est pas si neutre qu'on pourrait le croire.

L'Avare de Molière, *L'Argent* de Zola et *Philosophie de l'argent* (chapitre III, sections 1-2) de Simmel interrogent cette fausse évidence qu'est l'argent, et offrent ainsi des outils pour tenter de comprendre les enjeux du procès qui lui est fait. Pour chacun de ces auteurs, le thème s'impose sur fond d'un double contexte, littéraire et intellectuel d'une part, socio-économique de l'autre ; c'est dans cette rencontre d'un certain appareil herméneutique – leur œuvre – et d'un certain état historique de l'écono-

1. Nous empruntons ce parallèle éclairant aux analyses de Gilles Dostaler et Bernard Maris : il fait la matière de leur *Capitalisme et pulsion de mort* (Albin Michel, 2008).

mie – l'évolution, du mercantilisme au capitalisme – que l'idée de l'argent se clarifie.

Alors que Molière, dans *L'Avare*, semble reprendre un thème déjà bien connu, celui de l'avarice, emprunté à Plaute, il lui donne une résonance particulière : c'est que la comédie lui permet, en 1668, d'interroger cette force souvent méprisée, cette réalité basse, et plus précisément le statut qu'elle prend à travers les systèmes qui s'affrontent au XVIIe siècle, entre une économie morale du don et une économie capitaliste en train de s'imposer ; par là, il « interroge en fait ce qu'est la société, son fonctionnement, ses conditions, c'est-à-dire aussi la façon dont l'argent peut la menacer » (voir *supra*, p. 99). Cette dualité de l'argent, entre fondement et menace, se retrouve et se complique chez Zola, plus de deux siècles plus tard, en 1891 ; chez lui en effet, comme l'écrit Bertrand Darbeau, « l'argent est une réalité parfois confuse, insaisissable, contradictoire même. Entre réalité et fiction, à la fois bien et mal, moyen souvent traité en fin, l'argent finit par s'annuler dans cette somme des contraires », imposant au lecteur d'y affronter ses « propres contradictions » (voir *supra*, p. 166). L'esthétique naturaliste, en abordant le thème de l'argent dans toute sa complexité, en voit aussi les aspects les plus sombres, et sonde l'envers d'un mythe porté par le siècle, au moins depuis la fameuse formule de François Guizot dans les années 1840 : « Français, enrichissez-vous ! » Le naturalisme, et plus précisément *L'Argent*, se prête particulièrement bien à l'exploration de ce nouveau continent qui surgit, celui du capitalisme français lancé par le second Empire et la révolution industrielle. Molière, au XVIIe siècle, assistait à peine à l'ébauche d'une autonomisation de la pensée économique mercantiliste ; quand Zola écrit, cela fait près d'un siècle que la Bourse, officialisée et régulée, fonctionne.

Cette évolution explique le surgissement de discours consacrés à une pensée autonome de l'argent : c'est dans ce contexte que se développe la sociologie, qui relaie la philosophie pour penser la réalité humaine telle que l'urbanisation d'une part et la révolution industrielle d'autre part contribuent à la modifier, en inventant progressivement le social [1]. Ce qui apparaît alors, en 1900, avec ce nouvel appareil herméneutique non ouvert à la fiction qu'est le discours sociologique de Simmel dans *Philosophie de l'argent*, c'est une raison profonde de l'équivocité de l'argent. Plus précisément, comme le montre Jeanne Lazarus, cette équivocité est en elle-même dangereuse, à bien lire le propos de Simmel : l'argent tel que Simmel l'analyse dans *Philosophie de l'argent* « est incolore, mais cette absence de coloration est précisément ce qui le rend dangereux » (voir *supra*, p. 210). En faisant de l'argent non plus une fable, le moteur d'une représentation ou d'une narration – bref, l'agent d'un récit –, mais le thème d'un examen analytique particulièrement détaillé, Simmel clarifie

1. Voir Jacques Donzelot, *L'Invention du social. Essai sur le déclin des passions politiques*, Seuil, 1984.

la logique à l'œuvre dans ces récits et, plus encore, la dynamique propre à l'argent, qui en fait, presque naturellement, une matière à histoires.

Triple descente, on le voit, tant l'argent a mauvaise réputation : dans la comédie en prose d'abord, ce genre moins noble que la tragédie, et qui s'occupe des intérêts bas et communs, de la sphère économique plutôt que politique ; dans le roman naturaliste ensuite, ce genre moins idéalisé que le roman romantique, et qui prétend s'emparer des réalités même les plus crues ; enfin dans l'essai de sociologie (et non de métaphysique), cette science nouvelle qui entend étudier la façon dont les hommes vivent. Car c'est bien de *la façon dont les hommes vivent*, au sens le plus concret de l'expression, que s'occupe celui qui veut penser l'argent, tant cette notion interroge directement le rapport de chaque homme avec tous, et donc aussi avec lui-même. Derrière l'évidence de l'*argent*, et même sa trivialité – nul ne peut faire abstraction de son existence –, se trouve ainsi interrogée la forme même du politique. L'*Homo economicus*, l'homme défini et déterminé par l'économie, désignerait ainsi la part basse et intéressée de l'être humain, qui est aussi une part essentielle de son humanité, et peut-être la plus réelle de toutes.

Si le constat de l'équivocité de l'argent, de sa capacité à jouer des rôles opposés, de sa logique plurielle, mais toujours dangereuse, rassemble les trois œuvres au programme, elles ne l'établissent pas de la même façon. La distance historique, d'abord, met Molière à l'écart, qui vit dans une société encore précapitaliste, fondée sur la confiance et les relations interindividuelles de crédit, tandis que Zola et Simmel, par-delà leur différence de nationalité, prennent tous deux clairement place à l'autre bout de la révolution industrielle. Par ailleurs, la différence des moyens mis en œuvre pour penser l'argent conduit à distinguer d'un côté ceux qui mobilisent des procédés esthétiques – le théâtre avec Molière, le roman avec Zola, en un mot le détour de la fiction –, et de l'autre Simmel, qui a recours à des moyens conceptuels, puisqu'il soumet l'argent à une critique d'ordre philosophique, à une sociologie spéculative.

Par-delà ces différences, cependant, les trois œuvres se rejoignent d'autant plus sur l'analyse qu'elles proposent de l'argent qu'elles dévoilent un phénomène complexe et ambigu. Autrement dit, le constat dressé est assez cohérent, et, s'il faut être attentif aux évolutions et aux glissements de sens d'un texte à l'autre, Molière, Zola et Simmel ne s'opposent pas sur l'essentiel. L'harmonie des trois textes n'est pas gage de simplicité pour autant ; s'ils tendent à s'accorder sur la logique équivoque de l'argent, sur sa définition même, qui l'engage dans un processus dangereux, cette logique et cette définition sont complexes. La complexité de l'argent, qu'il s'agit donc de saisir, tient essentiellement à la diversité de ses formes : le terme *argent*, d'une part, glisse sans cesse de la richesse à sa symbolisation, du bien effectif au moyen de l'acquérir ; d'autre part, il lie celui qui le manipule à autrui – car, comme le notait Aristote, c'est la société qui fixe la valeur de la fiction qu'est l'argent – mais aussi à lui-même. C'est donc ce double rapport, à soi et aux autres, qu'il faut faire apparaître pour comprendre le lien que l'homme peut entretenir avec l'argent.

I. Qu'est-ce que l'argent ?

Qu'est-ce au juste que l'argent, dans les trois œuvres considérées ? Quelles formes prend-il ? En réalité, par sa définition même, l'argent apparaît polymorphe : dès lors, c'est comme un révélateur qu'il existe, en ce qu'il renvoie moins à lui-même qu'à ceux qui l'emploient. Moyen pur, l'argent conduit finalement à cristalliser les désirs des hommes.

A. Les formes de l'argent

Ce qui frappe qui veut penser l'argent, c'est la diversité des formes qu'il prend, et qui le rendent insaisissable ; Simmel parle ainsi de l'argent « toujours fluctuant, toujours prêt à sortir de lui-même » (*PA*, p. 278) [1]. L'argent revêt d'abord la forme privilégiée du métal précieux qui lui donne son nom, et de la monnaie dont il est devenu synonyme (voir l'encadré « Histoire et formes de la monnaie », p. 9). Le trésor d'Harpagon l'incarne : cette précieuse cassette, à la fois omniprésente et presque invisible dans la pièce, à l'image de l'argent, qui est à la fois concret et abstrait, contient « dix mille écus en or » (*L'Avare*, I, 4, p. 25), « dix mille écus bien comptés », précise l'avare (*L'Avare*, V, 1, p. 101) – et on lui fait confiance sur ce décompte. Ce métal précieux, qui prend ici la forme voisine de l'or, c'est celui, dénombrable et vérifiable, que l'on peut accumuler, chez soi ou à la banque : c'est aussi cet argent qui fait rêver Saccard lorsqu'il espère pouvoir remplacer la « richesse menteuse de la façade » par l'« édifice solide de la fortune, la vraie royauté de l'or trônant sur des sacs pleins ! » (*L'Argent*, p. 17). On le voit, l'*argent*, c'est l'*or* lorsqu'il est possédé et accumulé.

Cette substitution d'un métal précieux à l'autre montre aussi que l'argent n'est pas fondamentalement ce métal auquel il emprunte son nom, puisque le métal par excellence est l'or. Aussi l'argent fonctionne-t-il davantage comme une synecdoque et comme une métaphore. Une synecdoque : l'argent, c'est la monnaie, qui parfois peut-être faite du métal éponyme. Une métaphore : l'argent, c'est toute richesse que l'on peut parfois convertir en argent. Ainsi, l'argent désigne en fait une forme privilégiée de la possession. C'est ce qui apparaît dans un usage traditionnel dont on trouve un écho dans *L'Avare* : l'emprunt que Cléante

1. Dans cette partie et dans la suivante, l'abréviation *PA* désigne *Philosophie de l'argent* (chapitre III, sections 1-2).

tente de faire est en partie un emprunt en objets – il était en effet fréquent, dans la société de crédit omniprésent qui était celle de l'Ancien Régime, qu'une partie du crédit fût accordée non pas en espèces, mais en objets. C'est dire que l'*argent* désigne aussi tout *bien matériel* pouvant être vendu, comme le montre la liste poético-comique rapportée par La Flèche :

> *Plus, un luth de Bologne, garni de toutes ses cordes, ou peu s'en faut.*
> *Plus, un trou-madame, et un damier, avec un jeu de l'oie renouvelé des Grecs, fort propres à passer le temps lorsque l'on n'a que faire.*
> *Plus, une peau de lézard, de trois pieds et demi, remplie de foin, curiosité agréable pour pendre au plancher d'une chambre.*
> *Le tout, ci-dessus mentionné, valant loyalement plus de quatre mille cinq cents livres, et rabaissé à la valeur de mille écus, par la discrétion du prêteur.*
> (*L'Avare*, II, 1, p. 44)

L'ironie, ici, tient au fait que ces biens ont si peu de valeur qu'ils ne peuvent être vendus et que le prêt consiste pour partie en fausse monnaie : reposant sur des semblants de biens, ce prêt est fictif.

Avant de revenir sur la question de la fiction, il nous faut encore, à partir de ce même exemple, étendre la définition de l'argent, puisque Cléante semble, à sa façon, disposer d'argent – sinon comment s'attacherait-il, tout sympathique qu'il est, ces personnages par statut intéressés que sont Frosine et La Flèche ? L'une de ses sources de revenus est le jeu, auquel il est « fort heureux » (*L'Avare*, I, 4, p. 28) : l'argent, en ce sens, apparaît comme la concrétisation du hasard et du risque. Zola, dans *L'Argent*, note que la « clameur » du jeu résonne autour de la Bourse (p. 33), et le *jeu* désigne plus généralement, partout dans le roman, l'activité boursière elle-même. Mais, par là, l'argent révèle sa nature profonde, celle qui consiste à être sans cesse entre le réel et l'irréel, entre la présence et l'absence. À l'opposé de la cassette d'Harpagon, que le spectateur n'aperçoit qu'entre les mains de La Flèche, l'argent désigne aussi des biens à venir, des biens à gagner par le pari. Autrement dit, l'argent ne désigne pas seulement les biens réels et tangibles, mais encore les biens *possibles*.

Cela explique que le crédit soit une forme de l'argent, et peut-être même, entre le XVe et le XVIIIe siècle, une de ses formes les plus répandues et usuelles. C'est moins la possession elle-même que la potentialité (plus ou moins avérée) de la possession qui fait l'argent. C'est dire que l'argent ne se pense pas indépendamment du temps, qu'il est essentiellement du temps, une certaine articulation du passé, du présent et du futur dans l'existence humaine. Que fait en effet Cléante en empruntant dans *L'Avare* ? Il prend de l'avance sur son futur (sa fortune à venir) en tirant argument de son passé (la famille dont il est issu, et la fortune de son père) pour vivre son présent. De la même façon, Saccard semble sans cesse désireux d'aller plus vite que le temps, lui qui « se rong[e] d'impatience, piétinant comme une bête de course réduite à un petit trot de promenade » (*L'Argent*, p. 205). L'argent apparaît ainsi comme un affrontement avec le temps lui-même : cette caractéristique était de fait au fondement de l'analyse et de la critique théologiques de l'argent et de l'avarice (voir l'encadré « La condamnation religieuse et morale de l'avarice », p. 79).

Le crédit, cependant, n'engage pas seulement le temps : c'est aussi le statut social qu'il met en question. L'argent entretient ainsi avec les positions sociales des rapports complexes. En effet, bien souvent, et contrairement aux évidences apparentes de nos sociétés contemporaines, ce n'est pas l'argent qui détermine les positions sociales, mais bien plutôt les positions sociales qui déterminent l'argent : en témoigne Cléante, qui peut obtenir de l'argent (ou aurait dû pouvoir en obtenir, s'il n'avait été découvert par son père !), par la possibilité du crédit, et par sa position de fils de famille bourgeoise. C'est d'abord lié au fait que, sur le temps long de la féodalité, l'ordre dominant de la noblesse se définit par des terres, un « fief », dont dépendent des revenus ; comme le note Simmel, au Moyen Âge, « la propriété foncière avait bien plus qu'aujourd'hui rang de valeur absolue » (*PA*, p. 287) : *L'Avare*, comme *L'Argent* et *Philosophie de l'argent*, pense la fin de ce modèle qui, s'il a à voir avec la richesse, n'a pas à voir avec l'argent et sa logique propre, c'est-à-dire avec la façon dont il se (re)produit lui-même.

Zola et Simmel, ainsi que Molière, invitent à penser l'entrée dans une société où l'argent s'est progressivement autonomisé, où il a conquis ses règles propres, qui ne sont pas celles de la terre. Le thème de l'usure, dans *L'Avare*, montre la manière dont l'argent à lui seul peut se multiplier – aux dépens de celui à qui on le prête. Harpagon, en effet, pourrait bien tenir sa fortune, et peut-être jusqu'aux « dix mille écus qu'on [lui] rendit hier » (*L'Avare*, I, 4, p. 25), de ces prêts à intérêt, autrement dit du commerce de l'argent ; en tout cas, le modèle des revenus terriens, qui commence à être concurrencé au cours du siècle, est presque absent de la pièce (il n'est évoqué qu'à travers la mention de l'éventuelle dot de Mariane par Frosine, II, 5). Deux siècles plus tard, c'est la ruine de ce modèle terrien que met en scène Zola, comme le montre l'histoire des Beauvilliers ; le mode de vie somptuaire typique de l'aristocratie, dans la société telle qu'elle est désormais, ne peut que conduire à la faillite. Après la mort du comte,

> s'anéantissait [...] cette fortune des Beauvilliers, autrefois colossale, assise sur des terres immenses, des domaines royaux, que la Révolution avait déjà trouvée amoindrie, et que son père et lui venaient d'achever. De ces vastes biens fonciers, une seule ferme demeurait, les Aublets, à quelques lieues de Vendôme, rapportant environ quinze mille francs de rente, l'unique ressource de la veuve et de ses deux enfants. L'hôtel de la rue de Grenelle était depuis longtemps vendu, celui de la rue Saint-Lazare mangeait la grosse part des quinze mille francs de la ferme, écrasé d'hypothèques, menacé d'être mis en vente à son tour, si l'on ne payait pas les intérêts ; et il ne restait guère que

six ou sept mille francs pour l'entretien de quatre personnes, ce train d'une noble famille qui ne voulait pas abdiquer.

(*L'Argent*, p. 86-87)

Le roman donne même à voir la dissolution de la dernière ferme dans les illusions de la spéculation, de même que le sort effroyable d'Alice – volée, violée, à moitié étranglée par Victor, le fils sauvage de Saccard – pourrait bien incarner allégoriquement le destin de l'ancienne aristocratie terrienne, mise à mal par la société capitaliste au cours du siècle, tout comme la mort de son frère « à Rome, sans gloire, si pauvre de sang, si éprouvé par le soleil trop lourd, qu'il n'avait pu se battre à Mentana, déjà fiévreux, la poitrine prise » (*L'Argent*, p. 456).

Mais la dimension sociale de l'argent va plus loin ; l'argent entérine des positions sociales, engendrant ce que Simmel appelle un *superadditum*, une sorte de privilège superlatif : « Le riche bénéficie d'avantages qui dépassent encore ce qu'il peut se procurer concrètement par son argent » (*PA*, p. 253). Ainsi, l'argent appelle l'argent, au sens où l'on donne toujours plus à celui qui a déjà, où on le traite avec plus d'égards, pour cela seulement qu'il possède plus. De là l'intérêt, finalement bien compris par Saccard, même s'il s'y enferme, à faire croire que l'on possède beaucoup, à exhiber la richesse pour jouir de ce bonus que l'imagination attache à l'argent. Et le personnage rend les coffres de sa banque visibles aux yeux de tous, pour flatter l'esprit des spectateurs :

> Dans le sous-sol, où se trouvait le service des titres, des coffres-forts étaient scellés, immenses, ouvrant des gueules profondes de four, derrière les glaces sans tain des cloisons, qui permettaient au public de les voir, rangés comme les tonneaux des contes, où dorment les trésors incalculables des fées.
>
> (*L'Argent*, p. 288-289)

La nature fictive de l'argent dont parlait Aristote se voit ici illustrée (voir l'introduction, p.11) : l'argent est une puissance de l'imagination, non seulement, comme le voulait le philosophe, parce qu'il repose sur de pures conventions sociales, mais encore parce qu'il est l'aliment par excellence des fantasmes et des récits que se fait l'homme. Saccard, par exemple, est un poète, un homme qui fait rêver par ses paroles et ses récits, un véritable prophète qui saisit son auditoire :

> « [...] Oui ! l'argent fera des prodiges. »
>
> Et, devant l'évocation de cette voix perçante, Mme Caroline voyait réellement se lever la civilisation prédite. Ces épures sèches, ces tracés linéaires s'animaient, se peuplaient : c'était le rêve qu'elle avait fait parfois d'un Orient débarbouillé de sa crasse, tiré de son ignorance, jouissant du sol fertile, du ciel charmant, avec tous les raffinements de la science. Déjà, elle avait assisté au miracle, ce Port-Saïd qui, en si peu d'années, venait de pousser sur une plage nue, d'abord des cabanes pour abriter les quelques ouvriers de la première heure, puis la cité de deux mille âmes, la cité de dix mille âmes, des maisons, des magasins immenses, une jetée gigantesque, de la vie et du bien-

être créés avec entêtement par les fourmis humaines. Et c'était bien cela qu'elle voyait se dresser de nouveau.

(*L'Argent*, p. 95-96)

L'argent apparaît donc enfin comme la matière par excellence du rêve et de la fiction, matière des mots, ce qui explique aussi l'intérêt qu'il représente, avant que des discours plus théoriques comme celui de Simmel s'en emparent, pour des écrivains de fiction. La réalité de l'argent résiderait ainsi dans le langage, dans les mots, et dans le prix qu'on leur accorde, dans la confiance, ou la *créance*, qu'on y place – confiance de Mme Caroline et de son frère dans la parole de Saccard, confiance d'un prêteur dans la parole de Cléante. L'argent serait le prix des mots, fussent-ils mensongers.

B. L'argent, c'est du temps

Si l'argent hésite sans cesse entre réalité matérielle et irréalité ou fiction, c'est qu'il n'a de réalité que dans son rapport au temps humain : sa réalité est liée à sa disponibilité immédiate, comme son irréalité à sa présence dans le passé ou dans le présent des individus.

Ainsi peut-on considérer qu'à chaque âge paraît s'inventer, sinon une forme de richesse spécifique, du moins un rapport particulier à l'argent. L'avarice, dans la plupart des cas, semble liée à l'âge, que ce soit dans *L'Avare*, avec le personnage d'Harpagon – vieillard qui s'habille comme on s'habillait presque soixante ans auparavant, et qui, quinteux à l'image de Molière, les yeux chaussés de lunettes, effraie l'innocente Mariane –, ou dans *L'Argent*, avec le personnage de Gundermann, patriarche vénérable. C'est peut-être que, comme l'explique Simmel, l'argent en tant que tel correspond à une absence de jouissance : son « caractère abstrait » pousse à goûter sa valeur – qui reste, tant qu'il n'est pas dépensé, dans l'infini du possible – mieux que tel ou tel « usage particulier et personnel » (*PA*, p. 288), nécessairement plus restreint. La jeunesse, plus encline à satisfaire ses passions, si l'on en croit l'image traditionnelle qui est la sienne (et qui trouve une illustration dans *L'Argent* à travers cet être de pulsion sauvage qu'est l'enfant brutal de Saccard, Victor), se satisferait mal de ce refus de la jouissance qui vise à maintenir dans le futur et à l'état d'hypothèse toute satisfaction, de peur de l'épuiser. En témoigne ce Gundermann « sans besoin de chair » (*L'Argent*, p. 120) que montre avec répulsion et fascination le roman naturaliste, par exemple lorsque la baronne Sandorff, qui est peut-être la femme la plus sensuelle du roman, vient le voir :

Il eut un rire narquois, en homme qui se sait invincible, lorsque la baronne, d'un air d'oubli, dans le feu de sa prière, lui posa enfin sur le genou sa petite main tentatrice, aux doigts dévorants, souples comme un nœud de

> couleuvres. Plaisamment, il prit cette main, l'écarta en disant merci d'un signe de tête, ainsi que pour un cadeau inutile qu'on refuse. Et, sans perdre son temps davantage, allant droit au but [...]
>
> (*L'Argent*, p. 337)

L'avarice semble une jouissance de l'absence de jouissance, comme si l'argent exigeait que tout le temps lui fût consacré, la tentation seule étant déjà, comme l'indique la phrase par laquelle s'achève la citation, du temps perdu : l'amour n'est pas rentable. Là encore, l'avarice semble mieux s'accommoder d'une vieillesse qui – dans le cas de Gundermann, sinon dans celui d'Harpagon qui envisage de prendre femme – supprime tout désir. L'argent, c'est donc d'abord du temps, dans la mesure où c'est une certaine organisation des âges.

Mais ce l'est aussi, plus profondément peut-être, parce que la logique spéculative est une logique de pari sur le futur. L'avarice est une volonté absolue de retenir, de garder, de conserver à la fois le temps, qui sans cesse fuit, et l'argent, qui risque toujours de disparaître. L'usure, dans cette perspective, est un pari sur le pouvoir qu'a le temps de faire grandir l'argent auquel on renonce pour un temps bref ; et un pari, aussi, sur le fait que l'on sera encore vivant pour en profiter dans l'avenir. De ce point de vue, Harpagon et Gundermann font le même pari, sinon qu'Harpagon le fait pour lui-même, égoïstement, ce qui le conduit à espérer vivre les « six-vingt » ans que lui promet Frosine (*L'Avare*, II, 5, p. 52), et à porter en terre toute sa descendance, quand Gundermann travaille pour sa famille, cette tribu qui poursuit et poursuivra la tâche, continuera à construire sa « tour de millions », édifiée pour les « siens » (*L'Argent*, p. 120). Spéculer, ce serait ainsi comprendre la nature temporelle de l'argent, et tenter de pénétrer le mystère divin du futur en jouant à la hausse ou à la baisse, comme Pillerault et Moser – même si, observe Simmel, il est plutôt dans l'esprit jouisseur et optimiste des hommes de jouer à la hausse qu'à la baisse (*PA*, p. 288). Mais quel esprit peut véritablement pénétrer ces mystères ? Même Gundermann, malgré tout son talent et son génie, a besoin de la trahison d'une femme pour vaincre son ennemi. C'est toujours l'argent, *in fine* incalculable, qui l'emporte.

L'indétermination de l'argent s'explique parce qu'il est toujours pris dans une tension, entre présent et futur, entre présent et passé, tension omniprésente dans *L'Avare*, dans *L'Argent* et dans l'extrait de *Philosophie de l'argent*, entre le matériel et l'immatériel, l'accumulé et le parié, la cassette et l'emprunt, le trésor et sa promesse, bref, entre sa présence et son absence. Car la valeur propre de l'argent tient à cet *extra* d'infinies possibilités qui le sépare des objets que l'on peut s'offrir avec lui ; s'ils le valent, lui vaut plus qu'eux, comme le souligne l'analyse de Simmel : « la valeur d'une somme d'argent donnée est égale à la valeur de chaque objet particulier dont elle constitue l'équivalent, plus la valeur de la liberté de choix offerte entre un nombre indéterminé d'objets pareils » (*PA*, p. 247). Paradoxalement, c'est cet état instable qui fait la force de l'argent, parce qu'il le conduit à se produire soi-même : là où la terre doit être entretenue et travaillée, favorisée par le climat et le temps, là où les revenus de la terre dépendent d'autres facteurs que de la *valeur* de cette terre, l'argent semble avoir sa logique propre et pouvoir s'engendrer soi-même. La fiction, parce qu'elle participe de la présence (le récit existe) et de l'absence (mais il est faux), permettrait de prendre en charge cette hésitation entre ce qui est et ce qui n'est pas. C'est en fait, comme le montre l'analyse serrée conduite par Simmel dans *Philosophie de l'argent*, que l'argent n'est rien en soi, mais un pur et simple moyen. Par là, il touche à l'essence même de la condition humaine, ce qui explique son omniprésence et sa puissance.

C. L'argent comme moyen absolu : la forme de la condition humaine

Tel est en effet l'objet de la démonstration de Simmel : l'argent est un pur moyen ; il n'a de sens que dans et par la « série téléologique » où il s'insère, et dans laquelle il ne saurait constituer qu'un des maillons : telle est « la polarité inhérente à l'argent : être par nature le moyen absolu » (*PA*, p. 275).

L'idée de l'argent comme moyen est au centre de notre extrait de *Philosophie de l'argent*, que l'on pourrait définir comme une immense déclinaison de ce motif. L'argent, en lui-même, n'est rien : il n'a pas de valeur en soi, non seulement parce qu'il n'a aucune utilité immédiate (on ne le mange pas, on ne le revêt pas, il ne fait pas dormir), mais aussi parce qu'il n'est là que pour servir à atteindre des objectifs. C'est d'ailleurs ce qui permet de comprendre en quoi l'avarice d'Harpagon est proprement une folie : l'avare confond en effet moyens et fins, et s'imagine que l'argent, fût-il fait d'espèces sonnantes, trébuchantes et aurifères, constitue un bien en soi (« Certes ce n'est pas une petite peine que de garder chez soi une grande somme d'argent », I, 4, p. 25), quand il n'est que le moyen d'atteindre d'autres choses que lui. Son incapacité à se départir de la moindre somme, fût-ce pour courtiser la jeune femme dont il est épris, indique l'ampleur de sa méprise. Ce n'est pas un hasard si la formule « il faut manger pour vivre, et non pas vivre pour manger », reprise par Valère à Socrate par le détour de Cicéron (*L'Avare*, III, 1, p. 67), trouble et séduit Harpagon, qui pourtant ne l'applique pas : toute sa folie, toute son erreur tiennent à son incapacité de séparer les moyens des fins. Or déterminer les moyens et les fins, c'est le principe même de la construction du sens : Harpagon se révèle par là l'insensé par excellence, celui qui est incapable de bien vivre, alors que la sagesse se définit précisément par une vie sage et bien menée plus que par une théorie élaborée.

Si Harpagon tend à confondre le moyen et la fin, c'est précisément, explique Simmel, que l'argent est un « moyen absolu » – l'expression revient à plusieurs reprises sous sa plume. En effet, capable de servir *toute* fin, l'argent transcende la diversité infinie de ces buts que poursuit l'homme ; l'argent est

> l'outil conforme à des buts infiniment vastes et divers. [...] Dans ses formes achevées, l'argent est le moyen absolu : car d'une part il reçoit une détermination pleinement téléologique et rejette toute détermination provenant de séries différentes ; et d'autre part il se limite également à sa pure instrumentalité au regard des fins, aucune de celles-ci ne préjugeant de sa nature.
>
> (*PA*, p. 244)

C'est de là que l'argent tire sa force – il est « pouvoir, capacité en soi », « *Vermögen* » (*PA*, p. 255) –, mais aussi, à l'inverse, sa faiblesse, puisqu'il n'est qu'un point de passage, certes nécessaire, mais à lui seul vain.

C'est pourtant cette nature de moyen qui enracine l'argent dans la condition humaine, en en faisant comme l'emblème concret de la finitude qui condamne l'homme à être l'être des moyens, au contraire de Dieu pour qui, comme le fait remarquer Simmel, « il ne peut y avoir de fin, puisqu'il n'y a pas de moyen » (*PA*, p. 239) : la volonté de Dieu n'est pas séparable de sa réalisation ; c'est même là une définition de la puissance divine. Or, à l'inverse, l'humanité se mesure dans cette incapacité à atteindre directement sa fin : elle éprouve sa condition par la nécessité de recourir à l'intermédiaire de moyens pour la réaliser ; l'homme est un « être indirect » (*PA*, p. 245).

Cette conception de l'humanité est partagée par Molière et Zola. Harpagon n'est pas seulement un personnage ridicule *à la marge* de l'humanité commune, un monstre dont on se moque, mais bien un révélateur de l'humaine condition ; son obsession financière le sépare finalement moins de la plupart des autres personnages de *L'Avare* qu'elle ne le rapproche d'eux, tant la pièce entière est hantée par l'obsession de l'argent. À la façon dont, dans la culture de la curiosité si vivace au XVIIe siècle, l'objet singulier (corne de licorne, fossile ou œuf de dragon) réfléchit par sa singularité même l'ordre du monde, que traduit l'exception plus que la plate généralité avant que la science moderne ne s'intéresse à la règle universelle, l'excès de l'avarice d'Harpagon rend visible ce qui est partagé par tous, plus ou moins fortement : l'intérêt pour l'argent, la prégnance des moyens, l'enfermement dans la série téléologique sans toujours percevoir la fin qui lui donne sens, sont autant de traits proprement humains que la caricature stigmatise, c'est-à-dire rend visible – quand chez le spectateur ils demeurent plus discrets, et donc moins perceptibles.

La même conception de l'humanité explique l'ambiguïté du personnage de Saccard, immoral, misogyne, d'un égoïsme abyssal surtout, et pourtant fascinant : ne séduit-il pas Mme Caroline, le plus positif des personnages du roman ? C'est son humanité même, du reste, qui la séduit, comme si son amour de l'argent concentrait en lui la condition commune : « Elle le regardait, et, dans son amour de la vie, de tout ce qui était fort et actif, elle finissait par le trouver beau, séduisant de verve et de foi » (*L'Argent*, p. 146). Saccard a la beauté des êtres finis, une beauté sans perfection, sans achèvement, mais qui trouve dans ce défaut même sa force de séduction. D'ailleurs, il est trompé autant que trompeur : lui-même se perd finalement dans cette condition indirecte, médiate, qui est celle des hommes, et en vient à croire à ses mensonges, lui qui « devient tout à fait bonhomme » une fois « grisé de son accès d'éloquence » (*L'Argent*, p. 146). C'est que « l'idée de moyen caractérise en général la position de l'homme dans le monde », pour reprendre l'analyse de Simmel : l'homme n'est ni « bête » (il peut avoir une fin), ni « dieu » (il ne saurait l'atteindre immédiatement, et recourt donc aux moyens), et l'humanité se joue dans les détours qui séparent l'une de l'autre (*PA*, p. 244). Saccard, égaré dans ces détours, dans ces fictions qu'il multiplie pour édifier son entreprise et construire sa réussite, figure avec éclat cette humanité faite d'indirection, de médiation, qui égare l'homme dans des séries téléologiques qu'il ne domine pas, et qui pourtant font le sens de sa vie.

Cette ambiguïté se retrouve encore dans le rôle moteur que joue l'argent dans les existences humaines : s'il est le moyen par excellence, c'est qu'il est le lieu même où se cristallisent les désirs.

D. L'argent et la cristallisation des désirs

Tout comme l'énergie vitale impressionnante de Saccard, l'omniprésence d'Harpagon dans la pièce montre la positivité, la productivité de l'argent qui anime véritablement les hommes, les fait vivre et agir. C'est que l'argent est matrice libidinale : la façon dont Molière caractérise l'amour d'Harpagon pour sa cassette renvoie bien à cette dimension désirante et désirée de l'argent. En effet, c'est une véritable déclaration amoureuse que consacre Harpagon à son trésor, et le long quiproquo final entre Valère et lui n'est possible que parce qu'il n'est pas (trop) délirant, pour Harpagon, d'envisager le rapport à la cassette de galante façon :

> VALÈRE. – Nous nous sommes promis une foi mutuelle, et avons fait serment de ne nous point abandonner.
> HARPAGON. – Le serment est admirable, et la promesse plaisante !
> VALÈRE. – Oui, nous nous sommes engagés d'être l'un à l'autre à jamais.
> HARPAGON. – Je vous empêcherai bien, je vous assure.
> VALÈRE. – Rien que la mort ne nous peut séparer.
> HARPAGON. – C'est être bien endiablé après mon argent.
> VALÈRE. – Je vous ai déjà dit, Monsieur, que ce n'était point l'intérêt qui m'avait poussé à faire ce que j'ai fait.
>
> (*L'Avare*, V, 3, p. 109)

Il n'y a finalement pas de solution de continuité entre avarice et amour, parce que c'est toujours le fil du désir qui est poursuivi, dans l'une et l'autre passion. Simmel souligne cette continuité lorsqu'il affirme que

« tous les phénomènes d'ordre monétaire » ne sont pas hors du « système de la vie », mais qu'au contraire ils en manifestent, « sur le mode le plus pur et en même temps le plus extérieur, un trait fondamental » (*PA*, p. 250) ; il est donc tout à fait logique de rapprocher la mécanique amoureuse du désir et la mécanique désirante de l'avarice (*PA*, p. 251).

Mieux encore, l'argent s'imbrique au désir : le motif de la prostitution, qui est indirectement présent dans *L'Avare*, où Molière interroge ce que valent les femmes (que vaut Mariane ? que vaut Élise ?), est directement évoqué dans *L'Argent*, à travers la figure de Mme de Jeumont, incarnation de la corruption d'une époque – ce n'est pas un hasard si elle est désignée comme « Junon » (*L'Argent*, p. 322), elle dont l'empereur a partagé le lit pour cent mille francs : la dégradation du modèle fonctionne à plein, faisant de la reine des dieux une prostituée. Le motif de la prostitution apparaît aussi dans le roman de Zola à travers la lente et ignominieuse déchéance de la baronne Sandorff, qui passe d'homme en homme pour finir dans les bras – sous les coups – de Jantrou, « cet homme que son père recevait à coups de pied » (*L'Argent*, p. 239).

La continuité de l'argent et du désir, la faculté qu'a l'argent d'autoriser les désirs les moins nobles, tient en fait à la capacité qu'il a aussi de lever les censures pesant habituellement sur les passions : rien d'étonnant, ainsi, à voir le vieil Harpagon tenté de ravir à son fils la femme qu'il aime. Cette potentialité incestueuse à l'œuvre dans la pièce apparaît à travers le sort réservé à Saccard dans un roman de Zola antérieur à *L'Argent*, *La Curée*, dont Maxime résume l'intrigue à Mme Caroline, effondrée :

> Et ce fut ainsi que Mme Caroline apprit tout au long l'effrayante histoire : Saccard vendant son nom, épousant pour de l'argent une fille séduite ; Saccard, par son argent, sa vie folle et éclatante, achevant de détraquer cette grande enfant malade ; Saccard, dans un besoin d'argent, ayant à obtenir d'elle une signature, tolérant chez lui les amours de sa femme et de son fils, fermant les yeux en bon patriarche qui veut bien qu'on s'amuse. L'argent, l'argent roi, l'argent Dieu, au-dessus du sang, au-dessus des larmes, adoré plus haut que les vains scrupules humains, dans l'infini de sa puissance ! Et, à mesure que l'argent grandissait, que Saccard se révélait à elle avec cette diabolique grandeur, Mme Caroline se trouvait prise d'une véritable épouvante, glacée, éperdue, à l'idée qu'elle était au monstre, après tant d'autres.
>
> (*L'Argent*, p. 277-278)

Ce trouble du désir qui va de pair avec l'argent, cette force de transgression de la morale, s'expliquent par la levée des censures que porte en soi l'argent et qui se comprend par sa logique même : comme le montre Simmel, l'argent, comme moyen absolu, rend finalement tout possible, tout envisageable, ce qui évite à l'*Homo economicus* d'être jamais contraint de « renonc[er] [...] à son désir » (*PA*, p. 241). En présentant toute fin comme *également* possible, c'est-à-dire d'une certaine façon indifférente, l'argent légitime même les désirs les plus effrayants : son rôle fascinant, au sein des séries téléologiques qui font l'existence humaine, rend cette mécanique presque inévitable. L'argent est corrupteur, parce qu'il est neutre et tout-puissant.

De ce fait, pourtant, il peut tuer le désir autant que le favoriser – c'est le signe, là encore, de son équivocité fondamentale : le mythe de Midas n'est loin ni de *L'Avare* ni de *L'Argent* (voir l'encadré « L'argent dans la mythologie grecque », p. 18). Rendant tous les désirs possibles, l'argent les rend fondamentalement inintéressants. Harpagon, vieux et malade, se réjouit lorsque Frosine lui annonce qu'il « mettr[a] en terre et [ses] enfants, et les enfants de [ses] enfants » (*L'Avare*, II, 5, p. 52) : curieuse perspective pour un homme qui veut prendre une jeune épouse. Dans le roman de Zola, c'est la figure de Gundermann qui incarne avec force cette extinction de tout désir, de tout plaisir et presque de toute corporéité :

> On l'avait mis au régime du lait, il ne pouvait même plus toucher à une viande, ni à un gâteau. Alors, à quoi bon un milliard ? Jamais non plus les femmes ne l'avaient tenté : durant quarante ans, il était resté d'une fidélité stricte à la sienne ; et, aujourd'hui, sa sagesse était forcée, irrévocablement définitive.
>
> (*L'Argent*, p. 120)

Tout se passe comme si l'argent privait les hommes de leur corps même.

Cette polymorphie de l'argent s'explique par le fait qu'il est à la fois ce que l'homme a de plus personnel – ce qui lui appartient – et ce qu'il a de moins personnel – il ne tire sa valeur que de la convention commune qui lui assigne pour fonction d'être l'instrument des échanges sociaux : pour un individu seul, l'argent ne vaut rien. L'argent produit cependant des effets : s'il est « puissance », « *Vermögen* » (*PA*, p. 255), c'est bien qu'il peut modifier le réel, donner à celui qui le possède une maîtrise du monde qui va bien au-delà de sa seule possession.

II. Logiques de l'argent : l'*Homo economicus*, maître et possesseur du monde ?

Molière, Zola et Simmel interrogent, à travers leurs œuvres, le pouvoir de domination qui est conféré par l'argent : sa splendeur et sa misère fournissent aux trois écrivains le matériau de leur création et de leur pensée, et c'est dans l'affrontement de cette défaite et de cette richesse que naît une véritable critique de l'argent – et de ce que l'argent dit de l'homme.

A. L'argent et la maîtrise du réel

L'argent permet d'abord de s'emparer du réel. Il est puissance de vie, de réalisation ; il est faculté opérante de métamorphoser le réel. C'est ce que suggèrent les récits de Saccard et la formidable énergie qu'ils mobilisent. L'argent, de ce point de vue, apparaît comme un véritable mythe au sens que Georges Sorel donne à ce terme dans les *Réflexions sur la violence* (1908), c'est-à-dire une série dynamique d'images qui entraînent l'action en saisissant ceux qu'elles fascinent et en donnant une direction à leur volonté. Les contes – les comptes – de Saccard sont propres à unir les différentes assemblées qui jalonnent le roman :

> le rapport [...] proposait [à l'assemblée] de doubler le capital. Elle seule était compétente pour autoriser cette augmentation, qu'elle décida d'ailleurs d'enthousiasme, absolument grisée par les millions de la Compagnie générale des Paquebots réunis et de la Banque nationale turque [...]. Quant aux mines d'argent du Carmel, elles furent accueillies par un frémissement religieux. Et, lorsque les actionnaires se furent séparés, en votant des remerciements au président, au directeur et aux administrateurs, tous rêvèrent du Carmel, de cette miraculeuse pluie d'argent, tombant des lieux saints, au milieu d'une gloire.
>
> (*L'Argent*, p. 211)

Le vocabulaire religieux permet ici de mettre en valeur la communion des esprits autour des « mines d'argent », que l'on peut aussi entendre au sens métaphorique, tout projet se présentant comme une mine d'argent – et permettant d'ailleurs effectivement d'en collecter. Comment comprendre ce rôle central et presque spirituel de l'argent, qui va au-delà du simple motif de l'intérêt comme moteur des actions humaines ?

C'est que, explique Simmel, l'argent joue un rôle inévitable dans les chaînes téléologiques au sein desquelles se comprennent les actions humaines. Car l'action proprement humaine est une action animée par une fin qui lui donne son sens. Cette action finalisée suppose un certain « *quantum* d'énergie concentrée » (*PA*, p. 272) pour être entreprise :

> il nous suffit, pour agir dans des séries téléologiques, que cette énergie unifiée ait été présente dans le passé, que la finalité ait simplement déjà existé. Ce qui était force réelle en elle se dépense dans les actes qui en découlent, ceux-ci demeurent dirigés par ce qui en était le point de départ, la finalité.
>
> (*PA*, p. 272-273)

Or, pour que les moyens puissent être efficaces, ils doivent être investis pleinement, sans que l'homme continue même à s'attacher à la fin qu'il visait d'abord :

> La pratique la plus conforme à la finalité, c'est donc de concentrer toutes nos énergies sur l'étape suivante de la série téléologique, ce qui revient à dire : le mieux que l'on puisse faire pour le but final, c'est de traiter le moyen qui y mène comme s'il était lui-même le but.
>
> (*PA*, p. 273)

Dès lors, le moyen pur, le moyen par excellence, l'argent, peut passer pour une fin, et être investi avec la même énergie que l'était la fin véritable à laquelle il devait servir. Cette approche éclaire le motif de la folie d'Harpagon qui consiste à intervertir la fin et le moyen, à ce détail près que, dans *Philosophie de l'argent*, on comprend en quoi cette folie peut devenir la loi de tous les hommes : la folie d'Harpagon consiste à diviniser l'argent, à faire une fin absolue de ce qui n'est que le moyen absolu ; mais cela correspond, explique le philosophe et sociologue allemand, aux dispositions psychologiques mêmes de l'homme qui veut maîtriser le réel. L'approche de Simmel rejoint ainsi la thématique de l'idolâtrie de l'argent qui parcourt le roman de Zola, puisque l'idolâtrie consiste bien à confondre l'image avec ce qu'elle représente : l'« argent, l'argent roi, l'argent Dieu, au-dessus du sang, au-dessus des larmes, adoré plus haut que les vains scrupules humains, dans l'infini de sa puissance ! » (*L'Argent*, p. 277-278). L'argent, le signe, est divinisé, au-delà de l'humanité qu'il est censé servir, rabattant finalement ce divin sur les pires traits de l'humanité, sans borne aucune.

Ainsi, l'argent apparaît comme le plus productif des moyens, celui qui permet de modifier le cours des choses, de résoudre les problèmes ; il est une dynamique vitale, celle qui triomphe à la fin de *L'Avare*, avec le double mariage qui réaffirme l'enchaînement des générations, l'avarice d'Harpagon enfin satisfaite par la libéralité d'Anselme. L'argent, s'il est force destructrice, est en même temps force constructrice qui modifie le monde. C'est tout l'objet du renversement de perspective dans les dernières pages de *L'Argent* :

> Et cette gorge du Carmel, cette aquarelle qu'elle déclouait, ne savait-elle pas, par une lettre récente, que tout un peuple y avait poussé ? Le village de cinq cents habitants, né d'abord autour de la mine en exploitation, était à présent une ville, plusieurs milliers d'âmes, toute une civilisation, des routes, des usines, des écoles, fécondant ce coin mort et sauvage. Puis, c'étaient les tracés, les nivellements et les profils, pour la ligne ferrée de Brousse à Beyrouth par Angora et Alep, une série de grandes feuilles, qu'une à une elle roulait : sans doute, il s'écoulerait des années, avant que les cols du Taurus, fussent traversés à toute vapeur ; mais déjà la vie affluait de partout, le sol de l'antique berceau venait d'être ensemencé d'une nouvelle moisson d'hommes, le progrès de demain y grandirait, avec une vigueur de végétation extraordinaire, dans ce merveilleux climat sous les grands soleils. N'y avait-il pas là le réveil d'un monde, l'humanité élargie et plus heureuse ?
>
> (*L'Argent*, p. 493-494)

L'argent apparaît ici comme la forme par excellence de l'action humaine, et de l'action créatrice qui civilise et humanise le monde ; il est, proprement, ce qui rend le monde habitable, ce qui rend l'homme « comme maître et possesseur de la nature », selon l'expression cartésienne du *Discours de la méthode* (1637). L'économie, alors, devient la véritable technique qui permet à l'homme de trouver sa place dans le monde, car elle est ce sans quoi nulle technique ne peut avoir lieu ; ce n'est d'ailleurs pas un hasard si Hamelin, l'ingénieur du roman de Zola, ne peut accomplir ses projets, réaliser ses ambitions qu'une fois qu'il collabore avec le financier, Saccard. Mais de quelle nature au juste est ce pouvoir de l'argent qui lui permet de modifier le monde ?

B. L'argent et la compréhension du réel

Si l'argent conduit à prendre possession du monde, c'est en effet qu'il est en prise directe sur un savoir. Harpagon n'est pas seulement un être dévoré par sa passion pour l'or, c'est un homme doué d'une intelligence particulièrement rapide, qui lui permet de mathématiser le réel, de le manipuler avec une efficacité remarquable, en lui attachant des valeurs, en le réduisant à une simple série de chiffres – à la façon dont la philosophie cartésienne, au XVIIe siècle précisément, prétend rendre le monde intelligible en le réduisant à son abstraction mathématique :

> C'est fort mal fait. Si vous êtes heureux au jeu, vous en devriez profiter, et mettre à honnête intérêt l'argent que vous gagnez afin de le trouver un jour. Je voudrais bien savoir, sans parler du reste, à quoi servent tous ces rubans dont vous voilà lardé depuis les pieds jusqu'à la tête, et si une demi-douzaine d'aiguillettes ne suffit pas pour attacher un haut-de-chausses ? Il est bien nécessaire d'employer de l'argent à des perruques, lorsque l'on peut porter des cheveux de son cru, qui ne coûtent rien. Je vais gager qu'en perruques et rubans, il y a du moins vingt pistoles ; et vingt pistoles rapportent par année dix-huit livres six sols huit deniers, à ne les placer qu'au denier douze.
>
> (*L'Avare*, I, 4, p. 28)

L'intelligence mathématique du réel, qui permet à Harpagon d'interpréter les signes pour les mesurer, fait de lui une figure (caricaturale, mais exacte) de la philosophie cartésienne.

Les personnages de financiers de Zola participent d'un même modèle : pour le romancier naturaliste comme pour le dramaturge classique, l'homme d'argent est un intellectuel. Rien ne le montre mieux que le personnage de Gundermann, être « sobre et de froide logique » (*L'Argent*, p. 26), dont le propos assimile la loi de l'argent à une pure logique, au sens fort du terme, à un discours de vérité, à une mathématique parfaite :

> Il [Gundermann] avait payé ses huit millions de perte sans une plainte, sans qu'un seul de ses familiers eût surpris sur ses lèvres une parole de colère et de rancune. Quand il perdait ainsi, chose rare, il disait d'ordinaire que c'était bien fait, que cela lui apprendrait à être moins étourdi ; et l'on souriait, car l'étourderie de Gundermann ne s'imaginait guère. [...] Sa théorie était qu'on ne provoquait pas les événements à la Bourse, qu'on pouvait au plus les prévoir et en profiter, quand ils s'étaient produits. La logique seule régnait, la vérité était, en spéculation comme ailleurs, une force toute-puissante. Dès que les cours s'exagéreraient par trop, ils s'effondreraient : la baisse alors se ferait mathématiquement, il serait simplement là pour voir son calcul se réaliser et empocher son gain.
>
> (*L'Argent*, p. 254-255)

Le pouvoir de Gundermann, qui le fait craindre et respecter de tous, est essentiellement un pouvoir intellectuel, une faculté de découvrir les lois générales du réel – objectif que se propose la philosophie, et plus particulièrement, au XIXe siècle, la philosophie positiviste. Aussi la « guerre » entre Saccard et Gundermann doit-elle, pour ce dernier, avoir une conclusion nécessaire, conformément à une conception hégélienne de l'histoire où progressivement la vérité se déploie : « la logique triompherait » (*L'Argent*, p. 400). D'une certaine façon, il y a une philosophie de l'argent parce que en soi l'argent est philosophie, pensée.

Dans *L'Argent*, cette pensée se caractérise donc comme une appréhension positiviste du réel qui fonde la force interprétative de l'argent, sa capacité à rendre le monde intelligible : l'argent est comme le point de départ de l'élaboration d'un savoir, la condition indispensable à toute construction théorique. C'est, de façon assez pessimiste, ce que montre la dialectique de la richesse et de la pauvreté, que le roman articule autour de la figure de Victor et de son frère Maxime, ou plus généralement de la cité de Naples et des beaux quartiers de la Banque : l'argent se lie étroitement, sinon à la morale, du moins au progrès comme au savoir même. Aussi Mme Caroline, repensant à la cité infâme de la misère, y voit-elle bien, *a contrario*, le privilège d'un argent fondateur, sans quoi il n'est pas d'élévation matérielle ni même spirituelle possible : « N'était-ce pas la réponse à cette question de savoir si l'argent n'est point l'éducation, la santé, l'intelligence ? » (*L'Argent*, p. 467).

Dans une optique fortement marquée par la philosophie positiviste, l'argent semble le moyen de la réalisation d'un monde meilleur. Il apparaît comme le vrai moteur du progrès, selon Mme Caroline, qui a été convaincue par Saccard :

> le globe bouleversé par la fourmilière qui refait sa maison, et le continuel travail, de nouvelles jouissances conquises, le pouvoir de l'homme décuplé, la terre lui appartenant chaque jour davantage. L'argent, aidant la science, faisait le progrès.
>
> (*L'Argent*, p. 96)

Si Auguste Comte, philosophe du positivisme, affirme : « Science, d'où prévoyance ; prévoyance, d'où action » (*Cours de philosophie positive*, I, 45), dans *L'Argent* de Zola, c'est l'argent qui structure et fonde cette chaîne d'actions en étant à la fois l'origine et la fin de toute action, comme s'il complétait le propos du philosophe : l'ingénieur Hamelin, qui possède un savoir, a besoin de l'argent de Saccard pour mener à bien ses projets ; mais ces projets finissent par produire de l'argent – argent, d'où science, et science, d'où argent ; argent, d'où action, et action, d'où argent ; ou encore argent, d'où prévoyance, et prévoyance, d'où argent… On a besoin d'argent pour tout entreprendre, parce que l'argent se donne pour la fin de tout (quand il est le *moyen* de tout) : il se présente, dit Simmel, à la fois *terminus ad quem* et *terminus a quo*, point de départ et point d'arrivée (*PA*, p. 261).

On voit par là combien la capacité de l'argent à dominer le monde et à en faire un objet de connaissance lui confère une forme d'omniprésence dans le réel, et peut-être même une forme de sacralité.

C. L'argent et le sacré

Cette omniprésence tient finalement à l'omnipotence de l'argent, c'est-à-dire à son caractère de « moyen absolu », selon l'expression souvent répétée de Simmel. Aussi l'argent participe-t-il d'une logique totalisatrice que le philosophe sociologue analyse à partir de la capacité de l'argent à devenir – pour l'efficacité des actions qu'il permet et auxquelles il est même indispensable – une fin, de la faculté qu'il a d'appeler les hommes à le servir comme s'il était une fin. Cette « métempsycose de la finalité » (*PA*, p. 274), cette dissémination du caractère final sur les moyens mêmes qui conduisent à cette fin, et donc sur l'argent, moyen omniprésent dans les séries téléologiques, fait de lui un véritable universel, au sens où il s'applique à tout et à tous, puisque sa « faculté d'emploi » est sans limites (*PA*, p. 266) : il s'institue non seulement comme la caractéristique essentielle de l'existence humaine, mais encore comme sa véritable raison. Il devient même proprement une éthique, car « il n'y a pas de femme, il n'y a pas de galant homme, dans les affaires », selon l'expression de Busch (*L'Argent*, p. 360) : contre les normes sociales, contre l'éthique des relations humaines, contre l'idéal d'honnêteté que peut bien défendre la pièce de Molière, le personnage de Zola affirme la primauté du calcul financier, l'absolutisme comptable.

C'est bien cet universalisme d'un argent totalisateur que traduit le nom même de la banque fondée par Saccard dans le roman de Zola, la « Banque Universelle » ; ce qui est encore renforcé par le fait que la banque est catholique (en grec καθολικος, *katholikos*, c'est-à-dire « universel »). Le nouveau projet d'organisation du monde se présente dans *L'Argent* comme une nouvelle religion, et cette banque apparaît à Saccard comme Dieu à Moïse sur le Sinaï ; le nom « Banque

Universelle » se compose de mots qui « brusquement flamb[ent] devant lui, comme en caractères de feu, dans la chambre encore noire » : « c'est simple, c'est grand, ça englobe tout, ça ouvre le monde... » (*L'Argent*, p. 103). Derrière le projet d'installation du pape à Jérusalem s'avoue ainsi la véritable rivalité entre religion et argent : c'est bien une nouvelle religion, une nouvelle foi que propose Saccard. Car c'est bien de foi, de croyance, de crédit qu'il est question avec l'argent, et c'est en tant que missionnaire de cette nouvelle religion, la religion de l'intérêt, que prêche Saccard, animé par un « enthousiasme » qui le grise lui-même (*L'Argent*, p. 138) : l'*enthousiasme*, étymologiquement, désigne la présence d'un dieu en soi.

La rivalité de la religion et de l'argent tient alors, selon Simmel, à leur capacité partagée à donner du sens :

> Même s'il n'a jamais existé d'époque où les individus n'aient été avides d'argent, on peut dire cependant que l'acuité et l'extension maximales de ce désir correspondent aux époques où l'on voit perdre de leur force aussi bien les satisfactions plus modestes liées aux intérêts particuliers de la vie, que l'élévation à l'absolu de la religion comme but final de l'existence.
>
> (*PA*, p. 280-281)

En poursuivant l'analyse, on pourrait dire que la rivalité de l'argent et de la religion tient au fait que le premier donne sens en se faisant passer pour une fin puisque, « moyen absolu », il ramasse sur lui toute l'énergie téléologique de la série, tandis que la seconde, qui s'intéresse à la fin absolue, récuse tout intérêt des moyens. Dans *L'Avare*, le rapport d'Harpagon à son argent est lui-même décrit en termes d'idolâtrie ; la seule sacralité mentionnée dans la pièce est en effet celle du trésor pour l'avare : « Il n'y a point de supplice assez grand pour l'énormité de ce crime ; et s'il demeure impuni, les choses les plus *sacrées* ne sont plus en sûreté » (*L'Avare*, V, 1, p. 102 ; nous soulignons), déclare Harpagon lorsqu'il cherche la cassette qu'on lui a dérobée. Le terme « sacré » est d'autant plus fort ici que la comédie ne doit pas s'occuper de religion, comme Molière le vérifie douloureusement, dans ces années 1660 qui voient la composition de la pièce, à travers l'affaire du *Tartuffe* (voir *supra*, p. 47). Mais cette rivalité s'explique par le fait que, comme le montre encore Simmel,

> l'argent, moyen absolu et donc lieu de rencontre d'innombrables séries téléologiques, a justement des rapports significatifs, psychologiquement, avec l'idée de Dieu, [...] cette richesse affective universelle [...]. Indubitablement, les sentiments suscités par l'argent ont dans leur domaine une analogie psychologique avec ces dernières.
>
> (*PA*, p. 281)

On comprend mieux, du même coup, le prodigieux succès de la Banque Universelle dans *L'Argent*, qui combine les passions psychologiques les plus puissantes, celle de l'argent et celle de Dieu. Dans le roman de Zola, ce sont les femmes, qui apparaissent traditionnellement dans la littérature comme des êtres de passion, qui incarnent cette idée plus particulièrement :

> C'était l'avenir qui s'ouvrait devant les imaginations surchauffées, cet avenir si gros d'entreprises plus considérables encore, qu'il nécessitait la demande des cinquante millions, dont l'annonce suffisait à bouleverser ainsi les cervelles. [...] Les femmes surtout se passionnaient, faisaient en faveur de l'idée une propagande enthousiaste. Dans des coins de boudoir, aux dîners de gala, derrière les jardinières en fleur, à l'heure tardive du thé, jusqu'au fond des alcôves, il y avait des créatures charmantes, d'une câlinerie persuasive, qui catéchisaient les hommes : « Comment, vous n'avez pas de l'Universelle ? Mais il n'y a que ça ! achetez vite de l'Universelle, si vous voulez qu'on vous aime ! » C'était la nouvelle Croisade, comme elles disaient, la conquête de l'Asie, que les croisés de Pierre l'Ermite et de saint Louis n'avaient pu faire, et dont elles se chargeaient, elles, avec leurs petites bourses d'or.
>
> (*L'Argent*, p. 293-294)

Dans un mélange effrayant, l'infini surgit entre imagination de profits immenses, jeu de séduction sexué et discours politico-théologique. L'argent se présente bien comme un absolu, la force motrice d'une nouvelle religion capable de prendre en charge la totalité du réel, et son passé même, en accomplissant ce que la religion seule n'avait pu réaliser – la métaphore de la croisade est de ce point de vue tout à fait significative, comme l'est aussi l'affrontement fantasmé, dans le roman, du judaïsme et du catholicisme sur le champ de bataille de la Bourse. L'argent est bien le dieu d'une nouvelle religion, qui se servirait de l'ancienne comme d'un masque qui à la fois sert ses desseins et révèle son identité véritable, et dont la Bourse, lieu mystérieux et sacré, et les banques seraient le temple et les autels : ce réseau métaphorique est omniprésent tout au long du roman.

Ces derniers exemples l'indiquent : l'argent se traduit d'abord dans l'esprit des hommes, dans leurs *imaginations* et leurs *croyances*. Affaire de foi, il est autant l'objet de la psychologie que de l'économie – c'est, là aussi, ce qui justifie son intérêt pour des hommes de lettres comme Molière et Zola, ou pour un penseur aussi éclectique que Simmel. Comprendre l'argent, c'est comprendre ce qu'il fait aux hommes, comment il agit sur leur esprit, les transforme ou les informe.

III. Ce que l'argent fait aux hommes

S'il semble capable de rendre compte de la totalité de la condition humaine, s'il est un absolu capable de toucher tous les hommes, ce qui lui confère même une dimension sacrée, l'argent les touche pourtant de différentes façons. C'est ainsi qu'apparaît dans les trois œuvres au programme, à travers une véritable typologie et au-delà, la logique des rapports que l'argent crée chez l'*Homo economicus* à la fois avec les autres et avec lui-même.

A. Typologie de l'*Homo economicus* : accumulation, dépense, pouvoir

Le premier type qui se dégage de *L'Avare*, de *L'Argent* et de *Philosophie de l'argent*, et qui existe depuis l'Antiquité au moins, c'est l'avare. La pièce de Molière vise à ridiculiser cet homme de l'accumulation, fortement condamné par les morales tant païenne que chrétienne, et fait de lui l'objet du rire moral qui corrige les vices des hommes (voir l'encadré « La condamnation religieuse et morale de l'avarice », p. 79). *L'Avare* oppose ainsi au type du même nom sa morale comique de la circulation des biens, sa morale de l'échange dans laquelle il s'agit toujours, sinon de se donner, du moins de se communiquer à l'autre. On ne reviendra pas ici sur la folie de l'avare, sur l'erreur qui est la sienne de prendre l'argent pour un bien en soi quand il n'est qu'un bien transitoire, sur le fait que l'avare, selon l'analyse de Simmel, s'arrête en chemin dans la série téléologique qui est celle de la vie humaine :

> La forme la plus pure de l'avarice est plutôt celle où la volonté ne va réellement pas au-delà de l'argent, ne le traite pas non plus, même par jeu, comme un moyen d'obtenir autre chose, mais ressent la puissance qu'il représente justement en tant qu'argent non dépensé, comme une valeur définitive et absolument satisfaisante.
>
> (*PA*, p. 293)

On ne saurait mieux décrire le comportement d'Harpagon. En effet, celui-ci ne saurait jamais utiliser son argent pour obtenir autre chose, pas même pour séduire Mariane ; au contraire, il demande à Frosine d'assurer à la jeune femme une dot, tant la seule passion qu'il faille vraiment satisfaire est celle qu'il éprouve pour cette « chère cassette » qui fait le dénouement de la pièce :

> Mais, Frosine, as-tu entretenu la mère touchant le bien qu'elle peut donner à sa fille ? Lui as-tu dit qu'il fallait qu'elle s'aidât un peu, qu'elle fît quelque effort, qu'elle se saignât pour une occasion comme celle-ci ? Car encore n'épouse-t-on point une fille, sans qu'elle apporte quelque chose.
>
> (*L'Avare*, II, 5, p. 53)

Et il faut à l'amour d'Harpagon quelque chose de « réel », dont il puisse donner « quittance » (*L'Avare*, II, 5, p. 55). Harpagon refuse d'offrir quoi que ce soit, de se communiquer à autrui, quand au contraire les jeunes amants n'hésitent pas à se lier à un autre : si le contrat – la promesse de mariage – sur lequel s'ouvre la pièce est certes assez peu romantique, et même par certaines formulations équivoque (bien des propos pourraient avoir un sens tout à fait galant), il a pour intérêt d'exposer la véritable morale de la comédie, qui est une morale de l'engagement avec autrui, une morale de l'échange où c'est le fait de donner et de recevoir, le fait en somme de faire société, qui constitue un vrai bien. À l'inverse de ce modèle, Harpagon ne donne jamais rien, sinon finalement sa « malédiction » à son fils (*L'Avare*, IV, 5, p. 98). La cassette seule, une fois retrouvée, peut passer pour une « valeur définitive et absolument satisfaisante » (*PA*, p. 293) : rien d'autre ne saurait contenter l'appétit du vieillard.

Le projet de Zola est sensiblement différent ; ce qu'il veut représenter, c'est un autre état de l'avarice, un état adapté au contexte économique dans lequel il écrit, et où la signification de l'argent a en partie changé. Du temps de Molière, en effet, l'accumulation de valeurs, du métal précieux, a véritablement un sens : c'est même l'un des points importants de la politique économique des États du XVIIe siècle ; il règne finalement, malgré certains aspects du mercantilisme, une conception fixiste de l'argent, qu'il s'agit de retenir. Par la suite, au contraire, l'idée d'une valorisation de l'argent par sa circulation s'impose dans l'économie. L'avarice telle qu'elle s'est dessinée depuis l'Antiquité jusqu'au premier XIXe siècle (voir l'encadré « La figure de l'avare, de Plaute à Tolkien », p. 72) n'est plus d'actualité : elle est d'ailleurs, dans le roman, pratiquée par la comtesse de Beauvilliers et sa fille, incarnations d'un autre temps. C'est ainsi qu'en Gundermann apparaît une figure terriblement moderne – peut-être, à en croire le récit, la plus moderne du roman :

> Et Saccard, qui, dans ses terribles appétits, faisait cependant la part de l'amour désintéressé de l'argent, pour la puissance qu'il donne, se sentait pris d'une sorte de terreur sacrée, à voir se dresser cette figure, non plus de l'avare classique qui thésaurise, mais de l'ouvrier impeccable, sans besoin de chair, devenu comme abstrait dans sa vieillesse souffreteuse, qui continuait à édifier obstinément sa tour de millions, avec l'unique rêve de la léguer aux siens pour qu'ils la grandissent encore, jusqu'à ce qu'elle dominât la terre.
>
> (*L'Argent*, p. 120)

Ce qui apparaît alors, c'est une avarice lucide, en ce sens qu'elle ne fétichise pas l'argent pour lui-même, mais parce qu'elle a compris que l'argent était le pouvoir ; l'avare est ainsi devenu une traduction de ce que Schopenhauer appellerait la « volonté de puissance » au sein d'un univers économique. De là son égoïsme fondamental, sa volonté aussi d'écraser les autres pour « domin[er] la terre ».

À ce principal type humain fabriqué par l'argent s'oppose la figure de l'économe, celui qui s'attache non à la valeur de l'argent, mais au contraire à la valeur des objets, selon l'analyse de Simmel (*PA*, p. 294-295). Mais dans les œuvres de Molière et de Zola, ce sont plutôt les figures du prodigue et du libéral qui sont opposées à l'avare, dramatisant l'action avec beaucoup de force. C'est ainsi qu'à Harpagon, père avare, le dramaturge donne un fils prodigue, qui dépense sans compter (ou sans vouloir compter), qui mange son blé en herbe, pour reprendre la référence à Rabelais que fait La Flèche (*L'Avare*, II, 1, p. 45). Dans *L'Argent*, c'est Saccard qui incarne le type du prodigue, ce qui renforce encore la puissance dramatique de l'affrontement avec Gundermann – véritable affrontement de tempéraments, de caractères humains. Car Saccard, pour reprendre les termes de Simmel dans son analyse du type du prodigue, « devient indifférent envers l'objet une fois qu'il l'a en sa possession, sa jouissance est frappée de la malédiction de ne jamais trouver ni repos ni durée » (*PA*, p. 300).

Rien n'illustre mieux cette définition que la sordide liaison de Saccard avec la baronne Sandorff, dont la fin tient sans doute moins à l'infidélité de la baronne (tentée par l'énorme talent de Sabatini) qu'au caractère même de Saccard, qui se lasse de tout, sinon de l'argent qui permet de se lasser sans cesse de nouvelles choses :

> En effet, à partir de ce moment, Saccard cessa de s'appartenir. Il fut l'homme des millions qu'il gagnait, triomphant, et sans cesse sur le point d'être battu. Il ne trouvait même plus le temps d'aller voir la baronne Sandorff, dans le petit rez-de-chaussée de la rue Caumartin. À la vérité, elle l'avait lassé par le mensonge de ses yeux de flamme, cette froideur que ses tentatives perverses ne parvenaient pas à échauffer. [...] Il ne la voyait plus guère qu'une fois par semaine, non pas qu'il lui gardât rancune, mais parce qu'elle l'ennuyait, simplement.
>
> (*L'Argent*, p. 331)

Le prodigue est finalement comme l'avare renversé, tout aussi incapable que lui de jouir, tout aussi peu sage, tout aussi ignorant des séries téléologiques où prennent sens ses actions : le prodigue est possédé par ce qu'il croit posséder. D'une certaine façon, comme le note finement Simmel en développant l'exemple du prince de Conti (*PA*, p. 297-298), il poursuit la politique de dépense somptuaire qui est celle de l'aristocrate, politique où se ruinent, comme on l'a vu, les Beauvilliers dans *L'Argent*, parce qu'elles tentent de maintenir un train de vie qui ne leur appartient plus, et le paient d'une avarice de chaque jour – ce qui montre bien que le prodigue n'est pas le contraire de l'avare. Appartient-il alors à un bourgeois de dépenser ainsi ? C'est la question qui se pose lorsque Harpagon reproche à son fils de « donne[r] furieusement dans le marquis » (*L'Avare*, I, 4, p. 28), autrement dit, de jouer un rôle ridicule. D'autant que cette figure du prodigue – et même La Flèche semble en avertir son jeune maître –, loin de s'identifier à une figure de l'honnête homme, conduit seulement à la ruine. En témoignent, dans *L'Argent*, non seulement les Beauvilliers, mais plus encore la princesse d'Orviedo, immensément riche, et fondatrice de l'Œuvre du Travail :

> La princesse d'Orviedo, enfin, était ruinée. Dix ans à peine lui avaient suffi pour rendre aux pauvres les trois cents millions de l'héritage du prince, volés dans les poches des actionnaires crédules. S'il lui avait fallu cinq années d'abord pour dépenser en bonnes œuvres folles les cent premiers millions, elle était arrivée, en quatre ans et demi, à engloutir les deux cents autres, dans des fondations d'un luxe plus extraordinaire encore.
>
> (*L'Argent*, p. 451)

Finalement, comme le lui reproche sa domestique, sa prodigalité recouvre moins une volonté de jouir du monde – fût-ce en faisant le bien – qu'une haine de celui-ci, et encore de soi-même (*L'Argent*, p. 451). Le choix de ne pas avoir d'enfants et celui du Carmel, par le refus dramatique qu'ils font de l'argent et de tout ce qu'offre celui-ci, n'en viennent-ils pas pourtant à suggérer l'inverse de ce qu'ils prétendent montrer ? Ils n'ont de sens en effet que s'ils manifestent non un véritable mépris de l'argent, mais bien plutôt une défiance profonde vis-à-vis de l'argent conçu comme le grand corrupteur – ils reviennent donc à considérer l'argent comme empreint d'une sacralité, certes maléfique, mais d'une sacralité tout de même. Comme le note Simmel, le paradoxe inhérent aux spiritualités fondées sur le renoncement, du bouddhisme aux Franciscains, est qu'alors « la négation du sens de l'argent s'élève à la même forme d'absolu que lui » (*PA*, p. 306).

La seule figure, alors, qui serait vraiment en rupture avec l'avare, dans sa logique même, serait celle du généreux, du libéral, qui donne pour donner et parce qu'il n'attache aucune valeur à l'argent, alors que le prodigue se berce de l'illusion que l'argent pourra apaiser sa soif « jamais [...] étanchée » de satisfaction, pour reprendre les termes de Simmel (*PA*, p. 300). Ce libéral, ce généreux, c'est exemplairement Anselme dans *L'Avare*, véritable *deus ex machina* qui finit par résoudre les problèmes rencontrés par les différents personnages de la pièce grâce à sa générosité :

> HARPAGON. – Je n'ai point d'argent à donner en mariage à mes enfants.
> ANSELME. – Hé bien ! j'en ai pour eux ; que cela ne vous inquiète point.
>
> (*L'Avare*, V, 6, p. 121)

Là où l'avare n'a « point d'argent à donner », à personne et en nulle occasion, le libéral a de l'argent pour les autres, afin que la *quiétude* puisse régner. C'est celui qui satisfait à toutes les dépenses, pour *satisfaire*, pour *faire assez*, pour faire que s'arrête la soif infinie qui anime tant l'avare que le prodigue.

Le libéral partage ainsi avec le prodigue un sens accompli de la dépense. La question se poserait alors de savoir si ce sont là deux types différents, ou si le libéral est un masque moral que se donne le prodigue pour l'être en toute moralité. La pièce de Molière ne répond pas à cette question ; même s'il est plus fortement intégré à la pièce et à sa structure que d'autres personnages salvateurs de la comédie moliéresque, Anselme est maintenu dans la position très marginale du *deus ex machina* : il intervient *in extremis* et de l'extérieur de la famille, grâce à une triple reconnaissance théâtrale, et peut-être n'est-il qu'un prodigue de plus, un aristocrate dépensant de façon somptuaire pour marquer sa supériorité. La libéralité pourrait en ce sens n'être qu'un espoir, qu'un idéal, qu'une utopie.

B. Soi et l'autre : argent et identité

Ainsi, il existe une typologie de l'argent, que les différentes œuvres déclinent à loisir : il faudrait encore parler de ceux que Simmel appelle les « blasés » et les « cyniques » (*PA*, p. 309-310), et dont Maxime, d'une part, Jantrou d'autre part constitueraient dans *L'Argent* d'intéressantes variations. C'est que l'argent, avant même de fabriquer des caractères, forge des identités.

Ces identités sont d'abord collectives : elles reposent sur des rapports complexes d'identification et d'opposition. L'argent, en effet, en constituant des intérêts, unit les hommes entre eux et forme peut-être même les plus solides des liaisons : la solidarité objective de l'argent semble à bien des égards plus forte que tout autre lien. On constate ainsi une communauté de situations dans *L'Avare*, qui oppose la jeunesse dépourvue à la vieillesse possédante ; mais ces complicités, loin de ne tenir qu'à l'âge, sont d'ordre économique : Frosine et La Flèche, l'entremetteuse et le valet désargentés, marchent avec la jeunesse démunie, quand une certaine solidarité d'intérêts semble unir Harpagon et Anselme.

Dans *L'Argent*, en revanche, ces jeux d'associations prennent place à l'intérieur d'un imaginaire guerrier : on n'est plus dans une comédie mais dans un roman quasi épique, donnant à voir un affrontement plus violent et plus cru. Aussi est-ce moins la liaison des amis qui compte que l'opposition aux ennemis : ce sont les ennemis qui constituent un groupe comme tel. Dans le roman de Zola, les « catholiques » sont rassemblés par l'opposition aux « Juifs », qui forment un groupe par la haine que leur vouent les « catholiques ». Car la réalité première d'un monde dominé par l'argent est d'être un monde où l'*homme est un loup pour l'homme*, où chacun veut la mort de l'autre ; c'est pour se protéger de cette universelle menace que se nouent des intérêts, et non par pitié ou par sympathie pour autrui.

C'est en ce sens encore que l'argent constitue bien une religion, au sens premier du terme cette fois : une religion, c'est ce qui lie, ce qui associe les hommes entre eux. C'est ainsi qu'on peut comprendre le traitement du motif antisémite, présent chez Molière comme chez Zola, chez qui apparaît l'idée d'un lien consubstantiel entre les Juifs et l'argent. Ainsi, dans *L'Avare*, lorsque Cléante découvre le contrat léonin que lui propose l'usurier, il s'exclame : « Quel Juif, quel Arabe est-ce là ? » (*L'Avare*, II, 1, p. 42). Les termes fonctionnent comme des synonymes injurieux de « voleur » et d'« usurier » ; l'antijudaïsme chrétien se renforce ici du fait que les Juifs, durant tout le Moyen Âge et à travers toute l'Europe, se sont vu chargés du commerce de l'argent par le statut inférieur même qui leur était fait, et qui souvent leur interdisait de produire quoi que ce fût. Comme l'explique en effet Simmel (*PA*, p. 262-265), au-delà du goût de la culture juive pour l'abstraction logique, que l'on retrouve dans *L'Argent* à travers la figure de ce grand calculateur qu'est Gundermann, c'est la condition socio-historique des Juifs – qui ne sont pas vraiment des citoyens comme les autres puisque, vivant dans une forme de diaspora, ils ont toujours fait figure d'« étrangers » – qui explique qu'ils se soient adonnés à des activités commerciales et financières, et donc qu'ils se voient aussi étroitement liés, dans un imaginaire occidental non dénué d'antisémitisme, à l'usure et au diabolique négoce de l'or.

Les choses ne se sont pas arrangées deux siècles plus tard, et telle description de la Bourse dans le roman naturaliste de Zola ne dépareillerait pas certaines pages d'Édouard Drumont (*La France juive*, 1886) ; ainsi du groupe des « Pieds humides » croisé par Saccard au début du roman :

> Il y avait là, en un groupe tumultueux, toute une juiverie malpropre, de grasses faces luisantes, des profils desséchés d'oiseaux voraces, une extraordinaire réunion de nez typiques, rapprochés les uns des autres, ainsi que sur une proie, s'acharnant au milieu de cris gutturaux, et comme près de se dévorer entre eux. Il passait, lorsqu'il aperçut un peu à l'écart un gros homme, en train de regarder au soleil un rubis, qu'il levait en l'air, délicatement, entre ses doigts énormes et sales.
>
> (*L'Argent*, p. 28-29)

Au-delà de la focalisation interne, qui reflète l'antisémitisme haineux de Saccard, la reprise de ces clichés effrayants restitue la part de violence, de haine de l'autre que porte l'argent et qu'il met en place entre les hommes. Le souffle épique qui anime le roman construit la geste de la bataille terrible entre l'armée de Saccard et celle de Gundermann, adversaires aussi résolus à se détruire qu'Achille et Hector dans la Grèce antique, car chacun d'eux aspire à devenir plus important que les empereurs et les ministres et à être « vrai maître, le roi tout-puissant, redouté et obéi de Paris et du monde » (*L'Argent*, p. 114). C'est ainsi comme le règne de la rivalité, de l'affrontement, de comportements dictés par l'égoïsme et la seule loi de l'intérêt qu'apparaît le monde dominé par l'argent, qui devient principe de mesure de chacun avec tous les autres.

Encore que l'on soit chez Molière dans l'univers de la comédie, et que les choses soient dites sur un ton badin et plaisant, c'est la même violence qui parfois affleure. Ainsi, chacun semble vouloir la mort de l'autre, et jusqu'au sein des relations familiales les plus sacrées. Qu'Harpagon, ouvertement dominé par sa passion inquiétante et ridicule, puisse se réjouir de la perspective d'enterrer ses descendants – « tant mieux », affirme-t-il (*L'Avare*, II, 5, p. 52) –, passe encore ; et ce père dégénéré est déjà si accablé de défauts que la chose n'est pas étonnante. Mais son fils même ne vaut pas mieux, qui souhaite également la mort de son père, fût-ce sous le déguisement d'une généralité hypothétique : « Que veux-tu que j'y fasse ? Voilà où les jeunes gens sont réduits par la maudite avarice des pères ; et on s'étonne après cela que les fils souhaitent qu'ils meurent » (*L'Avare*, II, 1, p. 45). Ou encore, pour le dire dans les termes du *Manifeste du parti communiste* (1847) de Marx et Engels, « la bourgeoisie a arraché aux relations familiales leur voile sentimental attendrissant et les a ramenées à un pur rapport d'argent [1] » : jusque dans les familles, ainsi, l'argent remplace l'affection par la pulsion de mort, la piété filiale par la haine intéressée.

C. L'argent, figure de l'aliénation

En dévalorisant et en détruisant ce qui n'est pas lui, l'argent prétend finalement tout pouvoir acheter, d'où le motif de l'aliénation mis en scène par les textes. Ce motif, en effet, peut expliquer le personnage d'Harpagon, et le reproche d'inconsistance qui lui a parfois été adressé. Mais c'est que, fondamentalement, réduit à l'avarice, Harpagon est toujours à la limite de se perdre, puisqu'il n'a pas d'existence hors de ce signe vide qu'est l'argent, de ce trésor où il met son existence entière. C'est cette dynamique qui nourrit le plus spectaculaire des moments de la pièce, la scène de folie d'Harpagon :

> [...] Qui peut-ce être ? Qu'est-il devenu ? Où est-il ? Où se cache-t-il ? Que ferai-je pour le trouver ? Où courir ? Où ne pas courir ? N'est-il point là ? N'est-il point ici ? Qui est-ce ? Arrête. Rends-moi mon argent, coquin... *(Il se prend lui-même par le bras.)* Ah, c'est moi. Mon esprit est troublé, et j'ignore où je suis, qui je suis, et ce que je fais. Hélas ! mon pauvre argent, mon pauvre argent, mon cher ami ! on m'a privé de toi ; et puisque tu m'es enlevé, j'ai perdu mon support, ma consolation, ma joie ; tout est fini pour moi, et je n'ai plus que faire au monde : sans toi, il m'est impossible de vivre.
>
> (*L'Avare*, IV, 7, p. 99)

Cette aliénation, qui prive l'homme de lui-même, le prive aussi du monde, en faisant entrer celui-ci dans le domaine des choses dont l'homme peut être privé, autrement dit dans le domaine de l'aliénable : rendant les choses *échangeables*, elle ne laisse rien *en propre*.

Dans le roman de Zola, l'analyse du pouvoir aliénant de l'argent est prise en charge par le personnage rêveur de Sigismond – auquel son frère, par une ironie du romancier, interdit tout travail (*L'Argent*, p. 51).

1. Marx et Engels, *Manifeste du parti communiste*, éd. É. Bottigelli et G. Raulet, GF-Flammarion, 1998, p. 77.

Sigismond se fait ainsi l'écho des thèses de Marx sur l'aliénation par l'argent, suscitant la réaction scandalisée de Saccard :

> « L'argent ! s'écria Saccard, supprimer l'argent ! la bonne folie !
> — Nous supprimerons l'argent monnayé... Songez donc que la monnaie métallique n'a aucune place, aucune raison d'être, dans l'État collectiviste. À titre de rémunération, nous le remplaçons par nos bons de travail ; et, si vous le considérez comme mesure de la valeur, nous en avons une autre qui nous en tient parfaitement lieu, celle que nous obtenons en établissant la moyenne des journées de besogne, dans nos chantiers... Il faut le détruire, cet argent qui masque et favorise l'exploitation du travailleur [...]. »
> « C'est imbécile, oh ! ça, c'est imbécile !... Jamais, entendez-vous !
> — Pourquoi jamais ? pourquoi imbécile ?... Est-ce que, dans l'économie de la famille, nous faisons usage de l'argent ? Vous n'y voyez que l'effort en commun et que l'échange... Alors, à quoi bon l'argent, lorsque la société ne sera plus qu'une grande famille, se gouvernant elle-même ?
>
> (*L'Argent*, p. 356-357)

Le modèle familial que *L'Avare* met à mal est ici étendu aux dimensions de la société entière en l'utopie d'« une nouvelle forme de la fortune » pour régir « les rapports sociaux » (*L'Argent*, p. 357). C'est que, comme le manifestent les analyses de Marx sur le capitalisme accompli qu'est devenue l'économie européenne, l'argent est une force d'aliénation omniprésente (voir les encadrés « L'argent dans l'œuvre de Marx », p. 200, et « Argent et utopie : peut-on vivre sans argent ? », p. 39). Simmel rejoint les thèses de l'auteur du *Capital* lorsqu'il analyse la spécificité de l'époque moderne, et le rôle nouveau qu'y joue l'argent, qui sert non seulement à la « consommation », mais « maintenant [...] essentiellement aussi à la production » (*PA*, p. 276). Le passage au capitalisme étend la puissance de l'argent à la production : la réflexion morale ne peut plus se limiter à juger ce que l'on fait de son argent. Le motif de l'usure, dans la pièce de Molière, faisait du reste déjà apparaître (en une époque précapitaliste, et sous une forme caricaturale) le même problème de la façon dont on acquiert l'argent par l'argent. Si ce problème devient moral, c'est que l'argent, comme le dit aussi le marxisme, est puissance d'aliénation, d'autant plus forte qu'elle soumet l'homme à sa loi vide. C'est en fait un paradoxe qui se donne à lire : en renvoyant l'homme à lui-même, à lui seul, l'argent finalement l'aliène. Son pouvoir tient au fait qu'il dépossède l'homme de son identité, en se présentant comme la seule source d'identité possible.

Ce que cause finalement l'argent, c'est ainsi le renversement de l'amour de l'autre par l'amour de soi ; et, plus encore, la limitation de tout amour au seul souci de soi.

D. Le monde de l'intérêt : l'argent, un vain miroir

La violence naît donc de l'argent lui-même, source infinie d'aliénation, parce que le monde qu'il définit et les hommes qu'il fait penser et agir se comprennent uniquement par rapport à la catégorie de l'intérêt, qui est totalisatrice au sens où elle déborde la seule catégorie économique pour empiéter sur toutes les autres.

De ce point de vue encore, l'homologie entre la religion et l'argent explique cette prétention de l'argent à rendre raison de la totalité du réel, y compris de ses sphères les plus spirituelles. L'argent est le moteur et le fossoyeur des passions : c'est le moteur de toute passion, mais c'est aussi, en soi, une passion vaine, qui n'ouvre à aucune positivité véritable mais enferme sur le vide vertigineux de la possession. Que trouve-t-on, en effet, au fond de la possession de l'argent ? Le vertige de son propre néant, puisque l'accumulation de richesses consiste en une prodigieuse réserve de richesses laissées au service de l'indéterminé, ouvertes sur un possible à jamais laissé à l'état de possible. D'où la rencontre, dans *L'Avare*, du thème de l'avarice et du motif de l'amour-propre cher à la morale classique : finalement, Harpagon apparaît, à l'égal de la plupart des personnages de la comédie moliéresque, comme dévoré par un amour aveugle, vide et totalisant de sa personne. Non content de n'être rien en soi, l'argent renvoie alors le sujet au néant, puisqu'il se poursuit lui-même, épris d'une cassette qui n'est que le masque d'un égoïsme gagé sur du vide. Plus encore, l'argent, nul, devient une puissance d'annulation du réel ; force de saisie des choses, il les réduit à leur valeur comptable, pour les amasser ou les dépenser – bref, pour les retirer du monde : que fera en effet Harpagon de sa cassette ? Rien.

Aussi l'amour de l'argent, qui se présente d'abord comme puissance de mesure, d'évaluation du monde, tourne-t-il finalement à la démesure la plus absolue, puisqu'il ne comporte pas en soi de limite et qu'il est un amour sans objet réel, un amour vide, donc infini ; Sigismond le voit très bien dans le roman de Zola :

> « [...] J'ai suivi votre affaire avec passion, oui ! de cette chambre perdue, si tranquille, j'en ai étudié le développement jour par jour, et je la connais aussi bien que vous, et je dis que c'est une fameuse leçon que vous nous donnez là, car l'État collectiviste n'aura à faire que ce que vous faites, vous exproprier en bloc, lorsque vous aurez exproprié en détail les petits, réaliser l'ambition de votre rêve démesuré, qui est, n'est-ce pas ? d'absorber tous les capitaux du monde, d'être l'unique banque, l'entrepôt général de la fortune publique… Oh ! je vous admire beaucoup, moi ! je vous laisserais aller, si j'étais le maître, parce que vous commencez notre besogne, en précurseur de génie. »
>
> (*L'Argent*, p. 355)

Dans cette adresse à Saccard, le révolutionnaire dévoile le vide inhérent à l'argent, source de sa démesure. Par son ambition universaliste, l'argent en vient à réduire et même à annuler tout ce qui l'entoure, pour s'imposer comme la seule réalité qui demeure. Car il tient son pouvoir de son « vide sémantique » même, comme l'écrit Simmel, qui lui permet de faire « le plein de ses significations pratiques » (*PA*, p. 247).

Et tel est bien, au fond, le désir presque nihiliste qui agite Gundermann et Saccard, comme Harpagon ; le but du premier, après tout, réside dans la volonté superlative qui le détermine :

> Il n'avait d'autre gloire que d'être le premier marchand d'argent du monde, le plus riche et le plus avisé, ayant réussi à sacrifier toutes ses passions à l'accroissement continu de sa fortune.
>
> (*L'Argent*, p. 419)

« Être le premier », « le plus riche » : ce n'est rien à proprement parler, mais cela suppose l'extinction de tous les autres, leur domination, à quelque prix que ce soit ; l'argent est bien pulsion de destruction, énergie destructive, lorsqu'il n'est pas mis au profit d'autre chose que de lui-même.

L'argent en effet prive toute autre réalité de sens, de signification, car à force de *tout* évaluer il finit par nier la valeur singulière de chaque chose, et par replier sur lui toute valeur. Ainsi, à force d'amoralité, l'argent bascule dans l'immoralité, lui qui peut, comme le note Simmel,

> réduire les valeurs les plus hautes comme les plus basses, uniformément, à une seule et unique forme de valeur, les ramenant ainsi au même niveau fondamental, malgré toute leur diversité qualitative et quantitative.
>
> (*PA*, p. 307)

À tout mesurer, l'argent ne mesure plus rien, ne juge plus rien. L'amoralité, en suspendant la morale, tend en fait à l'annuler. Incapable de fonder la vertu, l'argent demeure obstinément un moyen, sans jamais pouvoir se faire fin véritable. Et même le bonheur, que la philosophie grecque donnait pour fin à l'humanité, et auquel l'argent semble pouvoir être utile, paraît échapper à son emprise.

Ainsi, l'argent semble fonctionner selon le modèle de la roue de la fortune qui précipite dans le vide, dans un ordre arbitraire mais avec une indépassable inéluctabilité, ceux-là mêmes qu'elle a favorisés jusque-là (voir l'encadré « L'argent dans la mythologie grecque », p. 18) ; dès lors, pour rester heureux au jeu de l'argent, il semble qu'il faille, comme Harpagon et Gundermann, renoncer à toute jouissance, car la jouissance est consomption. L'argent, qui se présente comme le moyen absolu, et donc comme le moyen privilégié du bonheur, semble en réalité exclure celui-ci. Rien ne le suggère mieux que la destinée de Mazaud, l'agent de change que le début du récit de Zola montre fantastiquement heureux :

> Mazaud était un des plus jeunes agents de change comblé par le sort, ayant eu cette chance de la mort de son oncle, qui l'avait rendu titulaire d'une des plus fortes charges de Paris, à un âge où l'on apprend encore les affaires.

> Dans sa petite taille, il était de figure agréable, avec de minces moustaches brunes, des yeux noirs perçants ; et il montrait une grande activité, l'intelligence très alerte, elle aussi. On le citait déjà, à la corbeille, pour cette vivacité d'esprit et de corps, si nécessaire dans le métier, et qui, jointe à beaucoup de flair, à une intuition remarquable, allait le mettre au premier rang ; sans compter qu'il avait une voix aiguë, des renseignements de Bourses étrangères de première main, des relations chez tous les grands banquiers, enfin un arrière-cousin, disait-on, à l'agence Havas. Sa femme, épousée par amour, lui avait apporté douze cent mille francs de dot, une jeune femme charmante dont il avait déjà deux enfants, une fillette de trois ans et un petit garçon de dix-huit mois.
>
> (*L'Argent*, p. 108)

Le tableau idyllique, construit par l'accumulation de traits uniformément laudatifs, voire superlatifs, semble donner au personnage un privilège indéniable – privilège que la suite du récit ne cessera de rappeler. Or le basculement, à la fin du récit, est d'autant plus violent qu'il frappe ce personnage qui semblait pourtant fait pour le bonheur :

> Mais il faisait très chaud, de grosses bûches achevaient de se consumer en braise dans la cheminée, éclairant les murs d'un grand reflet rouge. Sur une table, une gerbe de roses, un royal bouquet pour la saison, que, la veille encore, l'agent de change avait apporté à sa femme, s'épanouissait dans cette tiédeur de serre, embaumait toute la pièce. C'était comme le parfum même du luxe raffiné de l'ameublement, la bonne odeur de chance, de richesse, de félicité d'amour, qui, pendant quatre années, avaient fleuri là. Et, sous le reflet rouge du feu, Mazaud était renversé au bord du canapé, la tête fracassée d'une balle, la main crispée sur la crosse du revolver ; tandis que, debout devant lui, sa jeune femme, accourue, poussait cette plainte, ce cri continu et sauvage qui s'entendait de l'escalier.
>
> (*L'Argent*, p. 446)

Le tableau en tonalités rouges, qui débouche sur l'épouvante, contraste violemment avec le début du récit ; le point de vue a changé : ce n'est plus Saccard, mais Mme Caroline dont le regard médiatise la scène ; et le pathétique de ce renversement s'en trouve renforcé : il ne reste plus que le deuil de cette faillite généralisée du bonheur à quoi conduit l'argent.

Conclusion

L'Avare, *L'Argent* et les deux premières sections du chapitre III de *Philosophie de l'argent* constituent trois interrogations très critiques de la valeur véritable de l'argent, du prix qu'il faut lui donner. Certes, les trois œuvres au programme reconnaissent à la fois la nécessité et la vertu de l'argent : sa capacité créatrice, le fait qu'il autorise et peut-être même fonde la pensée, et qu'il est inextricablement lié à la domination du monde par l'homme. Mais, paradoxalement, elles nouent l'argent – incarnation même de la condition humaine parce que formalisation parfaite de la finitude de l'homme, de la nécessité qu'il a du moyen pour atteindre ses fins – à la destruction de cette condition. Se faisant fausse fin, l'argent donne forme aux esprits des hommes ; il détermine les caractères et met en place un monde fait d'intérêts où chacun calcule pour son plus grand profit, sacrifiant finalement tout à ce moyen qui, d'être absolu, finit par se présenter comme une fin. L'argent, d'être amoral, devient alors immoral, lui qui nivelle absolument les valeurs, ne fonde aucun ordre ni aucun bonheur ; sa neutralité est une force d'annulation qui prétend pouvoir tout étreindre, en pensant tout selon le seul et vain critère de l'intérêt, qui renvoie sans échappatoire l'homme à lui-même.

L'argent apparaît en ce sens comme un piège, comme un dissimulateur toujours avide de passer pour ce qu'il n'est pas, de faire croire qu'il vaut quelque chose quand il n'est rien, de faire croire à celui qui l'aime qu'il aime quelque chose de réel quand c'est son propre néant que l'homme, à travers lui, poursuit. Principe de délitement, l'argent ruine la société alors même qu'il est la manifestation visible du consensus de cette dernière sur la nécessité et la possibilité d'échanger. L'argent que l'on croit posséder, si on se laisse posséder par lui, défait la confiance et le crédit qui font société, et que lui-même suppose. C'est alors dans le refus de sa loi universelle, dans l'idée qu'autre chose que lui existe, dans la part inaliénable dont le sujet ne saurait se séparer car elle fonde, plus encore que sa liberté, son identité même – ce dont témoignent la libéralité d'Anselme, le courage de Mme Caroline et peut-être la possibilité même de penser l'argent pour Simmel –, que se joue la possibilité de donner à l'argent sa valeur positive, et de reconnaître cette valeur.

DISSERTATIONS CORRIGÉES

par Alain Brunn

I. MÉTHODOLOGIE DE LA DISSERTATION

A. Qu'est-ce que la dissertation ?

1. À QUOI RESSEMBLE LE SUJET ?

La dissertation proposée dans les concours d'accès aux écoles d'ingénieurs peut occuper soit la totalité de l'épreuve portant sur le programme de français/philosophie dans les classes préparatoires aux grandes écoles scientifiques, comme à l'École normale supérieure par exemple (elle est parfois appelée « composition française »), soit une partie seulement de cette épreuve : elle accompagne alors un bref résumé et des questions, comme pour la banque d'épreuves du Concours commun Polytechnique, ou seulement un résumé plus long, à Supelec par exemple, où elle doit en outre tenir en un nombre de mots limité. Dans ce second cas, le sujet est généralement une citation empruntée au texte à résumer, qu'il faut donc avoir lu précisément. Attention, cependant : le fait que la citation proposée soit tirée d'un texte que vous avez dû lire et résumer ne doit pas vous induire en erreur ; c'est exclusivement le sujet qu'il s'agit de commenter, et non le texte entier, même si la bonne intelligence de ce dernier peut bien sûr éclairer et enrichir votre réflexion.

Vous disposez, selon les cas, de trois à quatre heures pour cette épreuve.

2. QUEL EST LE SENS DE CET EXERCICE ?

L'épreuve tient son esprit à la fois du français et de la philosophie : elle emprunte ses exigences conceptuelles et argumentatives à ces deux disciplines, et requiert donc à la fois l'élaboration d'une véritable réflexion, et l'appui sur une maîtrise textuelle véritable. **Pas de généralités** : toute réflexion doit s'adosser sur le programme ; **pas d'examen gratuit ou prémâché des textes** : tout développement doit traiter le sujet. Ce double interdit doit sans cesse peser sur votre travail ; c'est pourquoi il ne sert à rien d'apprendre par cœur tout ou partie d'une dissertation déjà rédigée ! Vous êtes évalué sur votre intelligence et sur votre capacité à construire une réflexion spécifique.

L'épreuve consiste en une dissertation sur programme et sur thème, à partir d'un sujet : c'est à la rencontre de ces trois domaines que se trouve la réussite de l'exercice. Le sujet qui vous est proposé est *de facto* borné par ces deux facteurs, qui sont l'horizon à partir duquel votre travail sera évalué.

Dissertation sur thème, cette épreuve vous conduit à explorer les enjeux de la question au programme ; un sujet, même fermé, ne prend sens dans cette épreuve que par rapport au thème au programme ; vous devez vous servir des concepts présents dans le sujet pour éclairer ce thème. Le sujet n'a pas de sens pur et absolu en lui-même. Mais l'exercice est aussi une **dissertation sur programme**, qui repose sur un *corpus* bien défini, composé de trois œuvres que vous avez passé l'année à étudier. C'est par rapport à ces trois œuvres – principalement, sinon exclusivement – qu'il faut explorer le sujet, pour voir en quoi il fonctionne, et ce qu'il donne à penser des trois œuvres sur lesquelles doit se fonder l'essentiel de votre réflexion. Si des références tierces peuvent être mobilisées (par exemple, dans le cas de « L'argent », telle comédie de Plaute ou tel texte de Marx, voire tel essai d'économie ou d'histoire économique), ce doit être exclusivement parce qu'ils permettent d'éclairer certains aspects d'un des textes au programme (tel passage de *L'Avare* de Molière, du chapitre III de *Philosophie de l'argent* de Simmel, ou de *L'Argent* de Zola). **L'équité des concours amène les candidats à être jugés non sur leur culture générale, mais sur leur maîtrise de ce programme**, par rapport auquel tous sont censés arriver à égalité. Ne vous trompez donc pas d'exercice ; commentez le sujet à partir du programme : la tâche est déjà bien assez ambitieuse compte tenu du peu de temps qui vous est imparti, tant pour préparer l'exercice au cours de l'année que pour le réaliser.

Après ces principes généraux, venons-en à la méthode.

B. Méthode de la dissertation

I. Analyse du sujet et élaboration de la problématique

a. L'analyse du sujet

En général, le sujet se compose de deux parties : une citation, puis l'intitulé du sujet lui-même. La citation peut être considérée comme un réservoir de concepts : il s'agit donc de les mettre au service de votre réflexion sur le programme de l'année.

Exemple : « L'argent est le nerf de la guerre. » Vous vous demanderez dans quelle mesure ce proverbe éclaire une certaine réalité de l'argent, en vous appuyant sur les textes au programme.

→ L'intitulé du sujet vous demande de réagir directement sur le proverbe. Il vous invite à éclairer son propos, à l'expliciter et à le développer, mais aussi, si cela est nécessaire, à discuter sa validité, à le contredire sur tel ou tel point qui vous paraît discutable.

Soyez bien attentif à l'intitulé du sujet pour éviter le hors sujet. Vous demande-t-il de développer, de réfuter, de discuter le point de vue exprimé par la citation ? Implique-t-il d'élargir le propos ? À quelle condition peut-on le faire ? La plupart du temps, cependant, l'intitulé laisse assez libre, en demandant de discuter la citation : à vous de voir si vous êtes d'accord ou non. Soulignons tout de même que, si l'on vous donne ce sujet, c'est que les propos tenus dans la citation ne sont pas totalement dénués de sens ; si vous êtes complètement opposé à ce qui est dit, c'est peut-être que vous n'avez pas tout compris.

b. L'interprétation du sujet

Pour comprendre le sujet, vous devez d'abord tenter de le reformuler. Pour ce faire, isolez les mots clés qui vous semblent importants et sur lesquels se construit la réflexion. Ce sont eux que vous allez développer tout au long de votre dissertation. L'essentiel est de déterminer le plus clairement et le plus explicitement possible quelle thèse est défendue dans la citation ; il faut aussi donner une définition précise des concepts en jeu : si on vous les a proposés, c'est qu'ils doivent vous permettre de porter un regard neuf sur le programme. Vous ne gagnerez jamais rien à vous contenter de faire glisser le sujet vers des développements tout faits (c'est au mieux imprécis, au pire hors sujet), or c'est ce qui ne saurait manquer d'arriver si vous ne définissez pas assez précisément les concepts à l'œuvre dans le sujet.

c. L'élaboration de la problématique

À partir de la thèse de la citation, essayez de formuler ce qui pose problème, ce que la citation considère comme évident alors que cela ne va pas de soi. Bref, trouvez la question derrière la question, les présupposés et les sous-entendus du sujet, qui eux-mêmes demandent à être discutés. Dans la mesure où la dissertation est sur programme, il y a des chances pour que vous reconnaissiez un débat ou une discussion déjà abordés pendant l'année ; cela vous permettra de dégager quelques pistes de réflexion. Mais attention : la dissertation ne constitue en aucun cas une question de cours : vous allez réutiliser des éléments abordés au cours de l'année, mais en les adaptant toujours très précisément au sujet donné.

2. Construction de l'argumentaire et élaboration du plan

a. La recherche des idées

Après avoir élaboré la problématique, vous allez poursuivre votre travail, au brouillon toujours, en entrant dans la phase de réflexion proprement dite. Étudiez chacun des mots clés que vous avez isolés dans la citation, et replacez-les systématiquement dans un contexte plus large, en apportant d'autres réponses que celles données par la citation, ou en développant ces réponses. Ce travail est assez désordonné par essence, mais ce n'est pas grave : l'organisation viendra ensuite, lors de la construction du plan. Réutilisez tout ce qui a été fait pendant l'année dès lors que cela cadre avec le sujet ; cherchez un exemple par idée, voire un exemple provenant de chaque œuvre pour illustrer chacune de vos idées : cela vous permettra de commencer à les confronter, de noter leurs points de convergence et de divergence. C'est dans cette phase de réflexion au brouillon que s'élabore l'essentiel du travail : tout le reste ne sera qu'une question (capitale, mais seulement technique) d'organisation.

Un conseil : mieux vaut éviter le plan qui traite une des œuvres au programme par sous-partie, à l'exclusion des deux autres. La logique profonde de l'exercice est de faire dialoguer les trois textes, ce que ne saurait permettre la simple succession de ces différents textes ; mieux vaut montrer comment, précisément, ils se répondent les uns aux autres. Autrement dit, s'il n'est pas formellement interdit de construire son plan en faisant se succéder les différentes œuvres, cette solution est nécessairement plus pauvre, et ne laisse qu'une place bien faible à l'esprit comparatif de l'exercice. L'idéal est donc de faire apparaître au moins deux des œuvres au programme dans chaque paragraphe. Dans tous les cas, il est absolument exclu de traiter une seule œuvre par grande partie ; c'est contraire à l'esprit de l'épreuve, puisque celle-ci doit faire dialoguer les textes.

b. L'élaboration du plan

Une fois que vous aurez l'impression d'avoir fait le tour de la question, vous construirez votre plan. Il est nécessaire de préparer un plan aussi détaillé que possible (parties et sous-parties au minimum), sans pour autant qu'il soit rédigé, ce qui vous ferait perdre trop de temps. Une façon souvent pertinente de procéder est de décomposer la citation et la réflexion autour de trois axes importants, qui composeront vos trois parties.

Concentrez-vous sur les titres et sous-titres de chaque partie, assortis de quelques expressions. Notez sur ce plan les exemples retenus, pour penser à les développer au moment de la rédaction et pour vérifier que vous ne les réemploierez pas trop souvent ; c'est aussi le moment d'équilibrer les références aux différents textes.

3. Rédaction de l'introduction et de la conclusion

a. La rédaction de l'introduction

La rédaction de l'introduction se fait toujours au brouillon, car c'est un exercice difficile et important. On distingue plusieurs phases dans l'introduction, qui n'est formée que d'un seul paragraphe :

– **Amorce générale** : l'introduction s'ouvre sur le contexte dans lequel prend place le sujet, sur un aperçu très large de la problématique, sur un thème, etc. Évitez les platitudes sans intérêt sur l'auteur de la citation.

– **Citation du sujet** : le sujet doit être cité intégralement, soit d'une seule traite s'il est bref, soit de manière décomposée s'il est plus long.

– **Reformulation du sujet** avec reprise et mise en valeur des **mots clés** : cette phase est essentielle, car elle montrera à votre examinateur que vous avez compris le sujet (ou, au contraire, que vous vous dirigez vers un contresens). Il faut analyser les différents concepts en jeu.

– **Formulation de la problématique** : la problématique peut être formulée sous forme de question (cela permet à l'examinateur de la repérer immédiatement – c'est une sorte de code qui n'est pas obligatoire, mais qui se révèle utile).

– **Rappel du programme** pour indiquer que c'est avec lui que vous allez réfléchir sur le sujet ; vous pouvez donc esquisser rapidement l'intérêt de chacune des œuvres par rapport à la problématique.

– **Annonce rapide du plan** : le plan doit être annoncé en une seule phrase, claire, qui ne donne que les titres des trois grandes parties. Il faut surtout faire apparaître les liens logiques entre les différentes parties.

La difficulté de l'introduction est de lier chacune de ces étapes entre elles, pour ne pas donner l'impression qu'elle est saucissonnée en six tronçons indépendants les uns des autres. Pensez donc à utiliser des mots de liaison pour relier chacun de ces éléments.

b. La rédaction de la conclusion

Vous rédigerez aussi la conclusion au brouillon si vous en avez le temps : il faut en effet éviter à tout prix de bâcler la conclusion, qui est le dernier élément lu par l'examinateur avant de vous attribuer une note !

La conclusion vise à répondre à la problématique posée en introduction, en récapitulant les différents moments de la démonstration. L'ouverture n'est pas indispensable.

4. RÉDACTION DE LA COPIE AU PROPRE

La dissertation sera rédigée **directement sur la copie**. Si votre plan est assez détaillé, la rédaction ne vous posera pas de problème : il ne vous restera en effet qu'à le suivre.

Vous rédigerez en suivant les règles de présentation, en en faisant **un paragraphe par sous-partie**. De la même façon, le correcteur doit trouver **au moins un exemple par paragraphe**, donc par sous-partie.

Songez à soigner les **transitions**, qui assurent la cohérence et l'unité de l'ensemble de votre démonstration : servez-vous-en pour montrer régulièrement en quel sens votre réflexion est bien en train de traiter le sujet, en apportant des éléments de réponse à la problématique posée dès l'introduction.

Enfin, un dernier conseil : n'hésitez pas, pour préparer l'exercice, à lire au cours des deux années de classe préparatoire les **rapports des jurys** des différents concours que vous pouvez préparer ; ils sont souvent disponibles sur Internet, et leur fréquentation vous aidera beaucoup à comprendre les exigences des jurys, à vous approprier les conseils utiles qu'ils dispensent, et à assimiler les avertissements qu'ils prodiguent !

II. Dissertation rédigée

[Les éléments entre crochets ainsi que les titres ne sont là que pour indiquer les différentes étapes de la rédaction du devoir ; ils ont une fonction indicative, et ne doivent évidemment pas apparaître dans une copie. Autant qu'à ces étapes, il importe de s'attacher à leur liaison : c'est la logique de la réflexion qui permet d'évaluer sa valeur.]

Sujet 1

Alain écrit que « nous oublions toujours que l'homme a devant lui des choses, et non point des papiers et de l'argent. L'homme est défricheur, creuseur de rivières, paveur de rues, laboureur, maçon ; au lieu que le comptable est une sorte de métaphysicien, qui ignore les choses. Et les banques sont peut-être des cerveaux qui tournent à vide » (« Propos d'économique », 1926). Dans quelle mesure votre lecture des œuvres au programme vous amène-t-elle à partager ce jugement sur l'argent ?

Introduction

[Situation du sujet] La crise économique que traversent les économies mondialisées au début du XXIe siècle serait, explique-t-on, le fruit d'une dématérialisation de l'argent à l'œuvre dans la finance. ***[Explicitation de la thématique et citation du sujet]*** C'est que l'argent, s'il tient son nom d'un métal, n'est pas une matière : comme l'explique le philosophe Alain, « nous oublions toujours que l'homme a devant lui des choses, et non point des papiers et de l'argent. L'homme est défricheur, creuseur de rivières, paveur de rues, laboureur, maçon ; au lieu que le comptable est une sorte de métaphysicien, qui ignore les choses. Et les banques sont peut-être des cerveaux qui tournent à vide ». ***[Analyse du sujet]*** L'argent apparaît ainsi non comme une chose, mais comme une réalité qui se trouve au-delà de la physique, si intellectuelle qu'elle n'en est plus effective : cela fait apparaître sa part d'inhumanité. Ainsi, l'argent deviendrait le support d'un certain nihilisme lié à une intellectualisation du réel. ***[Formulation de la problématique]*** En quoi l'argent abstrait-il le monde au point de le détruire ? ***[Présentation du corpus dans son rapport à la problématique]*** Cette logique guide *L'Avare* de Molière en 1668 comme *L'Argent* de Zola en 1891 ; elle fait aussi l'objet, en 1900, de l'analyse menée par Simmel dans sa *Philosophie de l'argent* (chapitre III, sections 1-2). ***[Annonce du plan : première partie]*** Si l'argent apparaît bien à certains égards comme une fiction,

[deuxième partie] c'est qu'il recouvre une part de néant : ***[troisième partie]*** par là, c'est en fait la finitude propre à la condition humaine qu'il dévoile.

I. L'ARGENT, UNE FICTION

[Annonce de la première partie : exposé de la thèse] Depuis Aristote, il est d'usage de considérer l'argent comme une fiction : sa dimension conventionnelle ***[annonce de la première sous-partie]*** tient au fait qu'il est de nature à la fois discursive ***[annonce de la deuxième sous-partie]*** et illusoire.

a. L'argent, une abstraction

Que l'argent soit une abstraction, rien ne le montre mieux que le personnage d'Harpagon, qui peut réduire toutes les « choses » autour de lui à de simples chiffres, et tout l'habit de son fils à une simple valeur financière : « en perruques et rubans, il y a du moins vingt pistoles », s'écrie-t-il ainsi (*L'Avare*, I, 4, p. 50). De la même manière, dans *L'Argent* de Zola, le personnage de Gundermann, banquier prodigieux et détesté, n'a plus de contact aux biens matériels, mais à la seule vérité mathématique de l'argent : cet être sans appétits intimide Saccard parce que, « ouvrier impeccable, sans besoin de chair, devenu comme abstrait dans sa vieillesse souffreteuse », il poursuit le rêve sans fin de la richesse – rêve infini d'édifier une « tour de millions » qui traversera les générations (*L'Argent*, p. 120). Car Gundermann sait bien que l'argent vaut plus que les biens qu'il permet d'acheter, parce qu'il vaut ces biens, et l'infinie liberté de les choisir, comme le note Simmel (*PA*, p. 273). Valant plus que ce qu'il vaut, l'argent n'est finalement jamais en quantité suffisante.

b. L'argent, une illusion

Si l'argent est une abstraction, c'est aussi dans le sens où il constitue une véritable illusion. Il s'impose en effet à tous comme ce à quoi l'on croit, comme une véritable religion : Simmel souligne précisément cette rivalité de l'argent et de la religion, car l'argent a « des rapports significatifs, psychologiquement, avec l'idée de Dieu » (*PA*, p. 281) : il est objet de croyance bien plus que de savoir. C'est ce que manifeste le portrait de Saccard en prêcheur qui revient sans cesse dans le roman naturaliste de Zola : il est un homme d'argent dans la mesure où il peut, par sa parole, emporter la conviction de ceux à qui il s'adresse – et conforter sa propre conviction par-dessus le marché. L'argent est une affaire de « confiance », comme le dit Saccard aux Beauvilliers venues le voir ; le tout est de croire en une « pluie d'or » – autant dire en un mythe (*L'Argent*, p. 159). L'argent apparaît donc bien comme une forme d'ignorance des « choses », pour le dire avec Alain.

Transition : *[Récapitulation de la première partie]* À la fois abstraction et illusion, et ainsi fiction, ***[retour à la problématique]*** l'argent semble bien conduire à nier le monde. ***[Annonce de la deuxième partie, à partir des acquis de la première]*** C'est cette part de néant qu'il faut alors explorer, ***[annonce de la première sous-partie]*** en montrant comment, au-delà de la puissance de mort, ***[annonce de la seconde sous-partie]*** l'argent constitue une menace toujours pendante de nihilisme moral.

2. L'ARGENT, UN NÉANT

a. L'argent puissance de mort

Puissance de mort, l'argent fait souhaiter la destruction de tout et tous autour de soi : c'est ainsi qu'Harpagon se réjouit de « mettr[e] en terre et [ses] enfants, et les enfants de [ses] enfants » (*L'Avare*, II, 5, p. 74). La cause en est qu'il est lié à l'amour-propre, au seul souci de soi, qui s'accompagne du désir d'anéantir le monde autour de soi. Cette dimension guerrière de l'argent est prise en charge par l'épopée qu'est *L'Argent* de Zola. L'affrontement de Saccard et de Gundermann met en scène la volonté d'anéantir autrui que l'argent porte en soi plus encore que toute autre pulsion destructrice : « jamais guerre pourtant n'avait eu cette férocité muette, un égorgement de chaque heure, le guet-apens embusqué partout » ; c'est là que « l'on éventre les faibles, sans bruit, [qu']il n'y a plus de liens, plus de parenté, plus d'amitié : c'est l'atroce loi des forts » (*L'Argent*, p. 395). En exacerbant la pulsion de mort propre à l'homme, l'argent conduit celui-ci à abandonner toute morale.

b. L'argent, de l'amoralité à l'immoralité

C'est bien ce que note Mme Caroline, lorsqu'elle impute à l'argent la corruption morale de Saccard : « Ah ! l'argent, cet argent pourrisseur, empoisonneur, qui desséchait les âmes, en chassait la bonté, la tendresse, l'amour des autres ! Lui seul était le grand coupable, l'entremetteur de toutes les cruautés et de toutes les saletés humaines » (*L'Argent*, p. 276). Elle fait même le rêve de l'anéantir, « comme on écraserait le mal d'un coup de talon, pour sauver la santé de la terre » (*ibid.*). L'argent a donc à voir non seulement avec le néant, mais aussi avec « le mal » : c'est qu'il a pour logique, explique Simmel, d'anéantir toute valeur qui n'est pas lui. Son indifférence morale le conduit en effet à « réduire les valeurs les plus hautes comme les plus basses, uniformément, à une seule et unique forme de valeur, les ramenant ainsi au même niveau fondamental, malgré toute leur diversité qualitative et quantitative » (*PA*, p. 307). Or la moralité consiste précisément à reconnaître la spécificité du jugement moral : l'amoralité de l'argent le conduit à devenir immoral.

Transition : ***[Récapitulation de la deuxième partie]*** Destructeur de toute vie comme de toute morale, ***[retour à la problématique]*** l'argent semble bien « tourne[r] à vide », s'établir dans le néant. ***[Annonce de la troisième partie, à partir des acquis de la deuxième]*** Peut-être est-ce parce qu'il a partie liée avec la condition humaine elle-même, et la finitude qui la caractérise : ***[annonce de la première sous-partie]*** si l'argent conduit au nihilisme, c'est qu'on en fait mauvais usage, en le prenant pour ce qu'il n'est pas, ***[annonce de la seconde sous-partie]*** au lieu de l'utiliser à bon escient.

3. L'ARGENT, OU LA CONDITION HUMAINE

a. L'argent, c'est le moyen

Car l'argent, note Simmel, n'est qu'un moyen ; mieux encore, il est le « moyen absolu », l'« outil le plus pur » (*PA*, p. 243-244) : il est ce qui rend possible. C'est en le prenant pour une fin que l'homme s'égare, quand l'argent a pour « polarité inhérente » d'« être par nature le moyen absolu » (*PA*, p. 275). L'existence humaine n'a de sens que de tendre vers le futur, vers un projet, vers une fin qu'il s'agit d'accomplir : or l'argent se donne pour le moyen indispensable en vue d'atteindre cette fin, quelle qu'elle soit, parce qu'il peut tout accomplir – ou prétend pouvoir le faire. C'est d'ailleurs bien ce que croit Saccard lorsque triomphe son « astre » : « Enfin, comme il s'y efforçait depuis tant d'années, il la possédait donc, la fortune, en esclave, ainsi qu'une chose à soi, dont on dispose, qu'on tient sous clef, vivante, matérielle ! » (*L'Argent*, p. 320). La prospérité matérielle semble être en mesure d'apporter le bonheur : l'erreur porte alors sur ce qu'est l'argent, qui ne saurait s'identifier au bonheur, mais qui est un moyen – à considérer comme tel – d'établir le bonheur. Car, ainsi que l'explique Simmel, l'homme est un être de moyens, à la différence de Dieu (*PA*, p. 239) ; il est l'« être indirect » (*PA*, p. 245). En somme, à prendre ce moyen qu'est l'argent pour une fin en soi, l'homme ignore sa condition.

b. L'argent, c'est la vie

Considérer que l'argent, puissance de mort, est en soi mort et destruction serait une erreur tout aussi grossière que de considérer qu'il peut en lui-même faire naître le bonheur des hommes. Ainsi, même Mme Caroline, si critique à l'égard de l'argent, perçoit bien ses avantages, et le pouvoir qu'il a de rendre le monde vivable. L'argent est un principe de civilisation : comme le lui rapporte son frère, grâce à l'argent, « le site sauvage [de la vallée du Carmel] s'humanisait » (*L'Argent*, p. 281). Telle semble aussi la leçon de *L'Avare*, que de condamner non l'argent en soi, mais son usage « avaricieux » (« La peste soit de l'avarice et des avaricieux », I, 3, p. 45), tout en montrant que la libéralité d'Anselme seule peut faire la comédie en permettant l'heureux dénouement qui réjouit les personnages et le public de la pièce.

CONCLUSION

Ainsi, l'argent, force d'abstraction – et même d'illusion – du monde, peut bien d'abord soustraire le réel à l'homme qui s'en préoccupe : le « comptable », comme un « métaphysicien », peut « ignor[er] les choses », précipitant dans le « vide » de la mort et du mal le monde tout entier. Mais c'est le comptable qu'il faut blâmer, et non l'argent, et plus généralement celui qui se comporte avec l'argent en le prenant comme une fin alors qu'il n'est qu'un moyen ; pour qui mesure la proximité de l'argent avec la finitude humaine s'offre la possibilité de défricher, de creuser les rivières, de paver les rues, de labourer et de maçonner – en un mot, d'humaniser le monde.

III. Plans de dissertation

[Les plans suivants indiquent simplement quel agencement d'idées peut servir à répondre aux sujets posés. Les exemples choisis, ainsi que les éléments d'analyse, sont approfondis et précisés dans les parties précédentes. Sous leur forme rédigée, ces travaux ne sauraient se dispenser de références précises aux œuvres du programme : pensez donc à constituer, au gré de vos lectures, un répertoire d'exemples personnels.]

Sujet 2

D'après Keynes, « le problème moral de notre temps est celui que pose l'amour de l'argent » : dans quelle mesure les œuvres au programme peuvent-elles éclairer cette affirmation ?

Situation : Le sujet repose sur une affirmation de John Maynard Keynes, l'un des plus importants penseurs et théoriciens de l'économie au XXe siècle.

Thématique : Le sujet pose une question morale ; en interrogeant le rapport de l'homme à l'argent, il met en question la psychologie induite par cet objet particulier qu'est l'argent.

Éléments d'analyse : La question, celle du *problème moral*, conduit à s'interroger sur le rôle de l'argent dans le vivre ensemble, comme sur sa dimension axiologique (son rapport avec le bien et le mal). L'*amour de l'argent*, qui caractérise un type psychologique (l'avare, le convoiteux), apparaît ici comme le trait caractéristique d'une époque (*de notre temps*).

Problématique : Le sujet invite à considérer le lien entre une psychologie et une moralité. Dans quelle mesure l'amour de l'argent est-il un problème ? Que détruit, au juste, cet amour ?

I. La figure de l'avare

a. Un type psychologique

– Harpagon, ou l'obsession de l'argent : les entrées et sorties du personnage, dictées par la recherche et la présence ou l'absence de l'argent, rythment la pièce. Notons qu'Harpagon est non seulement un avare qui dissimule l'argent qu'il possède, mais aussi un convoiteux, qui cherche à se procurer toujours plus d'argent, y compris par le biais d'« usures [...] criminelles » (*L'Avare*, I, 4, p. 25, et II, 2, p. 47).

– Analyse de la figure de l'avare par Simmel : ce personnage confond les moyens et les fins. L'avarice consiste dans le fait que la volonté « ne va réellement pas au-delà de l'argent » (*PA*, p. 293). Elle implique une confusion : l'argent est pris comme fin alors qu'il n'est qu'un moyen.

b. Avarice et capitalisme

– Zola rompt avec la tradition ; *L'Argent* marque l'apparition d'une dimension temporelle à l'intérieur du type : Gundermann est la figure « non plus de l'avare classique qui thésaurise, mais de l'ouvrier impeccable, sans besoin de chair, devenu comme abstrait dans sa vieillesse souffreteuse, qui continuait à édifier obstinément sa tour de millions » (*L'Argent*, p. 120).

– En d'autres termes, le type évolue en même temps que le contexte. L'avarice, au XIXe siècle, place l'avare au centre du monde, et non plus à sa marge : « tous les fleuves de l'or allaient à cette mer, les millions se perdaient dans ces millions, c'était un engouffrement de la richesse publique au fond de cette richesse d'un seul, toujours grandissante » (*L'Argent*, p. 113). Car le capitalisme met l'argent au centre du monde, comme le montre Simmel (*PA*, p. 276).

Transition : La figure traditionnelle de l'avare, qui prend à l'ère du capitalisme une nouvelle dimension, conduit à détruire l'individu même qui l'incarne.

2. LA DESTRUCTION DE L'INDIVIDU

a. Le piège de l'amour-propre

– Dans la tradition des moralistes classiques, la pièce de Molière est aussi une critique de l'amour-propre qui fait de l'avare un être incapable de s'intéresser aux autres, et qui se perd dans cette aliénation à un signe vide : « j'ignore où je suis, qui je suis », dit Harpagon privé de son argent (*L'Avare*, IV, 7, p. 121).

– L'individu est capable de transgresser tous les interdits, y compris les plus primitifs, par amour de l'argent : voir le récit de l'intrigue de *La Curée* à Mme Caroline (*L'Argent*, p. 276-277), et le suicide de Mazaud ; l'individu ne se définit plus que par son rapport à l'argent.

b. De l'égoïsme au nihilisme

– La perte de tout sens moral. L'amour de l'argent mène à une perte de repères, dans un monde où tout se vaut. Harpagon souhaite la mort de ses enfants ; Cléante est prêt à emprunter en promettant la mort de son père (*L'Avare*, I, 2, p. 68, et II, 5, p. 74).

– Les deux visages du « cynisme » et du « blasement » définis par Simmel (*PA*, p. 306-307) apparaissent comme les deux abaissements spirituels auxquels conduit l'argent.

Transition : Au-delà de cette seule ruine de soi, c'est un problème collectif que pose l'amour de l'argent, comme l'indique Keynes.

3. LA RUINE DES AUTRES

a. La fin de toute amitié

– La méfiance vis-à-vis des autres rend probable la fin de toute alliance entre les hommes. *L'Argent* est marqué par une série de déceptions dans les rapports humains : aucune relation ne sort indemne de la faillite de la Banque Universelle.

– Les rapports humains sont régulés par des contrats : voir l'engagement d'Élise et de Valère dans *L'Avare* (I, 1).

b. La fin de toute société

– L'univers de l'argent ruine tout rapport humain en imposant la loi universelle de l'intérêt personnel, de l'« égoïsme » (*PA*, p. 284).

– Règne de l'« atroce loi des forts » dans le roman de Zola (*L'Argent*, p. 395) : au-delà de l'immoralité, c'est le triomphe de l'injustice.

SUJET 3

Robert Musil écrit dans *L'Homme sans qualités* : « L'argent n'est-il pas un moyen de traiter les relations humaines aussi sûr que la violence, et ne nous permet-il pas de renoncer au trop naïf usage de celle-ci ? Il est de la violence spiritualisée ; une forme particulière, souple, raffinée, créatrice, de la violence. » Cette analyse vous semble-t-elle rendre compte de l'argent tel que le présentent les différentes œuvres au programme ?

SITUATION : Cette affirmation, tirée du roman de l'Autrichien Robert Musil, *L'Homme sans qualités* (1930-1932), propose une analyse ambiguë du fonctionnement de l'argent.

THÉMATIQUE : Elle porte sur le lien entre argent et violence. L'argent y apparaît comme le relais de la violence – à la fois, donc, comme ce qui la continue et comme ce qui la remplace.

ÉLÉMENTS D'ANALYSE : La phrase implique une interrogation sur le rôle social de l'argent (*relations humaines*), envisagé comme sophistication de la force, comme *violence spiritualisée*. Elle suggère la dialectique au cœur de l'argent, entre destruction et création.

PROBLÉMATIQUE : En quoi l'argent constitue-t-il une réalité ambiguë, en même temps destructrice et constructrice ?

I. L'ARGENT COMME UNE VIOLENCE

a. Argent et intelligence

– L'argent est une pensée du monde : il se caractérise par sa plasticité, puisque, ne représentant rien en particulier, il peut tout représenter (« des buts infiniment vastes et divers », *PA*, p. 244).

– L'argent est un prisme par le biais duquel on peut déchiffrer le réel, comme en témoigne Harpagon : « Je vais gager qu'en perruques et rubans, il y a du moins vingt pistoles » (*L'Avare*, I, 4, p. 28).

– L'argent est une intelligence pure, qui permet d'accéder à une forme de vérité : « La logique seule régnait, la vérité était, en spéculation comme ailleurs, une force toute-puissante » (*L'Argent*, p. 255).

b. Argent et manipulation

– Harpagon est capable de manipuler les êtres pour découvrir leur secret, par exemple l'amour de son fils pour Mariane (*L'Avare*, IV, 3).

– La finance apparaît comme le règne du délit d'initié, des « jeux d'écritures », des « hommes de paille » et du vol organisé ; la Bourse est un « monde de mensonge et de ruse » (*L'Argent*, p. 253, p. 417 et 371).

Transition : L'argent fait de l'homme le maître de la nature et des autres, qu'il comprend et manipule ; par là, il se substitue aux seules relations violentes.

2. L'ARGENT AU LIEU DE LA VIOLENCE

a. Une neutralisation de la violence ?

– L'argent est fondamentalement neutre, puisqu'il semble n'être rien par lui-même : Simmel évoque son « absence de caractère » (*PA*, p. 252).

– L'affrontement entre Harpagon et son fils est médiatisé par l'argent : Cléante, conformément à ce qui est acceptable dans une comédie, tente de voler son père, non de le tuer (*L'Avare*, IV, 6).

b. Une continuation de la violence

– La logique du *superadditum* fait que l'argent procure plus que les objets qu'il vaut : les riches se voient offrir des privilèges supplémentaires ; or cet avantage qui leur est accordé est une injustice (*PA*, p. 253).

– L'argent mène a des affrontements entre certains groupes : Simmel prend le cas des Juifs pour faire la démonstration du lien entre argent et « oppression sociale » (*PA*, p. 261-262) ; *L'Argent* de Zola met en scène, à travers l'histoire de la Banque Universelle, un conflit entre catholiques et Juifs.

– L'intelligence des êtres et de leurs ressorts par Gundermann et Saccard débouche sur la ruine de ces êtres, comme le montre le triste destin de la baronne Sandorff, manipulée par l'un, puis par l'autre, et finalement déchue (*L'Argent*, p. 436).

Transition : L'argent est une continuation de la violence ; mais il permet aussi de transformer, c'est-à-dire de créer depuis cette destruction.

3. L'ARGENT COMME CRÉATION

a. Argent et bonheur

– L'argent est la condition d'une transformation : voir l'opposition des deux fils de Saccard pour Mme Caroline (*L'Argent*, p. 193-194).

– La libéralité d'Anselme apparaît comme la clé du bonheur des amants dans *L'Avare* : l'argent permet de subvenir à toutes les demandes, et même d'éteindre l'inépuisable désir d'Harpagon (*L'Avare*, V, 6).

b. Argent et humanisation

– Capacité de l'argent à humaniser le monde : le propre de l'humanité, selon Mme Caroline, c'est de se relever sur les « ruines » et d'affronter sa « misère » (*L'Argent*, p. 91).

– L'argent crée du lien, et constitue une forme – même provisoire et imparfaite – de mise en rapport de soi avec l'autre (*PA*, p. 263).

Sujet 4

D'après Guillaume Thomas Raynal, « l'argent, représentant de tout, est réciproquement représenté par toutes les choses vénales ». Votre lecture des textes au programme vous conduit-elle à partager cette analyse ?

Situation : Cette phrase d'un écrivain et libre penseur des Lumières se présente comme une définition de l'argent et de son fonctionnement.

Thématique : Le sujet interroge le fonctionnement même de l'argent, à la fois sa faculté de *représenter* le réel, et la définition que par contrecoup il suppose de ce réel. Autrement dit, cette phrase faussement simple questionne le monde que suppose l'existence même de l'argent.

Éléments d'analyse : On notera le lien de *réciprocité* central dans le sujet, entre d'un côté la façon dont l'argent se rapporte au monde, et de l'autre la façon dont le monde se rapporte à l'argent.

Problématique : En quoi le pouvoir de l'argent est-il aussi ce qui paradoxalement constitue son plus grand danger, et donc sa plus grande faiblesse ?

I. L'argent comme signe

a. L'argent n'est rien…

– La nature de l'argent est d'être un signe vide, qui peut valoir pour tout, selon Simmel (cf. « le vide sémantique de l'argent », *PA*, p. 247).

– L'argent de l'avare semble ne rien valoir, puisqu'en étant considéré pour lui-même, il ne peut être dépensé : ainsi, Harpagon est incapable de s'en servir pour courtiser Mariane (voir la scène du diamant et de la « collation » qu'offre Cléante à Mariane, *L'Avare*, III, 7, p. 102).

b. … mais il peut tout

– L'argent comme *Vermögen*, ou « impression d'une puissance non exactement déterminable », selon Simmel (*PA*, p. 255), explique son rôle essentiel dans les « séries téléologiques ».

– L'argent se donne pour la raison d'un univers entier, celui du second Empire dans *L'Argent* : dans ce régime, il s'agit toujours de « gagner gros » (*L'Argent*, p. 211).

Transition : Le fonctionnement de l'argent comme signe, sa capacité à se faire l'intermédiaire avec toute chose, conduit à considérer le monde entier comme vénal.

2. La vénalité du monde

a. Vénalité des choses

– L'univers semble se réduire à une loi d'échanges que l'argent peut toujours prendre en charge : on peut ainsi tout acheter et tout vendre, comme le prouve par l'absurde et le comique la liste des (faux) biens qui font partie de l'emprunt de Cléante (*L'Avare*, II, 1).

– En rendant tout possible, en levant toute censure, l'argent peut aussi mener à la destruction de tout ; il rend le monde *consommable* (*PA*, p. 241).

b. Vénalité des hommes

– Même les hommes et les femmes semblent pouvoir s'acheter : les relations amoureuses basculent dans une forme de prostitution dans *L'Avare* (voir le rôle négatif de Frosine : « C'est une fille qui vous apportera douze mille livres de rente », dit-elle à Harpagon, II, 5, p. 75).

– La déchéance de la baronne Sandorff est une image particulièrement violente de cet abaissement de soi auquel les êtres sont prêts à se résoudre par amour de l'argent (voir « la gifle de Jantrou », *L'Argent*, p. 437).

Transition : Il est dès lors nécessaire d'examiner l'universalité de l'argent : certains objets du monde échappent-ils à la vénalité ?

3. Y a-t-il de l'inaliénable ?

a. Le refus de l'argent : un piège

– Le refus de l'argent ne suffit pas : il conduit au contraire à sacraliser l'argent, à en reconnaître le pouvoir ; même la pauvreté ne sort pas du système de valeurs institué par l'argent, qui s'érige en « valeur définitive » (*PA*, p. 306).

– L'exemple de la princesse d'Orviedo, figure de la charité dans *L'Argent* : cette femme est certes généreuse, mais sa vie tout entière est cependant guidée, conditionnée, par le statut particulier et terrible qu'elle reconnaît à l'argent (de fait, sa charité même est motivée par son rapport à l'argent, puisqu'elle aide « ceux dont elle cro[it] détenir les millions volés », *L'Argent*, p. 66).

b. La question de l'identité : résister aux logiques de l'argent

– La réflexion de Simmel témoigne de la possibilité d'une connaissance de l'avarice et de la cupidité, de la prodigalité et de la pauvreté (*PA*, p. 302) ; en en saisissant les enjeux, il est possible d'échapper aux pièges de l'argent.

– *L'Avare* pose la nécessité d'établir des valeurs qui échappent à l'argent, où se joue l'identité humaine : c'est l'éthique de l'honnêteté incarnée par Anselme et son don ; le bonheur échappe à l'échange marchand (*L'Avare*, V, 6).

– Autrement dit, il faut résister à l'idée que « L'honnêteté, la gloire, ce n'est que le succès » (*L'Argent*, p. 475-476).

SUJET 5

D'après Gombrowicz, « l'argent est vraiment une grande puissance, il faut simplement savoir s'en servir ». Dans quelle mesure cette affirmation rend-elle compte de ce qu'est l'argent dans les différentes œuvres au programme ?

SITUATION : La phrase est tirée d'un des grands romans du XXe siècle, *Ferdydurke* (1937), du Polonais Gombrowicz.

THÉMATIQUE : La question éthique de l'usage de l'argent, articulée à un certain savoir, est au cœur du sujet. La phrase exprime l'idée de la complexité de l'argent, qu'il s'agit de maîtriser.

ÉLÉMENTS D'ANALYSE : *Grande puissance* : quel est le pouvoir de l'argent ? Que peut-il réaliser en particulier ? *Savoir s'en servir* : de quel savoir s'agit-il ? D'un savoir-faire ? d'un savoir économique ? d'un savoir théorique ou pratique ? Bref, le sujet met en question le savoir particulier – et donc la compétence – que requiert l'argent : il interroge l'argent du point de vue de la traditionnelle dialectique savoir/pouvoir.

PROBLÉMATIQUE : Dans quelle mesure le pouvoir spécifique de l'argent exige-t-il un savoir particulier, c'est-à-dire moral ?

I. LA PUISSANCE AMBIGUË DE L'ARGENT

a. Un pouvoir total

– Le pouvoir de l'argent semble infini : il joue un rôle central dans l'action humaine, puisqu'il est à la fois *terminus ad quo* et *terminus ad quem* (*PA*, p. 261).

– Avoir de l'argent, c'est dominer le monde : fantasme de la Banque Universelle, catholique, assurant le pouvoir inséparablement spirituel *et* économique du pape, « trônant aux lieux saints, dominant le monde, assuré d'un budget royal, grâce à la création du trésor du Saint-Sépulcre » (*L'Argent*, p. 138).

b. Un pouvoir nul

– Dans le même temps, cette « grande puissance » de l'argent n'est rien car elle n'est que puissance, à elle seule non actualisée : ce n'est que dans l'ordre du possible que l'argent est tout-puissant (*PA*, p. 248-249).

– À lui seul, l'argent ne peut rien accomplir, et d'une certaine façon, il échappe toujours à celui qui veut le maîtriser ; y compris à Gundermann, qui n'est pas sans douter de ses calculs, et que Saccard, jusqu'au bout, est sur le point d'« abattre » (*L'Argent*, p. 418 ; voir aussi p. 476).

Transition : Quel type de savoir faut-il alors face à cette force qui sans cesse échappe ?

2. L'ARGENT, UNE TECHNIQUE ?

a. Un savoir-faire

– La science du calcul : celle qui permet de mesurer le réel, de le mathématiser, comme Harpagon dans *L'Avare* ou Gundermann dans *L'Argent*.

– Idée d'un *ethos* bourgeois qui consiste à épargner et à investir prudemment pour accumuler le maximum d'argent : voir les figures de l'avare et de l'économe évoquées par Simmel (*PA*, p. 293-295).

b. L'argent, au-delà de tout savoir

– L'argent, c'est du jeu, et donc de la chance : en témoigne Cléante qui affirme, au grand scandale de son bourgeois de père, qu'il est heureux au jeu (« C'est que je joue, et comme je suis fort heureux, je mets sur moi tout l'argent que je gagne », *L'Avare*, I, 4).

– Le sens du temps : l'argent, c'est donc le risque, le temps de la bataille, celui qui grise Saccard et qui fait que c'est à bon droit qu'il prend plaisir à affronter Gundermann. L'argent aurait partie liée moins avec la prudence qu'avec le *kaïros*, l'instinct du moment opportun : celui où il faut vendre et celui où il faut acheter.

Transition : L'argent appelle des savoirs, mais des savoirs incertains. Ce qu'il exige, c'est en somme moins une méthode qu'une conscience : une éthique.

3. L'ARGENT, UNE ÉTHIQUE

a. L'argent, une conscience

– L'argent est une matérialisation de la condition humaine, dont on peut donc prendre conscience par le biais de ce moyen (*PA*, p. 245).

– Ainsi, Saccard, jusque dans son abjection, apparaît comme une incarnation de l'humanité, ce par quoi il émeut jusqu'à la fin Mme Caroline : « Était-ce un coquin, était-ce un héros ? » (*L'Argent*, p. 476).

b. L'argent, une responsabilité

– La figure véritablement et noblement paternelle d'Anselme s'oppose à Harpagon, figure de la paternité dévoyée : celui qui mérite l'argent, celui qui peut en endosser la responsabilité, c'est celui qui sait en faire usage pour le bien de tous (*L'Avare*, IV, 7).

– Scène de la prière de remerciement de Madeleine et des autres petites filles pour Saccard (*L'Argent*, p. 468-469) : parce qu'il peut tout, l'argent peut aussi faire le bien.

INDEX DES NOTIONS

TABLE DES ENCADRÉS

INTRODUCTION AU THÈME : L'ARGENT

PREMIÈRE PARTIE MOLIÈRE, *L'AVARE*

DEUXIÈME PARTIE ZOLA, *L'ARGENT*

TROISIÈME PARTIE SIMMEL, *PHILOSOPHIE DE L'ARGENT* (PARTIE ANALYTIQUE, CHAPITRE III, SECTIONS 1 ET 2)

TABLE DES ILLUSTRATIONS

Mise en page par Meta systems
Verneuil-en-Halatte (60550)

Cet ouvrage a été achevé d'imprimer en septembre 2009
dans les ateliers de Normandie Roto Impression s.a.s.
61250 Lonrai
N° d'édition : L.01EHPN000242.A002
N° d'impression : 093251
Dépôt légal : mai 2009

Imprimé en France